Trisha Brown

A joyful SUMMER

TRISHA BROWN

A joyful SUMMER

ROMAN

VAJONA

A joyful SUMMER

Originalausgabe bei VAJONA Verlag GmbH

Druck und Verarbeitung:
FINIDR, s.r.o.
Lípová 1965
737 01 Český Těšín
Czech republic

Lektorat: Madlen Müller
Korrektorat: Lara Späth und Vera Schaub
Umschlaggestaltung: VAJONA Verlag GmbH unter
Verwendung von Motiven von 123rf
Satz: VAJONA Verlag GmbH, Oelsnitz

VAJONA Verlag GmbH
Carl-Wilhelm-Koch-Str. 3
08606 Oelsnitz

ISBN: 978-3-98718-210-5

Für dich.

Du bist schön.

Und du bist es wert, *dass dir gute Dinge passieren.*

Hinweis

In diesem Roman werden Themen wie häusliche Gewalt, Tod, der Konsum/Missbrauch von Alkohol,
Drogen und Medikamenten thamatisiert, ebenso die expliziten Darstellungen einer schweren Essstörung und damit einhergehende Gedanken und Verhaltensweisen.

Gabriel's spanish version

Hotel California
Gipsy Kings

(Orig. Eagles)

1

Die Zigarette glimmt zwischen meinen Fingern auf, als ich daran ziehe. Noch während ich den Rauch ausstoße, lehne ich mich wieder vor und platziere meine Unterarme auf den Knien.

»Kriegst du eigentlich was mit?«

Damit reißt Ian mir die Cappy vom Kopf, was mir sofort das Gefühl gibt, als versenge mir die Sonne den Schädel. Er und Grey lachen, worin ich halbherzig einsteige und mir die zerzausten schwarzen Haare zurückstreiche.

»Der kriegt überhaupt nichts mit«, beantwortet Ian seine Frage selbst und springt vom Rand des Brunnens auf die Plattform.

Von allen Plätzen, an denen wir herumlungern, ist mir der hier der zweitliebste, nach dem *Carrey Hillside*, einem von gerade mal drei Hügeln in der Umgebung. Der Stadt-Springbrunnen hat so was Barockes. Dazu steht das riesige Teil noch auf drei steinernen Podesten aus rotbraunem Klinker, und um hier sitzen zu können, was gar nicht gern gesehen ist, muss man die erst mal überwinden. Aber dann kann man es sich auf dem glatten, weißen Stein des Brunnens bequem machen und wenn man Glück hat, weht einem ein leichter Wind kühlende Tropfen in den Nacken.

Ich reiße die schwarze Cappy aus Ians Hand und setze sie mir auf den glühenden Kopf zurück. Ich lache noch immer mit ihnen, selbst wenn ich gar nicht so amüsiert bin.

»Was habe ich denn gesagt?« Ian hebt gönnerhaft die Brauen.

»Dass du ein Arschloch bist?«

Diesmal ist das Lachen tatsächlich auf meiner Seite und Ian verzieht den Mund auf der Suche nach einer schlagfertigen Antwort. Einen kurzen Moment bin ich überzeugt, es aus der Nummer heraus geschafft zu haben, doch nun meldet sich Grey von der Seite. Greyson Carter ist mein ältester Freund. Oder bester Freund. Irgendwie so was. Aus mehreren Gründen ist das gar nicht so selbstverständlich, weil er ein völlig anderer Typ ist als ich. Nicht unbedingt in seinem Inneren, denn er ist oftmals genauso abgefuckt wie ich. Aber seine Fähigkeiten, so zu tun, als fände er Leute wie Ian und diese ganze Collegetruppe interessant, sind ausgebauter. Seine Leistungen auf der High School waren besser, sein Werdegang ist durchorganisierter, seine Klamotten und seine Haare sind weniger schwarz, was bedeutet, sie sind blond. Grey ist einfach durchweg mehr US-Staatsbürger als ich, was besonders für seine Eltern von existenzieller Bedeutung ist. Er würde nie etwas, das ich ihm anvertraut habe, achtlos weitertratschen. Und das ist toll, aber leider ist es auch der Grund, warum die Diskussion um meine Aufmerksamkeitsspanne nun erneut aufflammt. Wüsste er, dass dieser klitzekleine Funken Wahrheit in seiner Aussage steckt, hätte er die Klappe gehalten.

»Leir kann sich nicht konzentrieren, wenn Joy Evans in der Nähe ist«, gibt er stattdessen zu Protokoll.

Ian legt eine betont skeptische Miene auf, dreht mir den Rücken zu und sieht in die Ferne. »Ich bin mir nie sicher, ob das dein Ernst ist.«

»Meiner?«, stoße ich hervor und lache; nun sogar aufrichtig. »Ich habe diesen Bullshit noch nie behauptet!«

»Mag sein«, überlegt er und wendet sich mit schiefem Grinsen wieder zu mir herum. »Aber es ist schon auffällig, dass *King Leir* immer die Fassung verliert, wenn *Queen TikTok* auftaucht.«

King Leir ist natürlich eine Anspielung auf Shakespeare, den er bescheuert findet, und ich bin mir sicher, er kennt *King Lear* auch nur, weil wir uns in der High School durchquälen mussten.

Ich ziehe ein letztes Mal an der Kippe und schnipse sie von mir.

»Bullshit«, wiederhole ich und starte eine Offensive. »Was ist jetzt mit heute Abend?«

Das war nicht so clever. Ian und Grey sehen mich einen Moment an, dann brechen sie in so lautes Gelächter aus, dass sich eine Gruppe Nerds auf der unteren Plattform zu uns umdreht. Wenn auch nur kurz, denn ich glaube, sie haben ziemlichen Schiss vor uns.

»*Das* war meine Frage, du Genie!« Grey klatscht mir die flache Hand gegen den Hinterkopf. »Ich wollte wissen, ob du heute Abend dabei bist, aber du warst abgelenkt.«

»Joy Evans ist ja auch geil.« Ian zuckt mit den Schultern. »Doof wie Bohnenstroh und ständig das Handy vor der Fresse, aber geil.«

»Nicht mein Typ«, behauptet Grey, lehnt sich vor und stützt sich auf die Knie.

Wie ein Preisrichter, der sein Urteil überdenkt, wendet sich Ian wieder der Szene vor dem Brunnen zu. »Aber sie muss ja *dabei* nichts sagen.«

Grey grinst. »Haken an der Sache: Die würde dich nicht ranlassen.«

Diese Aussage halte ich für ziemlich wahrheitsgemäß.

»Die kriege ich, da wette ich mit dir!«

»Niemals« Grey lacht, doch Ian streckt ihm die Hand entgegen.

»Die Wette mache ich mit dir. Heute Abend«, erklärt er, als wäre ihm der Sieg bereits sicher. »Sie kommt nämlich. Olivia hat sie eingeladen.«

Ich muss mich bemühen, den Kopf nicht nach hinten zu drehen, um Greys Gesicht zu beobachten. Denn ich habe schon seit einer ganzen Weile den Verdacht, dass er auf Ians Schwester Olivia steht. Jedenfalls hat er mal angedeutet, dass Schwestern von Freunden problematisch sind.

Grey zögert kurz, dann schlägt er ein. »Alles klar, versuch dein Glück.«

»Wie scheiße seid ihr?«, stoße ich hervor und melde mich nun endlich zu Wort. Ungewollt und nicht zu meinem Vorteil. Ein Reflex. Vielleicht, weil ich auch eine jüngere Schwester habe und allein die Vorstellung, wie jemand so über sie spricht, mir die Galle hochkommen lässt. Eventuell auch, weil solche Wetten unter aller Sau sind, selbst wenn es um *Queen TikTok* geht, wie die beiden sie nennen, wobei ich weiß, dass sie sich eher auf Instagram herumtreibt.

Grey und Ian mögen eine Liga sein. Ian mit richtig viel Geld, Grey mit mittelmäßig viel Geld. Aber so etwas ist eigentlich nicht Greys Niveau. Irgendwo muss man eine Grenze haben.

»So einen Scheiß könnt ihr euch sparen!«, füge ich noch hinzu.

»Aha«, macht Ian, richtet seinen Finger auf mich und grinst, was mich die Augen verdrehen lässt.

»Wenn einer so über meine Schwester spricht, knote ich ihm die Zunge um den Kopf.« Perfektes Argument. Danke Rafaela.

»Wie geht es ihr eigentlich?«, fragt Ian, nun ohne jeden Spott in der Stimme.

Automatisch weiche ich seinem Blick aus. Und auch Greys, der wahrscheinlich eher daran interessiert ist, wie ich mit dieser Frage umgehe.

Ich sehe wieder nach vorn und zurück auf Joy Evans, die noch immer damit beschäftigt ist, Fotos von sich machen zu lassen.

»Es geht ihr gut«, antworte ich kurz angebunden und beobachte, wie das Shooting in diesem Augenblick offenbar beendet wird. Ihre Freundin Katie schraubt die Spiegelreflexkamera vom Stativ. Man kann ihnen nicht nachsagen, sie würden es nicht professionell aufziehen. Katie kenne ich besser als Joy, die im wahren Leben Joyce heißt. Aber ihre knapp achtzigtausend Follower bei Instagram wissen das glaube ich gar nicht. Und es werden immer mehr. Anfang des Sommers waren es achtundsiebzigtausend, das war vor zwei Monaten. Eventuell könnte es an den Bikini-Fotos liegen, doch vielleicht ist dieses ganze Influencer-Ding irgendwann auch einfach ein Selbstläufer. Ich habe keine Ahnung.

Was ich jedoch weiß und was meiner Meinung nach eine objektive Einschätzung ist, ist Joys Äußeres, das ohne Zweifel einen großen Teil zu ihrem Erfolg beiträgt. Sie hat blonde Haare, die bis zu ihrer Taille reichen, grüne Augen, diesen Hauch von Sommersprossen und ist extrem hübsch, um es platt auszudrücken. Besonders in den weißen Sommerkleidern, die sie ständig trägt. Ihr ganzes Auftreten als schöne Cheerleaderin mit süßem Lächeln ist so weit von meiner Welt entfernt, dass die reale Welt wahrscheinlich in Chaos implodiert, sollte sie je mit mir sprechen.

Als jetzt das Equipment eingepackt wird, bemerke ich erst, dass eine Traube ihrer Anhänger zugeschaut hat und sich nun an sie herantraut. Joy Evans ist nicht nur in der Welt bekannt, sondern natürlich auch in unserem kleinen Seaford. Ich glaube, sie ist die berühmteste Person, die diese nichtssagende Stadt am Rand von Maryland jemals hervorgebracht hat.

»Schreibt sie da Autogramme?«, fragt Grey und reißt mich aus den Gedanken.

»Ist mir vollkommen egal«, entgegne ich und stehe auf. »Ich muss los, wir sehen uns heute Abend.«

Grey schlägt bei mir ein und Ian lässt es sich nicht entgehen, eine letzte Zigarette zu schnorren. Es ist schon eine Kunst, so viel Geld zu haben und nie eigene Zigaretten zu besitzen. Aber wahrscheinlich liegt es daran, dass so auch keine bei ihm gefunden werden können, die das Bild des perfekten Sohnes trüben könnten.

Obwohl es mir an diesem unmenschlich heißen Tag absolut an Elan fehlt, bin ich froh, mich aus der Sonne rausbewegen zu können. Meine durch den zerrissenen Stoff der Hose freiliegenden Knie brennen. Joy Evans ist in ihren weißen Klamotten cleverer als ich in meinen immer nur schwarzen, unter denen sich die Haut heute wie ein Brennstab aufheizt. Als ich sie, Katie und mindestens fünfzehn andere in einigem Abstand passiere, richten sich Joyce' Augen plötzlich auf mich. Wahrscheinlich ist es das Geräusch, das die Schnallen meiner Stiefel bei jedem Schritt machen. Es hatte in der Nacht geregnet, weshalb ich mich heute Morgen vor der Arbeit gegen die Chucks entschieden habe. Das Ganze dauert vielleicht zwei Sekunden, dann streicht sie sich die in perfekte Locken gelegten Haare hinters Ohr und verfolgt weiter ihre Unterhaltung.

Als ich etwa eine Viertelstunde später zu Hause in den Flur trete, bemerke ich erleichtert, dass ich allein bin. Die Handtasche meiner Mutter fehlt, die Schuhe meiner Schwester ebenfalls. Der Bier-Geruch meines Vaters auch. Ich ziehe die Stiefel aus, werfe sie vor die Garderobe und gehe nach links in die Küche, wo ich auf die Uhr über der Tür sehe. Mir bleiben kaum fünfzehn Minuten, bis ich wieder losmuss. Einen Moment stehe ich unschlüssig im Raum und überlege, ob ich etwas essen oder lieber duschen soll. Beides zusammen könnte knapp werden.

»Musst du nicht zum Unterricht?«

Ich schrecke zurück, reiße den Kopf herum und stoße sogar einen kurzen, unförmigen Laut aus. »Ela! Was zur Hölle stimmt nicht mit dir?«

Das höhnische Grinsen im Gesicht meiner Schwester lässt mich die Frage noch einige Male in meinem Kopf wiederholen. Sie scheint jedenfalls auf dem Sprung zu sein, denn die Schuhe, die im Flur fehlten, trägt sie bereits.

»Ich wohne hier, du –«

»Du bist der Poltergeist dieses Hauses«, werfe ich ihr entgegen, ziehe die Cappy ab und lasse sie auf den leicht siffigen Küchentisch fallen, den keiner nach dem Frühstück abgeräumt hat. »Wobei man den wenigstens hören würde.«

Rafaela lehnt im Türrahmen, verschränkt die Arme vor der Brust und sieht mir zu, wie ich den Kühlschrank öffne, um mir eine Dose Cola zu nehmen.

»Soll ich dich mitnehmen?«, frage ich.

»Weißt du denn, wo ich hin will?«

Sie legt ein künstliches Lächeln auf, während zwischen meinen Fingern die Dose zischt. Und weil sie nichts weniger erquickend findet, als mich glauben zu lassen, dass sie von einem Bett ins nächste zieht, funkeln ihre dunkelbraunen Augen hämisch. Selbst wenn mir ihre neue Frisur nicht gefällt, ihre Augen lässt sie wirklich gut zur Geltung kommen. Die Haare sind auf der rechten Seite gerade daumenlang, was exakt die Länge ist, die in einem Jahr nachwachsen konnte. Den Rest hat sie im Winter mit der Küchenschere auf Schulterlänge abgeschnitten. Auf jeden Fall sieht es so eher gewollt aus und nicht, als hätte es rasiert werden müssen, um eine Wunde zu nähen. Eigentlich habe ich kein Problem mit Kurzhaarfrisuren, es ist wahrscheinlich der Umstand des Haar-Verlusts, der mir nicht passt.

Rafaela und ich sehen uns ziemlich ähnlich, wobei ihre Haut einen dunkleren Touch hat als meine. Ihre Haare sind glatter, während ich seltsame Wellen darin habe. Wenn ich nicht bald zum Friseur gehe, haben wir auch die gleiche Haarlänge, denn diesen Sommer reichen sie mir schon über die Ohren. Vielleicht schneide ich selbst etwas ab, bevor es Anfang September losgeht.

Ich setze die Cola-Dose ab und lehne mich an die Arbeitsplatte. »Es ist mir vollkommen egal, wo du bist«, antworte ich endlich. »Solange du Abstand von diesem –«

»Halt dich doch einfach raus, Leir! Es geht dich nichts an, wie groß meine Abstände zu irgendwem sind!«

Einen langen Moment sehen wir uns an. Ich, der überlegt, ob sie diesen Satz wirklich ernst meint und sie, die für ihre siebzehn Jahre einen erstaunlich harten Blick aufsetzen kann.

»Mach, was du willst, Ela«, gebe ich betont desinteressiert zurück, obwohl es in keiner Weise zu dieser inneren Wut passt. »Wenn du das alles so witzig findest, okay. Mach. Was. Du. Willst! Aber dann geh verdammt noch mal zu Fuß zu dem Kerl!«

Mit dem letzten Wort knalle ich die Dose auf die Arbeitsplatte, was zur Folge hat, dass die Cola überschäumt. Noch während ich fluche, weil alles über meine Hand und auf den Boden läuft, wird Rafaela lauter.

»Du hast überhaupt kein Recht, dich einzumischen, wenn es darum geht, was ich mit irgendwem tue.« Am Ende ist ihre Stimme so brüchig, dass ich von dem Chaos weg und ihr ins Gesicht sehe. »Kümmere dich um deinen eigenen Kram und pass auf, dass du auch bloß nichts vergisst. Das Porto nach London ist teuer und ich schicke dir nichts hinterher!«

»Wohin willst du denn jetzt?«, frage ich, als sie aus der Küche stürmt.

»Weg!«

»Und es ist Manchester!«, rufe ich noch, doch die Haustür fällt bereits ins Schloss.

Ich starre einen Moment auf den Eingang, danach wieder auf die Cola.

Es ist Manchester. Noch zwei Monate, bis zur Abreise.

Genervt wische ich das Getränk auf, wasche mir die Hände und gehe in mein Zimmer. Schlussendlich habe ich weder gegessen noch geduscht. Ich nehme die Gitarre, setze mich ins Auto und fahre einfach.

Etwas zu früh stehe ich vor Harold Hewitts Haus in Camden, dem gehobenerem Viertel von Seaford. Es ist ein großes, massives Gebäude, das zum einen Teil mit Efeu bewachsen ist. Allerdings muss ich nicht ins Haus selbst, sondern in den Anbau. Eine Abzweigung führt nach rechts auf einen von unzähligen Blumen gesäumten Weg mit einer Gartenbank und in den Boden eingelassenen Lampen. Am Ende findet man eine weitere Haustür.

Ich könnte aussteigen, reingehen und dem Schüler zuhören, der vor mir dran ist. Doch ich lehne mich im Sitz des Volvos zurück und öffne Instagram. Siebzehn Likes auf meinen letzten Post, der zeigt, wie ich vorgestern rauchend am *St. Mary's River* saß. Und weil ich noch Zeit habe und mich unbeobachtet fühle, suche ich das Profil von Joy Evans.

2

Jetzt ist es fast zu spät, um pünktlich zu sein, als ich endlich auf die Klingel drücke. Sekunden darauf öffnet Mrs. Hewitt.

»Danke«, sage ich und erwidere ihr Lächeln, bevor ich durch den kurzen Flur zum Unterrichtsraum auf der rechten Seite gehe.

Es ist selten, dass sie mir öffnet, und kommt im Grunde nur vor, wenn sie ihrem Vater gerade zufällig etwas vorbeibringt. So etwas wie Wasser oder eine vergessene Tablette.

Als ich eintrete, bin ich überrascht, dass bis auf meinen Lehrer niemand im Zimmer ist. Ich habe nicht einmal mitbekommen, dass der Schüler vor mir bereits gegangen ist. Mrs. Hewitt verabschiedet sich und schließt die Tür hinter mir.

Harold Hewitts Tochter ist ungefähr Mitte vierzig, was schon alles ist, was ich über sie weiß. *Sein* Alter hat er mir nie verraten, wobei ich auch nicht gefragt habe. Allerdings erzählt er gerne Anekdoten, und diese enden meistens mit:

»Das ist lange her. Wenn du wüsstest, wie alt ich bin ...« Dann zwinkert er grundsätzlich mit dem linken Auge. »Aber das ist ein streng gehütetes Geheimnis.«

Mein Lehrer hat raspelkurze graue Haare, ist spindeldürr und trägt eine kleine Brille. Sein Gesicht ist faltig, und wenn er die

Zahnstocher-Beine übereinanderschlägt, wickelt er den Fuß noch einmal um die Wade herum. Ich habe das auch mal versucht und es tut richtig weh. Kombiniere ich diese Hinweise miteinander, komme ich summa summarum auf hundertdreizehn Jahre. Wahrscheinlicher ist, dass er irgendwas zwischen achtzig und neunzig ist. Das sind jedoch nicht die wirklich besonderen Merkmale dieses Mannes. Es ist das Tempo, in dem seine Finger über die Saiten fliegen.

Der Raum ist groß. Links befindet sich ein weißes Sideboard, über dem vier Gitarren hängen, die zusammen so viel wert sind, dass ich davon ein College bezahlen könnte, würde ich denn auf eines gehen. In der Ecke dahinter stehen drei hohe, weiße Regale, in denen er meiner Vorstellung nach, sämtliche Noten dieser Welt aufbewahrt. Daneben, und damit gegenüber der Tür, befindet sich ein hellgraues Sofa. An der Wand rechts ist ein Fenster. Zwischen diesem und der Sitzecke sind noch einmal vier Gitarrenständer aufgereiht, wovon einer immer leer ist, weil Mr. Hewitt ausnahmslos mit dieser einen spielt. Die Elftausend-Dollar-Taylor-Custom. Er sagt, sie sei das zweitbeste Instrument, das er je hatte. Das Beste sei seine erste Gitarre gewesen.

Eine seiner Anekdoten ist, wie er als Kind eine Mutprobe absolvieren musste, die verlangte, in seiner Heimatstadt Manchester ein Geisterhaus zu betreten. Darin hatte er zwar keine Gespenster, wohl aber eine Gitarre gefunden und mitgenommen. Er war zehn Jahre alt gewesen. Wenn das so stimmt, spielt er entweder seit einhundertdrei Jahren oder zumindest seit siebzig.

Während ich mich setze, frage ich mich unwillkürlich, ob ich auch so enden werde. Als kauziger alter Mann, weit weg von zu Hause, um die junge Generation zu drillen, ihre Fingerübungen zu machen.

»Du bist spät«, stellt er fest, ohne sich umzudrehen.

Er steht an einem der Regale und sucht das Heft heraus, das wir zurzeit durchgehen. Ich frage mich seit jeher zwei Dinge: Warum bereitet er das nicht früher vor, und warum lässt er die Noten nicht einfach draußen liegen? Es ergibt für mich keinen Sinn, dass er sie nach jeder Stunde zurückräumt. Ich bin nahezu jeden Tag hier.

Endlich dreht er sich um. Ich sitze bereits auf meinem Stuhl und öffne den Reißverschluss der schwarzen Schutzhülle.

Er lächelt wissend. »Es ist nicht so leicht, oder? Vor allem im Sommer.«

Ebenfalls seit jeher fällt mir beim ersten Satz des Tages auf, dass er naturgemäß anders klingt als sämtliche andere Leute um mich herum. Und damit frage ich mich auch, ob ich diesen Akzent mit der Zeit übernehmen werde. Macht man das nicht automatisch? Ich sollte das wahrscheinlich besser vermeiden, weil Grey und Ian mich verprügeln, wenn ich irgendwann nach Hause komme und wie King Charles klinge.

»Es geht schon«, behaupte ich.

Ich könnte auch einfach die Wahrheit sagen. Nämlich, dass ich mich ganz schön am Riemen reißen muss.

Anscheinend glaubt Mr. Hewitt mir ohnehin nicht, denn sein faltiges Gesicht zeigt nun so etwas wie Häme. »In deinem Alter habe ich schon viele Jahre gespielt«, beginnt er und setzt sich auf den Stuhl mir gegenüber.

Diese beiden Holzstühle stehen mitten im Zimmer und sind nicht sonderlich bequem. Vor meinem ist noch ein Notenständer.

Kaum sitzt er, schlägt er die Beine übereinander, wickelt seinen Fuß um die Wade und faltet die Hände auf dem Notenheft. »Aber weil ich auf diese Schule wollte, musste ich üben. Jeden Tag, viele Stunden. Meine Geschichte ist nicht so anders als deine, Gabriel. Wäre ich nicht gut genug gewesen, hätten sie mir kein Stipendium gegeben und ich hätte diese Schule niemals besuchen können.« Ich meide seinen Blick, als ich die Gitarre aus der Hülle ziehe und mir auf den Schoß lege. »Ich hätte auch lieber in der Sonne gesessen«, schließt er, und sein Lächeln ist unverkennbar wohlwollend.

Das hat allerdings nur zur Folge, dass ich mich schlecht fühle und mich frage, ob er uns am Brunnen gesehen hat, obwohl ich seiner Meinung nach in meinem dunklen Zimmer hätte sitzen und üben sollen.

»Ist schon okay«, sage ich erneut.

»Du musst nur durchhalten, Gabriel.«

Gabriel. Dieser Name ist manchmal wie der Spott Gottes. Lässt mich wie den Erzengel heißen und wie einen Anhänger des Leibhaftigen aussehen. Eigentlich einer von Gottes besseren Witzen, denn ich mag Unvereinbarkeiten. Mr. Hewitt ist nahezu der einzige Mensch, der mich so nennt. Meine Schwester sagt Leir, was schlicht von Gabriel rückwärts kommt. Ein Name, den sie sich schon als Kind ausgedacht hat und den mittlerweile fast jeder benutzt. Meine Mutter sagt *Schatz*. Mein Vater *Schmarotzer*.

»Du wirst all diese Prüfungen bestehen, die auf dich zukommen. Aber Talent ist nicht ausreichend, Gabriel. Harte Arbeit unterscheidet dich am Ende von denjenigen, die es nicht schaffen.«

Und so schiebe ich das besagte Talent zur Seite, als er das Heft auf den Ständer platziert. Dieses Stück hat wirklich absurd viele Noten.

Wenn man bedenkt, dass ich nicht sonderlich geübt habe, lief es richtig gut. Was Mr. Hewitt mir auch mitteilt, kurz bevor er mich eine halbe Stunde später verabschiedet.

»Bis Morgen, Gabriel«, fügt er hinzu, als ich mit eingepackter Gitarre aufstehe. Dazu schenkt er mir ein herzliches Lächeln, das ich erwidern muss.

Wie immer reiche ich ihm die Hand und wie immer hat er einen festen Händedruck. Es ist, als läge seine ganze Kraft in diesen Fingern, die auf den ersten Blick so zerbrechlich wirken wie sein gesamter Körper.

»Bis morgen«, sage ich und schultere die Tasche.

»Und üben. Würdest du üben, könntest du das Stück vielleicht fehlerfrei.«

Ich starre ihn an. Ertappt, überführt und vorgeführt gleichermaßen. Schließlich lächelt er und ich wende mich schmunzelnd zum Gehen, wohl wissend, dass ich nicht noch einmal damit durchkommen werde, ohne mir einen sehr langen Vortrag über Disziplin anhören zu müssen.

Ich lege die Gitarre auf die Rückbank, setze mich ins Auto und zücke mein Handy. Es ist viel zu früh, um bei Ian aufzutauchen, und ich habe keinen Elan, mich den herablassenden Blicken von Greys Eltern auszusetzen, wenn ich dort vorfahre, um ihn abzuholen. Obwohl ich mal wieder an der Reihe wäre, zu fahren. Meistens lasse ich die deutlich hörbaren Gedanken seiner Eltern auch schlichtweg an mir abprallen, aber heute habe ich keine Lust, mich mit dieser Art Republikanern auseinanderzusetzen.

Also mache ich mich auf den Weg nach Hause, wo es genauso anstrengend sein kann.

Rafaela ist noch nicht zurück, meine Eltern jedoch schon. Beide. Meine Mutter steht in der Küche und es riecht ziemlich gut. Es könnte Lasagne sein oder etwas in der Art.

»Hallo, mein Schatz«, begrüßt mich meine Mutter und lächelt müde, als ich in der Küchentür auftauche.

Sie hat ihre langen schwarzen Haare offen über den Schultern liegen, was dazu beiträgt, dass sie sehr jung wirkt. Tagsüber trägt sie meistens einen strengen Knoten, von dem sie allerdings Kopfschmerzen bekommt. Außerdem ist sie noch immer in ihre hellblaue Krankenhauskleidung gehüllt. Unwillkürlich frage ich mich, ob sie heute schon gesessen hat. Auf einem Stuhl, in einem Sessel, auf einer Treppe. Einfach irgendwo in Ruhe. In der Großküche oder auf den Stationen sicher nicht.

»Wo warst du?«, ertönt es hinter mir und eine eigenartige Mischung aus Wut und Nervosität greift nach mir.

»Arbeiten«, lüge ich, ohne mich umzudrehen.

Mein Vater schiebt sich an mir vorbei, stellt eine leere Dose neben das Kochfeld auf die Arbeitsfläche, öffnet den Kühlschrank und nimmt sich ein neues Bier. Der Mülleimer steht direkt unter der Arbeitsplatte. Es wäre keinen Schritt weiter gewesen, die leere Dose einfach da reinzuwerfen. Was meine Mutter nun tut. Mein Vater lehnt sich mit dem Rücken an die Platte, trinkt einen großen Schluck und fixiert mich mit schmalen Augen.

»Mit dem Ding auf dem Rücken?«

Ach, Scheiße. Die Gitarre.

Meine Mutter sieht nicht von ihrem Topf auf und mir kommt trotz der unterschwelligen Gefahr in diesem Raum der Gedanke, dass Lasagne nicht in Töpfen gemacht wird.

Ich drehe mich wortlos um und verlasse die Küche. Es ist das Beste, was ich machen kann. Alles andere, jede Antwort, die ich geben könnte, würde nur Ärger bringen. Ich höre, wie er irgendetwas auf Spanisch zu meiner Mutter sagt, aber ich kann es nicht mehr verstehen, da ich bereits auf der engen, knarzenden Treppe nach oben gehe. Dabei steige ich über Schuhe, einen Pullover sowie eine halb volle Flasche mit abgestandener Cola von Rafaela, die schon seit einigen Tagen hier steht. Zum Schluss überspringe ich die letzte Stufe, da sich das Holz, wenn man darauf tritt, so biegt, dass ich Angst habe, durchzubrechen und im Keller zu landen. Im winzigen Flur stehen drei Wäschekörbe. Den mit den schwarzen Klamotten nehme ich mit ins Zimmer, wo ich ihn vor dem Schrank fallen lasse und die Gitarre daneben platziere. Es ist heiß und stickig hier oben. Ich reiße das Fenster auf, obwohl es so gut wie nichts bringt. Anschließend sinke ich auf die Bettkante und während mein Körper etwas herunterfährt, gleitet mein Blick durch die zehn Quadratmeter geballte Lebensfreude. Morsch, düster, chaotisch. Der Wäschekorb ist eines von zwei ordentlichen Dingen im durch die Dachschrägen noch kleineren Zimmer. Auf dem Schreibtisch gegenüber steht ein Teller mit Resten einer Tiefkühlpizza, die ich mir vorgestern nach der Arbeit geholt habe. Für einen kurzen Moment frage ich mich, ob man die noch essen kann, da ich echt hungrig bin. Ich verzichte jedoch darauf. Dafür betrachte ich gedankenverloren die Gitarren. Ich besitze vier. Drei befinden sich aufgereiht neben dem Schreibtisch in ihren Ständern. Zwei Klassikgitarren, eine E-Gitarre. Die vierte, eine Western mit Stahlsaiten, steht verpackt in ihre Schutzhülle beim Wäschekorb. Diese Instrumente sind emotional und materiell mein wertvollster Besitz. Alles, was ich habe, alles, was mich auffängt. Das, worauf nun offenbar mein ganzes Leben aufbauen wird.

Es stand nie zur Debatte, dass ich auf ein College gehe. Wie und wovon auch? Ich glaube nicht, dass in dieser Familie überhaupt jemand mal auf einem war. Eigentlich merkwürdig, da doch hier alles besser ist, im Land der unbegrenzten Möglichkeiten. Meine Möglichkeiten sind extrem begrenzt. Harold Hewitt ist der erste Mensch, der diese Grenze verschoben hat, als er im letzten Jahr meinte, er wolle mich mit nach England nehmen, damit ich an der *Stretford Music Academy* von Manchester vorspielen könne. Ich hatte es zuerst für einen schlechten Scherz gehalten. Nach einer ausschweifenden Rede über mein Talent hielt ich es für einen Scherz Gottes. Der macht ja öfter mal Witze, wenn ich mir mein Leben so ansehe; und sein Humor ist nicht sonderlich gut. Dann offenbarte Mr. Hewitt mir, dass er vorhabe, die Anreise und den gesamten Aufenthalt zu bezahlen, so überzeugt sei er von mir. Ob ich denn bereit wäre, für die Musik das Land zu verlassen, fragte er. Ab diesem Moment war ich aus den Angeln gerissen. Das Schlimmste, was das auslöste, war die urplötzlich aufkeimende Hoffnung. Zu Hause raus, weg, Frieden, Gitarre und einige Jahre nichts anderes. Und wenn ich mich am Riemen reiße, ist es die Chance auf ein Leben für und mit Musik. Es vergingen Wochen, in denen er beharrlich, mal mehr, meistens weniger subtil auf mich einredete.

»Wir dürfen uns nicht durch die begrenzten Vorstellungen anderer Leute definieren lassen«, zitierte er eine Frau namens Virginia Satir, von der er behauptet, sie gekannt zu haben.

Das Zitat ist schlicht und klingt nicht nach den großen griechischen Philosophen. Dennoch war es mir nicht aus dem Kopf gegangen. Nahezu ununterbrochen hatten sich die Worte in meinen Gedanken wiederholt.

Vier Tage vor Beginn der Prüfungswoche flogen wir nach Manchester.

Er hat mich in diesen Tagen spielen lassen, bis ich sicher war, meine Finger würden bluten.

Ich ging zur Prüfung.

Ich werde nie den Blick der Auditoren vergessen, wie sie da saßen, in ihrer Kleidung zwischen englischem Schick und individuellem Künstlergehabe. Die Audition kostet siebzig Pfund. Es ist ihnen egal, wer vorspielt, ihr Geld bekommen sie, ob man besteht oder nicht. Als ich den Raum betrat, wusste ich, dass ich wie ein Kandidat aussah, der nur dazu da war, ihnen in die Kasse zu spielen. Ich trug zwei Stücke vor: Klassik und Flamenco. Beim Wechsel musste ich sogar kurz an Ian denken, der wahrscheinlich Zigaretten nach mir geworfen hätte, wenn er mich gesehen hätte. Mit Grey hatte ich am Morgen telefoniert, wofür er sich sogar extra einen Wecker gestellt hatte, der wegen der Zeitverschiebung mitten in der Nacht klingelte. Er saß danach nervös und mit gedrückten Daumen in seinem dreitausendfünfhundert Meilen weit entfernten Zimmer.

Nach dem ersten Stück hatte sich die Meinung des Auditoriums offenbar geändert, denn es wurde ein zweites verlangt.

»Wenn sie dich zu Ende spielen lassen, ist das gut. Wenn sie das Zweite hören wollen, ist es sehr gut.« Die Erinnerung an Mr. Hewitts Worte hat mir in dieser Pause Mut gemacht. Ich wechselte also die Notenblätter. Die meisten benutzen heute ein Tablet, ich habe aber keins. Mr. Hewitt wollte mir für die Prüfung eines leihen, doch ich bin gewöhnt, diese zusammengeklebten Blätter zu sehen. Auf einem der Blätter, in Takt sechsundzwanzig, passierte der Fehler. Völlig falsch gegriffen, es war schlimm, zumal ich an dieser Stelle nie zuvor einen Fehler gemacht habe.

Als Ende Mai der Brief kam, in dem mir gratuliert wurde, erhielt ich auch direkt eine Liste mit Dingen, die ich zum Semesterstart brauche.

Semesterstart ist in zwei Monaten.

Mit diesem Gedanken, der mich jeden Tag in diesem Haus aufrecht hält, stehe ich auf, suche mir frische Sachen aus dem Wäschekorb und gehe endlich unter die Dusche.

Zu Ian Masons fast schon allwöchentlicher Party komme ich ziemlich spät, wenn man bedenkt, dass ich zuerst nicht wusste, wie ich die Zeit bis dahin herumbekommen soll. Ich habe sie mit schlafen verbracht und bin nun müder als vorher.

Die Straße vor dem Anwesen ist ungeheuer eng. Da ich bereits einige Male aus verschiedensten Gründen hier war, wovon nur einer die Feierlichkeiten sind, weiß ich, wo ich das Auto am besten abstelle, um nicht zugeparkt zu werden. Ich bin jedoch bisher nicht davon überzeugt, dass ich auch wirklich mit dem Auto wieder von hier wegfahre, denn eigentlich hätte ich Lust, etwas zu trinken. Damit müsste ich mich vermutlich im Zaum halten, sollte ich morgen früher aufstehen wollen, um meine Finger noch in eine Ordnung zu bringen, bevor ich zum Unterricht fahre.

So oder so stelle ich den Wagen auf einer vertrockneten Wiese ab, die oberhalb eines Ausläufers des *St. Mary's* grenzt und durch ein Metallgeländer gesichert ist, damit man nicht im tiefer gelegenen Fluss landet. Ganz geheim ist dieser Ort nicht, da ich mich neben fünf anderen Autos einreihe. Als ich aussteige, höre ich bereits Musik. Keine, die ich irgendwie gut fände, doch stupide genug für so einen Abend.

Auf der langen Einfahrt entdecke ich die ersten bekannten Gesichter oder sie erkennen mich. Eines von ihnen gehört Bethany Miller und ich sah es schon zu so ziemlich jeder Tages- und Nachtzeit. Als sie mich sieht, legt sich dieses vielsagende Lächeln auf ihre in Szene gesetzten Lippen. Eigentlich eine lustige Sache, da Bethany Cheerleader ist, und in meiner Vorstellung gehöre ich nicht zum Beuteschema dieser Spezies. Wobei ich so etwas oft behaupte und dann eines Besseren belehrt werde.

Wie zum Beweis auch, als ich um das imposante weiße Haus herum in den Garten gehe. Noch bevor Grey, der mich längst gesehen hat, mich erreicht, baut sich eine junge Frau vor mir auf, die mit ihren schwarzen Locken und erstaunlich langen Wimpern unbestreitbar hübsch ist. Bei der man aber auch deutlich merkt, dass sie getrunken hat. Und es ist erst kurz nach zweiundzwanzig Uhr. Die sehe ich wahrscheinlich nicht mehr lange. Sie ist ein ganzes Stück kleiner als ich und sieht mich mit ihren tiefbraunen Augen fasziniert an. Oder ängstlich. Ich bin nicht sicher. Gespannt darauf, was kommt, lächle ich, was sie sofort erwidert. Offenbar hat sie Mut gefasst, denn sie öffnet ihren Mund, um etwas zu sagen; genau als Grey bei uns ankommt, seinen Arm um meine Schultern legt und breit grinst.

»Ist der für mich?« Er deutet mit dem Kinn auf einen der beiden roten Becher in ihrer Hand und erntet dafür prompt einen bösen Blick.

Ich muss lachen, versuche es aber mit derselben Frage. »Oder für mich?«

Gerade noch aus dem Konzept, ist sie nun wieder bei der Sache und wirft die Locken zurück.

»Wenn du willst, kannst du ihn haben, ja.« Dabei hat sie einen so pikanten Ausdruck, dass man schon ein totaler Nerd sein muss, um es nicht zu verstehen. »Und falls du mehr willst, kannst du es dir bei mir abholen.«

»Okay, ist gespeichert.« Ich schmunzle.

Einen weiteren lasziven Augenaufschlag später habe ich ein Bier in der Hand und sehe ihr hinterher.

Grey hebt die Brauen. »Sollte sie nicht wenigstens ihren Namen sagen?«

Ich winde mich aus seinem Griff. »Wofür?«

Ich steige in sein Lachen ein, trinke daraufhin einen großen Schluck, erinnere mich aber, dass die Heimfahrt noch nicht geklärt ist. Das Bier werde ich auf einer der sandfarbenen Stufen wieder los, die in den oberen Teil des Gartens führen. Alles ist gesäumt von diesen Lampen auf Stöcken, und es gibt zwar keinen Pool, jedoch einen Rasensprenger, unter dem in Badehosen und Bikinis hin- und hergesprungen wird.

Manchmal weiß ich nicht, warum ich zu diesen Partys gehe. Ich bin kein richtiges Mitglied der Collegegesellschaft, ich mag die Musik nicht, ich mag die meisten Leute nicht mal. Aber ich mag auch mein Zuhause nicht. Das ist wahrscheinlich der Knackpunkt. Dann wäre da noch die Wahl zwischen aktuell Bethany und dem Bier-Mädchen. Und Grey ist ein Grund.

»Komm, setz sich da hin«, fordert dieser, grinst und deutet auf eine Gartenbank aus weißem glattem Stein, ähnlich dem vom Springbrunnen in der Innenstadt.

Im Haus der Mason-Geschwister ist nahezu alles weiß. Die Möbel, der Boden, die Wände. Egal ob drinnen oder draußen. Ich habe nicht mal eine Ahnung, was die Eltern der beiden machen, um sich so ein Leben leisten zu können. Jedenfalls arbeiten sie irgendetwas, bei dem man häufig zwei, drei Tage weg ist.

Es ist keine Villa, aber doch eine Nummer für sich. Etwa dreißig Leute sind heute hier. In unseren Garten würden die nicht passen, selbst ohne das Gerümpel darin. Besagte Geschwister bestehen aus Ian und Olivia, wobei Letztere eines Tages der Grund sein wird, weshalb ich hier nicht mehr so bereitwillig reingelassen werde. Ich bin nämlich nicht sicher, ob Ian eine Ahnung davon hat, dass ich weiß, wie das Zimmer seiner Schwester aussieht.

Ich rutsche auf der abgerundeten Lehne der Steinbank umher und nehme eine von Greys Zigaretten, die er mir vor das Gesicht hält.

»Warum sitzen wir jetzt hier?«, erkundige ich mich und Greys Schmunzeln lässt nichts Gutes ahnen.

»Wir sitzen hier, um zu sehen, wie Ian abgeschmettert wird.«

Ich folge seinem Blick und manchmal bin ich echt naiv, denn ich hätte darauf kommen können. Es geht um die kleine Gruppe, die in einiger Entfernung neben der doppelflügeligen Terrassentür steht. Bestehend aus fünf jungen Frauen. Vier kenne ich. Eine davon ist Joy Evans. Und mir dämmert es.

3

»Das ist nicht euer Ernst, oder?«

Grey lacht bitter. »Es geht zwar nur um zwanzig Dollar, aber Ian meint das absolut ernst.«

In diesem Moment kommt nicht Ian, sondern Olivia dazu. In der Hand eine Flasche Baileys. Das Zeug erkenne ich aus jeder Distanz, weil Rafaela, die das Gott weiß woher bekommt, es in ihrem Zimmer bunkert. Olivia beginnt jedem einzuschenken. Alle lachen, Joyce auch, wobei sie dabei allerdings eine ziemlich deutliche, ablehnende Handbewegung macht. Ich kann von hier aus nicht verstehen, was zu ihr gesagt wird, doch es wird erneut gelacht. Sie lacht mit und dann hält sie ihren Becher hin. Joyce trinkt, streicht sich die offenen und in perfekten Wellen liegenden Haare zurück und lächelt. *Sie ist extrem schön.* Unpassender Gedanke in dieser Situation. Aber wahr.

Olivia hebt die Hand und winkt jemanden heran. Ich bin für eine Sekunde nicht sicher, ob ich von so viel Skrupellosigkeit angewidert oder beeindruckt bin, denn es ist Ian, der dazustößt.

»Der ganze Aufwand für zwanzig Dollar?« Ich versuche mich in einem besonders geringschätzigen Blick.

Das Schlimme ist, dass das Spektakel tatsächlich zu funktionieren scheint. Es dauert kaum zehn Minuten, da ist Ian bereits mit ihr in ein Gespräch vertieft. Fünfzehn Minuten später schauen sie sich irgendetwas auf seinem Handy an, schon ziemlich nah beieinander. Unterbrochen wird das Ganze nur von Olivia, die mehrmals nachschenkt. Das Tempo ist beachtlich und ich frage mich, ob das so gewollt ist. Es ist gerade eine zweite Flasche aufgemacht worden.

Ian, der seine dunkelblonden Haare nun zurückstreicht und erstaunlich nett lächeln kann, wird diese Wette gewinnen, daran habe ich mit einem Mal keinen Zweifel mehr.

»Erzählt mir, wie es ausgegangen ist«, sage ich und springe von der Bank.

»Ach, komm.« Grey hebt die Brauen und trinkt den letzten Schluck aus seinem Becher. »Wohin willst du denn?«

Erneut schaffe ich ein vielsagendes Lächeln. »Ich suche die Kleine von vorhin.«

Die Antwort gefällt ihm, denn nun lacht er. »Alles klar, dann bis morgen?«

»Mal sehen«, entgegne ich etwas undeutlicher, was er aber trotzdem richtig einordnet.

»Hängst du wieder in Camden rum? Riecht es in der Bude nicht irgendwie nach altem Mann?«

»Bis die Tage«, entgegne ich schlicht, wende mich zum Gehen und sehe mit einem letzten Blick, wie sich die Szene um Ian und Joyce auflöst. Mehr will ich gar nicht wissen, also ziehe ich von dannen, und obwohl das mit dem Bier-Mädchen nur ein Scherz war, beschließe ich, dass es keiner gewesen ist. Was eventuell daran liegt, dass ich sie zufällig sehe, während ich die Stufen der Gartentreppe hinuntergehe. Eine ihrer Freundinnen macht auf mich aufmerksam und *unauffällig* ist definitiv anders. Mit einem bezirzenden Lächeln kommt sie auf mich zu, ohne dass ich vorher irgendetwas hätte tun müssen.

»Wohin willst du denn?« Sie trinkt an ihrem Becher.

»Es ist langweilig hier«, antworte ich gelassen. »Ich fahre wieder.«

»Und wohin?« Sie legt den Kopf schräg und mein Mund verzieht sich zu einem leichten Schmunzeln.

»Einfach in der Gegend herum.«

»Da wollte ich auch hin. Nimmst du mich mit? «

Ich muss lachen und sie grinst mit erwartungsvollem Blick. Eine Antwort wartet sie gar nicht erst ab, sondern winkt ihren Freundinnen zu, die diese Szene natürlich beobachtet haben.

Meinen geheimen Parkplatz erreichen wir wenig später, ohne viele Worte gewechselt zu haben. Mittlerweile ist ihr Becher leer und sie wirft ihn achtlos zu Boden.

»Bist du sicher, dass du mitfahren willst?«, frage ich, als der Volvo in Sichtweite kommt. Ich will ihr zumindest die Chance geben, es sich anders zu überlegen. »Das ist nämlich mein Auto«, füge ich hinzu, bleibe daneben stehen und lege eine Hand auf das Dach.

Sie macht einen Schritt auf mich zu und ist so nah, dass sie mich berührt. »Ich will da schon seit einer ganzen Weile mitfahren.«

Ich stoße ein kurzes, lautloses Lachen aus, dann ist es mir langsam egal, und ich lasse das mit den Manieren. Beide Hände an ihre Wangen gelegt, küsse ich sie. Fast augenblicklich fährt sie mit ihren Fingern und dazugehörigen Finger*nägeln* unter mein Shirt, und in einer fließenden Bewegung drehe ich mich mit ihr herum, sodass sich ihr Körper zwischen mir und dem Wagen befindet. Es verspricht definitiv spannend zu werden, denn sie hebt ihr Bein an meine Hüfte und macht bereitwillig für mich Platz. Es ist allerdings noch nicht so weit, dass ich es auf einem semi-belebten Parkplatz treibe, was ein Gedanke ist, den ich erst mal zu fassen bekommen muss, so wie sie ihre Hände einzusetzen weiß. Ich beende den Kuss und möchte sie bitten, ins Auto zu steigen, als gefühlt nur wenige Meter entfernt jemand hustet. Es ist dieses spezielle Geräusch, das jeder kennt, der einmal zu viel getrunken hat und dem das ganze Zeug wieder hochkommt. Während meine Begleitung auf die andere Seite geht, trete ich in meiner Neugier einen Schritt zurück und kann hinter die parkenden Autos auf die Uferkante und das Geländer sehen. Joy Evans kauert am schmalen Durchgang zu einer Treppe für Stadtmitarbeiter auf den Knien, hält sich die Haare zurück und spuckt ins Wasser. Kein Ian weit und breit.

»Alles klar?«, fragt es von der Beifahrerseite, wobei die Tür schon geöffnet ist.

Ich will mich gerade abwenden, weil dieser Anblick da vorne nicht so recht in meine Abendplanung passt, als ich ungewollt beobachte, wie Joyce' Handy aus ihrer Tasche fällt. Dann sehe ich, wie sie hektisch versucht, es auf dieser steilen Treppe aufzufangen. Als ich zu ihr eile, denke ich noch, dass sie zu viel getrunken hat, um so auf diesen Stufen herumzuspringen. Einen Wimpernschlag später greife ich ihren Arm.

»Bei aller Liebe«, stoße ich hervor und ziehe sie nach oben. »Das Ding ist weg!« Zur Bestätigung ertönt ein unmissverständliches Geräusch, nachdem das Telefon erst von Stufe zu Stufe prallt und schließlich im Fluss landet.

Joyce starrt einen Augenblick auf das Wasser, auf dem sich die Lichter der Umgebung spiegeln. Dann richtet sie ihre Augen auf mich. Etwa einen halben Kopf kleiner als ich und so nah, dass ich selbst in diesem schwachen Licht die Sommersprossen erkennen kann.

»Fahren wir?«, ruft eine Stimme aus einiger Entfernung.

Joyce wendet kaum merklich den Blick in Richtung meines Autos und ich werde mir bewusst, dass ich sie noch immer festhalte. Sofort lasse ich sie los, woraufhin sie mich wieder ansieht. Ich frage mich, ob sie etwas gesagt hätte, wären wir allein gewesen. Jetzt allerdings dreht sie sich um und geht.

Als ich am nächsten Vormittag aufwache, bin ich wie immer nassgeschwitzt. Es ist so unerträglich heiß im Zimmer, dass ich in Unterwäsche am Bettlaken festklebe. Und obwohl ich eigentlich früh wieder hier war, konnte ich erst irgendwann am Morgen einschlafen. Gegen halb fünf habe ich zuletzt auf die Uhr gesehen. Sarah – zu guter Letzt habe ich doch noch ihrem Namen erfahren –, habe ich schon knapp eine Stunde nach dem kleinen Zwischenfall mit Joy Evans Zu Hause abgesetzt. Nicht ohne das Angebot zu erhalten, bei ihr zu übernachten.

Ich schleppe mich unter die Dusche und suche wenig später im Kühlschrank nach etwas Essbarem. Bier, Eier, noch mehr Bier und irgendwelche Reste. Ich rieche an der Milch, und nachdem sie vorerst nicht den Eindruck macht, als müsse ich in ärztliche Behandlung, wenn ich sie zu mir nehme, hole ich mir die Packung Cornflakes vom Schrank.

»Du kannst deinen faulen Arsch bewegen und Einkaufen fahren«, ruft es aus dem Wohnzimmer.

Ich muss mich nicht umdrehen, um zu wissen, dass er im Sessel sitzt, die Füße auf dem ramponierten Schemel, die Dose in der linken Hand und die Fernbedienung in der rechten. Es ist Samstag, er hat frei. Meine Mutter nicht, denn sie arbeitet an sechs Tagen in der Woche.

»Ich habe es satt, dass du hier alles wegfrisst und keinen Cent für irgendetwas bezahlst«, brummt er weiter.

Ich schütte die Cornflakes in die Schüssel.

»Wo ist das ganze Geld, was du in dem Laden bekommst? Irgendetwas wirst du dort ja verdienen oder nicht?«

Ich gieße die Milch über die Flakes.

»Steckst alles den scheiß Inselaffen in den Arsch, anstatt deine Familie zu unterstützen.«

Ich nehme meine Schüssel und gehe damit wieder die Treppe hoch.

»Nichtsnutzige Plage«, höre ich noch, gerade laut genug, dass ich es verstehen kann.

Es ist fast Mittag, und als ich mit dem Frühstück fertig bin, bleibt mir noch immer eine Stunde, bis der Unterricht beginnt. Bis ich hier rauskomme.

Weil ich mich daran erinnere, einen zwanzigminütigen Vortrag über Disziplin anhören zu müssen, sollte ich erneut ungelernt bei Mr. Hewitt auftauchen, packe ich die Gitarre aus und suche nach den kopierten Noten, die ich am Bettende finde.

Das Stück spiele ich zweimal durch und zweimal mit den gleichen Fehlern. Beim dritten Versuch poltert die Stimme meines Vaters durch den Flur, und zwar beunruhigend nah.

»Höre ich von dieser Scheiße noch einen Ton, fliegst du raus!«

Damit knallt die Tür zum Bad zu.

Ich schließe kurz die Augen, atme durch und packe dann beinahe hektisch die Gitarre zurück in ihre Hülle, schiebe das Handy in die Gesäßtasche und flüchte. Ich weiß nicht, was er im Bad treibt und wie lange es dauert, aber ich muss ihn heute nicht noch einmal sehen, wenn es sich irgendwie vermeiden lässt. Ich ziehe die Stiefel an, schließe sie aber nicht.

Kaum bin ich aus der Tür heraus, prallt mir die flimmernde Hitze ins Gesicht. Und als ich die Beifahrertür öffne, um die Gitarre abzulegen, bin ich mir sicher, wenn ich in diesen Wagen einsteige, werde ich wie ein Marshmallow schmelzen.

Im Auto frage ich mich unwillkürlich, ob mein Erzeuger irgendwann dahinter steigt, dass ich ihm nicht antworte. Seit Wochen ignoriere ich ihn so gut es geht. Statt auf seine ständigen Parolen einzugehen, zähle ich einfach die Tage, ab wann ich sie endgültig nicht mehr ertragen muss. Ich glaube, dass er es mitbekommt, denn ich habe das Gefühl, dass die Beleidigungen zunehmen. Als wolle er wissen, wann ich endlich die Nerven verliere. Zuletzt ist es vor zwei Wochen passiert. Manchmal entlädt sich diese ganze gesammelte Wut mit nur einem falschen Wort.

Mr. Hewitt hatte mich angesehen und zuerst dachte ich, er würde unangenehme Fragen stellen, doch das tat er nicht. Nie. Er nickte nur nachdenklich und meinte schließlich: »Deine Hände sind dein kostbarster Besitz. Bringe sie nicht in Gefahr. Nicht für Menschen, die es nicht wert sind.«

Kurz gesagt: Geh deinem verfickten Vater aus dem Weg, lass dich nicht provozieren und hör endlich auf, dich zu schlagen.

Ich bin heute sogar pünktlich. Die Scheiben lasse ich ein Stück weit unten, als ich das Auto verriegle und zum Anbau gehe. Es steht hier in praller Sonne, und wenn ich in einer Stunde wieder einsteige, werde ich wahrscheinlich in Flammen aufgehen.

Ich nehme die Cappy ab, weil er sie nicht leiden kann und mir diese Vorträge in den ersten Wochen des Unterrichts bei ihm wirklich auf den Keks gegangen sind.

Während ich sie an einer Gürtelschlaufe befestige, warte ich, dass jemand mir aufmacht. Falls nur Mr. Hewitt da ist, kann es schon mal etwas dauern. Mit hundertdreizehn Jahren ist man nicht mehr so schnell.

Es ist jedoch Mrs. Hewitt, die öffnet und ein heiseres Lachen ausstößt.

Ihr Gesicht ist fleckig und ihre Augen ungeschminkt, was auffällt, weil ich sie in den drei Jahren, in denen ich hierherkomme, noch nie ohne Make-up gesehen habe. Ihre Haare sind zu einem einfachen Zopf gebunden, der sie jünger wirken lässt, aber ebenfalls eigenartig unpassend wirkt.

»Natürlich«, setzt sie leise an und es klingt mehr, als rede sie zu sich selbst. »Du kommst momentan auch samstags.«

»Habe ich etwas vergessen?«, frage ich verunsichert. »Er sagte gestern bis morgen, deshalb …«

»Es tut mir leid, dass dich niemand angerufen hat, Gabriel. Wir sind alle noch etwas durcheinander. Mein Vater ist letzte Nacht verstorben.«

Ich stehe da und sehe zu, wie sie tief Luft holt, lächelt und sich über die Augen wischt.

Ich möchte auch atmen. Ich will Luft holen.

Ich kann nicht.

Mein Körper wird von einer eisigen Welle erfasst. Sie kriecht die Beine hinauf und lässt meine Knie weich werden. Sommerhitze und panische Kälte kämpfen um Raum, und mir wird schwindlig. Endlich ziehe ich tief, und wie ich hoffe, unauffällig die Luft ein, während meine Finger sich krampfartig um den Schultergurt der Gitarrentasche schließen.

»Okay«, sage ich.

Wir können nicht vor die Tür gehen, es regnet. Okay.

Ich rufe dich morgen an. Okay.

Ein Mensch, der dir wichtig ist, ist gerade gestorben. Okay.

»Danke. Und mein Beileid«, sage ich, um mich dann umzudrehen, und nur den einen Gedanken habe, ins Auto zu kommen, bevor es darin zu heiß wird. Es steht seit fünf Minuten in der prallen Sonne.

»Gabriel?«

Ich bin bereits in der Mitte der Einfahrt, als ich gerufen werde und mich umdrehe.

»Mein Vater hat viel von dir gesprochen. Du warst für ihn mehr als nur ein Schüler.« Sie lächelt kläglich und ringt um Beherrschung. »Vielleicht könntest du auf der Beerdigung ein paar Worte sagen.«

Meine Kehle zieht sich zusammen.

Er hat viel von dir gesprochen.

Kein Mensch redet viel von mir.

Ich will auf keiner Beerdigung irgendetwas *sagen*, aber ich nicke schwach.

Dann sitze ich endlich im Wagen. Die Gitarre auf dem Beifahrersitz und die Scheiben beider Fenster unten, denn mein Auto ist zu alt, um eine Klimaanlage zu haben. Mein Kopf ist leer und es ist erstaunlich, wie man trotzdem funktioniert. Man sollte meinen, dass man mit leerem Kopf schnell gegen eine Wand fährt oder einen Fußgänger übersieht, aber nein. Seaford ist allerdings auch nicht so groß, dass man Beeindruckendes im Straßenverkehr erleben würde.

Ich parke direkt vor unserem Haus, schalte den Motor ab und

sehe die Straße mit ihren unzähligen identischen Reihenhäusern hinunter. Die Straße, in der ich die letzten vierzehn Jahre meines achtzehnjährigen Lebens verbracht habe.

Es ist Samstag. Früher Nachmittag, bei bestem Wetter.

Ich weiß überhaupt nicht, was ich jetzt machen soll. Da sind so viele neue Möglichkeiten, ohne die Verpflichtung, jeden Tag zum Unterricht gehen zu müssen. Ich könnte an den See in der Nachbarstadt Bayside fahren. Ich bin dieses Jahr erst zwei Mal dort gewesen, aber da ich die kürzeste Strecke über die Landstraße meide, müsste ich einen ziemlichen Umweg machen. Vielleicht fahre ich einfach an den *St. Mary's River*, wo wir ohnehin immer sind.

»Was tust du hier?«

Ich erschrecke so sehr, dass ich sogar vom Fenster wegrücke, während Rafaela noch lacht, bevor ihr Ton schlagartig ernst und ihre Augen schmaler werden. »Alles okay?«

Ich sehe aus dem Augenwinkel, dass sie mich mustert. Doch ich meide ihren Blick und starte den Motor.

Das ruckartige Anfahren lässt sie einen Fluch ausstoßen und einen Satz zurückmachen. Kurz darauf lasse ich die Reihenhäuser hinter mir, ziehe mein Handy hervor und rufe Grey an.

Knapp eine Stunde später ist es besser. Oder verschwommener.

Ich liege auf dem Rücken und betrachte diese eine Wolke, die ungerührt am Himmel steht. Ohne den Blick von ihr zu nehmen, strecke ich meinen Arm aus, Grey drückt mir die Flasche in die Hand und ich drehe den Kopf zur Seite, um sie an den Mund zu führen. Der Whiskey ist handwarm und ich spüre ein leichtes Brennen, als er mir die Kehle hinunterfließt. Eigentlich mag ich keinen Whiskey, aber es ist das, was Grey am einfachsten auftreiben kann, weil sein Vater ihn in seinem Keller sammelt.

Es klickt ein Feuerzeug, und Grey steht nun genau so, dass er die Sonne verdeckt und angenehmen Schatten spendet. Ich strecke erneut die Hand aus und er platziert die Kippe zwischen meinen Fingern.

»Ich habe gegoogelt, ob hier schon jemand abgestürzt ist«, höre ich ihn sagen und hebe nun schwerfällig den Kopf, um zu sehen, was er macht.

Er hat mir den Rücken zugewandt und betrachtet den Abhang. Maryland ist nicht gerade für seine Gebirgsketten bekannt. Der *Carrey Hillside* ist einer von drei Hügeln, die es in Stadtnähe gibt. Man kann über ganz Seaford bis ans andere Ende der Stadt blicken, wo der *St. Mary's River* liegt. Man muss nur den Elan haben, hier hochzusteigen.

Auf der Gipfelebene ist eine Lichtung, weshalb man der Sonne ziemlich ausgeliefert wird. Zumindest auf dem kleinen Plateau, das auf der einen Seite in den Abhang mündet, auf der anderen in Waldgebiet übergeht. Zwischen den Felsabschnitten sind immer wieder mit hellbrauner, staubtrockener Erde gefüllte Mulden. Dieser Platz ist nicht größer als ein gewöhnliches Zimmer, und selbst hier oben weht heute kein Lüftchen.

»Keiner gefallen, keiner gesprungen«, berichtet Grey weiter, dreht sich zu mir um und einen Moment sehen wir uns in die Augen.

Es ist das erste Mal, dass er seit dem Vorfall im September wieder hier ist. Er steht einige Schritte von der Kante entfernt, genau dort, wo ich eine imaginäre Linie gezogen habe, die auf keinen Fall übertreten werden darf.

Er lässt sich neben mich sinken und fordert die Flasche.

Ich trinke einen großen Schluck und reiche sie ihm. Dann ziehe ich an der Kippe und muss feststellen, dass in diesen wenigen Sekunden Unachtsamkeit meine Wolke ihre Form verändert hat und ich es verpasst habe.

»Was passiert jetzt?«, fragt er zaghaft.

Die von mir verursachte Stille wird nur von den Vögeln und Zikaden durchbrochen.

»So tragisch sein Tod auch ist«, setzt er nach einer Weile an, »du hast bereits die Zulassung. Es geht also weiter wie geplant.«

Ich nehme einen Zug und betrachte den grauen Rauch, der zu meiner Wolke aufsteigt, sie jedoch nie erreicht.

»Konnte er dir überhaupt noch etwas beibringen?« Grey trinkt und will nun die Zigarette zurückhaben. »Ich meine, du kannst doch eigentlich schon alles, oder?« Nun legt er sich ebenfalls auf den Rücken und starrt mit mir zum Himmel. »Aber dann müsste keiner auf so eine Schule gehen«, ruft er sich in Erinnerung, dreht den Kopf und mustert mich. »Du hast dort alle paar Monate eine Prüfung, richtig? Das bekommst du auch allein hin. Er hätte dir von hier aus sowieso nicht mehr helfen können.«

Ich strecke die Hand nach der Flasche aus, während die Wolke kurz davor ist, sich in der Mitte zu teilen. Oder ich sehe doppelt, das ist ebenso möglich.

Ich betrachte meine Finger, wie sie das Glas umschließen.

Ein alter Mann hat mir eingeredet, dass diese Finger alles schaffen können, wenn sie hart genug dafür arbeiten.

»Was willst du auf der Beerdigung eigentlich sagen?«, fragt Grey und sieht wieder nach oben.

»Ich habe keine Ahnung«, antworte ich und spreche damit zum ersten Mal, seit wir hier sind.

Am Sonntag, acht Tage später, werde ich wach und habe nicht geschlafen. Im Dämmerzustand wird mir klar, dass das keinen Sinn ergibt. Weil man nur wach werden kann, nachdem man zuvor geschlafen hat, und so komme ich zu dem Schluss, dass ich um fünf Uhr zum letzten Mal auf die Uhr gesehen habe. Jetzt ist es acht und der Handywecker klingelt unerbittlich neben meinem Kopf. Ich habe keine Kopfschmerzen. Das ist gut. Nach der vergangenen Woche ist das keine Selbstverständlichkeit.

Seit letzten Samstag ist alles eine einzige Suppe.

Eine wodkahaltige, widerliche und nichtssagende Brühe.

So genieße ich meinen Sommer ohne Verpflichtungen.

Dennoch hatte ich gestern diesen kurzen, klaren Moment, der mir sagte, ich könne so nicht weitermachen, wenn ich heute um halb zwölf auf der Beerdigung stehen und irgendetwas über Harold Hewitt erzählen soll.

4

JOYCE

Es ist wie dieses Spiel, bei dem derjenige verliert, der zuerst zwinkert. Es geht um mich oder die Frau im Spiegel, und weder sie noch ich will sich ergeben. Letztendlich wende ich mich ab und muss wirklich einige Male zwinkern, um die Augen zu befeuchten. Fast könnte man darüber lachen, wie trocken sie in den letzten Tagen waren. Nicht eine einzige Träne kam und ich hatte jede Sekunde mehr das Gefühl, sie stecken alle in meiner Brust fest und verdrängen die Luft darin.

Ich wühle in meinen Schminksachen und habe den Kajal schon angesetzt, als mich wieder der Blick dieser Frau im Spiegel trifft und mich zu fragen scheint, was ich hier eigentlich tue. Einen langen Moment sehen wir uns an, dann bringe ich etwas Abstand zwischen uns. Ich habe keine Lust und keine Kraft dafür. Ich sehe auch keinen Sinn darin. Sollen sie denken, was sie wollen. Sollen sie alle dahinterkommen, dass ich nicht morgens so perfekt wie auf den Bildern aus dem Bett steige. Es ist mir egal.

Ich werfe mein Make-up in die Kiste zurück, als wäre so etwas ein Statement. Für was auch immer.

Ich mache einen großen Schritt nach hinten und versuche, so viel wie möglich von mir im Spiegel zu erkennen. Mein Kleid ist cremefarben. Nicht einmal dunkelgrau, geschweige denn schwarz. Als würde eine Farbe Aufschluss darüber geben, wie schlecht es jemandem geht. Als würde irgendwas von dem hier heute ausreichen, zu zeigen, was mir weggenommen wurde.

»Joy?«, ruft es über den Flur und mein Magen zieht sich zusammen, weil ich weiß, dass die Zeit vorbei ist, in der ich mich hier drin vor der Realität verstecken kann. »Wir müssen jetzt runter.«

Als meine Finger den Türknauf umschließen, versuche ich Luft zu holen. Doch ich kann noch sooft tief einatmen, es kommt nichts an.

Kaum, dass ich die Tür geöffnet habe, stehe ich auch schon vor meiner Mutter.

»Was hast du denn die ganze Zeit da drin gemacht, du bist ja noch gar nicht fertig.« Sie runzelt leicht die Stirn, lächelt daraufhin aber schwach. »Schatz, du siehst etwas kränklich aus. Du hast nicht einmal die Haare gemacht«, fügt sie in resigniertem Ton hinzu.

Sie redet schnell, hektisch, irgendwie abwesend.

Meine Haare hängen glatt und leblos über meine Schultern. Es ist mir egal.

»Nun gut«, murmelt sie, und ich glaube eher zu sich selbst.

Sie meint es nicht böse. Ich weiß, dass es ihr nicht gut geht. Dazu kommt der Stress des heutigen Tages, denn seit frühstem Morgen kommen Menschen hierher. Verwandte, die ich ewig nicht gesehen habe. Auch mehrere angeheiratete Onkel oder Tanten, die wir noch letztes Jahr in England besucht haben. Eine Großtante, die ich nur von Paketen, die sie uns schickt, kenne. Ein Onkel von der Seite meines Vaters. Bei allen anderen habe ich den Überblick verloren. Ich habe nicht mal am Frühstück teilgenommen und es erschließt sich mir nicht einmal, warum jemand sich das antut und überhaupt eines ausrichtet. Weil man es wahrscheinlich so macht.

Einige dieser Leute sehe ich damit zum ersten Mal, als ich meiner Mutter in den Garten folge. Hier steht der riesige weiße Pavillon, der auch aufgebaut wird, wenn eine Party veranstaltet wird. An meinem achtzehnten Geburtstag vor zwei Monaten stand er ebenfalls.

Die Dekoration ist hübsch, mit all den weißen Lilien. Ich glaube, dass es Lilien sind. Meine Mutter hat darüber gesprochen, aber ich kann mich nicht mehr so richtig erinnern. Die ganze letzte Woche ist wie in einem Dunstschleier verschwunden.

Unser Platz ist in der ersten Reihe. Ich will dort nicht sitzen, habe jedoch lernen müssen, dass es überall und für jede Situation Regeln gibt, die man unter gar keinen Umständen brechen darf. Die Familie sitzt bei einer Beerdigung in der vordersten Reihe. So ist das nun mal.

Ich denke nicht, mein Gefühl, dass jeder uns ansieht, als wir durch den Mittelgang nach vorne gehen, täuscht mich. Ein Meer aus fünfzig schwarz gekleideten Personen.

Vielleicht hätte ich ein anderes Kleid anziehen sollen, aber er mochte es nicht, wenn ich Schwarz trage.

Als Erstes passieren wir die Schüler, die auf der hintersten Bank ihre Plätze haben. Meine Mutter hat mehrere von ihnen eingeladen. Ich weiß nicht, ob auch alle gekommen sind.

Es folgen die Freunde der Familie. Hier habe ich keine Ahnung, wer anwesend ist, denn ich halte den Blick stur auf das braune Rednerpult gerichtet, hinter dem bereits jemand steht. Hoffentlich kein Pfarrer. Mein Großvater war gläubig, doch er verachtete die Kirche. Jede, egal welcher Religion. Er brachte oft Kommentare dazu, die meine Mutter empört mit der Zunge schnalzen ließen. Als ich mich setze, bin ich mir jedoch nicht sicher, ob man sich wirklich nach seinen Ansichten gerichtet hat.

Mir wird von hinten eine Hand auf die Schulter gelegt, die tröstlich wirken soll, das weiß ich. Meine Mutter übernimmt es, sich für diese Geste zu bedanken. Die Hand lässt von mir ab, ich schlage die Beine übereinander und klemme meine trotz der Sommerhitze kalten Finger zwischen sie. Mein Vater, der bereits rechts von mir auf seinem Platz saß und auf uns wartete, legt eine Hand auf mein Knie, streichelt kurz mit seinem Daumen darüber und zieht sie wieder zurück. Am Todestag habe ich ihn zum ersten Mal nach drei Wochen wiedergesehen. Er schreibt mir bemühte Nachrichten, seit er ausgezogen ist, aber es wird weniger. Ich bin nicht richtig wütend darüber, eher resigniert. Ich kann es ohnehin nicht ändern und ich bin wahrlich nicht das einzige Trennungskind der Welt. Unwillkürlich frage ich mich, ob seine junge Freundin hier ist, glaube es jedoch nicht. So skrupellos wäre niemand. Ich denke, dass es schwer für ihn ist, denn er mochte meinen Großvater. Es ist denkbar, dass meine Mutter meinen Vater ohne ihn nicht geheiratet hätte, da ihre Mutter, die ich nur aus Erzählungen kenne, nicht gut auf Amerikaner zu sprechen war. Und schon gar nicht auf die *Tellerwäscher*, die so unglaublich weit davon entfernt waren, Millionär zu werden. Mein Großvater hatte aber eine Fähigkeit: Ein Mensch konnte sein tiefstes Inneres noch so verbergen, er erkannte es. Ich hätte nie seine Meinung über jemanden angezweifelt. Außer der über mich vielleicht.

Zum ersten Mal, seit er tot ist, spüre ich das Brennen in meinen Augen und mein Herz schmerzt. Ich fühle realen körperlichen Schmerz. Ich schaffe das hier nicht. Ich *kann* diesen Tag nicht überstehen.

Es ist tatsächlich ein Pfarrer.

Gleich zu Anfang wird aus der Bibel gelesen, es werden Gleichnisse vorgetragen und es wird darüber gesprochen, was für ein guter Mann Harold Hewitt gewesen ist. Es wird von England und seinem Leben dort geredet. Auf alles habe er verzichten und immer arbeiten müssen. Eine schwere Jugend in den Nachkriegsjahren.

Ich schließe die Augen, während dieser fremde Mensch Anekdoten vorträgt, die er zwar auswendig aufsagt, zur Sicherheit jedoch auf einen Zettel geschrieben hat.

Etwa in der Hälfte der Zeremonie wird Musik gespielt und zum ersten Mal habe ich das Gefühl, es ginge wirklich darum, das Wesen meines Großvaters zu beschreiben. Ein Junge, den ich schon oft gesehen habe, dessen Namen ich aber nicht kenne, und ein Mädchen spielen ein Lied von Brahms, das ursprünglich für Chöre komponiert wurde. Beide sind etwas jünger als ich, vielleicht sechzehn. Ich betrachte sie, wie sie nebeneinander auf ihren Stühlen sitzen, in Schwarz gekleidet und konzentriert auf ihre Hände schauen. Sie brauchen keine Noten. Jeder Ton und jede Bewegung ihrer Finger dringen in meinen Körper und heftet sich an die Enge in meiner Brust.

Es wird im Haus noch stiller werden, ohne die Musik.

Als sie ihr Stück beendet haben, bekommen die beiden leisen Applaus. Sie lächeln zwar, wirken jedoch leicht eingeschüchtert und scheinen eher froh, es überstanden zu haben.

Es ist Sonntag. Wahrscheinlich haben die meisten Schülerinnen und Schüler bereits in der kommenden Woche Unterricht bei einem anderen Lehrer. Er war eben nur irgendein alter Mann, der Gitarre spielte.

»Werden wir für einen Augenblick Zuhörer der Worte eines Schülers, der für einige Jahre von Harold Hewitt die Kunst der Musik erlernen durfte.«

Die Stimme des Pfarrers wirkt nach den Gitarrenklängen wie ein harter Bruch.

Ich habe von der Planung der Beerdigung nichts mitbekommen. Meine Mutter hat alles organisiert. Was ich ab und zu gehört habe, waren die Beschwerden über Lieferanten. Der Florist sei zu teuer, das Catering zu spärlich. Ich wusste nicht, dass sie einen protestantischen Pfarrer angeheuert haben, und mir war nicht bewusst, dass jemand hier eine Rede halten würde. Dabei finde ich es gut, dass sie einen der Schüler zu Wort kommen lassen, weil es das ist, was meinen Großvater ausgemacht hat: die Gitarre und nicht die Hilfsarbeiten, die er schon als Kind bewältigen musste. Diese Schüler waren es. Selbst das kleine siebenjährige Mädchen, das immer montags Unterricht hatte, wäre geeigneter hier zu sprechen als dieser Pfarrer.

Es wird etwas unruhig und das Murmeln holt mich aus den Gedanken. Ich drehe den Kopf, um zu sehen, was nicht stimmt, und verstehe, dass der erwartete Redner bisher nicht aufgestanden ist. Vielleicht ist er nicht gekommen.

Meine Mutter atmet auf, im Moment, als ich mich wieder nach vorne richte.

Dann endlich kommt er und eine Sekunde lang vergesse ich, Luft zu holen. Wenn ich jedoch nur einmal darüber nachdenke, war es vollkommen klar, dass er dieser Schüler sein wird, der hier spricht.

Zum ersten Mal spüre ich den Hauch einer Beteiligung an diesem Nachmittag, als Gabriel Álvarez hinter das Pult tritt. Er trägt eine schwarze Cargohose ohne Löcher, was nicht selbstverständlich ist. Seine Hosen sind immer zerrissen, selbst im Winter. Obwohl die Stiefel meines Erachtens gut gepasst hätten, stecken seine Füße in normalen Converse. Dazu ein schwarzes T-Shirt, ohne jeden Aufdruck. Keine Cappy. Ich glaube nicht, ihn in diesem Sommer einmal ohne gesehen zu haben. Außer wenn er zum Unterricht kam, dann nahm er sie ab. Ich kann den Eingang zum Anbau von meinem Fenster aus sehen.

Seine Haare sind schwarz und zu lang, um noch als kurz zu gelten. Sie verdecken seine Ohren und fallen ihm in die Stirn. Er hat markante Wangenknochen und dunkle Augenbrauen. Über ihn als Mensch mag man streiten können, aber dass er ein schönes Gesicht hat, ist unumstritten. Ich wüsste niemanden, der das leugnen würde.

Als Gabriel Álvarez zu sprechen beginnt, kann ich ihm die Anspannung ansehen. Er hat keinen Zettel, trotzdem sieht er in den ersten Sekunden nur auf das Pult unter seinen Fingern. Ich frage mich, ob seine Freunde wissen, wo er ist und was er hier tut, und wer von ihnen überhaupt weiß, dass er Gitarre spielt.

»Ich wurde gebeten, etwas über meinen Lehrer zu erzählen.« Er macht eine Pause, als wolle er durchatmen, weil er die erste Zeile geschafft hat.

»Ich weiß gar nicht, was ich sagen soll, weil ich weder zur Familie noch zu seinen Freunden gehöre. Gehörte.« Er verbessert sich und über meinen Mund huscht ein kurzes Schmunzeln, weil ich sehe, wie er versucht, seinen Faden nicht zu verlieren. »Ich kann im Grunde nur erzählen, wie er zu mir war, obwohl ich eben nicht zum engen Kreis gehörte.«

Abermals atmet er durch und diesmal muss ich meine Zähne aufeinanderpressen, als meine Kehle sich schmerzhaft verengt. Ich weiß nicht, woran es liegt. Vielleicht weil Gabriel der Erste ist, der eine Emotion zeigt, selbst wenn er es offenkundig nicht möchte.

»Mr. Hewitt war der erste Mensch, der mir gesagt hat, dass ich etwas schaffen kann und ein Talent habe. Er war der erste Mensch in meinem Leben, der eine Menge Geld für mich ausgegeben hat, weil er an mich geglaubt hat.«

Zum dritten Mal macht er eine Pause, den Blick auf das Pult gerichtet, als läge dort ein Zettel. Seine Worte treffen mich mit voller Wucht, denn ich *will*, dass jeder weiß, dass mein Großvater mehr war als ein gebrechlicher alter Mann, der zu viel schwafelte und etwas Gitarre spielte. Auch die hier Anwesenden, die nicht jeden Tag Zeit mit ihm verbracht haben, sollen es wissen.

Wie Gabriel ziehe ich die Luft ein und presse erneut die Zähne aufeinander. Mein Vater legt seine Hand auf mein Knie, streicht kurz darüber und zieht sie wieder zurück, als sei es wirklich ein Trost. Als könne diese nichtssagende Geste auffangen, was in dieser Familie passiert.

Und dann sieht er mich an. Gabriels Blick trifft mich vollkommen unvermittelt. Wobei ich mir der Ironie des Gedankens bewusst werde, da ich in der ersten Reihe sitze. Ich erinnere mich schlagartig an mein ungeschminktes Gesicht und bin mir ab diesem Moment nicht mehr sicher, ob er mich tatsächlich erkennt und ob er überhaupt eine Ahnung hat, wer ich bin. Ich sollte nicht automatisch davon ausgehen, dass jeder *Joy Evans* kennt.

Ich denke nicht, dass ich Gabriel Álvarez jemals so lange in die Augen gesehen habe. Wir waren auf der High School in einem Jahrgang, und er war der Junge, der unzählige Stunden seines Lebens damit verbracht hat, sich vor dem Direktor zu rechtfertigen. Ich habe mich manchmal gefragt, was ihn so wütend macht, dass er sich ständig schlagen will. Dieser Junge, der immer irgendwelche blauen Flecken hat, trifft heute genau die Worte, die ich nicht aushalte.

Ich kann nichts mehr davon ertragen.

Ich stehe auf und weiß, dass ich ihn ganz sicher irritiere. Dass ich meine Mutter irritiere. Dass ich Tanten und Onkel und Cousins und Nachbarn irritiere.

Ich höre Gabriels Stimme wieder, verstehe jedoch nicht mehr, was er sagt, als ich durch den Mittelgang zurück zum Haus gehe.

Ich hetze die Treppe hinauf ins obere Bad, mir bewusst, dass ich vielleicht nur Minuten habe, bis meine Mutter mir folgt. Ich reiße die riesige Tür des überteuerten Spiegelschranks auf und lasse den Blick über all die Fläschchen und Döschen meiner Mutter gleiten. Pillen in jeder Form, Farbe und Dosierung. Ich streife mit der Hand an den Etiketten entlang, schüttle dann aber wie zur eigenen Ermutigung den Kopf und verlasse das Bad. Stattdessen eile ich die Treppe wieder hinunter, gehe in die Küche und werde unvermittelt von der Tatsache überwältigt, dass das Catering bereits geliefert wurde. Nach der Trauerfeier in unserem Garten werden wir gemeinsam zum Friedhof fahren, wo ich den schlimmsten Abschnitt des Tages irgendwie hinter mich bringen muss. Anschließend kommen wir zurück und es gibt etwas zu essen.

Dieses Essen.

Prüfend drehe ich mich zur Tür um, ob sie geschlossen ist. Daraufhin hebe ich den Deckel eines Speisewärmers an und der Duft winziger in Butter getränkter Salzkartoffeln mit Rosmarin dringt in meine Nase. Ich kann körperlich fühlen, wie er sich an jede Verknüpfung meines Verstandes heftet. Fest entschlossen, die Küche einfach zu verlassen, schließe ich den Behälter wieder und bin schon fast an der Tür, als ich dem erliege.

Ich esse innerhalb von Minuten von nahezu allem etwas, einschließlich einer Schale Schokoladenpudding. Bereits unruhig hole ich eine Dose Cola aus dem Kühlschrank, verlasse die Küche wieder und zerre die Makramee-Umhängetasche von der Garderobe. Als ich damit ins Wohnzimmer haste, ist die Cola bereits zur Hälfte ausgetrunken und die Kohlensäure schmerzt. Ich nehme zwei Flaschen Wein aus der Vitrine meiner Mutter, stecke sie in die Handtasche und bin Sekunden danach zurück im Bad, wo ich den letzten Schluck aus der Dose trinke.

Kaum fünf Minuten später trete ich in den Flur, als mein Vater die Treppe heraufkommt, um nach mir zu sehen.

»Es geht mir gut«, sage ich und ringe mir ein Lächeln ab. »Ich schaff das schon.«

Die Fahrt zum Friedhof dauert etwa zwanzig Minuten. Ich sitze auf der Rückbank, den Kopf an die Scheibe gelehnt und sammele jeden Rest Stärke zusammen, die mir noch zur Verfügung steht.

Ich laufe direkt hinter dem Sarg, wo die Familie ihren Platz hat. Doch nachdem der Weg überstanden ist und man diesen verzierten Kasten auf die Vorrichtung setzt, mit der er später in den Boden gelassen wird, erkenne ich, dass ich diese Kraft nicht habe.

»Du bereitest vor mir einen Tisch im Angesicht meiner Feinde«, floskelt der Pfarrer in seiner Routine. »Du salbtest mein Haupt mit Öl und schenkest mir voll ein. Gutes und Barmherzigkeit werden mir folgen, mein Leben lang.«

Flach atmend dränge ich mich durch die Leute, durch all die Tanten und Freunde, die ich nicht kenne. Ohne mich umzudrehen, renne ich erneut weg von der Gesellschaft und ihren nichtssagenden Tränen, während ich die Hand fest auf meine Tasche drücke, damit die Flaschen keine verräterischen Geräusche erzeugen. Ich will nicht mehr denken müssen. Ich will weg vom Sarg, in dem mein Großvater niemals liegen wollte, weil er Anhänger von Feuerbestattungen war. Er hat es gesagt, aber niemanden hat es am Ende gekümmert.

Der Ein- und Ausgang des *Quietude Central Burial Ground* besteht aus einem riesigen schwarzen Eisentor, das sich in den restlichen hohen Zaun einfügt, der den Friedhof umgibt. Direkt davor ist der Parkplatz, und ich habe kaum einen Fuß darauf gesetzt, als ich schon eine der Weinflaschen hervorziehe. Die Resignation überfällt mich mit ungebremster Grausamkeit. Ich war mir sicher, dass es Schraubverschlüsse sind. Der Rotwein hat Korken, der Weißwein ist verschraubt, das war in meinem Kopf bis zu diesem Moment eine unumstößliche Tatsache. Nun stoße ich ein ungläubiges Lachen aus. Dann, übergangslos, verzieht sich mein Gesicht bei dem Versuch, unter den unaufhaltsamen Tränen keinen Laut von mir zu geben. Ich presse ein schmerzerstícktes Jammern heraus und atme daraufhin stockend und genauso geräuschvoll wieder ein. Mein bebender Körper versucht, meine Hände dazu zu bringen, die Flasche zurückzustecken, doch der Verschluss der Tasche lässt sich nicht öffnen.

»Das ist verdreht.«

Ich reiße den Kopf herum. Irritiert und geschockt von der bekannten Stimme hinter mir.

Gabriel Álvarez' Blick ist wachsam. Er steht mit Zigarette zwischen den Fingern, einige Schritte von mir entfernt und lehnt am Zaun. Sein plötzliches Auftauchen sorgt zumindest dafür, dass ich schlagartig ruhiger werde. Als habe mich der Schock auf den Boden zurückgeworfen. Ich atme noch immer abgehackt, beginne jedoch langsam, einen klaren Gedanken zu fassen.

Seine Augen richten sich kurz auf die Flasche in meiner Hand. Automatisch folge ich diesem Blick und bin eine Sekunde später endlich in der Lage, die verhakte Schnalle zu öffnen, um den Wein in der Tasche verschwinden zu lassen.

»Was machst du hier?«, frage ich bemüht neutral, als hätte er mich nicht in den letzten Minuten beobachtet.

Gabriel verzieht keine Miene, als er seine Zigarette an den Mund hebt. Seine fast schwarzen Augen fixieren mich, während er einen Zug nimmt und die Sonne des wolkenfreien Tages auf uns herunter scheint.

Dann sieht er auf das Friedhofsgelände, doch es wirkt ungewollt, wie ein Reflex.

»Soll ich dich nach Hause fahren?«, fragt er in die Stille und mustert mich wieder. Wahrscheinlich liegt es an meinem Ausdruck, dass er die Brauen zusammenzieht. »Du bist dort weg«, erklärt er. »Und du machst nicht den Eindruck, als wärst du gerne hier. Da dies ein Parkplatz ist, dachte ich, du willst vielleicht irgendwo hin.«

»Ich will nicht nach Hause«, entgegne ich. »Aber weg.«

Einige Sekunden sehen wir uns an und ich halte seinem Blick stand, wissend, was ich eben gesagt habe.

»Willst du mitkommen?«, fragt er und deutet mit einem knappen Nicken hinter mich. Noch während ich mich umdrehe, höre ich das bekannte Piepsen eines Wagens, der geöffnet wird.

Selbst wenn ich ihn nicht schon einmal gesehen hätte, wüsste ich, welcher es ist; zwischen all den fast doppelt so großen SUV und blank geputzten Neuwagen.

Er geht zu einem Mülleimer, drückt den Rest seiner Zigarette auf den staubigen Kiesboden aus und wirft sie dann hinein.

Das war der Moment, in dem ich es hätte zurücknehmen können.

Ich steige ein. Kaum habe ich die Tür zugezogen, lässt er die Scheiben herunter, um die Hitze im Wagen entweichen zu lassen. Ich habe den Ellbogen auf den Türrahmen gestützt, als wir den Parkplatz verlassen und auf die Hauptstraße abbiegen. Wir fahren schnell, viel schneller, als es jemand auf dieser Straße tun sollte, und der Wind lässt meine Haare umherfliegen.

»Was ist denn so lustig?«, fragt Gabriel, als sich unwillkürlich ein Lächeln auf meine Lippen legt.

»Ich gehöre nun auch zu jenen, die es in dein Auto geschafft haben«, antworte ich in einer Mischung aus Resignation und doch irgendwie belustigt. Dann schließe ich die Augen und stelle mir vor, wie der Fahrtwind all die schmerzhaften Gedanken mitnimmt.

5

JOYCE

Es gibt mehrere Waldgebiete um Seaford, und eines davon scheint sein Ziel zu sein. Wir fahren in den Osten der Stadt, genau gegenüber des *St. Mary's River*, der im Westen liegt. In Maryland gibt es ein paar kleine Berge, doch hier unten sind es lediglich Ausläufer und eher Hügel. Ich war noch nie auf dem *Carrey Hillside*, ohne sagen zu können, warum.

Das Interessante ist, dass Gabriels letzte Bewegung das Umdrehen des Schlüssels war. Seitdem sitzt er ebenso still wie ich im Wagen und zwei Dinge dringen in mein Bewusstsein, während es im Auto heißer und stickiger wird. Wir waren zwar auf derselben High School, gehen jedoch seit jeher aneinander vorbei, und in all den Jahren hat sich nie eine Situation ergeben, die uns so dicht beieinandersitzen ließ. Gabriel Álvarez ist dieser Junge aus der Ferne, von dem man selten mehr hört, als dass er sich geschlagen hat oder dass er ohne Abschluss von der Schule geworfen wurde. Wenn man sich dafür interessiert, kann man aber auch jede Woche erfahren, wer zu ihm ins Auto gestiegen ist. Katie behauptet fest, sie gehöre nicht zu *denen*, doch ihre Blicke sind viel zu auffällig. Und natürlich weiß man das mit seiner Schwester vor einem Jahr. Man kennt zumindest die Gerüchte.

Nichts davon hat jemals bewirkt, dass ich neben ihm sitze. Nah genug, um überprüfen zu können, ob er wirklich nach Meeresbrise und frischem Sandelholz duftet, wie sie alle kichernd behaupten. Die Antwort ist nein, er tut es nicht. Es ist das unscheinbare Deo, wie es Hunderte andere benutzen. Vielleicht nicht auf den Partys von Olivia und ihrem Bruder Ian, wo alle versuchen, sich ganz besonders zu präsentieren. Dort zieht jeder eine andere teure Wolke hinter sich her, und möglicherweise ist es das, was Gabriel herausstechen lässt. Jetzt kann ich es also richtigstellen, wenn sie wieder über ihn reden. Am Ende ist aber egal, wonach genau er duftet, es lässt mich auf jeden Fall nachvollziehen, was alle daran finden.

Die Realität überkommt mich und ich blicke durch die Windschutzscheibe auf den Waldrand. Was wird er wohl erwarten, jetzt, da ich mitgefahren bin? Meine Finger schließen sich fester um den Gurt meiner Tasche, und ich warte auf eine Art Fluchtinstinkt, der mich davor bewahrt, in sehr absehbarer Zeit ein weiterer Name auf Gabriel Álvarez' Liste zu werden. Es wäre dieselbe Kategorie wie zu schnelles Fahren oder diese Flaschen in meiner Tasche. Alles Dinge, die einem später leidtun könnten. Dinge, die mich einen Moment vergessen lassen, dass ich morgen aufstehe und den neunten Tag in Folge jemand fehlt.

Ich weiß nicht, was ich hier am Fuß des *Carrey* sagen könnte, um diese ganze Situation weniger absurd wirken zu lassen. Also öffne ich einfach die Tür und steige aus. Die Augen auf den Wald gerichtet, doch ich höre seine Tür. Während er vorne um den Wagen herumgeht, springt die Kühlung des Motors an, aber dieses Surren ist nicht in der Lage, das Klirren der Weinflaschen zu übertönen, als ich mir die Tasche über die Schulter hänge. Der Gurt zieht meine Haare zu straff, was mich dazu nötigt, ungelenk den Kopf zu drehen, womit ich sie ziemlich grob herausziehe. Als ich es geschafft habe, steht Gabriel vor mir, sieht mir in die Augen und sein Mund verzieht sich zu einem schwachen Lächeln.

So wie wir auf der Fahrt hierher schwiegen, schweigen wir auch auf dem Weg zum Gipfel. Ich schlage mich eigentlich wacker dafür, dass meine Keilabsätze absolut nicht für so was hier gedacht sind. Einmal stolpere ich und sofort greift Gabriel nach mir. So schnell er mich angefasst hat, so schnell lässt er auch wieder los. Es ist bereits das zweite Mal, dass er mich hält, damit ich nicht falle.

Oben angekommen, wische ich mir mit dem Handrücken über die Stirn und bin einen Moment nicht in der Lage, meinen Blick von der Aussicht zu nehmen. Man kann die gesamte Stadt sehen. Am Horizont ist deutlich der *St. Mary's River* zu erkennen.

»Wäre ein guter Platz für deine Fotos, oder?« Gabriel holt mich aus den Gedanken und lächelt, als ich ihn ansehe.

Ich bin unfähig, etwas zu erwidern, und kann ihn nur anstarren, ohne einordnen zu können, was diese Aussage mich fühlen lässt.

»Ich weiß, wer du bist, Joy Evans«, fügt er schmunzelnd hinzu und sieht mir unverwandt in die Augen.

»Ich weiß auch, wer du bist, Gabriel Álvarez!«

Er schnaubt und sein Mundwinkel verzieht sich. »Das wage ich zu bezweifeln. Aber ich kann mir denken, was du meinst.«

Damit wendet er sich ab, geht auf das Gebüsch vor dem Waldrand zu und zieht, zu meiner bestimmt sichtbaren Verwunderung, eine Flasche Wasser daraus hervor. Das Zischen beim Öffnen durchbricht die Stille und eine Sekunde später reicht er mir die Flasche.

»Du hältst dich offenbar öfter hier auf«, stelle ich fest und kann endlich ein Lächeln formen, als ich das Wasser annehme.

»Ja, und es wäre schön, wenn du es nicht zu einem Touristen-Spot machen würdest.«

Er lächelt zwar ebenfalls leicht, ich fühle mich aber trotzdem angegriffen.

»Keine Angst«, murre ich. »Ich werde niemandem verraten, wo du dich versteckst.« Ich richte meinen Blick wieder nach vorn und trinke von dem viel zu warmen Wasser, bevor ich erneut das Wort ergreife. »Ich meinte, dass mein Zimmer über dem Lehrzimmer meines Großvaters liegt«, erkläre ich jetzt leise. »Das wollte ich damit ausdrücken, dass ich weiß, wer du bist.«

Als er die Flasche zurücknimmt, ist seine Miene eigenartig hart und seine Kiefermuskeln angespannt. Ich streiche mir die Haare hinter die Ohren, wende mich ab und gehe vorsichtig auf die Kante zu, um sehen zu können, wie steil es nach unten geht.

Gabriels Ton lässt mich jedoch auf der Stelle stehen bleiben. »Lass das! Bitte«, fügt er hinzu, als ich mich umdrehe.

»Hast du Höhenangst?« Ich will eigentlich nur einen Scherz machen und lache sogar. Erst als er nicht darauf einsteigt, wird mir klar, dass ich vielleicht nicht falschliege. »Warum kommst du hier rauf, wenn du Angst hast?«

Ich sehe in seinem Gesicht, dass es eine Antwort auf diese Frage gibt, er sie mir aber nicht nennen wird. Stattdessen geht er einige Schritte, setzt sich in der Mitte des Plateaus auf den staubigen Boden und trinkt von dem Wasser. Ich zögere einen langen, unsicheren Moment, doch dann setze ich mich neben ihn. Der Boden ist heiß an meinen nackten, ausgestreckten Beinen, und ich denke, dass ich dieses Kleid später mehrmals waschen muss. Beim Hinsetzen klirren die Flaschen in meiner Tasche und ich ziehe den Gurt über den Kopf.

»Willst du das trinken?« Gabriel mustert mich.

Ich sehe von ihm auf die Tasche. »Kein Schraubverschluss.«

»Gib her.«

Skeptisch reiche ich ihm eine der beiden Flaschen und frage mich, welchen Internet-Life-Hack er kennt, um den Korken zu entfernen.

Er lehnt sich etwas zu Seite und holt aus seiner rechten Hosentasche ein Taschenmesser. Keines wie in den Filmen, die aufspringen, wenn man einen Knopf drückt. Es ist so ein Multifunktionsteil.

Ich muss tatsächlich kurz lachen. »Tool Nummer 436? Der Korkenzieher?«

Er erwidert es, während er das mickrige Ding in den Korken bohrt. Gabriel lacht nicht oft. Oder vielleicht sieht man es nur nie. Es ist schade, denn es steht ihm.

»Und Tool Nummer 1?«, frage ich ernster. »Was machst du damit?«

Es gibt ein Plopp-Geräusch und der Korken ist raus.

»Hast du Angst vor mir?«

»Was? Nein! Ich wollte nur –«

»Nur durchscheinen lassen, dass du weißt, wer ich bin, ja.« Er reicht mir die Flasche.

Einen Moment sehen wir uns an, dann trinke ich.

Der trockene Weißwein ist handwarm, und trotzdem ist sein Geschmack auf der Zunge eine Befreiung. Wie ein Versprechen, dass es fast überstanden ist und zumindest für diesen Abend alles erträglicher sein wird.

Gabriel sieht zu, als ich einen großen Schluck nehme. Vielleicht tue ich es aus Trotz, weil er diese Desillusionierung ausstrahlt. Auf den Fotos halte ich Blumen in der Hand, Schuhe und Handtaschen. Keinen Alkohol.

»Ich wusste nicht, dass er dein Großvater war«, sagt er unvermittelt, nachdem ich abgesetzt habe. »Es tut mir leid für dich.«

Unfähig, etwas auf seine Worte zu erwidern, die so plötzlich auf mich einprallen, starre ich ihn an. Meine Brust zieht sich zusammen und presst jegliche Luft aus mir heraus. Ich selbst kann dabei zuhören, wie sie langsam, immer weiter entweicht. Ich wende den Blick von ihm ab, schaue nach vorn über die Stadt und hebe erneut die Flasche an die Lippen.

Nach diesem Schluck reiche ich Gabriel den Wein. Er betrachtet das Etikett, doch ich vermute, dass er den Namen nicht kennt. Ich weiß, dass seine Familie wenig Geld hat. Alle wissen das.

»Was du bei der Feier gesagt hast«, beginne ich zögernd. »Ich denke, es waren die einzig ehrlichen Sätze, die dort gesagt wurden.«

Er trinkt.

Er ist traurig. Ich kann es sehen. Er trauert um meinen Großvater.

»Du kannst ruhig Bilder hier machen«, sagt er ohne jeden Zusammenhang, und ich brauche einen Augenblick, um ihm folgen zu können. »Das hier ist nicht mein Berg«, fügt er hinzu.

»Woher weißt du überhaupt von den Fotos?«, erkundige ich mich gleichermaßen spöttisch wie herausfordernd, woraufhin er schlicht die Augen verdreht und schmunzelt.

»Denkst du nicht, dass jeder deine Fotos kennt?«

»Es scheint so«, murmle ich.

»Ist das kein Kompliment?«

»Doch«, antworte ich sofort, und ein antrainiertes Lächeln unterstützt diese Aussage.

Wieder sieht er mich an, bis ich abermals den Blick abwende.

Gabriel trinkt und reicht mir die Flasche.

»Musst du nicht noch fahren?«, frage ich.

»Ich könnte das Auto stehen lassen, oder? Es macht mir nichts zu laufen. Besonders nachts.«

»Es ist nicht Nacht«, gebe ich zu bedenken.

»Ich soll also *jetzt* gehen?«

Ich wende ihm den Kopf zu und er schmunzelt. Selbstsicher und hämisch. Als habe noch nie eine Frau zu ihm gesagt, dass er gehen soll.

»Das habe ich nicht gemeint!«

»Dann wird es auf jeden Fall Nacht werden. Du hast mindestens zwei Flaschen da drin, so wie es klirrt.«

Ich trinke erneut einen großen Schluck.

»Der *Carrey* ist vielleicht nicht dein Berg, aber anscheinend bedeutet dir der Platz etwas. Und du bist oft hier, wenn du sogar Wasser lagerst.«

»Da lagert noch ganz anderes Zeug.«

»Wie oft bist du denn hier?«

Er wirkt amüsiert. »Fragst du mich aus?«

»Das hier ist nicht der Ort, an dem man dich erwarten würde«, entgegne ich, sehe nach vorn und zucke mit den Schultern.

»Und wo erwartest du mich?« Er nimmt mir die Flasche aus der Hand. »Es interessiert mich nicht, was man über mich denkt. Oder von mir erwartet.«

»Warum weiß dann keiner, dass du nach England gehen wirst?«

Ich sage es so herausfordernd, dass ich im gleichen Moment spüre, eine Grenze überschritten zu haben.

Er zögert lange. Es stimmt nicht, dass es ihm egal ist, daran habe ich in diesem Moment keinen Zweifel.

»Sollte ich *nicht* gehen, muss ich es niemandem erklären, weil niemand irgendetwas erwartet hat«, sagt er, wie zur Bestätigung.

»Aber du bist doch schon an dieser Schule angenommen. Er hat es groß beim Essen verkündet.«

»Ihr habt beim Essen über mich geredet?«

»Mein Großvater hat ständig von dir gesprochen.«

Ich kann nicht deuten, was ihn an dieser Aussage so trifft, doch dass es der Fall ist, sieht man in seinen Augen. Er reicht mir die halb geleerte Flasche, und allmählich spüre ich den Alkohol, der eine vertraute Gleichgültigkeit greifbar macht.

»Zweifelst du an dir?«, frage ich vorsichtig. »Ich habe dich spielen gehört, du bist der Letzte, der an sich zweifeln muss.«

Er lässt sich nach hinten sinken und stützt sich auf seine Ellbogen.

»Es passt dir nicht, dass ich von deinen Fotos weiß. Warum?« Er sagt es, wie eine unumstößliche Tatsache und ein weiteres Mal außerhalb jedes Zusammenhangs.

»Das habe ich doch gar nicht gesagt«, gebe ich zurück, worauf er nicht reagiert. Ich hebe die Flasche vor mein Gesicht und betrachte durch das grüne Glas die verzerrte Realität. »Warum kommst du hier hoch?«

»Weil es ein schöner Platz ist.«

Ich stehe auf, mache einen Schritt und beuge mich vor, um vielleicht doch über den Rand sehen zu können. »Aber du hast Höhenangst.«

»Ich habe keine Höhenangst!«

Ich lache, drehe mich zu ihm herum und trinke. »Dann macht dir das nichts aus, oder?« Ich mache kleine Schritte rückwärts.

Er springt auf, packt mein Handgelenk schmerzhaft fest und zieht mich mit einem Ruck, der mir bis in die Schulter fährt, von der Kante weg. In meiner anderen Hand schwappt der Wein in der Flasche und in Gabriels Augen liegt Zorn.

»Lass es einfach, okay?« Er lässt los.

6

JOYCE

Mit jedem weiteren Schluck wird die Stimmung besser, auch wenn das Tempo mittlerweile viel gemäßigter ist.

Wir sitzen so nah beieinander, dass unsere Arme sich berühren. Was romantisch klingt und unter anderen Umständen vielleicht sein könnte, hat vor wenigen Minuten bei mir einen mittleren Lachanfall ausgelöst. Weil ich bemerkt habe, dass die verschwitzte Haut ein Klebegeräusch macht, wenn sich einer von uns bewegt. Sogar Gabriel fand es amüsant genug, seinen Arm immer wieder an meinen zu drücken, damit ich ihn dann mit einem Schmatzen lösen konnte. Ich ließ es mir auch nicht nehmen, einmal von der Schulter bis zum Ellbogen seine Haut trocken zu streichen, einfach, weil ich ihn berühren wollte. Der darauffolgende Schluck sorgte dafür, dass die zweite Flasche nun zur Hälfte geleert ist.

Wir sind dazu übergegangen, auf mein Handy zu sehen, was nicht mein Vorschlag war, zumal ich im Moment auch nur dieses alte Ding besitze, weil mein iPhone ins Wasser gefallen ist. Ich hatte mir längst ein neues kaufen wollen, doch in der letzten Woche fehlte mir schlicht die Kraft, in den Laden zu gehen. Überhaupt vor die Tür zu gehen.

Nachdem wir jetzt mehrere lustige Videos angeschaut haben, versucht Gabriel seit knapp einer Minute mit der Kamera zurechtzukommen. Ich weiß weiterhin nicht, was er vorhat, und hake skeptisch nach.

»Ein Selfie! Meine Güte«, erläutert er und lacht.

»Hast du noch nie ein Selfie gemacht?«, frage ich betont fassungslos und betrachte seine Finger, die verloren hin und her wischen. »Da!« Ich öffne den Sammelordner, in dem ich alle Apps zusammengefasst habe, die ich zum Fotografieren und zum Bearbeiten brauche.

Er nimmt mir das Handy wieder ab und gibt mir dafür die Flasche, als wolle er mich damit ruhigstellen. Dann streckt er den Arm aus und legt ein erstaunlich einnehmendes Lächeln auf. Ich lehne meinen Kopf näher an seinen und er tippt auf den Auslöser.

»So, und das möchte ich nun viral haben.«

»Es kann viral *gehen*«, belehre ich ihn und trinke.

»Von mir aus kann es auch schwimmen. Ich wusste nicht, dass man hierfür erst eine Sprache lernen muss.« Er reicht mir das Telefon und verlangt den Wein.

Einen Moment betrachte ich das Foto, was sich langsam als schwierig herausstellt, da das Bild vor meinen Augen nicht stillstehen will und mich das Fokussieren alle Kraft kostet.

»Wenn du in den Ferien nach Hause kommst, wirst du wahrscheinlich auch anders sprechen«, ist meine Prophezeiung, während ich das Handy in die Tasche zurückgleiten lasse. »Du sagst dann *Biscuit* statt *Cookie* und wirst in einer *Flat* leben, statt in einem *Apartment*. Und du sagst *Father Christmas*!«

»Kein Mensch sagt *Father Christmas*.« Er lacht.

Ich gebe mich betont entrüstet. »Du bist überhaupt nicht vorbereitet! Sie werden dich mit Fackeln aus ihrem Dorf vertreiben!«

»Dorf«, wiederholt er. »Manchester ist kein Dorf.«

»Noch schlimmer! Wenn du von Santa Claus sprichst, werden sie dich zum Football schicken.« Ich senke die Stimme zu einem verschwörerischen Flüstern. »Und die meinen damit ganz andere Dinge als wir!«

»Also *das* weiß ich mittlerweile. Aber da ich beides total bescheuert finde –«

»Du wirst auf jeden Fall mitdiskutieren müssen, wer Weltmeister wird! Sag dann bloß England!«

»Italien!«

»Ich bin sicher, es wird Deutschland!«

Er lacht. »Es ist mir vollkommen egal!«

»Also ist es umso wichtiger, dass du die Worte kennst! Diese Spiele dauern ewig. Und komm bloß nicht nach Hause und rede wie die Queen!«

»Aha! King! Sie haben jetzt einen König. Ist das auf Instagram nicht angekommen?«

Ich recke das Kinn, lehne mich über ihn und greife nach der Flasche. »Wahrscheinlich hat das meinen Großvater ins Grab gebracht. Stirbt die Queen, stirbt auch er. Bestimmt sind viele Briten gestorben.«

Gabriel starrt mich an. Ich hebe die Flasche an die Lippen, und während ich trinke, blicke ich unbeeindruckt zurück. Als er endlich aus der Schockstarre erwacht und lacht, pruste ich den Wein wieder aus.

»Er sagte mal«, beginnt er und ich wische mir grob über den Mund, »dass ich mit der Musik ohnehin die einzig wahre Sprache beherrsche.« Nun zuckt er mit den Schultern. »Also ist total egal, ob ich nun *Pants* oder *Trousers* sage.«

»Du hast das geübt!« Ich zeige mit dem Finger auf ihn. »Du hast diese ganzen Worte gelernt!«

»Pff«, macht er lapidar und nimmt die Flasche. »Dann würde

ich ja wissen, dass es *Zebra Crossing* und nicht *Crosswalk* heißt.«

»Du hast dich vorhin unschlüssig angehört. Du *wirst* doch nach England gehen, oder hast du es dir anders überlegt?«

Er setzt die Flasche ab und betrachtet die Stadt vor uns. Als er nach einer Weile noch immer nicht geantwortet hat, lehne ich meinen Kopf auf die angezogenen Knie und versuche mir vorzustellen, wie schön von hier oben ein Sonnenuntergang anzusehen sein muss. Man hat seltsame Gedanken, wenn ein Mensch, den man liebt, stirbt. Man liegt in seinem Bett und bittet in die Stille um ein winziges Zeichen der Anwesenheit. Einen Lufthauch, ein Gefühl, irgendetwas. Man verdrängt es am Tag und wird in der Nacht von Träumen heimgesucht. Es sind keine bösen Träume, im Gegenteil. Viel schlimmer sind die guten Träume, die nach dem Aufwachen nichts als Schmerz hinterlassen, weil man realisiert, dass sich nichts geändert hat. Ich habe mit einem Mal das Gefühl, als hätte ich nur noch bis Sonnenuntergang Zeit. Als würde mich mit dem heutigen Tag endgültig auch sein Geist verlassen.

Gabriel, der sich zurückgelehnt auf seine Ellbogen gestützt hat, mustert mich. Ich sehe es aus dem Augenwinkel, obwohl die Umgebung um mich herum immer verschwommener wird.

»Ich habe nicht erwartet, dass ich allein sein werde, wenn ich das mache«, antwortet er in die Stille hinein.

»Er wäre doch ohnehin nicht mitgekommen.«

Er lacht, wenn es auch bitter klingt. »Das weiß ich. Aber er sagte, ich könne anrufen. Und er wollte *mich* anrufen. Alle vier Tage. Denn das sei ein wahrscheinliches Intervall, in dem ich jede Disziplin vergesse und er mich wieder daran erinnern müsse.«

Ich muss ebenfalls lachen, weil es absolut nach meinem Großvater klingt. Ich spüre das Brennen in meinen Augen, nehme die

Flasche und halte sie mir vor das Gesicht. Am Ende hat es nicht einmal der Wein geschafft, den Schmerz zu betäuben.

»Ich hoffe, der Junge lernt, seine Hände besser zu schätzen«, sage ich leise und sehe ihn an. »Das hat er gesagt. Über dich.«

Gabriel schnaubt und sieht nach vorn. »Warum spielst du eigentlich nicht?«

Er fragt, als sei es eine unumstößliche Tatsache.

Ich stelle die Flasche neben mir auf den Boden, überschlage die Beine und lehne mich ebenfalls zurück. In dieser Haltung wende ich ihm den Kopf zu, und als er es mir nachtut, sind unsere Gesichter nur eine Handbreit voneinander entfernt. Diese Nähe trifft mich unvorbereitet. Es ist das erste Mal, dass ich daran denke, ihn zu küssen. Und das ist der Augenblick, der mich in die Realität zurückbringt. Eine Realität voller unausgesprochener Versprechen und Erwartungen. Die für uns beide klare Rollen vorsieht, die nicht gebrochen werden, nur weil wir in Selbstmitleid zwei Flaschen Wein getrunken haben.

»Ich kann nichts anderes als diese Fotos«, sage ich leise. Auch das ist Realität.

»Das ist doch Schwachsinn«, entgegnet er, ohne zu zögern.

»Es ist auch Schwachsinn, nicht an diese Hochschule zu gehen, nur weil dein Lehrer gestorben ist.«

Einen Moment sehen wir uns in die Augen und mein ganzer Geist droht im Alkohol unterzugehen.

»Es ist eher Schwachsinn, mir Gedanken über Sprachen zu machen«, sagt er. »Denn sollte ich wirklich nach Manchester gehen, werde ich sicher nicht wieder nach Hause kommen, nachdem ich da einmal raus bin.«

Ich setze mich auf und seine Mundwinkel verziehen sich kaum merklich, als wisse er genau, dass seine letzte Aussage unzählige Fragen aufwirft.

»Für einige Menschen ist es besser, sich geografisch nicht zu nah an ihrem eigenen Blut aufzuhalten«, zitiere ich.

»Das hat er mir auch gesagt.« Gabriel setzt sich ebenfalls und hat dieses gebrochene Lächeln auf den Lippen.

Meine Finger legen sich an seine Wange und ich spüre trotz des Nebels um meine Gedanken die Aufregung in meinem Bauch.

GABRIEL

Ich spüre trotz des Alkohols diesen Schauer. Ich wusste schon vorher, dass sie grüne Augen hat, trotzdem kann ich mich nicht davon lösen, als müsse ich überprüfen, ob es wirklich stimmt.

Während ich unfähig zu einer Regung bin, rutscht Joyce näher an mich heran und in diesem Augenblick bin ich mir vollkommen sicher, dass wir uns küssen werden. Selbst in meinem dämmrigen Kopf ist dieser Gedanke unwirklich.

Ihre Lippen verharren direkt an meinem Mund. Eine Hand ist das Erste, worüber ich die Kontrolle zurückerlange, und ich lege sie an ihre Taille. Eine Sekunde habe ich den Eindruck, sie weicht zurück, als hätte ich einen Punkt berührt, der schmerzhaft ist. Im nächsten Moment bin ich nicht sicher, ob ich mir etwas eingebildet habe, denn mit einer fließenden Bewegung setzt sie sich auf meinen Schoß. Mein Mund öffnet sich, damit ich endlich Luft holen kann. Und Joyce' Lippen legen sich auf meine. Weich, still und abwartend. Für einen Wimpernschlag im selben Takt.

Meine Finger streichen über ihre Oberschenkel, unter das Kleid und schließlich über die warme und feuchte Haut ihres Rückens. Und dann küsse ich *Joy Evans*.

Anders.

Das ist das einzige Wort in meinen Gedanken. Sie zu küssen, fühlt sich anders an.

Joyce' Hände sind forsch, während meine eigenen Fingerspitzen ihren BH berühren und sie fester an mich drücken. Ihre Hüfte schiebt sich enger an mich, ich spüre ihre Finger auf meiner Haut und ich weiß in diesem Moment, dass ich das hier nicht machen kann.

Ich löse mich von ihr und erneut verharren wir so dicht beieinander, dass es mir alles abverlangt, sie nicht noch einmal zu küssen. Es ist eine Hitze zwischen uns, die nichts mehr mit dem Sommer zu tun hat.

»Wir sollten das lassen«, sage ich tonlos.

Ihr Blick haftet auf mir, ohne dass wir uns bewegen. Dann aber zieht sie sich von mir zurück und rutscht schließlich von meinem Schoß. Sie streicht ihre Haare hinter die Ohren und ab diesem Punkt meidet sie meinen Blick.

»Joyce«, setze ich an, weil ich ahne, dass ich etwas sagen sollte, doch sie nimmt ihre Tasche und steht auf.

»Joyce, ich will nur …«, beginne ich irgendeinen Satz, von dem ich überhaupt nicht weiß, wie er weitergehen soll.

Meine Hände fahren grob über mein Gesicht, als könne das binnen Sekunden dafür sorgen, dass ich nüchtern genug werde, um das hier erklären zu können.

Sie geht, ohne sich noch einmal zu mir umzudrehen.

7
GABRIEL

Es gibt Tage, die ziehen sich schlimmer als jeder Kaugummi. Dieser Donnerstag ist ein Paradebeispiel dafür, und wie so oft in den vergangenen zwei Wochen frage ich mich, ob das wieder so ein Scherz von oben sein soll. Das Lustige dabei ist, wenn man wie ich in ein dezent armseliges Leben geboren wurde, kann man nur auf zwei Arten damit umgehen: Man wird von dem Elan gepackt, für eine bessere Existenz zu kämpfen und seine Träume zu erfüllen. Vielleicht will man es sogar allen beweisen. Ich habe keine Ahnung, was diese Leute denken, denn ich gehöre zu der anderen Fraktion. Mir ist vollkommen klar, dass es Wege gibt, auf die ich keinen Fuß setzen kann. Schlicht und ergreifend, weil die Gebühren, um diesen Pfad nutzen zu dürfen, astronomisch weit weg von jeder Realität sind, die ich mir je zusammensparen könnte. Und wenn ich hier Tag und Nacht die Regale einräume.

Genau solche Gedanken habe ich, als ich die letzte Plastikverpackung mit Bluetooth-Kopfhörern an ihr Häkchen hänge und resigniert meinen kleinen Wagen betrachte, der gefühlt genauso voll ist wie vor einer Stunde. So lange hänge ich bereits die Päckchen an die Haken, staple Päckchen auf Tischen oder lege sie in Regale. Kopfhörer, USB-Sticks, Tablets und Stative. Es gibt einfach so unglaublich viele Elektroartikel auf der Welt und ich habe das Gefühl, dass auch alles davon im *Best Buy Electronic Store* verkauft wird – und ich es in Regale räume.

Weil alles Jammern nichts hilft, nehme ich meinen Wagen und ziehe zur nächsten Station. Den Blu-rays. Bei jedem recht unbeliebt, denn man kann hier nicht stupide auf einem Fleck stehen und beim Einsortieren von einem besseren Ort träumen. Nein, man ist ständig in Bewegung und muss die Dinger an ihre richtigen Plätze schaffen. Mit einem Stapel Filme von A bis D mache ich mich ans Werk und komme ein letztes Mal zu dem Schluss, dass ich ein zufriedener Mensch war, der seinen Platz gekannt hat. Gut, eventuell war ich noch nie zufrieden. Also anders: Ich war ein ausreichend resignierter Mensch, der seinen Platz gekannt hat. Nein, noch immer nicht richtig. Ich war ein ausreichend resignierter Mensch, der wusste, dass er keinen Platz hat. Das passt. Klingt melodramatisch, hat aber fast schon lyrischen Charakter, wie ich finde. Damit platziere ich einen Film unter dem Buchstaben B. Es wäre alles seinen natürlichen Gang gegangen oder gewankt oder von mir aus gekrochen, hätte der alte Mann mich mit seinen Vorstellungen in Frieden gelassen. Um dann, nachdem er alles durcheinandergebracht hat, einfach zu verschwinden. Würde nicht permanent diese unterschwellige Nervosität in meiner Brust rumoren, könnte ich vielleicht sogar darüber lachen.

»Was machst du denn?«, fragt eine recht tiefe Stimme, die plötzlich neben mir auftaucht.

Ich halte mitten in der Bewegung inne und starre auf die Hülle in meiner Hand, während Miles das Gesicht verzieht und in einer Mischung aus Häme und Belustigung grinst.

»Ach, Scheiße«, stoße ich hervor und würde dieses beschissene Teil am liebsten gegen die nächste Wand pfeffern.

»Alter, alles klar?« Miles lacht und nimmt mir die Hülle aus der Hand.

Die Xbox-Spiel-Hülle. Ich sortiere nämlich Videospiele bei den Blu-rays ein.

»Ja«, murre ich und reiße das Ding wieder an mich.

Miles, ein wenig größer als ich, mit hellbraunen Haaren, die immer perfekt liegen, sieht in der obligatorischen *Best-Buy*-Arbeitskleidung, bestehend aus einem weißen kurzärmligen Poloshirt mit blauer Schrift und einer schwarzen Hose, trotzdem genauso dämlich aus wie ich. Ich hasse dieses Shirt. Eines Tages werde ich es in einen brennenden Dornenbusch werfen.

Miles war mit mir auf der High School. Eigentlich war jeder mit mir auf der High School, denn Seaford hat nur eine. Und schon auf der High School fand ich Miles scheiße. Frauen stehen auf ihn; sogar meine Schwester steht auf ihn. Ich dagegen finde, dass in Football-Montur einfach jeder bescheuert aussieht.

Ich arbeite jetzt seit einem Jahr hier, und das nur einen Tag länger als er. Sie hatten Aushilfen gesucht und uns gefunden. Seitdem verbringe ich ziemlich viele Tage in der Woche mit dem ehemaligen Quarterback der *Seaford High School*. Und wahrscheinlich künftigen Quarterback des *Bayside West Shore College*, kurz *Bayshore*. Zwei Dinge musste ich mir in diesem vergangenen Jahr mit Miles eingestehen. Ich habe absolut keinen blassen Schimmer, was ein Quarterback überhaupt macht, und ich bin mit meinem Plan, Miles weiter scheiße zu finden, gescheitert. Genaugenommen ist er der Grund, warum ich diesen Job überhaupt aushalte. Wir haben eine Abmachung getroffen, die besagt, dass der Erste, der den *Best Buy* vor Semesterbeginn hinwirft, etwas tun muss, was der andere von ihm verlangt. In seinem Fall wäre es Football. Und eher würde ich hier noch als Reinigungskraft anheuern, als dass ich mir das antue. Miles möchte auch nicht zu einem Konzert meiner Wahl gehen, wie er öfter betont. Wir sind uns also einig, dass wir diesen Job behalten, durchhalten und aushalten. Zumindest bis zum Ende des Sommers, wenn er aufs *Bayshore* geht. Ich weiß nicht, was er denkt, was ich tue. Niemand weiß von dieser England-Sache. Wahrscheinlich geht er davon aus, ich bleibe mein Leben lang im *Best Buy*.

Wobei ich mir gerade nicht sicher bin, ob diese Arbeit meine geistigen Fähigkeiten übersteigt.

»Wie viele hast du denn schon einsortiert?« Miles zieht lachend ein Rennspiel hinter Buchstabe C hervor.

»Noch nicht so viele«, murre ich vor mich hin und suche jetzt bei A.

Ich glaube, es sind hier zwei gewesen. Oder drei?

Miles findet noch ein Horror-Spiel bei B und ich ein Fantasy-Abenteuer bei A. Gerade trete ich neben ihn, lege alles in den Wagen zurück, um damit sechs Gänge weiter zu rollen, wo die Videospieleabteilung ist, als Joy Evans mir ins Gesicht sieht.

Nicht aus der Ferne oder vom Gang gegenüber. Sie steht direkt auf der anderen Seite meines Rollwagens. Ihre Haare fallen in großen Locken über die Schultern und ihre ganze Erscheinung ist so makellos, dass mir bewusst wird, wie zerbrochen sie am vergangenen Sonntag wirkte. Trotzdem könnte ich nicht behaupten, dass sie mir da weniger gefallen hätte. Sie trägt einen weißen Rock und ein lockeres Träger-Shirt mit einer *75* darauf.

»Hi«, sagt Miles, legt sein bestes Lächeln auf und die Spiele auf dem Stapel ab.

Joyce' Miene ist steinhart. Zumindest für ein oder zwei Sekunden, in denen sie damit zurechtzukommen versucht, dass ich existiere. Offensichtlich hat sie nicht erwartet, mich hier anzutreffen. Und ich habe das ebenfalls nicht.

In meinem Magen gibt es einen widerwärtigen Stich, Joyce'

Gesicht jedoch hellt sich schlagartig auf. Sie strahlt und lächelt vollkommen unbekümmert und so einnehmend, dass zu diesem nun angestiegenen fiesen Gefühl in der Brust auch noch ein unnatürlicher Druck kommt, den ich nicht einordnen kann.

»Wie kann ich dir helfen?«, fragt Miles.

»Ich brauche ein neues Handy, die Marke ist mir eigentlich egal, aber –«

»Es braucht eine Mega-Kamera«, beendet er ihren Satz und sie lachen. »Wie viel willst du denn ausgeben?«

»Das ist auch egal. Nehmt ihr denn auch *mein* Geld oder nur das von anderen?«

Meine Augen richten sich unwillkürlich auf Joyce zurück.

»Was?« Miles lacht und sie steigt darin ein.

»Ihr seid ja nicht wählerisch, aber es könnte doch sein, dass was von mir kommt, irgendwie schlecht ist. Ich möchte nur sichergehen.«

Ich lege das letzte Spiel in den Wagen.

»Meinst du, weil du Geld mit Instagram verdienst?« Miles zuckt mit den Schultern. »Das ist denen hier doch egal.«

»Ja, das habe ich gemeint.«

Es ist bemerkenswert, wie skrupellos sie mich dabei ansieht.

Und wie sie es schafft, dass ich mich abwende und mit meinem Wagen vom Ort des Geschehens verschwinde.

Ich habe das starke Gefühl, erst wieder Luft zu bekommen, als ich endlich bei der Xbox-Abteilung ankomme. Mein Kopf ist wie aufgeblasen mit dem Film von Sonntagnachmittag. Es war schon in den letzten drei Tagen schlimm, aber jetzt ist es der Director's Cut. Ich spüre ohnehin ununterbrochen ihre Haut an meinen Fingern. Die warme Haut ihrer Taille, nicht die klebrige an ihrem Arm. Innerlich muss ich lachen, als ich mich daran erinnere. Sogar dieses eklige Schmatz-Geräusch habe ich im Kopf. Joy

Evans war anders, als ich erwartet hätte. Witzig, zynisch – und betrunken.

Ich kontrolliere sicherheitshalber noch einmal das Spiel in meiner Hand und die Regalreihe, in die es hoffentlich gehört. Eine ganze Weile bin ich erstaunlich penibel darauf konzentriert, auf keinen Fall den Blick von meiner Arbeit zu nehmen und durch die Gänge schweifen zu lassen.

Als ich die letzte Hülle losgeworden bin und mich gerade zu meinem Wagen umdrehe, schrecke ich zusammen wie ein Kind zur Geisterstunde. Miles, die ziemlich imposanten Arme vor der Brust verschränkt, hat sich direkt hinter mir aufgebaut. Ich gehe wortlos an ihm vorbei und schiebe den Wagen Richtung Ladekabel-Regal, obwohl ich schon dort gewesen bin. Ein paar Päckchen hatten sich unter den Spielen versteckt. Kaum habe ich das erste an seinen Haken gehängt, steht Miles wieder neben mir.

»Was ist da los?«

»Wie, was ist los?« Ich fädle das Nächste auf.

»Was war das denn bitte?«

»Was?«, murre ich nun leicht gereizt und weiß natürlich, was er meint. Ich war ja dabei.

»Das ist meine Ex, Alter.«

Ich halte das Päckchen noch in der Hand, bin aber nicht in der Lage, es loszulassen. Diese Aussage trifft mich mit der Wucht eines Footballs. Daran habe ich gar nicht gedacht, doch eigentlich weiß ich es: Die beiden waren auf der High School zusammen. Ich frage mich, ob ich jetzt jeden Moment hier mitten im Laden eine vor den Kopf bekomme. Auf der anderen Seite stufe ich Miles nicht als den Typ ein, der wild um sich schlägt. Und überhaupt, ich hab ja nicht mal etwas getan!

»Du kannst machen, was du willst, Leir, echt, aber nicht mit ihr.«

Nun sehe ich ihn endlich an. »Ich hab nichts mit deiner Ex.« Das Gute ist, es ist die Wahrheit, ich muss mir nicht einmal was aus den Fingern saugen. »Ich kenn sie nicht mal richtig.«

Er mustert mich einen Augenblick, dann – zu meiner leichten Verwirrung –, lacht er. »Das kannst du vielleicht dir selbst erzählen, aber das eben war die auffälligste Begegnung der ganzen Woche. Und sie sah nicht sehr gelungen aus.«

»Das ist doch nicht meine Schuld«, behaupte ich einfach mal. »Ich war nicht dran, du kannst sie unangetastet zurückhaben.«

»Ich will sie nicht *zurückhaben*«, entgegnet er und senkt die Stimme, als ein Kunde an uns vorbeigeht. »Leir, ich hab eine Freundin. Es geht darum, dass Joy es nicht verdient, so eine billige Nummer zu sein.«

Nun versuche ich mich in einem verständnislosen Lächeln und senke meine Stimme ebenfalls. »Sie war *gar keine* Nummer, Miles! Ich hab deine Ex nicht angefasst.«

»Dann weiß ich nicht, warum sie dich so ansieht! Ich erzähle ihr etwas über Megapixel und sie dreht sich nach hinten, ob sie dich noch irgendwo sehen kann. Verarsch mich also nicht.«

Ich bin sicher, dass jeder noch so kurzsichtige Mensch jetzt in meinem Gesicht lesen kann, dass diese Worte nicht an mir abprallen, wie sie es sollten.

»Wenn du kein ehrliches Interesse an ihr hast, such dir bitte eine andere, okay? Joy ist schon angeschlagen genug und braucht so was nicht.«

»Ich habe nicht …« Ich breche ab und beschließe, es einfach zu lassen. Warum rechtfertige ich mich überhaupt? Nachdem ich einmal tief durchgeatmet habe, fahre ich um einiges ruhiger fort. »So wie ich gehört habe, ist gerade jemand in ihrer Familie gestorben, und da ist es vielleicht kein Wunder, dass sie *angeschlagen* ist. Das ist aber nicht meine Schuld, okay?«

Er sieht mich einen Moment an und irgendwie beschleicht mich das Gefühl, er will noch etwas sagen, entscheidet sich dann aber dagegen.

»Okay«, murmelt er schlicht und nickt. »Ich wollte es nur erwähnt haben.«

Damit dreht er sich um, verschwindet im Gang, und hat es mit einem einzigen Satz geschafft, dass ich an nichts anderes mehr denken kann, außer dass sie mir hinterhergesehen hat.

Als ich ein paar Stunden später nach Hause komme, habe ich große Lust, mit dem Fuß gegen irgendetwas Hartes zu treten. Ich verstehe überhaupt nicht, warum mich diese ganze Sache so beschäftigt. Es ist, als wäre ich gerade noch friedlich vor mich hingeschwommen und plötzlich in einen Strudel geraten. Ich weiß nur nicht, wer ihn verursacht hat. Gott, der in der Wanne meines Lebens den Stöpsel gezogen hat, Harold Hewitt, der als erster in den Abfluss gesaugt wurde, oder Joy Evans, die sich mit ihrem Boot partout nicht vertreiben lässt.

Das Gute ist, ich bin allein zu Hause. Meine Mutter ist ohnehin immer arbeiten, und der betrunkene Kerl, der auch hier wohnt, macht das heute bis zum Abend ebenfalls.

Ich lasse die schwarze Gitarrentasche von der Schulter gleiten und stelle sie an die Garderobe. Ich dachte, es wird vielleicht einmal Zeit, das Ding aus dem Auto zu holen, bevor sich in der Hitze das Holz verzieht.

In der Küche lehne ich mich über das Spülbecken, trinke vom Wasserhahn und beschließe, erst zu duschen und dann noch mal loszufahren, um mir etwas zu Essen zu besorgen.

Kaum betrete ich die knarzende Treppe, als mein Handy vibriert und Greys Name die Antwort auf meine zuvor gestellte Frage – wo er denn steckt – ankündigt.

Wir sind am St. Mary's. Rafaela ist auch hier. Und Ash. Nur damit du darauf vorbereitet bist, falls du kommst.

Ich lese diese Zeile mehrere Male, während sich das selbstgefällige Gesicht von Ashton Clark in meine Synapsen beißt. Man sagt immer, Hass sei ein so großes Wort und man benutze es zu schnell und zu unbedacht. Ich glaube, das sagen nur die, die nicht wirklich wissen, was abgrundtiefer Hass *ist*. Der unterscheidet sich nämlich gewaltig von bloßer Abneigung. Hass ist der Wunsch, dass es diesen Menschen trifft, – wie auch immer –, und weiter will ich gar nicht denken, denn diese Gedanken sind gefährlich und ich bin froh, dass ich sie nach einem Jahr halbwegs im Griff habe.

Zu wissen, dass er in Rafaelas unmittelbarer Nähe ist, ist dagegen nichts, womit ich umgehen kann.

Ich hatte eigentlich gehofft, dass Greys Antwort lautet, er säße irgendwo chillig herum und ich könne ihm dabei Gesellschaft leisten. Auf den Fluss habe ich keine große Lust, doch unter der Dusche wird mir klar, dass ich keine ruhige Minute haben werde, bis meine Schwester wieder zu Hause ist.

Das Wasser kühlt meinen sommergeplagten Körper etwas ab, als es auf meinen Kopf prasselt und an mir herunterläuft. Meine Augen sind geschlossen und ich glaube, es ist kurz davor, als Meditation durchzugehen. Ich kann nicht einmal sagen, ob mein Kopf zu voll oder zu leer ist, aber von irgendwas ist es zu viel. Oder eben zu wenig.

Schwerfällig ziehe ich mich wieder an und will gerade Grey die

Nachricht schicken, dass ich komme, als die Stimme meines Vaters durch das Haus poltert.

Reflexartig schließe ich die Augen.

Eigentlich sollte er gar nicht hier sein, es würde mich aber auch nicht wundern, wenn sie ihn rausgeschmissen haben. Es wäre nicht das erste Mal.

In aller Eile nehme ich das Handy vom Klodeckel und verlasse das Bad. Die lauten Stufen haben natürlich zur Folge, dass er unten bemerkt, dass ich da bin. Den Plan, einfach ungesehen zu verschwinden, kann ich vergessen.

»Wo willst du hin?«

Ich atme tief ein, als könne mich das rüsten.

Er steht in der Küchentür und seine dunklen Augen fixieren mich, als ich betont entspannt die Treppe hinunter gehe.

»Arbeiten«, lüge ich und im gleichen Moment wird mir bewusst, wie ich daran scheitere, ihn zu ignorieren.

Ich schiebe meine Füße in die ausgetretenen Converse.

»Verarsch mich nicht.«

Ich kenne diesen Ton.

Irgendetwas hat ihn heute aufgeregt und jetzt ist er auf der Suche nach Streit. Eine Eigenschaft, die wahrscheinlich genetisch auf mich übergegangen ist. Mittlerweile bin ich einigermaßen in der Lage, das zu erkennen. Bei ihm, an mir, wo auch immer. Aber es kostet mich Kraft. Die ich momentan kaum habe. Nicht mal, um einfach den Mund zu halten.

»Wo ist deine Schwester?«

»Ich weiß es nicht.« Ich ziehe den Stoff der Schuhe über meine Fersen, richte mich auf, dann werde ich an der Schulter gepackt und gegen die Wand gedrückt.

»Was weißt du überhaupt? Unbrauchbarer Nichtsnutz«, zischt er.

Ich bin ziemlich sicher, dass er gefeuert wurde. Ich hätte ihn zumindest hochkant aus meiner Firma geworfen; unrasiert und mit Fahne.

Er fixiert mich und wartet auf eine falsche Bewegung.

Deine Hände sind dein wichtigster Besitz. Bringe sie nicht in Gefahr. Nicht für Menschen, die es nicht wert sind.

Es kostet mich meine ganze Selbstbeherrschung und ich habe das Gefühl, zu zerplatzen.

Als von mir nichts kommt, lässt er mich los und wo seine Finger waren, ist nun ein Pochen, das dem in meinem Kopf in nichts nachsteht.

Es sind fünf Schritte von hier bis zur Tür. Im Grunde keine große Distanz.

Zurückzulegen in etwa dreieinhalb Sekunden. Es gibt eigentlich nicht viel, was in dreieinhalb Sekunden passieren kann, wenn man nur auf einen Ausgang zugeht.

»Und lass dein Dreckszeug nicht überall im Weg stehen, verdammte Scheiße.«

Mit dem letzten Wort trifft sein in einem mit Metallkappen ausgestatteter Sicherheitsschuh die Gitarre, die nun – in *Sekunde zwei* von dreieinhalb – gegen die Tür prallt. Es ist ein Reflex, dass ich meinen Vater zur Seite stoße und sie wieder aufheben will.

In *Sekunde drei* wird es kurz dumpf in meinem Kopf, bevor ein unterschwelliges Surren ertönt und das Bild auch schon wieder klarer wird. Sein Schlag hat die Stelle hinter meinem rechten Ohr getroffen, direkt auf den Knochen. Noch immer in *Sekunde drei* gefangen, stolpere ich über die Gitarre und knalle nun selbst gegen die Tür. Bei *dreieinhalb* werde ich wieder auf die Beine gezogen.

Ich habe sowieso keine Chance in dieser Situation, also sehe ich ihn nur an, wie er mit seiner aggressiven Miene direkt vor meinem Gesicht ist, während seine Hände meine Schulter gegen die Tür drücken.

Schließlich lässt er los, aber ich kann sehen, dass er eigentlich nicht auf diese Stimme der Vernunft hören will. Vielleicht hat er auch Angst, im Knast zu landen, oder er ist sich bewusst, dass diese Tür irgendwann aus den Angeln fällt, wenn noch öfter jemand dagegen geworfen wird. Ich weiß nicht, was es letztendlich ist, aber bei *Sekunde neun* verlasse ich das Haus, werfe die Gitarre zurück auf ihren angestammten Platz auf dem Rücksitz, und fahre los.

8
GARBIEL

Ich denke, es ist Leere.

Die Antwort auf die Frage, was in meinem Kopf los ist. Leere und Schmerz.

Während ich meinen Blick bereits seit einer Viertelstunde lethargisch aus dem Fenster richte, lasse ich meine Finger nun die Stelle abtasten, die für Letzteres verantwortlich ist. Dann raffe ich mich auf und steige endlich aus. Nachdem dieser Schritt vollbracht ist, betrachte ich eine Weile das Auto, bevor ich mir einen Ruck gebe, die Gitarre herauszuholen.

Es ist absolut nicht das erste Mal, dass ich damit den *Carrey* hochgehe, doch irgendetwas ganz Gravierendes ist anders, und das weiß ich schon, als meine Finger den Gurt umschließen.

Als ich mit triefendem Gesicht oben ankomme und nach Wasser lechze, bin ich von meiner geistigen Leere zumindest kurzzeitig abgelenkt, weil ich im Gebüsch nach einer Flasche suche. Abzüglich dieser sind noch zwei übrig, und mir graut es ein wenig, denn es macht wirklich keinen Spaß, den Vorrat wieder aufzufüllen. Vielleicht sollte ich einfach immer eine Flasche mitbringen, anstatt alle auf einmal hier hochzuschleppen. Eine Idee, die man auch hätte früher haben können.

Das ist der erste Gedanke, der sich nach der langen Stille in meinen Kopf stiehlt. Der zweite ist Joyce. Ich sehe sie beinahe greifbar vor mir stehen, als ich mich daran erinnere, wie ich ihr eine Flasche gereicht habe. Ich drehe mich sogar weg, um in Ruhe von dem viel zu warmen Wasser trinken zu können, als könne mich diese obskure Halluzination so nicht beobachten. Dann fällt mein Blick auf die abgelegte Gitarre.

Grey hat mich hier oben mal gefragt, ob mir überhaupt etwas fehlen wird, wenn ich nach Manchester gehe. Ich musste länger überlegen, denn da ich die Gitarren mitnehme, fallen diese aus der Aufzählung raus.

»Rafaela?«, schlug er nach Ablauf der imaginären Jeopardy-Musik vor.

Es entlockte mir zumindest ein Schnauben, was weder *ja* noch *nein* bedeutet. Vielleicht ist ein wenig Abstand zu meiner Schwester und dem ganzen Drumherum ganz gut.

»Das hier«, hatte ich schließlich geantwortet, die Knie angezogen und den Blick auf das weite Grün dieser Gegend gerichtet.

Der *Carrey Hillside* wird mir fehlen. Unwillkürlich muss ich erneut an Joyce denken und langsam fällt es mir schwer, es nicht zu registrieren. Ob ich Höhenangst hätte, hat sie gefragt und damit den Nagel nicht nur auf den Kopf getroffen, sondern mit einem Schlag in die Wand befördert. Ich habe sogar ganz schreckliche Höhenangst und würde nicht für eine Million Dollar auf ein Riesenrad steigen. Hier oben an *Carreys* Kante zu sitzen, ist für mich wie das Aufladen meiner *Ich-schaffe-das-schon*-Batterie, die zurzeit wahnsinnig schnell leerläuft. Wenn ich hier sitze, hab ich immerhin meine größte Angst bezwungen. Wenn ich das schaffe, schaffe ich auch anderes. Behaupte ich jedenfalls in meinem Kopf, der momentan jedoch immer schwerer zu überzeugen ist. So oder so, der *Carrey* ist der einzige Ort, an dem ich das Gefühl habe, richtig atmen zu können. Es gab mal einen zweiten, doch der war ein Zimmer mit zwei Stühlen und unumstößlich an eine Person gebunden, die nun unter der Erde verrottet.

Ich drehe die Wasserflasche zu, lasse mich auf den Boden sinken und wische mir mit beiden Händen über das schweißnasse Gesicht, während sich meine Augen auf die schwarze Hülle richten. Ein nervöses Zerren füllt meine Brust aus.

Ich kann mir einfach eine neue kaufen. *Gibson* ist nur ein Name. Wie *Stradivari*. Oder *Steinway*.

Ich schließe die Augen, als könne das irgendetwas an dem Ergebnis ändern, sobald ich die Tasche öffne.

»Komm«, höre ich meine Mutter in der Erinnerung, die mich jetzt unaufhaltsam einholt.

Leise und verschmitzt lächelnd hat sie vor mir gestanden und total jung ausgesehen. Ich meine, sie ist ohnehin erst siebenunddreißig. Aber an diesem Abend im letzten November hatte sie auf mich wie ein Teenager auf dem Schulhof gewirkt, der etwas Verbotenes anstellen will.

Ich folgte ihr nach oben, am Wohnzimmer vorbeischleichend, wo der unnütze Teil meiner Familie gerade irgendeine Sportsendung glotzte. Trotzdem drehte sich meine Mutter vor der Treppe herum und legte ihren Finger auf die Lippen, als würde ich beim Hochgehen plötzlich zu singen anfangen. Unter anderen Umständen hätte mich ihr seltsames Verhalten beunruhigt, doch ihr Grinsen war irgendwie ansteckend, und dann war da noch Rafaela, die oben an der Treppe wartete und ungeduldig von einem Bein auf das andere hüpfte. Sie führten mich in mein Zimmer und Rafaela schloss die Tür.

»Happy Birthday, mein Schatz«, sagte meine Mutter, und ihre Augen glitzerten.

Ich verstand nur nicht, warum, denn ich hatte überhaupt

nicht Geburtstag. Es war November und mein Geburtstag ist im Januar.

»Dreh dich um!«, forderte Rafaela, und man konnte hören, dass ihr das Flüstern schwerfiel.

Und da lag sie. Schwarz-braun, Stahlsaiten. Eine *Gibson* Westerngitarre. *J-45 Deluxe Rosewood.* Hochglanz, Mahagoni und Ebenholz. Tonabnehmer.

»Mom, was hast du gemacht?«

Auf der Hitliste der undankbarsten Sätze meines Lebens ist das noch immer gekrönt auf Platz eins. Ich kann gar nicht sagen, wie diese Worte klangen. Ehrfürchtig, ängstlich, rechnend. Diese Gitarre war unbezahlbar für uns.

»Ist es die Richtige?«, fragte sie.

Ich habe mich zu meiner Mutter umgedreht und sah erst sie an, dann die grinsende Rafaela, dann wieder meine Mutter.

»Mom!«, sagte ich, und mir stand der Mund offen, während sie sich über die Augen wischte.

»Du brauchst doch eine gute Gitarre, wenn du in England vorspielen willst.«

Ich wusste eine ganze Weile nicht, wie sie das Instrument hatte bezahlen können. Rafaela hatte es mir irgendwann erklärt. Offenbar hatte meine Mutter schon zu sparen begonnen, als ich bei Harold Hewitt mit dem Unterricht angefangen hatte. Den sie ebenfalls zu Anfang bezahlt hatte und von dem mein Vater bis heute glaubt, dass er nichts gekostet hat, weil: »Keiner für so eine nichtsnutzige Scheiße Geld verlangen darf!«

Meine Mutter, die sich mit siebzehn hat schwängern lassen und deren erzkatholische Familie sie zur Hochzeit genötigt hat. Die viel zu viel in der Krankenhausgroßküche arbeitet und deshalb wahrscheinlich schlicht nicht mehr die Kraft hat zu gehen.

Vielleicht kann ich mir einfach eine neue Gitarre kaufen. Aber ich kann diese hier nicht ersetzen.

Meine Finger greifen nach der Hülle, ziehen sie auf meinen Schoß und öffnen dann langsam den Reißverschluss. Danach dauert es wieder eine Weile, bis ich in der Lage bin, weiterzumachen. Ich umfasse den Hals der Gitarre und ziehe sie heraus. Ruckartig und ohne weiter zu zögern. Meine Augen scannen jeden Zentimeter. Ich drehe sie um, um auch die Rückseite zu inspizieren.

Kein Schaden. Achtzig Dollar Schutzhülle. Der wahre Gott ist der in Form einer Dollarnote.

Ich packe den Hals erneut und platziere die Gitarre, bereit den Klang zu prüfen.

Und so verharre ich, den Arm regungslos auf dem Holz abgelegt, und nicht fähig, die Finger auf die Saiten zu legen.

Ich höre meine Mutter, als säße sie direkt hinter mir. »Du musst mir versprechen, dass du alles versuchst, um auf diese Schule zu kommen.«

Das hatte sie gesagt und mich in die Arme geschlossen. Die Geräusche sind in meinen Geist gebrannt. Nase hochziehen, stockendes Atmen, vertuschendes Lachen.

»Okay«, habe ich geantwortet, bin am nächsten Tag zu Harold Hewitt spaziert, habe ihm die *Gibson* gezeigt und gesagt, dass ich ihm sehr dankbar wäre, wenn sein Angebot noch steht und ich es in Manchester versuchen könnte.

Endlich legen sich meine Fingerspitzen auf die Saiten.

Lassen wieder los, entscheiden sich für einen anderen Griff.

Ich habe die Augen auf diese Stelle gerichtet, als könnte ich zum ersten Mal beobachten, wie sich die Saiten in die lange unempfindlich gewordene Haut drücken. Und abermals loslassen. Dann streicht meine rechte Hand über die Saiten und ich stoße unwillkürlich ein Lachen aus, bevor ich – nach zwei Wochen – beginne, die Gitarre ohne jegliche akustische oder elektronische Hilfe zu stimmen.

Ich spiele zwei Akkorde.

Drei.

Vier.

Pause.

Mein Geist fährt runter und findet Ruhe. Das Gefühl einer an meinem Körper liegenden Gitarre ist wie eine Droge. Ash würde lachen, ich aber schließe die Augen und platziere die Finger neu. Zum ersten Mal seit Harold Hewitts Tod spiele ich. Ich würde es nicht beschwören, aber ich glaube nicht, dass ich in den vergangenen Jahren je so lange ohne Saiten an meinen Fingern ausgekommen bin.

Es dauert nur Sekunden und diese Finger versagen.

Ich halte inne, halte die Luft an.

Dann beginne ich von vorn.

Ich sehe die Noten vor mir. Meine Hände *wissen*, was sie tun müssen. Ich habe dieses Lied gefühlt Hunderte Male fehlerfrei gespielt.

Es geht nicht.

Das Bild in meinem Kopf war eben noch klar, und jetzt erinnere ich mich nicht einmal an den nächsten Takt. Es ist wie ausradiert.

Ich atme flach. Schlucke und lasse meinen Blick ins Leere gehen.

Ich stieg aus dem Auto und wusste, dass etwas nicht stimmt.

Und vielleicht habe ich schon in den vergangenen beiden Wochen gespürt, dass es ein Problem gibt.

Als ich kaum eine halbe Stunde später auf Greys eroberten Liegeplatz zusteuere, grinst er breit. Außerdem trifft mich der Blick meiner Schwester, die im knappen Bikini in der Sonne röstet, auf dem Bauch liegt und auf ihrem Handy herumwischt. Ich lasse mich neben meinen Freund sinken und hebe die Brauen, weil Rafaela mir ihren Zorn entgegenfeuert.

»Ich bin nicht deinetwegen hier, keine Angst«, lüge ich.

Denn ich bin absolut ihretwegen hier und es verlangt einiges an Beherrschung, die Wiese nicht nach Ashton Clark abzusuchen.

Rafaelas einzige Reaktion ist ein herablassendes Zischen, dann widmet sie sich wieder ihrem Telefon.

Grey versucht sich an einer Erklärung, womit er es eigentlich nur schlimmer macht. »Ich wollte dich nur vorwarnen, dass ich ihn irgendwo hier gesehen habe, mehr nicht.«

»*Du* hast ihm geschrieben, dass –« Rafaela reißt den Kopf hoch und jetzt bekommt Grey diese Blicke ab.

»Habe ich nicht«, entgegnet er ruhig. »Ich sagte, dass Ash hier ist, falls er vorhat zu kommen.«

»Ist schon gut«, mische ich mich ein. »Ich kann mich beherrschen.«

»Seit wann?«, stößt Rafaela hervor und sieht zurück auf das Display.

Berechtigte Frage, ich verdrehe aber trotzdem die Augen.

In diesem Moment kommt Rafaelas beste Freundin Quinn aus dem Wasser und bringt meine Schwester so dazu, sich plötzlich fröhlich und sympathisch zu geben und mich zu ignorieren.

Bevor Quinn ihre Sonnenbrille aufsetzt, wirft sie mir einen ihrer vielsagenden Blicke zu und ich hätte große Lust, dem einfach direkt vor Rafaelas Nase nachzugeben, nur um sie zu ärgern. Stattdessen lehne ich mich nach hinten auf die Ellbogen und lasse meinen Blick über die vollbelegte Wiese wandern. Unzählige

Körper bekannter und unbekannter Menschen reihen sich hier jeden Sommer aneinander. Hinten im Wasser ist die blaue, von der Stadt Seaford gesponserte Gummi-Insel, von der gerade vier Personen händchenhaltend ins Wasser springen. Auch wenn die Paarungen wechseln, im Grunde ist es jedes Jahr dasselbe. Wird mir das hier fehlen? Mit dem Auto fährt man knapp eine Stunde von Manchester zum Meer. Ich habe das Wasser vielleicht nicht direkt vor der Tür, aber es wäre erreichbar. Ich werde kein Auto besitzen und mit dem Zug sind es sicher zwei Stunden. Immer noch machbar. Aber ja, der *St. Mary's River* wird mir fehlen.

»Gehst du nicht ins Wasser?«, holt mich die sich nun abtrocknende Quinn aus den Gedanken.

Ich kann das innere Toben meiner Schwester förmlich hören, denn mir ist sämtlicher Kontakt untersagt.

»Er geht gleich ins Wasser«, antwortet Grey nun für mich. »Das schuldet er mir.«

Etwas irritiert steige ich in sein Lachen ein. »Willst du knutschen, oder was hast du vor?«

»Immer, wundervoller Erzengel, immer«, gibt er lapidar zurück und sieht wieder zum Wasser. »Aber vielleicht will ich auch einfach mal mit dir reden und weiß nicht, wo man dich in diesen Tagen zu fassen bekommt.«

Sein Ton ist weiterhin gleichmütig, und trotzdem kenne ich Grey gut genug, um zu wissen, dass er es absolut ernst meint. Ich habe mich seit Harold Hewitts Tod nicht überschlagen, mit jemandem Kontakt zu haben.

»Lass es lieber«, murmelt Rafaela, ohne vom Handy aufzusehen. »Er ist momentan nicht zu gebrauchen.«

Es wäre eventuell ein nützlicher Hinweis meiner Schwester, wenn ihr Ton nicht klänge, als hätte ich nicht mehr alle Tassen im Schrank.

»Tut mir leid, Greyson, Quinn hat zuerst gefragt.« Damit mache ich den Rundumschlag.

Es ist schon so billig offensichtlich, dass es wirklich alle mitbekommen und ich mir das Schmunzeln nicht verkneifen kann.

Rafaela reißt den Kopf hoch und funkelt mich bitterböse an. Grey verdreht die Augen und stöhnt. Quinn ist abgebrüht genug, kurz auf meine Schwester zu sehen, dann aber ebenfalls zu grinsen. Ich frage mich, ob sie von Rafaelas Verbot nur durch mich weiß oder meine Schwester es ihr auch auferlegt hat. Wie dem auch sei, ich muss lachen und lasse es mir nicht nehmen, Rafaela noch zuzuzwinkern. Sie, weiterhin nicht amüsiert, holt zum Gegenschlag aus, setzt sich auf und drückt Grey ihre Sonnenmilch in die Hand.

Grey wirkt einen kurzen Augenblick unverkennbar überfordert, während sie mir einen Blick zuwirft, der wohl süffisant sein soll. Allerdings hat sie sich damit keinen Gefallen getan, denn Quinn greift die Idee sofort auf und platziert sich nur eine Sekunde später vor mir.

»Würdest du mir den Rücken eincremen?«

»Sehr gern«, antworte ich, und da sie mir ihren Rücken längst zugewandt hat, sieht sie nicht, wie ich meiner Schwester erneut ein liebevolles Lächeln schenke. Das alles hier ist mir jetzt schon viel zu albern und ich überlege, nach dieser Aktion einfach wieder zu gehen. Vorher lasse ich es mir aber nicht nehmen, die hauchdünnen Träger von Quinns Bikini etwas von den Schultern zu schieben, um die Creme besser verteilen zu können.

Und genau das ist der Moment, als ich Joyce' Blick treffe.

Sie steht bis zu den Knien im Wasser, trägt einen schwarzen Bikini, hat ein weißes Tuch wie einen Rock um ihre Hüfte und die Haare zu einem Pferdeschwanz gebunden. Und sie sieht mir direkt in die Augen, soweit man das aus dieser Entfernung erkennen kann. Dann wendet sie sich ab und lässt ihre Freundin Katie stehen, die verständlicherweise irritiert ist. Ihr Blick schweift über die Wiese, um die Ursache für das Ende ihres Gesprächs auszumachen.

»Sorry«, nuschle ich, werfe die Sonnencreme aufs Handtuch und springe auf die Beine.

Aus dem Augenwinkel bekomme ich noch mit, wie sich ausnahmslos alle Blicke der drei auf mich richten und mich nun sicherlich verfolgen, bis sie wissen, was mich geritten hat. Etwas, das ich selbst nicht weiß. Räumlich kann ich es ziemlich einfach sagen: Ich versuche, Joyce einzuholen. Aber was der Zweck sein soll, könnte ich nicht mal für viel Geld benennen.

Ich eile durch ein Meer nackter Haut und Joyce hat die Bäume erreicht, wo bekanntlich die besten Liegeflächen sind. Entweder hat man ihr dort einen Platz freigehalten oder sie ist schon eine ganze Weile hier, denn jeder versucht, zwischen den Bäumen unterzukommen. Schatten ist am *St. Mary's* ein rares Gut.

Ich bin ins Laufen übergegangen und überhole damit ihre Freundin. Ich bin überzeugt, dass Joyce mich kommen hört. Allerdings geht sie ungerührt weiter, sogar nachdem ich sie endlich eingeholt habe.

Mein Geist ist kaum fähig, das hier geordnet zu bekommen. Und dass Joyce jetzt spärlich bekleidet und mit Wassertropfen auf ihrer makellosen Haut vor mir steht, hilft absolut nicht. Augenblicklich erinnere ich mich an das Gefühl dieser Haut unter meinen Händen.

»Kann ich mit dir reden?«

Davon ausgehend, dass sie normal funktionierende Ohren hat, ignoriert sie die Worte.

Anstatt eines Handtuchs greift sie nach einem weißen T-Shirt von ihrer grünen Decke und streift es sich über. Der Saum wurde oben und unten aufgeschnitten und unten wieder zusammengeknotet. Oben liegt eine Schulter frei. Katie ist nun ebenfalls angekommen, scheint aber weder zu begreifen, was vor sich geht, noch, wie sie sich verhalten soll. Ich kann es ihr nicht verübeln, ich weiß es auch nicht.

Joyce wickelt das Tuch von ihrer Hüfte und steigt in ihre Hotpants.

Sie und Katie haben hier zwischen den Bäumen natürlich keine Privatloge. Jeder um uns herum starrt uns nun an, da jeder sie kennt und viele mich kennen. Und wer mich nicht kennt, der fragt sich, was *Joy Evans* mit mir zu schaffen hat.

Bisher nichts, denn sie hockt sich nun hin und beginnt – mir den Rücken zugewandt – ihre sandfarbene Korbtasche einzuräumen.

»Ich möchte bitte nur zwei Minuten mit dir reden, Joyce.«

»Sie aber nicht mit dir«, sagt eine bekannte Stimme hinter mir und ich spüre den Hass, der sich wie Säure durch meinen Magen frisst.

9

GARBIEL

Ashton Clark ist hinter mir aufgetaucht, als sei ich das Licht für diese Motte. Ich muss ihn nicht mal sehen, um seine kastanienbraunen Wellen und das immer grinsende Gesicht vor meinem inneren Auge zu haben. Ashton Clark sieht aus wie von einem riesigen Bild im Schaufenster eines Friseursalons entlaufen.

»Ich bin keine Jungfrau in Nöten«, meldet sich Joyce und blickt nun endlich auf, wenn auch an mir vorbei auf Ash. »Ich brauche deine Hilfe nicht.«

Meine Hände haben sich längst zu Fäusten geballt, und das so fest, dass ich nicht sicher bin, ob es schon etwas Krampfartiges hat.

»Vielleicht bin ich bloß genervt von seiner Existenz«, gibt er zurück.

Wann immer er versucht, mich zu provozieren, würde ich am liebsten einen Sticker in ein Heft kleben, wenn ich es schaffe, einfach zu gehen. Als er mit seinem letzten Wort seine Finger gegen meinen Rücken drückt, verwandelt sich sämtliche angestaute Wut des Tages in nackte Aggression, die jeden Verstand außer Gefecht setzt. Ich fahre herum, und das Schlimme ist – und ich weiß es eigentlich –, dass er kein schwerfälliger Schwächling ist.

Das ist der Grund, warum er meinen reflexartigen Schlag abwehren kann und ich dafür einen saftigen Tritt gegen die Hüfte kassiere, der mich zu Boden gehen und direkt vor Joyce' Füßen landen lässt.

»Spinnt ihr?«, höre ich sie sagen, doch viel mehr nehme ich nicht wahr.

Das größte Problem ist wahrscheinlich, dass Ash mir heute zu gelegen kommt. Er mag den ersten Treffer für sich verbuchen können, aber das war es für den Anfang. Ich erwische die rechte Seite seiner kleinkriminellen Visage, während um uns herum alle auf die Beine springen. Nach seinem Gesicht treffe ich ihn unter den Rippen. Zwei Mal. Das erste Mal mit der Faust und dann mit dem Knie. Im Prinzip ist die Sache ein Selbstläufer, denn Ash wird sich ab jetzt nicht mehr genug aufrichten können, um mir noch gefährlich zu werden. Mein Knie trifft sein Gesicht, was zu einfach ist, weil er so kümmerlich gekrümmt die perfekte Haltung dafür bietet.

»Sehe ich dich noch ein einziges Mal in der Nähe meiner Schwester, Ashton Clark, ich schwöre bei Gott, ich –«

»Leir, spinnst du?«, brüllt Rafaela, die von wer weiß wo auftaucht.

Von zwei verschiedenen Seiten greifen Hände nach mir. Rafaelas von links und Joyce' von rechts. Während ich jedes meiner Worte mit einem Schlag verdeutliche, packen sie meine Arme und machen es mir schwer. Grey ist plötzlich da und zieht an mir.

Mit dem Glauben an die eigene Unsterblichkeit schiebt sich Rafaela nun zwischen uns und stößt mir mit beiden Händen gegen die Brust. »Hör auf! Was soll das? Kannst du dich nicht endlich raushalten?«

Ihr geballter Zorn sprüht mir entgegen und bewirkt eigentlich nur, dass ich erst recht weiter auf den Dreckskerl einschlagen will.

Vielleicht hilft es ihr, wenn sie sieht, dass er nur aus Blut und mit Scheiße gefülltem Gedärm besteht. Und so gerne ich ihr das endgültig beweisen möchte, ich trete einen Schritt zurück. Ash wischt sein ramponiertes Gesicht ab, aber Rafaela ist noch immer nicht zufrieden.

»Du checkst einfach nicht, dass sie dich weder hier raus noch dort reinlassen, wenn du wegen ihm irgendwann im Knast landest!«

Sie schreit mich oft an, das ist es nicht, was mich stutzig macht. Es ist dieser brüchige Ton am Ende, der mir nicht gefällt. Ich komme allerdings nicht mehr dazu, nachzusehen, ob sie wirklich weint. Ein Tritt in die Seite befördert mich wieder zu Boden und alles Geschrei von Rafaela und Joyce hilft nichts. Ash hat seine Chance erkannt und nutzt sie. Mir wird schwarz vor Augen, als ein Schlag mich gegen die Schläfe trifft. Im nächsten Moment bin ich sicher, gleich auf Joyce' Decke zu kotzen, weil sein Knie in meinen Magen drückt. Grey zieht Ash von mir runter und ich habe immerhin noch so viel Selbstachtung, das Blut runterzuschlucken, anstatt es auszuspucken.

»Stimmt«, höre ich Ashs spöttische Stimme. »Du willst ja raus in die Welt, um Rockstar zu werden. Hier hast du ein Andenken, das du mitnehmen kannst.«

Eine Sekunde, in der Grey von ihm ablässt und die er nutzt. Er macht einen Satz nach vorn und tritt mit seinem teuren Sneaker und vollem Körpergewicht auf meine linke Hand.

»Nein!«, schreien Rafaela und Joyce gleichzeitig.

Nein!, denke auch ich, als ich spüre, wie die Haut reißt. Sengender Schmerz zieht den ganzen Arm hoch und jetzt ist mir richtig schlecht. Der Schuh hebt sich und wäre ich nicht vom Schmerz fast blind, hätte ich meine Hand vielleicht schneller zurückgezogen. Aber das tue ich nicht und so kann Ash ein zweites Mal zutreten. Ich bin mir in diesem Moment nicht sicher, ob er mir damit die Hand gebrochen hat. Irgendwo nehme ich verschwommen wahr, dass Grey ihn abermals zurückzieht und sich mit ihm anlegt. Das Schreien und Fluchen um mich herum ist dumpf geworden und nun sehe ich nur noch Füße, als ich mich auf die Seite rolle und meinen Arm an den Körper ziehe. Ich höre Rafaela, die in zwei Sprachen Worte von sich gibt, bei denen ihr unsere Mutter den Mund mit Terpentin ausspülen würde.

»Lass mich mal sehen.« Joyce' leise Stimme ist direkt neben mir, und eine Sekunde später nestelt sie bereits an meinem Arm.

Ich selbst meide den Anblick. Wie ein Kind, das erst anfängt zu weinen, wenn es die Wunde sieht.

»Ich wollte doch nur kurz mit dir reden«, presse ich hervor und muss sogar schmunzeln, weil dieser Tag wirklich absurd gegen mich ist.

Joyce erwidert mein Lächeln in keiner Weise, schaut mich aber immerhin für den Bruchteil einer Sekunde an. Sogleich richtet sie ihre Augen zurück auf meine Hand und ich versuche, in ihrem Gesicht zu lesen, was sie sieht. Ihrem Ausdruck nach zu urteilen, ist es nichts Gutes. Grey sinkt neben mir auf die Decke und hebt meinen Unterarm an.

»Alter, so eine Scheiße!«

»Ich kann dich hören!«, murmle ich durch zusammengepresste Zähne und setze mich endlich auf.

Meine Rippen schmerzen, und ich zische die Luft aus, was alles andere als tapferes Darüberstehen ist. Offenbar interessiert sich aber ohnehin keiner für irgendetwas, was ich von mir gebe. Grey ignoriert meine Rippen und versucht, mich auf die Beine zu ziehen.

Rafaela tritt in mein Blickfeld. »Ein paar Leute haben die Polizei gerufen«, murmelt sie gehetzt, während Ihr Blick kurz zu meiner Hand, dann wieder in mein Gesicht wandert. »Ash ist jedenfalls über alle Berge und du solltest ebenfalls verschwinden!«

Ich finde immerhin die Kraft aufzustehen, auch wenn Grey mich stützen muss.

Joyce wickelt Stoff um meine Hand. »Denkst du nicht, du solltest damit in ein Krankenhaus?«

»Nein!«, entgegne ich sofort und ziehe die eingewickelte Hand zurück. Es ist das weiße Tuch, das sie um die Hüfte gebunden hatte. »Ist schon gut«, füge ich bemüht freundlich hinzu.

»So, komm. Weg hier!«, drängt Grey und schiebt mich von der Decke.

»Nicht nach Hause.« Rafaela schüttelt den Kopf. »Nicht so, Leir, bitte nicht. Mom …« Sie bricht ab.

»Okay, dann zu mir«, sagt Grey, aber nun schüttle ich den Kopf, was direkt den Schwindel verstärkt.

»Vergiss es, das ist noch schlimmer«, zische ich und streiche mir mit der unverletzten Hand die nervigen Strähnen aus der Stirn. Meine andere Hand beginnt nun ziemlich zu brennen. »Lass mich erst mal wegfahren.«

»Du kannst nicht fahren!« Grey lacht entgeistert und Joyce erscheint in meinem Sichtfeld, als sie auf dem Boden herumkrabbelt und hektisch ihren Krempel in ihre Tasche wirft.

»Nimmst du den Rest mit?«, höre ich sie sagen, offenbar an ihre Freundin gerichtet. »Er kann mit zu mir kommen«, fügt sie lauter hinzu und steht auf.

Rafaela und Grey starren sie lächerlich lange an, wenn man bedenkt, dass hier eigentlich rege Betriebsamkeit herrschen sollte. Auch ich wiederhole die Worte in meinem Kopf, als müsse ich erst einmal die Vokabeln übersetzen.

»Lass gut sein«, murmle ich schließlich, und Joyce' daraufolgender Blick ist vernichtend. »Weil ich dir keinen Ärger machen will«, füge ich hinzu.

Ungerührt wendet sie sich ab und marschiert los, doch als ich nicht reagiere, dreht sie sich wieder um und hebt leicht die Brauen. Also lasse ich Grey und Rafaela zurück, genau wie die vollkommen fassungslos dreinschauende Katie. Sogar Quinn bemerke ich jetzt etwas abseits. Ich folge Joyce, ohne irgendjemanden noch einmal in die Augen zu sehen.

Wir erreichen die Straße, die allen hier als Parkplatz dient, ohne ein Wort miteinander gesprochen zu haben. Ich bleibe immer zwei Schritte hinter ihr, bis sie plötzlich stehen bleibt. Ein Streifenwagen hat in zweiter Reihe geparkt, anscheinend sitz aber niemand drin.

»Wo stehst du?«, fragt Joyce und sucht die Straße ab. »Ich bin nicht mit dem Auto hier.«

Ich deute mit dem Kinn in die Ferne. »Ziemlich weit dahinten.«

Sie wirkt ein wenig resigniert, setzt sich dann aber wieder in Bewegung. Obwohl im Polizeiwagen tatsächlich niemand sitzt, macht es mich nervös, zu wissen, dass sie meinetwegen hier sind. Ich bin nicht vorbestraft, es ist aber auch nicht so, dass sie mich nicht schon mal gesehen hätten.

Wir erreichen meinen Volvo, der sich in der langen Parkreihe einfügt. Automatisch gehe ich zur Fahrerseite und bin irritiert, als Joyce dort ebenfalls steht und mich ansieht, als hätte ich einige Schläge zu viel gegen den Kopf bekommen.

»Ich kann fahren«, beteuere ich und ringe mir sogar ein Lächeln ab.

Eigentlich kommt es ganz von allein, denn Joyce' Gesicht hat erneut diesen fuchsigen Ausdruck. Ich weiß nicht, ob ich damit richtig liege, aber ich glaube, sie hat eine recht kurze Zündschnur. Und irgendwie finde ich das ziemlich witzig, weil es so gar nicht zu dem so zuckersüßen Lifestyle passt, den sie vorgibt.

»Kann ich jetzt den Schlüssel haben?«

»Hörst du überhaupt zu? Es geht schon!«

»Ich steige nicht bei dir ein, wenn du nicht vernünftig lenken kannst. Und sehen kannst du wahrscheinlich auch nichts, so wie dein Auge anschwillt!«

Das erklärt, warum es so schmerzt.

»Soll ich die da zur Diskussion dazu holen?«, fragt sie nun süffisant und deutet kaum merklich mit dem Kopf Richtung Streifenwagen. »Die kommen nämlich gerade zurück.«

Ich denke einen winzigen Moment darüber nach, ihr einfach den Hintern hinzuhalten, damit sie den Schlüssel aus der Gesäßtasche fischen muss. Nur um hier die Oberhand zu behalten. Aber ich belasse es dabei und ziehe, mit der rechten und momentan einzigen funktionierenden Hand, den Schlüssel aus der Hosentasche.

Etwa zwei Minuten später fahren wir am Polizeiwagen vorbei und ich frage mich, ob es irgendwie relevant wäre, wenn jemand ihnen meinen Namen gesagt hätte. Außer Ash und mir wurde niemand verletzt, also hoffe ich, dass es für die Cops somit erledigt ist. Es war sicher nicht die erste Schlägerei des Sommers. Trotzdem drehe ich lieber den Kopf zur Seite, um mein Gesicht zu verbergen.

Damit richtet sich mein Blick auf Joyce, die kontrolliert, ob die Straße frei ist, in die wir einbiegen müssen. Ich lehne den schmerzenden Kopf zurück und platziere meine pulsierende Hand etwas anders auf dem Schoß. Jede Muskelanspannung im Arm zieht mir direkt in die Finger.

»Das Gute ist: Jetzt kann ich mit dir reden.«

Sie schnaubt nur, fädelt sich in eine Lücke im Verkehr ein und hält die Augen weiterhin stur nach vorn gerichtet.

»Wir fahren und du bist angeschnallt. Also kannst du nicht weg«, sage ich weiter, doch ihre Miene bleibt regungslos und einige Sekunden herrscht Stille im Auto. »Warum lässt du mich nicht verhaften, wenn du so einen Hals auf mich hast?«

»Vielleicht bin ich auf dem Weg zum Revier.«

Sie sagt es so trocken, dass ich lachen muss. Es verebbt aber schnell. »Warst du mit Ash am Fluss?«

»Ist das dein Ernst?« Nun sieht sie mich immerhin kurz an, bevor sich ihr Blick zurück auf die Straße richtet. »Glaubst du wirklich ernsthaft, das Recht zu haben, mich so was zu fragen?«

Etwas vor den Kopf gestoßen, brauche ich einen Moment, dann fange ich mich. »Es ist mir vollkommen egal, mit wem du deine Zeit verbringst, falls du das meinst.«

»Es sei denn, es ist der Ex deiner Schwester?«

»Ach, wenn du es weißt, ist die Frage ja noch berechtigter.«

»Das mit deiner Schwester tut mir leid, alles andere geht dich nichts an.«

Ich reibe mir grob mit den Fingern der nicht zerquetschten Hand über Augen und Stirn.

»Auf die Gefahr hin, dass sich dieses Gespräch im Kreis dreht, warum machst du das hier, wenn du offensichtlich angepisst bist?«

Es dauert, bis sie antwortet. »Wenn du verhaftet wirst, hast du nachher Probleme am Flughafen. Ich weiß nicht, welche Farbe deine Weste bisher hat.«

»Ich bin nicht vorbestraft, keine Angst.«

»Mein Großvater hat so fest an dich geglaubt, er hätte wahrscheinlich jede Kaution für dich bezahlt.«

Ihre Worte können sich perfekt an das physische Gefühl meines Körpers heften. »Dein Großvater hat sich eventuell ein klein wenig verrannt«, murmle ich und sehe aus dem Fenster, wo die Gehwege von Camden an uns vorbeiziehen.

Joyce antwortet nicht auf meine Aussage und dabei habe ich mich schon in meiner Wortwahl gezügelt. *Dein Großvater war ein naiver alter Mann!*, wäre vielleicht zu hart gewesen; wenn auch die Wahrheit.

Das Schweigen bleibt, selbst als wir in ihre Straße einbiegen und schließlich in der Einfahrt halten. Das Surren eines Motors ist für mich wie ein gutes Radioprogramm, das meine Gedanken im Zaum hält. Solange ich im sicheren Inneren eines Wagens sitze, kann ich vieles einfach von mir schieben. Wahrscheinlich liegt es daran, dass ich verdammt viel Zeit in einem Auto verbringe, schlicht, weil es darin besser ist als in unserem Haus. Doch sobald das Geräusch verstummt, schlägt mir die Realität entgegen. So ist es auch jetzt, als ich aussteige und Joyce folge.

Wir wenden uns nach rechts, gehen weg vom Haus, und während Joyce kurz darauf die Tür zum Anbau öffnet, stehe ich hinter ihr und versuche, so geräuschlos wie nur irgend möglich zu atmen.

Alles in mir wehrt sich dagegen, diesen Raum zu betreten.

Ich weiß nicht, wohin ich sehen soll, denn jeder noch so kleine Gegenstand hier drin scheint nach mir zu greifen, sich um meine Brust zu legen und zuzuziehen.

»Okay«, murmelt Joyce, um einiges unsicherer, als sie sich zuvor gegeben hat, und deutet mit dem Kopf zum Sofa. »Setz dich, ich bin gleich wieder da.«

Sie verlässt den Raum und ich bleibe an der Tür zurück. Wann immer ich hier war, befanden sich in der Mitte des Zimmers zwei Stühle. Nun ist diese Stelle leer. Das ist eine von zwei für mich erkennbaren Veränderungen. Auf den ersten Blick erscheint alles exakt so, wie ich es vor zwei Wochen zum letzten Mal gesehen habe. Die penible Ordnung in den Regalen, in denen kein Ordner und kein Buch auch nur wenige Zentimeter aus der Reihe herausragt. Oder die vier Gitarren links an der Wand über dem weißen Sideboard. Die vier Ständer rechts neben dem Sofa stehen ebenfalls an derselben Stelle. Doch nun ist auch der vierte Platz belegt. Die *Taylor Custom* reiht sich jetzt mit ein.

Ich weiß nicht, was mit mir passiert, aber es fühlt sich absolut nicht gut an. Ein Impuls treibt mich ans gekippte Fenster, in der Hoffnung, dort besser atmen zu können. Die Hände auf die Fensterbank gestützt, halte ich den Kopf gesenkt und hole langsam Luft. So tief, dass es in der Brust schmerzt. Ich versuche, mein Denken auf meinen Arm zu konzentrieren, denn der physische Schmerz scheint mir erträglicher als der innere. Zum Brennen ist ein Stechen hinzugekommen. Wenn die Hand kaputt ist, muss ich nicht weiter über England nachdenken. Manche Dinge erledigen sich einfach von selbst.

10

GARBIEL

Ich zucke zusammen, als die Tür sich öffnet und ich auf den Boden der Tatsachen zurückgeholt werde. Joyce ist bepackt mit einer kleinen Plastikbox, in der Verbände und Salben zu erkennen sind. Interessanterweise ist ihr Blick nun weicher und damit gleicht sie mehr dem Mädchen von den Fotos. Ihre Augen haben etwas Unschuldiges und – situationsbedingt – eventuell etwas Besorgtes.

»Setz dich«, sagt sie leise und deutet zum Sofa.

Für mich war dieses Ding immer reine Dekoration. Ich betrete zum ersten Mal überhaupt diese Seite des Raumes. Das Sofa ist recht hart und fühlt sich nicht danach an, als hätte hier jemals jemand gesessen. Vielleicht bin ich es einfach nicht gewohnt, dass man nicht einsinkt, bis die Knie neben den Ohren sind. Das kann auch sein.

Joyce zieht ein Bein hoch, setzt sich auf den Fuß und einige Sekunden sehen wir uns an, was einen eigenartigen Stich in meinem Magen erzeugt.

Ich stoße resigniert die Luft aus und halte ihr die Hand hin.

Sie beginnt vorsichtig den Stoff abzuwickeln, der zu meinem Elend bereits am Blut festgetrocknet ist. Nachdem die Hand freigelegt ist, betrachte ich das Ganze erstaunlich gefasst. Die Haut ist auf dem Handrücken aufgerissen, das habe ich mir nicht eingebildet. Ring- und Mittelfinger sehen am schlimmsten aus. Mein Handgelenk ist leicht angeschwollen.

»Beweg mal die Finger«, fordert Joyce, ohne den Blick zu heben.

Langsam krümmen sie sich, was schmerzt, aber immerhin funktioniert.

»Okay, das ist gut«, murmelt sie und streicht sich eine Strähne hinters Ohr. »Und jetzt das Gelenk.«

Ich zögere. Nicht, weil ich Angst vor dem Schmerz habe, sondern weil ich mich frage, was ich machen soll, wenn es sich nicht bewegen lässt. Wenn ich ins Krankenhaus muss. Ich weiß nicht, was es kostet, einen Bruch behandeln zu lassen, in jedem Fall mehr, als ich entbehren könnte. Vielleicht war es nicht so clever, dieses Flugticket schon zu kaufen.

»Flüge sind billiger, je früher man bucht«, hatte Grey erklärt, wobei ihm eigentlich nur noch der belehrende Zeigefinger gefehlt hatte.

Und was waren das für aufregende Stunden. Wie wir an sein Bett gelehnt auf dem Laptop nach den besten Angeboten forschten. Von Suchen über Finden bis zum finalen Klicken. Durchaus möglich, dass dieser Tag auf meiner recht kurzen Rangliste der besten Zeit meines Lebens recht weit vorne steht.

Nun habe ich ein Flugticket nach England, aber vielleicht keine Gründe mehr, in diesen Flieger einzusteigen.

Mit diesem Gedanken lasse ich meine Hand winzige Bewegungen machen, was mir unwillkürlich die Erleichterung ins Gesicht schreibt und mich lächeln lässt. Joyce erwidert es, als sie mich ansieht, wenn auch nur kurz.

»Ich mache das jetzt sauber, okay? Der Dreck von Ashton Clarks Schuhen in einer Wunde ist sicher nicht so gut.«

Ich nicke, als sie bereits in ihrer Kiste kramt und zu meinem Entsetzen eine Sprühflasche mit Wunddesinfektion herausholt. Meine Mutter hatte dieses Höllenzeug auch. Wenn ich als Kind hinfiel, geriet ich schon in Panik, allein mit dem Wissen, dass sie ihre Flasche zücken wird, sobald sie Blut sieht.

»Das brennt ein bisschen«, erklärt Joyce zögerlich und schaut noch einmal auf. »Fertig?«

Nein!

»Ja.«

Mir wird schon wieder schlecht, als das Teufelswasser auf meine geschundene Haut trifft. Reflexhaft zuckt meine Hand zurück. Und Joyce gibt sich nicht zufrieden, sie sprüht noch mal. Und noch mal. Auf dem Arm ist auch eine Schramme, die überhaupt nicht behandlungsbedürftig aussieht. Dort sprüht sie auch hin.

»Ist das Absicht?«, hake ich nach und prompt lacht sie.

Dabei sieht sie mir erneut in die Augen, und während ich erwarte, dass sie etwas sagt, wird unten weiter gesprüht; und zwar auf mein Knie, wo anscheinend ebenfalls irgendetwas offen ist, so wie das zwiebelt.

Ruckartig ziehe ich auch das Bein von ihr weg, was sie ein ungeahnt boshaftes Lächeln auflegen und mich ungläubig dreinschauen lässt.

»Ich will nur sichergehen, dass alles sauber ist.«

»Mhm«, entgegne ich skeptisch und entspanne mich etwas, als sie ihren Brennspiritus zurück in die Kiste legt.

Daraufhin reißt sie ein Päckchen kleiner steriler Tücher auf und rutscht näher an mich heran. Der Geruch nach Sonnencreme umgibt mein ganzes Denken. Sie duftet nicht anders als Quinn vorhin, und trotzdem kommt es mir bei Joyce viel extremer vor. Irgendwie anders. Passender.

Ihre für diese Jahreszeit erstaunlich kühlen Finger umfassen meinen Unterarm und platzieren meine Hand auf ihrem Knie, wo sie gleich beginnt, auf den Fingern herum zu tupfen.

»Es gibt Musiker, die ihre Hände für eine Million Dollar versichern lassen, weil ihnen klar ist, dass sie ohne diese nicht mehr spielen können«, murmelt sie, den Blick weiter gesenkt. »Du prügelst dich damit.«

»Ich bin auch kein Rockstar, der so sein Geld verdient.«

»So wirst du auch keiner.«

Unwillkürlich stelle ich mir vor, wie sie in einem ihrer Videos so einen zynischen Ton anschlägt, und finde den Gedanken gleichermaßen abstrus wie amüsant.

»Die Wahrscheinlichkeit, dass ich eines Tages in die Nähe einer Bühne komme, ist relativ gering, wenn man sich nicht in den Abgrund einer Cher-Cover-Tribute-Revival-Band ziehen lässt.«

»Ich dachte, du willst Studiomusiker werden?«

Ich starre sie an und meine Augen verengen sich. Offenbar spürt sie meinen Blick, denn endlich sieht sie auf.

»Privatsphäre war nicht sein Ding, kann das sein?«

Sie schnaubt belustigt, nimmt einen neuen Tupfer und gibt ein wenig Kochsalzlösung darauf. »Er war nicht dein Arzt. Oder hast du ihm eine Schweigepflicht auferlegt?«

»Eventuell bin ich nicht davon ausgegangen, dass an eurer Abendtafel über mich philosophiert wird. Au!« Ich zucke zurück. »Du machst das mit Absicht!«

»Da steckt ein Stein in deinem Finger! Willst du ihn behalten?«

»Musst du ihn rausquetschen? Hast du keine Pinzette oder so ähnlich?«

»Wissen deine ganzen Betthäschen, was du für ein Jammerlappen bist?«

Sie hat wirklich überhaupt keine Probleme damit, mir bei solchen Kommentaren in die Augen zu sehen. Zuerst ist da noch der Hauch eines Feixens, doch ich kann in diesen zwei oder drei Sekunden, bevor sie den Blick wieder senkt, zusehen, wie es verschwindet.

Was auch immer da in meiner Haut steckt, holt sie heraus und wühlt danach in ihrer Kiste.

Mein Herz schlägt schneller, als hätte jemand das Gewicht am Metronom ein Stück nach unten geschoben. »Ich habe dich nicht abgelehnt, weil mir irgendetwas an dir nicht passt«, werde ich endlich los, was ich schon am Fluss sagen wollte. Eigentlich schon im *Best Buy*. Also im Grunde schon, als sie im Begriff war, den *Carrey* zu verlassen.

Joyce reagiert nicht, sondern zieht eine reichlich zerdrückte Tube hervor und liest die Aufschrift.

»Ich nehme nicht jedes Geld und nur deines nicht, um es mit deinen Worten zu sagen.«

Sie zischt, was mir immerhin beweist, dass sie mich hören kann. Die Salbe wird zurückgeworfen und eine andere hervorgeholt.

»Gabriel«, beginnt sie in einem Ton, der irgendwie klingt, als folgt danach ein Dämpfer. »So wichtig war es mir nicht, ich komme sicherlich zurecht, auch ohne auf deiner Liste zu stehen.«

»Ich habe keine Liste!«

»Eine App?«

»Du redest Schwachsinn, ich hoffe, du weißt das.«

Diese Tube scheint die richtige zu sein, jedenfalls dreht sie den Deckel ab. »Ich weiß, dass du mit jeder ins Bett gehst, die dir ein Angebot macht, ganz egal wie billig es ist.«

Endlich sieht sie mich an, aber ihre Augen funkeln, und langsam springt die Wut auf mich über.

Ein gleichermaßen verständnisloses wie herablassendes

Lächeln stiehlt sich in mein Gesicht. »Wenn das deine Meinung über mich ist, dann verstehe ich das Problem nicht! *Willst* du auf so einer Liste stehen? Willst du sehen, wie weit du mit billigen Angeboten kommst?«

»Hast du überhaupt schon mal zu irgendeiner Frau *nein* gesagt? Nein! Du könntest jede in der Stadt fragen, die meisten würden nur rot werden und albern kichern.«

»Was ist dein Problem, Joyce?«

»Mein Problem ist, dass ich offenbar die einzige Frau bin, die du in deinem ganzen Leben nicht scharf genug fandest, um sie flachzulegen!« Sie schlägt mit der Hand auf die Kiste.

Ich starre sie an und meine Wut verfliegt schlagartig. Sie löst sich auf und macht Platz für Begreifen und in einer seltsamen Art auch für Mitleid, denn offenkundig dreht es sich hier nicht um nicht stattgefundenen schnellen Sex.

»Du warst betrunken, Joyce. Du warst betrunken und vollkommen am Ende. Traurig, wütend und allein. Ich weiß nicht, ob du denkst, danach ginge es dir besser, weil das nicht der Fall ist. So was kann deine Wut und Einsamkeit genauso wenig heilen, wie alles andere, was man versucht.« Ihre Lippen sind aufeinandergepresst und ich glaube, einen Nerv getroffen zu haben. »Ich gehe besser«, murmle ich hinterher und rücke an die Sofakante. »Danke fürs Versorgen.« Damit hebe ich kurz die ramponierten Finger und stehe auf.

»Du musst nicht gehen«, sagt sie leise. »Ich rede manchmal viel, ignorier das einfach.«

»Joyce«, beginne ich, setze mich wieder und überlege, wie ich es formulieren soll. »Ich weiß nicht einmal, wie es dazu gekommen ist, dass ich plötzlich mit dir in einem Zimmer sitze. Bis vor einer Woche haben wir kein einziges Wort miteinander geredet, und jetzt diskutieren wir darüber, warum wir nicht miteinander in der Kiste gelandet sind.«

»Kann ich das verbinden?«

Unwillkürlich stoße ich ein Schnauben aus und hebe die Hand auf Brusthöhe, was den Schmerz etwas lindert.

Mit ziemlicher Resignation lasse ich mich an die Lehne zurückfallen und strecke Joyce den Arm hin. Sie platziert ihn wieder auf ihrem Knie, und da werde ich mir der warmen Haut darunter bewusst.

Sie schmiert nun ein durchsichtiges Gel auf mein Handgelenk und geht wortlos zu einer zähen Salbe über, die sie auf alle offenen Stellen tupft. Während sie ihre Augen konzentriert auf meine Finger gerichtet hat, betrachte ich mehr oder weniger heimlich ihr Gesicht. Ich frage mich in diesem Moment, wie eine so schöne Frau denken kann, man weise sie ab, weil sie einem nicht gefällt. Irgendwie ist dieser Gedanke für mich gerade so befremdlich, dass ich ein wenig zu spät bemerke, dass Joyce den Kopf gehoben hat und ich sie anstarre. Davon unbeeindruckt löst sie sich von meinem Blick und wickelt nun einen Verband um die Hand, der nur noch die Kuppen der Finger freilässt.

»Fertig«, erklärt sie und ich hebe das Gesamtpaket vors Gesicht. »Nun halt die doch still«, blafft sie mich an, während ich versuche, die Finger zu bewegen.

Kurz zögert sie, dann kramt sie erneut eine ihrer Tuben hervor. Etwas der Salbe verteilt sie auf ihrem Finger und einen Wimpernschlag später tupft sie sie an meine Augenbraue. Ihr Gesicht ist nun sehr viel näher und macht es mir unmöglich, nicht an den Kuss auf dem *Carrey* zu denken.

»Du kannst hierbleiben, wenn du willst. Offenbar kannst du so nicht nach Hause.«

»Schon gut«, murmle ich. »Ich komme schon zurecht.«

»Das ist dein Motto, oder?«

»Was?«, frage ich, und sie sieht mir direkt in die Augen.

»Mir ist klar, dass du auch ohne meine Hilfe zurechtkommst, aber du musst es nicht.«

Mein Mund verzieht sich zu einem schiefen Grinsen, während ihre Worte sich jede kleine Lücke suchen, um sich tiefer in mich hineingraben zu können.

»Und sagst du das auch deinen Eltern, wenn sie mich hier sehen?«

Sie verharrt einen Moment, dann zieht sie sich von mir zurück. »Erstens weiß ich nicht, was du dir vorstellst, wie alt ich bin, dass meine Eltern so entsetzt darüber wären, wenn ich einen Mann mit nach Hause bringe. Zweitens wird hier niemand reinkommen, weil das alles hier – drittens – jetzt mir gehört und – viertens – meine Mutter auf ihrer Wolke aus Beruhigungspillen nichts sehen will, was sie an die Realität erinnert. Und – fünftens – ist mein Vater vor Wochen ausgezogen und wird vermutlich nicht plötzlich ans Fenster klopfen.«

Ich muss es noch mal durchgehen, um sicher sein zu können, auch alles erfasst zu haben.

»Achtzehn«, sage ich schließlich und antworte zuerst einmal auf die einfachste Aussage.

Sie schnaubt in einer Mischung aus Belustigung und Gereiztheit. Irgendwie bleibt es amüsant, sie immer wieder so zu erleben. Es macht sie eigenartig greifbar für ein Mädchen aus dem Internet.

»Wir waren im selben Jahrgang«, erwidert sie und legt den Kopf schräg. »Wie wahrscheinlich ist es, dass wir nicht gleich alt sind? Dafür muss man kein Hexenmeister sein.«

»Also wenn«, gebe ich im gleichen pubertären Ton zurück, »wäre ich eher Okkultist. Oder Satanist. Ich weiß nicht genau, für was man mich hält.«

Joyce lacht, wenn auch ziemlich verhalten und definitiv nicht gewollt.

»Du bist der Einzige, den ich je hergebracht habe und damit der Einzige, dem ich gesagt habe, dass er bleiben kann.«

»Warum?« Es tut weh, wenn ich die Brauen zusammenziehe.

Ich spüre die offene Stelle, und trotzdem passiert es von selbst, denn ich versuche, das hier zu verstehen. Und zwar auf eine realistische Weise, die weder falsche Versprechungen macht noch in Hollywood-Dramatik umschlägt.

»Wenn du weg bist, nimmst du die Musik mit«, flüstert sie.

JOYCE

Wort- und ausdruckslos. So sieht er mich an und irgendwie lässt mich sein Blick bereuen, überhaupt etwas dieser Art gesagt zu haben.

»Ich kann dir deinen Großvater nicht zurückbringen.«

Seine Augen verändern sich, und ich erkenne, wie er versucht, den Schmerz von sich fernzuhalten.

Hörbar und stockend atme ich ein, während die Bilder der Beerdigung auf mich einprallen. Mit aller Kraft halte ich die Tränen zurück. Weil ich genau weiß, wie nur eine einzige davon eine Pforte öffnet, die den Weg für unzählige andere freimacht, die man nicht so einfach wieder bändigen kann.

»Ich weiß, dass du das nicht kannst«, entgegne ich schließlich. »Ich will mir nur vormachen, in diesem Raum wäre noch Musik.«

»Er hat sie mitgenommen. Ich kann nicht spielen.«

Gabriel sagt es mit einem bitteren Lächeln, und ich senke unnötigerweise den Blick auf seine verbundenen Finger.

»Das heilt. Es sind nur Schürfwunden und Prellungen. Es ist nichts gebrochen und –«

»Ich meine, dass ich nicht spielen *kann*. Ich habe zum letzten Mal hier in diesem Zimmer gespielt.«

Ich starre ihn an, die Box mit den Salben noch immer auf dem Schoß, und wenn es nur ist, um mich daran festzuhalten. »Heißt das, du willst jetzt einfach aufhören?«

»Das hat doch nichts mit wollen zu tun! Es geht nicht. Es ist aus meinem Kopf gelöscht!«

Ich stehe auf und weiß im ersten Moment überhaupt nicht, wohin ich eigentlich gehen will. Dieses Geständnis hat etwas in mir getroffen und löst eine neue, eigenartige Traurigkeit aus.

Die Entscheidung fällt auf das Sideboard, und während ich die Kiste darauf abstelle und nach Worten suche, sehe ich aus dem Augenwinkel, dass er aufsteht.

»Mach's gut, Joyce.«

»Wohin willst du denn?«, frage ich, drehe mich zu ihm um und sein Mund verzieht sich zu einem zynischen Lächeln.

»Ich bin kein Obdachloser, der eine Suppenküche braucht.«

»Dann geh und mach, was du immer machst, mit wem und wo auch immer.«

Ich erkenne im selben Augenblick, dass ich besser den Mund gehalten hätte. Er bleibt an der Tür stehen und fixiert mich sekundenlang mit beunruhigend harter Miene.

»Was zur Hölle willst du?«, fragt er leise und fast bedrohlich. »Hör auf mir vorzugaukeln, irgendein Interesse an mir zu haben. Ich bin kein hilfloser Straßenjunge, der von dir gerettet werden muss.«

»Du bist *mir* nachgelaufen«, erwidere ich in einem Anflug von

Trotz, während mir das Herz nun schmerzhaft in der Brust schlägt.

Eine ganz eigenartige Spannung liegt in diesem Raum, die sich nicht gut anfühlt.

Er behält noch den Bruchteil einer Sekunde seinen Blick auf mir. Dann wendet er sich ab und geht.

11

JOYCE

Der Weg vom Unterrichtsraum zu meinem Zimmer führt über den winzigen Flur. Doch statt sich nach links zur Eingangstür des Anbaus zu wenden, betritt man durch die helle Holztür gegenüber das Haus.

Nahezu alles hier ist sandfarben. Nicht gleichförmig, sondern in unendlich vielen verschiedenen Tönen. Ich mag das, es ist gemütlich.

Ich gehe geradeaus zum Wohnzimmer, wo ich meine Mutter auf dem Sofa liegen sehe. Der Fernseher läuft und eine geöffnete Flasche Wein steht neben einem gefüllten Glas auf dem gläsernen Couchtisch.

Als ich im Türbogen erscheine, lächelt sie. »Hallo, Schatz. Hast du schon gegessen? Ich war mit Kollegen im Restaurant. Es ist nicht mehr viel im Kühlschrank, ich muss morgen einkaufen. Bestell dir etwas, ja?«

»Okay«, antworte ich knapp und habe nicht einmal ansatzweise vor, es wirklich zu tun.

Das Wissen, dass kein Essen im Haus ist, erleichtert mich. Wenigstens das wird mir heute leichter gemacht.

Meine Mutter wendet sich wieder dem riesigen Fernseher zu,

den mein Vater erst vor einem halben Jahr gekauft hat. Zwei Monate, bevor er auszog, und ganz sicher einige Monate, nachdem er wusste, dass er eine Affäre hat.

Kurz fällt mein Blick auf die Küche, denn nachdem ich heute den ganzen Tag noch nichts außer einem halben Apfel gegessen habe, kann ich nicht leugnen, hungrig zu sein. Mit eiserner Disziplin gehe ich die Treppe hinauf und in mein Zimmer, wo ich mich aufs Bett fallen lasse und tief durchatme. Mit beiden Händen reibe ich mir übers Gesicht und versuche, Gabriels Bild aus dem Kopf zu bekommen. Resigniert lasse ich die Arme wieder sinken und starre in den Raum hinein.

Meistens bin ich gern hier drin, aber in letzter Zeit fühlt sich alles seltsam unecht an. Als ich vor zwei Jahren die Wände Pastell-Rose gestrichen habe, die bunte Bettwäsche gegen weiße austauschte und begann, all diese Dekokissen zu arrangieren, habe ich irgendwie gleichzeitig auch mich arrangiert. Ein Gedanke, der sich immer mehr festsetzt. Die ersten Fotos für meinen Account entstanden in diesem Zimmer. Am Anfang wusste niemand davon und vielleicht war das sogar die beste Zeit. Ich erinnere mich, wie mir beim Training einmal gesagt wurde, was ich mache, sähe nicht elegant genug aus, während sich im Internet die Komplimente überboten.

Mit den Followern tauchten natürlich auch die Menschen auf, die nichts Nettes zu sagen hatten. Manchmal habe ich das Gefühl, dass heute auf jedes Kompliment zwanzig Kommentare folgen, die mich runtermachen. Ein negatives Wort kann an schlechten Tagen jedes gute ausradieren.

Mir fallen die Bilder vom *St. Mary's* ein. Ich nehme das Handy vom Nachttisch und sehe sofort die Nachricht von Katie. Noch bevor ich sie öffne, habe ich keine Zweifel, was darin stehen wird.

Ist alles okay? Süße, hast du was mit Gabriel Álvarez?

Dahinter ist der Smiley mit roten, beschämten Wangen.

Unwillkürlich schnaube ich, weil ich nicht einmal wüsste, wie ich das ganze Durcheinander beschreiben sollte.

Selbstverständlich nicht!, antworte ich kurz angebunden und in eigenartiger Weise schmerzhaft wahrheitsgemäß.

Ich lasse das Handy auf meinen Bauch sinken und fixiere den Punkt, an dem das Moskitonetz an der Decke aufgehängt ist, damit es wie ein Vorhang mein Bett umrahmt. Mit dem Entschluss, das Thema zu verdrängen, hebe ich das Telefon wieder und öffne die Galerie. Allerdings scrolle ich über die unzähligen Fotos von heute hinweg, bis ich zum ersten Mal das Selfie betrachte, das Gabriel auf dem *Carrey* gemacht hat.

Unsere Gesichter sind dicht beieinander und ich fühle in dieser Sekunde beinahe seine Wange an meiner. Gabriel grinst genauso wie ich. Niemand, der das Foto betrachtet, käme auf die Idee, dass wir dort oben versucht haben, einen unerträglichen Schmerz zu betäuben. Ich stoße ein kurzes Lachen aus, als ich mir bewusst werde, wie ich beim Anblick des Bildes mein eigenes Herz spüren kann. Ich weiß nicht, was mich anzieht. Seine Augen, sein Gesicht. Sein Talent oder das Wissen, zu was er in Wirklichkeit in der Lage ist? Die Erkenntnis, dass er in gleichem Maße eine Fassade aufrecht hält wie ich? Vielleicht ist es das Wissen, dass er mich einige Mal für einen unscheinbaren Moment dahinter sehen ließ. Anders als ich verbirgt er hinter seiner Fassade jedoch etwas Gutes.

Noch einen Augenblick betrachte ich das Selfie, dann erkenne ich, dass es besser wäre, es zu löschen. Mein Finger schwebt mehrere Sekunden über dem Display, doch am Ende scrolle ich wieder zurück an den Anfang der Galerie.

Ich mache mich daran, die Fotos von heute zu prüfen und die Gedanken an Gabriel verblassen, als ich gewohnt routiniert meine Urteile fälle. Innerhalb von Sekundenbruchteilen entscheide ich, welches Bild ich behalte und welches ich lösche.

Die Augen nicht weit genug geöffnet; weg.

Den Arm komisch gehalten; weg.

Das dritte Bild begutachte ich länger. Mein Lächeln ist okay und meine Haare fallen über die Schulter, was gut aussieht. Es ist ein gutes Foto. Der Bikini sitzt perfekt und das weiße Tuch um die Hüfte weht leicht. Ich werde es vorerst behalten und scrolle weiter.

Zu frontal; weg. Ich hasse mein Gesicht so direkt von vorn.

Ich lösche die nächsten sechsunddreißig Aufnahmen.

Eine ist so furchtbar, dass ich mich vor mir selbst schäme. Katie hat mich von hinten erwischt und ich halte den rechten Arm so ungünstig, dass auf meinem Rücken eine Falte entsteht. Ich tippe schnell auf das Mülleimersymbol, als hätte ich Angst, jemand könne es sehen. Keines der nachfolgenden Fotos ist besser als dieses eine zu Beginn. Knapp sechzig Bilder und nur eines davon ist erträglich. Es stünden ganz sicher mehr Fotos zu Auswahl, wenn Gabriel nicht unvermittelt in meinem Blickfeld aufgetaucht wäre. Die Hände an der Arielle-gleichen Freundin seiner Schwester. Ich kann ein Brummen nur mit Mühe unterdrücken, was zum einen an dieser Erinnerung liegt, zum anderen daran, dass ich überhaupt nicht über ihn und sein Harem nachdenken will. Also öffne ich meine Bildbearbeitungsapp.

Etwa zehn Minuten später ist das Foto perfekt. Ich betrachte den flachen Bauch, der nicht die kleinste Wölbung zeigt. Es mag sein, dass der Bikini passt, doch nachdem ich die Brust einen winzigen Hauch verkleinert habe, wirkt es viel graziler. Halbwegs zufrieden überlege ich, ob das Bild einen Filter benötigt, und entscheide mich, das Blau des Himmels satter zu machen. Außerdem muss ich zwei Leute aus dem Hintergrund entfernen. Ich vergrößere mein Gesicht, bis es den ganzen Bildschirm einnimmt, und lege nun doch einen leichten Weichzeichner darüber. Man gewöhnt sich an diese Dinge.

Daraufhin lade ich das Foto in die Cloud und schreibe den Beitrag. Normalerweise mache ich das am Laptop, heute Abend bleibe ich aber einfach am Handy.

Es dauert fast vierzig Minuten, bis ich mit dem Text zufrieden bin, er nicht nur wie billige Werbung klingt, ich jedoch denke, dass *Merci Ocean Wear* glücklich sein wird. Ich plane den Post gleich für morgen, da ich schon spät dran bin. Sie waren verständnisvoll, als ich um etwas Zeit bat, weil in meiner Familie jemand verstorben ist. Ich will es nicht noch länger ausreizen. Dafür muss ein anderer Beitrag nach hinten geschoben werden. Was allerdings egal ist, da es nur nichtssagendes Geschwafel über Sommerlaune ist, gepaart mit Werbung für Wintermode. Wobei ich mir da ohnehin unsicher bin, wie das im August ankommt.

Als ich endlich fertig bin, öffne ich mein Profil.

Zweiundsiebzig neue Kommentare. Dreitausendeinundfünfzig Likes. Einhundertsiebzehn Nachrichten, von denen die meisten Reaktionen auf eine Story sind. Dazu die obligatorischen Anzüglichkeiten.

Ich entscheide mich als Erstes, direkt eine weitere Story zu machen, in der ich den neuen Post von morgen ankündige. Da ich auf ein Video keine Lust habe, nehme ich nur das Foto und lege einen Sticker darüber, sodass nur meine bis zu den Knien im Wasser stehenden Beine zu erkennen sind. Ich nehme auch einen Umfrage-Sticker mit rein und frage ganz simpel, wer heute schwimmen war. Danach öffne ich abermals mein Profil und den letzten Beitrag. Das Foto ist schon zwei Wochen alt. Wir haben es auf dem Marktplatz vor dem Brunnen gemacht.

Einen Tag bevor er starb.

Unzählige Flammen-Emojis.

Looks amazing.

Wow!

Wie schön kann man sein?, gefolgt von vier Herzchen.

Wow, einfach anders schön!

Was immer das bedeuten soll. Ich lese den Kommentar mehrmals, scrolle hoch und betrachte mich, ohne zu verstehen, was an mir *anders* sein soll. Das Foto ist makellos, ich kann nach dem Bearbeiten darauf nicht die kleinste Unstimmigkeit erkennen. Ich scrolle zurück und markiere diesen und einige andere Kommentare mit einem Herzchen, um zu zeigen, dass ich sie gelesen habe.

Wie kann man nur so perfekt sein?

Schön, dass es dir gut geht!

Im Post steht, wie ich den Sommer liebe und dass es mir in dieser Zeit schwerfällt, nicht glücklich zu sein. Eine Floskel. Eine Lüge.

Und das findest du schön?, schreibt jemand.

Herzchen.

Flammen.

Wow!

Zum ersten Mal auf Kokain?

Etwas irritiert starre ich auf die Worte und mein Herz schlägt sofort schneller, als ich auf die zweiunddreißig Reaktionen klicke, die dieser Kommentar erhalten hat.

Die ersten vier Leute fragen, was sein Problem ist. Oder ihres? Der Name ist so kryptisch, dass es nicht ersichtlich ist.

Ihr Lachen ist total unecht!, stimmt ein Typ zu, der auf seinem Profilbild eine dunkle Sonnenbrille trägt.

Du bist unecht!, kontert ein recht jung wirkendes Mädchen.
Ihr Lachen ist toll!
Lösch dich, Evans!

Der ursprüngliche Autor des Kokain-Kommentars äußert sich nicht mehr. Das ist meistens so. Sie geben ihre Meinung ab und manchmal frage ich mich, ob sie die Antworten überhaupt lesen. Ich selbst reagiere nie darauf und tue auch in der realen Welt so, als würde mich das alles gar nicht berühren.

Ich scrolle wieder hoch und betrachte erneut das Foto. Ich finde nicht, dass mein Lachen gestellt wirkt, aber sicher bin ich mir mit einem Mal nicht mehr.

In diesem Moment knurrt mein Magen. Es lenkt die Gedanken vom Internet ab und hüllt meinen Geist in eine große Zufriedenheit. Ich habe es endlich einmal hinbekommen, mich einen Tag lang am Riemen zu reißen. Ich lege das Handy aufs Kissen, gehe vor dem Bett in die Hocke und hole die Waage darunter hervor. Ich habe sie erst vor drei Monaten gekauft, weil ich überzeugt war, die vorherige funktioniert nicht mehr richtig. Ich trage noch immer die Hotpants vom Fluss und mein Knoten-T-Shirt. Ein paar Gramm kann ich also abziehen. Damit steige ich auf die fast vierhundert Dollar teure Trittfläche, schließe meine Finger um den an einem Kabel befestigten metallenen Handgriff und ziehe ihn nach oben, bis ich gerade stehe. Das Gewicht wird mir angezeigt, Dinge wie Körperfettanteil erfahre ich in einer dazugehörigen App. Ich habe abgenommen. Dreihundertneunundsiebzig Gramm. Davon angespornt, fallen mir die Sportübungen gleich um einiges leichter. Meistens quäle ich mich durch das Programm, aber das Wissen, dass die so verbrannten Kalorien nicht irgendetwas abtrainieren müssen, was ich gegessen habe, sondern direkt das Defizit hochtreiben, treibt wiederum mich an.

Nach zwanzig Minuten ist die Beinschere meine letzte Übung.

Ich mag sie relativ gern, weil ich dabei auf dem Handy scrollen kann. Ich wische den Schweiß von den Wangen und beginne, das rechte Bein langsam auf und ab zu bewegen. Den Kopf auf den angewinkelten Arm gestützt, öffne ich die vorhin gepostete Story, um die Zahlen zu sehen. Bei einem Namen in der Liste setzt mein Herz einen winzigen Moment aus. Auch mein Bein bewegt sich nicht mehr. *Jee Ay* lese ich.

G.A.

Gabriel Álvarez.

Obwohl er mir erzählt hat, dass er meinen Account kennt, habe ich bisher keinen Gedanken daran verschwendet, ob er sich ebenfalls auf dieser Plattform herumtreibt. Außerdem kann man meine Fotos auch sehen, ohne selbst angemeldet zu sein.

Dass es wirklich Gabriel ist, erkenne ich an seinem Profilbild. Es wurde von der Seite aufgenommen und er hat sowohl die schwarzen Haare als auch die Cappy tief ins Gesicht gezogen. Mein Finger tippt auf seinen Namen und ich habe keinen Zweifel mehr. Ich setze mich auf die Knie und bemerke, wie mein Herz schneller schlägt. Ich nehme es so stark wahr, dass ich gereizt die Luft einziehe.

Er hat nur achtundzwanzig Beiträge und siebenundsechzig Follower. Wahrscheinlich kann man Geld darauf wetten, wen man darunter findet. Er selbst folgt sieben Accounts. Seine Bilder ähneln sich, was daran liegen kann, dass er ausschließlich schwarze Sachen trägt. Das letzte ist jenes, welches er als Profilbild nutzt. Er hat es vor drei Wochen gepostet. Keine Hashtags, keine Worte, nur das Foto. Einhundertvierzehn Likes.

Nur auf einem einzigen Bild lächelt er. Es ist vom Frühjahr, genauer vom 26. Mai, und zeigt ihn und seinen Freund Greyson. Dieser hockt hinter ihm und macht mit beiden Händen Peace-Zeichen. Gabriel hat den Kopf leicht zur Seite gedreht und hält eine Bierdose. Unter dem Foto ist das Emoticon des Union Jack.

Es wurde gemacht, nachdem er die Zusage aus Manchester bekommen hat. Sie sind Mitte Mai nach England geflogen und knapp eine Woche später wurden die Antworten verschickt. Ich scrolle wieder nach oben und tippe nun doch auf die Follower. Wie erwartet, kenne ich die meisten. Irgendwie erwarte ich, Katie dort zu finden, aber das tue ich nicht. Dafür jedoch Olivia Mason, die mir so nett ins Gesicht lächelt, wenn sie mich zu ihren Partys einlädt. Immer darauf bedacht, nicht zu vergessen, ein Selfie von uns zu posten. Bethany Miller, die einfach nicht an mir vorbeigehen kann, ohne mich abfällig anzusehen, folgt ihm natürlich auch. Ich kann gar nicht zählen, wie oft ich Gabriel schon mit ihr zusammen gesehen habe. Ich frage mich, ob er eine Vorstellung davon hat, wie die beiden in Wahrheit sind. Wie oft Bethany beim Training etwas zu mir sagt, das mich trifft, und wonach ich mein Selbstbewusstsein mühsam wieder zusammenflicken muss. Lange kann ich ihr diesen Sommer nicht mehr aus dem Weg gehen, denn in der Woche vor dem Cheerleader-Tryout sind wir alle zum gemeinsamen Training verabredet. Bis dahin sind es keine drei Wochen mehr. Sollte ich in das Team aufgenommen werden, folgen weitere vier Jahre mit Bethany am *Bayshore*.

Ich verdränge den Gedanken an diese Prüfung und an Bethany Miller. Ganz besonders an Gabriel und Bethany Miller.

Ich tippe auf das *Nachricht-senden*-Symbol.

Du weißt

Ich lösche die beiden Worte wieder.

Man kann sehen

Ich drücke den Knopf an der Seite meines Handys und schließe alles.

Ein paar Sekunden starre ich auf das schwarze Display, dann öffne ich die App erneut.

Weißt du, dass man sehen kann, wer sich die Story anschaut?

Ich tippe sofort auf senden, als ich den letzten Buchstaben eingegeben habe, denn wenn ich einen einzigen Wimpernschlag lang zögere, werde ich zu Verstand kommen und Gabriel ganz sicher keine Nachricht schicken. Das sollte ich nämlich nicht. Gleichzeitig sehe ich ihn vor mir stehen. Ich habe sogar seinen Duft in der Nase.

Einen Moment betrachte ich noch meinen Satz, dann werfe ich das Handy aufs Bett.

Eine halbe Stunde später komme ich aus dem Bad, die nassen Haare zu einem Knoten auf dem Kopf zusammengebunden und eine dicke Schicht Feuchtigkeitscreme im Gesicht. Ich wühle in meinem riesigen Kleiderschrank nach meiner schwarzen Hose. Sie reicht mir bis unter die Knie und hat ein winziges Loch am Saum, von dem ich keine Ahnung habe, woher es kommt. Ich nehme mir noch ein schwarzes Top, schiebe die schwere Spiegeltür wieder zu und fixiere mein Spiegelbild. Automatisch lasse ich die Finger über meinen Bauch streichen. Manchmal habe ich das Gefühl, dass jeder Bissen direkt zu sehen ist. Als wolle ich mich bestrafen, fasse ich die Haut und kneife zu, als könne ich die Fettzellen einfach zerdrücken.

Ich streife das Top über und begutachte noch meine Beine,

bevor ich mich komplett anziehe. Wenn ich durchhalte, kann ich bis zum Tryout sicher weitere zwei Kilo abnehmen. Ich schenke mir selbst nun ein Lächeln, wie ich es auch für ein Foto mache.

Zum ersten Mal auf Kokain.

Der Kommentar dringt in meine Erinnerung.

Ich reduziere das Lächeln. Für mich wirkt es nun bescheidener und weniger fröhlich. Aber den Leuten scheint es so ja besser zu gefallen.

Endlich wende ich mich ab, setze mich im Schneidersitz aufs Bett und nehme das Handy.

Gabriel hat geantwortet.

Ich starre auf seinen Namen und atme so tief ein, dass es schon schmerzt. Nahezu jedes Bild seines Accounts drängt sich in meinen Kopf. Sein Gesicht, die fast schwarzen Augen. Sein Blick.

Das ist nicht gut.

Mein Finger schwebt über der Nachricht und endlich tippe ich darauf.

Und was sagt uns das?

Diese Antwort lese ich viele Male hintereinander und versuche, mir seinen Ton vorzustellen, um einordnen zu können, was er meint.

Am wahrscheinlichsten ist, dass er beim Schreiben die Augen verdreht hat und genervt war, dass ich ihm überhaupt etwas schicke.

Dass du mich gern siehst, antworte ich in vollem Trotz und will so als Überlegene das Gespräch beenden.

Nachricht gelesen.

Er schreibt. Und ich bin unfähig, den Chat zu schließen, um das letzte Wort zu behalten.

So scheint es wohl zu sein.

Ich halte unwillkürlich die Luft an und mein Herz schlägt so schnell, dass ich schon einen schrecklichen Druck im Kopf spüre.

Warum bist du dann gegangen?

Er liest die Nachricht, antwortet jedoch nicht.

Wo bist du?, frage ich nach etwa einer Minute und ebenso diese Nachricht wird sofort als gelesen markiert, was bedeutet, dass er den Chat noch geöffnet hat.

Carrey.

Willst du allein sein?

Darauf antwortet er nicht. Minutenlang.

Ich komme, schreibe ich schließlich.

Auch das wird als gelesen gekennzeichnet, doch selbst als ich ins Auto steige, hat er nichts dazu gesagt. Ich lege das Handy auf den Beifahrersitz und verharre eine ganze Weile mit den Händen am Lenkrad.

Ich glaube nicht, dass ich mir einen Gefallen tue, wenn ich jetzt zu ihm fahre.

12

JOYCE

Das Viertel Camden liegt am Rand von Seaford, weshalb es so ziemlich überall hin mindestens fünfzehn Minuten dauert. In die Innenstadt, zum *St. Mary's* oder eben zum *Carrey*.

Was den zweiten Aufstieg viel leichter macht, sind meine Schuhe. Ich trage nämlich Sneaker, nicht wie am Sonntag Keilabsätze. Trotzdem schmerzen meine Beine schon auf halbem Weg so sehr, dass ich eine Pause machen muss. Ich bin ohnehin nervös, doch mein Herz schlägt durch die Anstrengung nun extrem schnell. Während ich tief einatme und mir mit beiden Händen den Schweiß vom Gesicht streiche, frage ich mich, ob das normal ist. Vielleicht hängt es damit zusammen, dass ich seit gestern nichts gegessen habe.

Als ich oben bin, kommen starke Zweifel in mir auf und ich denke darüber nach umzudrehen. Und doch will ich ihn zumindest kurz sehen, um zu wissen, dass es ihm gut geht.

Gabriel hat die Knie angezogen und die Arme darauf abgelegt. Ich weiß nicht, ob er mich gehört hat, jedenfalls reagiert er nicht. Regungslos schaut er in das sich bereits langsam auflösende Rot des Abendhimmels. Die Gitarre liegt neben ihm. Sorgfältig auf ihrer Schutzhülle platziert, um zu verhindern, dass sie Kratzer bekommt.

Auf der anderen Seite liegen sein Handy und Zigaretten einfach auf dem Boden. Ich überlege, wie ich mich bemerkbar machen soll.

In dem Moment dreht er den Kopf etwas, sieht mich aus dem Augenwinkel an und wendet sich wieder nach vorn.

»Tauchst du bei jedem auf, der sich dein Profil ansieht?«

Ich brauche zwei oder drei Sekunden.

»Immer«, entgegne ich im gleichen Ton.

»Und weil ich mir mal ansehen wollte, was in deiner Welt so wahnsinnig wichtig ist, bedeutet das für dich, dass du mir hinterherlaufen musst?«

Ich schnaube. »Soll ich dir deine eigenen Aussagen mal vorlesen?«

Gabriel hebt eine Flasche an den Mund, die bis zu diesem Moment für mich nicht sichtbar gewesen ist. Eine Antwort bekomme ich allerdings nicht.

»Das war keine gute Idee«, murmle ich zu mir selbst und wende mich ab, bereit in der voranschreitenden Dunkelheit wieder nach unten zu laufen. Ich habe ihn gesehen, es geht ihm gut, ich sollte einfach gehen.

»Das *Ganze* ist keine gute Idee«, höre ich ihn sagen. »Geh nach Hause, Joyce.«

Ich schließe die Augen und warte, ob noch etwas kommt. Als das nicht der Fall ist, drehe ich mich wieder um. Er trinkt.

»Mit Whiskey an einem Abhang zu sitzen, ist keine gute Idee!«

Er hält die Flasche vor sein Gesicht und betrachtet sie. »Das kannst du erkennen?«

»Was ist denn sonst so dunkel?«

»Cognac.«

»Niemand trinkt so etwas!«

Er lacht, wenn auch eher resigniert. »Willst du einen Schluck?«

Ich atme tief und langsam aus, weil diese Worte mehr als eine Bedeutung haben. Eine ist: bleib.

»Ich bin mit dem Auto hier. Und ich trinke nicht mehr in deiner Gegenwart.«

Abermals lacht er und diesmal klingt es um einiges amüsierter.

Anschließend herrscht erneut Stille.

»Ich werde dich nicht bitten, dich trotzdem zu setzen.«

»Und warum?« Die Frage kommt beinahe etwas zu leise, um gehört zu werden.

Er antwortet nicht und mir reicht es. Ich setze mich neben ihn.

Das Rot ist inzwischen komplett vom Himmel verschwunden und die Nacht legt sich über uns. Gabriels Blick ist weiter nach vorn gerichtet, und es ist wirklich Whiskey in seiner Flasche. Eine recht teure Marke, die ich von meinem Vater kenne. Ich frage mich, wer ihm die gekauft hat. Er kann schließlich nicht einfach in einen Laden gehen. Viel hat er bisher nicht getrunken, die Flasche ist noch fast voll.

»Hast du gespielt?«, frage ich in die Stille hinein und er stößt die Luft aus.

»Ich wollte sie da runterwerfen.«

»Das meinst du doch nicht ernst!«

»Doch, das tue ich. Ich kann es aber nicht.«

»Gabriel«, setze ich an und suche nach Worten. »Wieso hat dich der Tod meines Großvaters so aus der Bahn geworfen? Du wurdest bereits an der Hochschule angenommen. Du weißt, was du kannst!«

»Das ist der Grund, warum du nicht hier sein solltest.« Er sieht mir plötzlich in die Augen. »Mit oder ohne Gitarre, ich will nicht hierbleiben.«

»Natürlich gehst du mit Gitarre.«

Es dauert noch einen Augenblick, dann wendet er sich ab,

trinkt einen Schluck und betrachtet kurz seine verbundene Hand. »Ich bin mir nicht sicher.«

»Hast du schon mit jemandem darüber gesprochen?«

»Über meine Finger?«

Ich verdrehe die Augen. »Über den Tod meines Großvaters.«

Er lässt sich auf den Rücken sinken und richtet seinen Blick in den Nachthimmel. »Was gibt es da zu reden? Es tut mir leid für deine Familie. Aber er war nun mal ein alter Mann.«

»Das war er«, murmle ich, sehe nach vorn und spüre, wie sich meine Kehle zusammenzieht.

Ruckartig setzt er sich wieder. »Entschuldige, das war scheiße.«

»Das muss dir nicht leidtun, es stimmt doch. Die Welt dreht sich weiter. Er war kein berühmter Mann, der irgendetwas vollbracht hätte, sodass man länger darüber sprechen müsste. Er war einfach nur irgendjemand, der alt wurde und starb. So ist das eben.«

Diese Wahrheit löst in meiner Brust einen solchen Druck aus, dass ich unwillkürlich die Hand darauf presse und scharf die Luft einziehe. Ich lege den Kopf in den Nacken und stoße einen gereizten Laut aus, weil ich will, dass es endlich aufhört.

»Lebt nicht ohnehin jeder in seiner eigenen Welt?«, sage ich weiter und mein Ton wird hörbar bitter. »Hier ist doch kaum jemand miteinander unterwegs. Selbst Eltern leben auf separaten Planeten.«

Es dauert, bis er etwas sagt. »Es ist besser, in seiner eigenen Welt zu bleiben. Lässt man jemanden herein und er ist plötzlich weg …« Er bricht ab und trinkt einen großen Schluck.

»Das ist es, oder?«, flüstere ich. »Deine Welt steht still. Du wartest, dass sie sich weiterdreht, aber das tut sie nicht.«

»Er war nur ein alter Mann, Joyce.«

»Der Erste, dem du geglaubt hast, kein Versager zu sein«, entgegne ich schärfer. »Du hast es auf der Beerdigung gesagt. Warum sprichst du jetzt so? Willst du mich verletztzten? Willst du dich selbst verletzen? Rede doch mit mir! Stattdessen schlägst du dich, du spielst nicht mehr –«

»Ich *kann* nicht spielen!«, unterbricht er mich im gleichen Ton. »Das ist nichts, was ich mir ausdenke, ich *kann* nicht! Es geht nicht! Mein Kopf arbeitet nicht!«

»Man verlernt so was nicht einfach von einem Tag auf den anderen! Du bist doch kein Lagerfeuer-Gitarrist, der vergessen hat, wie man ein a-Moll greift. Was redest du dir da ein?«

»Ich bin genau das«, sagt er sehr viel schwächer und legt sich wieder hin. Eine lange Pause entsteht, in der er in den Himmel sieht, die Flasche in seiner rechten Hand neben sich. »Ein Lagerfeuer-Gitarrist aus einer nichtssagenden Kleinstadt in Maryland. Nicht aus New York oder New Orleans. Oder Los Angeles. Ist dir schon mal aufgefallen, dass die coolen Städte aus zwei Worten bestehen?«

»Die wenigsten werden in den Städten geboren, Gabriel. Sie ziehen dorthin!«

»Ich werde in meine Schranken gewiesen, die ich wie ein lebensmüder Teenager übertreten habe, ohne darauf zu achten, ob vielleicht ein Zug kommt.«

Nein, er wartet nicht, dass sie sich wieder bewegt. Seine Welt stand still und hat begonnen, sich ganz langsam rückwärts zu drehen.

Ich lege mich ebenfalls auf den Rücken. Erste Sterne sind zu erkennen. Es ist Mitte August, die Chance auf Sternschnuppen ist hoch. Ich würde mir wünschen, noch ein einziges Mal in den Anbau gehen zu können und meinen Großvater dort sitzen zu sehen. Gabriel nimmt eine Zigarette aus der Packung. Das Feuerzeug klickt und Sekunden später zieht grauer Rauch über uns in die Nacht.

»Wenn du nicht spielen kannst«, beginne ich nach einer Weile und rede in die einzig von Zikaden gefüllte Stille. »Warum willst du überhaupt nach Manchester gehen?«

»Weil ich das Ticket schon habe«, antwortet er knapp und ich schnaube, um zu signalisieren, dass ich diese Aussage nicht sonderlich originell finde. »Und weil ich meinem Vater ganz sicher nicht die Genugtuung geben werde, damit recht zu behalten, dass ich nichts als Verschwendung von Geld bin, das man besser in Bier investieren könnte. Meiner Mutter werde ich nicht in die Augen sehen und ihr erklären, dass ich doch nichts kann. Meine Schwester würde mir wahrscheinlich vorwerfen, dass ich nur bleibe, um sie überwachen zu können. Grey wird mich nicht resigniert ansehen, weil er seinen Eltern beipflichten muss, dass Leute wie wir einfach dafür geboren werden, in der unteren Hälfte der Nahrungskette zu stehen. Dann wäre da noch Ashton Clark, der jedem erzählen wird, wie ich daran scheiterte, Rockstar zu werden.« Er nimmt einen Zug von seiner Zigarette.

Ich weiß nicht, was ich sagen soll, außer, dass ich seine Worte fühlen kann. Jeder Satz erscheint mir plausibel, jedes Argument nachvollziehbar. Die Angst, das eigene Scheitern zugeben zu müssen, ist erdrückend.

»Ich weiß, dass es dir nichts bedeutet«, setze ich leise an. »Aber ich glaube auch an dich. Ich habe dich spielen gehört, wenn das Fenster geöffnet war. Ich weiß, was du kannst. Du gehörst auf diese Schule, wo Leute mit deinem Können eben hingehören.«

Eine Weile liegen wir nebeneinander, ohne dass jemand etwas sagt. Immer mehr Sterne sind zu sehen, doch keiner fällt vom Himmel, um mir die Chance auf einen Wunsch zu geben.

»Was wirst du machen?«, fragt er. »Nach dem Sommer?«

»Ich werde aufs *Bayshore* gehen, was sonst.«

Er lacht kurz auf. »Das klingt nicht, als fändest du das gut.«

»Ich würde auch lieber weggehen. In eine andere Stadt oder wie du, in ein anderes Land. Mein Großvater hat mir so oft von England erzählt und ich war schon dreimal dort. Ich habe mir natürlich vorgestellt, dort zu leben. Zumindest für eine Weile.«

»Warum machst du es dann nicht?« Es klingt ernsthaft interessiert, doch mir entfährt ein bitteres Schnauben.

»Weil ich nicht bin wie du. Ich habe kein Ziel und es gibt auch nichts, was ich kann. Man kann nicht einfach in ein fremdes Land gehen, ohne zu wissen, was man dort machen soll. Es gibt einfach nichts. Ich habe zu große Angst, wegzugehen. Ich habe Angst, dort zu scheitern und vor den vernichtenden Urteilen der Leute.«

Er lächelt zynisch. »Du bist *Joy Evans.* Die halbe Welt liebt dich.«

»Das tut sie nicht, Gabriel. Die halbe Welt liebt es, ein Urteil über mich zu fällen, ohne je ein einziges Wort mit mir gesprochen zu haben.« Er wendet den Kopf und mustert mich. Ich halte meinen Blick auf die Sterne gerichtet. »Bei dir ist das anders. Wenn du irgendwo auftauchst, hat gleich jede Interesse an dir.«

Ich sage es und bereue es im selben Moment, da das Thema gern für Streit sorgt. Diesmal reagiert er jedoch anders, denn er lacht, wenn auch bitter. Er zieht ein letztes Mal und drückt die Zigarette daraufhin aus.

»Wirkliches Interesse, ja?« Nun erwidere ich seinen Blick. »Was wollen die denn von mir, Joyce? Erzähl mal, damit ich weiß, auf welchem Stand du bist.«

»Ich würde behaupten, das ist ziemlich eindeutig.«

»Und warum ist das so?«

»Was willst du jetzt hören?« Ich spüre, wie meine Wangen und Ohren gleichzeitig heiß werden.

Gabriels Mund verzieht sich zu diesem unglaublich anziehenden Lächeln. Ich weiche seinem Blick aus. Was mich ärgert, denn damit gebe ich zu, die Antwort zu kennen, warum sie auf ihn stehen: Weil seine braunen Augen mit noch dunkleren Wimpern umrandet sind und es kaum möglich ist, auf diesen Mund zu sehen, ohne an einen Kuss zu denken.

Gabriel wird genauso oberflächlich beurteilt wie ich.

»Glaubst du, eine von denen würde mich ihren Eltern vorstellen?«, bestätigt er meine Gedanken in diesem Moment. »Meinst du, eine Einzige würde mit mir ins Kino gehen oder Eis essen? Darum geht es nämlich nicht. Ich bin nicht blöd, Joyce.«

Er sagt es in einem Ton, als wolle er mir jetzt den Spiegel vorhalten.

»Du brauchst *mich* nicht so anzusehen«, entgegne ich lapidar. »Du hast mich bereits abblitzen lassen und ich sitze trotzdem hier.«

Ein Lachen unterstützt sein Kopfschütteln und ich muss schmunzeln.

»Und ich verstehe nicht, warum«, entgegnet er.

»Was wolltest du mir am *St. Mary's* sagen?«

Einen Moment mustert er mich und ich habe das Gefühl, er überlegt, wie er es formulieren soll. »Ich wollte dich um Entschuldigung bitten.«

»Ja, das sagtest du schon. Aber warum? Bei den anderen entschuldigst du dich auch nicht, soviel ich weiß.«

»Was willst du hören?« Die Frage kommt schnell, sein Blick ist kühl geworden. »Dass ich total verliebt in dich bin und den Gedanken nicht ertragen konnte, dass du dich meinetwegen schlecht fühlst?«

»Du bist ein Arschloch, Álvarez, weißt du das?«

»Joyce«, stößt er hervor und legt den Kopf in den Nacken. »Ich frage dich noch einmal: Was willst du?«

»Ich habe mir nur Sorgen gemacht.« Die Worte sind resigniert und undeutlich. Ich sage sie nicht mehr an ihn gerichtet, sondern wende mich kopfschüttelnd ab, langsam begreifend, dass sich Gespräche mit ihm einfach immer weiter im Kreis drehen werden. »Ich sehe, dass es dir nicht gut geht, und ich weiß, dass es mit einem Menschen zu tun hat, der mir extrem wichtig war. Vielleicht irritiert es mich, dass gerade du solche Selbstzweifel hast, obwohl du schon die Bestätigung bekommen hast, dass diese Zweifel vollkommen unbegründet sind. Oder ich bin einfach überrascht, dass du eine Seele hast, kann auch sein.«

Er lacht, wenn auch ungewollt, wird jedoch schnell wieder ernst. »Und jetzt willst du *was*, Joyce? Mich auf den richtigen Kurs bringen? Mich anleiten, ein tiefgründiger und guter Kerl zu werden?«

»Das bist du schon, das hast du längst durchblicken lassen.« Ich lasse es mit Absicht eher wie eine Beleidigung statt eines Kompliments klingen.

Gabriel fixiert mich mit einer Miene, die ich nicht mehr deuten kann. Er sagt kein Wort.

Ich klopfe den feinen Dreck von den Beinen und stehe auf. »Vielleicht dachte ich aber auch ganz egoistisch, ich müsse das nicht allein überstehen. Irgendetwas davon wird es gewesen sein.«

Damit wende ich mich ab und richte meinen Blick auf den vollkommen im Dunkeln liegenden Waldabschnitt.

»Mach das nicht, Joyce.« Ich glaube im ersten Moment, es ginge um meinen Weg, den Abhang hinunter, doch dann spricht er weiter. Den Blick nach vorn gerichtet und die Arme auf den Knien abgelegt. »Eigentlich egal, was am Ende der Grund dafür ist, dass du hier bist. Es ist nicht gut.«

»Warum?«, flüstere ich und nehme ihm etwas unsanft die Flasche weg, als er sie gerade am Mund ansetzen will.

Er lacht bitter. »Dir wurde ein Bild von mir vermittelt, das nicht stimmt. Du wirst enttäuscht werden, denn ich entspreche nicht dem, was du erwartest.«

Nun muss ich lachen, während sich gleichzeitig meine Brust zusammenzieht.

»Ich entspreche *niemandes* Bild, Gabriel. Jeder ist von mir enttäuscht! Du hast keine Vorstellung davon, wie enttäuschend ein Mensch sein kann.« Ich ärgere mich sofort maßlos darüber, dass ich manchmal einfach nicht den Mund halten kann. »Entschuldige«, schiebe ich tonlos hinterher, und eine lange Stille folgt.

»Mein neues Bild von dir entspricht nicht meiner Vorstellung, aber es ist nicht enttäuschend«, murmelt Gabriel mit Blick in Richtung Stadt.

Ich lasse die Schultern sinken, die Flasche weiterhin in meiner Hand und stoße die Luft aus. Viel zu viele Gefühle greifen gleichzeitig nach mir: Resignation, Wut, Ungeduld, und vielleicht sogar ein wenig der Drang, ihn zu schubsen.

Stattdessen hocke ich mich neben ihn, stelle die Flasche ab und warte darauf, dass er endlich den Kopf dreht und mich ansieht.

»Ich frage dich nur dieses eine Mal, Gabriel: Soll ich gehen oder nicht?«

13

JOYCE

Die Nacht hat Seaford nun vollkommen eingenommen. Auf meine Frage hat er nicht geantwortet. Vieles kann man im Gesicht eines Menschen ablesen, aber ich wollte es hören. Irgendetwas ließ nicht zu, dass er es ausspricht. Binnen Sekunden musste ich somit entscheiden, ob ich mich damit zufriedengab oder darauf bestand, eine handfeste Antwort zu bekommen. Ich bin nicht gegangen, und nachdem ich mich gefragt habe, was das bringen soll, hat sich nun eine erstaunliche Ruhe über mich gelegt. Es liegt vielleicht am tatsächlichen Schweigen zwischen uns, an der Stille auf diesem Berg oder einfach an der Akzeptanz der Situation. Ich habe keine Lust mehr, alles fortlaufend zu hinterfragen. Zumindest nicht heute Abend.

Während ich weiterhin auf eine Sternschnuppe warte, zündet sich Gabriel neben mir eine Zigarette an.

»Darf ich die mal haben?«, frage ich in den Gesang der Insekten hinein, was ihn sofort die Stirn krausziehen und mich schmunzeln lässt. »Die Gitarre«, füge ich hinzu.

Er schnaubt kaum wahrnehmbar, reicht sie mir dann jedoch, um danach den Blick wieder abzuwenden. Meine Finger legen sich auf die Stahlsaiten. Es ist ein Instrument für richtige Musiker, nicht für Lagerfeuerabende, wie Gabriel es genannt hat. Ich frage mich, wer ihn jemals mit seiner Gitarre *gesehen* hat, und mir wird bewusst, dass selbst ich nicht dazugehöre. Ich habe ihn spielen gehört, aber ich habe es nie gesehen.

Mittlerweile hat er mir den Kopf wieder zugewandt, doch ich weiß nicht, ob er mich, meine Finger oder sein Instrument betrachtet. Ich spiele auch nichts Weltbewegendes, dafür bin ich nicht gut genug. Ich kann keine Klassik oder sonderlich schwere Riffs. *Hotel California* ist ein Lied, das jede Schülerband im Repertoire hat. Der Gedanke an die Zeit, in der ich es mit meinem Großvater geübt habe, trifft mich mitten in meine Brust. Nachdem die Bilder mich durchfluten, komme ich nicht mehr weit. Zuerst mache ich nur einen kleinen Fehler, dann einen größeren und letztendlich höre ich auf. Die Fingerkuppen schmerzen, weil ich viel zu selten spiele und die Stahlsaiten zu hart sind.

»Die Gitarre ist toll. Du solltest sie nicht dort runterwerfen.« Damit reiche ich sie Gabriel zurück, ohne ihn anzusehen, und er legt sie wieder auf die Hülle.

»Seit wann spielst du?« Die Frage klingt beinahe vorwurfsvoll.

Obwohl der Schmerz an meinem Inneren zerrt, muss ich bei seinem Ton lächeln. »Zwei Jahre, oder so. Ich habe mich mit dem Üben nie überschlagen. Eigentlich habe ich nur gespielt, damit wir Zeit miteinander verbringen können. Also er und ich«, füge ich schnell hinzu. »Nicht du und ich.«

Ich glaube, dass etwas wie ein Schmunzeln über seine Lippen huscht. »Falls du das gemeint hast, hattest du recht: Das entspricht nicht meinen Erwartungen.«

Ich entgegne nichts, ziehe nun selbst die Knie an den Körper und schlinge die Arme darum. Mein Blick schweift über die Stadt, während ich durchaus mitbekomme, dass Gabriel mich noch immer ansieht.

»*Mexican Reggae*«, sagt er und sieht nun nach vorn. »Das war der Arbeitstitel. Wusstest du das?«

»Wovon?«

»*Hotel California*. Das Lied hieß *Mexican Reggae*, bevor der Text dazukam.«

»Wie die Musikrichtung?«

»Wie Mexican Reggae, ja.«

»Das wusste ich nicht.«

»Ich wüsste das wahrscheinlich auch nicht.« Das leichte Lächeln bleibt, doch es ist von dieser Art, mit der man etwas zu vertuschen versucht. Wenn man etwas nicht aussprechen will. »Als ich das Lied zum ersten Mal gehört habe, war ich dreizehn«, sagt er weiter. »Ich bin ein wenig speziell, was das angeht. Gefällt mir ein Song, muss ich alles darüber wissen. Ich habe den Text natürlich nicht verstanden, aber ich war total gebannt von der Tatsache, dass der Arbeitstitel innerhalb der Band *Mexican Reggae* war.«

Jetzt sehen wir uns in die Augen. »Die ganze Welt liebt dieses Lied«, flüstere ich und werde mir in diesem Moment seiner Herkunft vielleicht zum ersten Mal wirklich bewusst.

Gabriel kam als Kind in die USA, er ist nicht hier geboren. Ich kann nicht einmal sagen, woher ich diese Information habe. Man weiß diese Dinge über ihn einfach. Ich habe jedoch keine Ahnung, aus welcher Gegend seine Familie stammt oder unter welchen Umständen sie über die Grenze kamen. Zum ersten Mal in meinem Leben habe ich einen wirklichen Berührungspunkt mit dieser Mauer-Sache. Man hört davon, doch es betrifft einen nicht.

»Das Lied ist sicher nicht für jeden was Besonderes«, sagt Gabriel und sieht wieder nach vorn. »Für mich schon irgendwie.«

Das Lied *ist* besonders.

Damals war ich gerade aus dem Krankenhaus entlassen worden und in der ganzen Familie herrschte dieses Tuscheln. Keiner sagte etwas, und trotzdem redeten alle pausenlos. Und ständig diese Blicke. Mein Großvater war nicht der Einzige, aber der Erste, der mit mir darüber sprach. Eben nachdem wir *Hotel California* geübt hatten. Er lächelte und wandte sich wieder der Gitarre zu. *»Mein Rat ist, deine Aufmerksamkeit nicht nur den schönen Gesichtern zu schenken«*, hatte er gesagt, und wahrscheinlich ist es diese mit dem Songtext verbundene Aussage, die mich an das Lied bindet.

»Was ist der beste Rat, den du jemals erhalten hast?«, frage ich Gabriel und er lacht.

»Was?«

»Ein Ratschlag. So wichtig, dass er etwas verändert hat.«

Es dauert, bis er antwortet, und sein Ton ist nun kühler, sachlicher. »Auf meine Finger aufzupassen.«

Er sieht mir in die Augen und vollkommen unvermittelt weiß ich, dass er daran denkt, mich zu küssen. Seine ganze Mimik spannt sich an. Ich zwinge mich, zu atmen. Dieser Moment kommt aus dem Nichts, hinterrücks und spöttisch.

Gabriel wendet sich ab, schiebt die Gitarre in die Tasche und steht auf. Obwohl es noch immer sehr warm ist, verursacht der leichte Wind mir eine Gänsehaut.

Auch ich stehe auf und sehe, wie Gabriel die Flasche in einem der Büsche verstaut.

»Komm, ich bringe dich zu deinem Auto«, sagt er, ohne sich zu mir umzudrehen.

So folge ich ihm stumm im Licht unserer Handytaschenlampen nach unten und frage mich ununterbrochen, was er denkt. Irgendeine tiefe Ahnung sagt mir, dass ich, um mir selbst etwas zu ersparen, Gabriel nach diesem Abend aus dem Weg gehen sollte.

Ich weiß es.

Ich weiß es auch noch, als wir die schmale Straße erreichen und er mich ansieht.

»Und wohin willst du jetzt?«, frage ich.

»Zu McDonald's. Ich hab Hunger.«

»Du kannst nicht fahren, das weißt du, oder?«

»Das käme mir nie in den Sinn.«

»Findest du das lustig?« Vielleicht ist es mein scharfer Ton, der sein Lachen unterbricht.

Ich weiß es.

»Ich fahre dich«, sage ich.

Der McDonald's in Seaford ist direkt am Fernbus-Terminal, was den Vorteil hat, dass er bis weit nach Mitternacht geöffnet ist. An Wochenenden sogar die ganze Nacht. Ich wollte Gabriel absetzen und nach Hause fahren. Er hätte einfach nur aussteigen müssen, aber das tat er nicht. Er hielt den Türgriff in der Hand, sah erst aus dem Fenster und dann zu mir.

»Hunger?«

Augen, die es mir unmöglich machen, Nein zu sagen.

Und es gibt dafür mehr als einen offenkundigen Grund.

Natürlich habe ich Hunger. Endlich habe ich wieder einen ganzen Tag durchgehalten. Aber würde ich nichts essen, gäbe es keinen unverfänglichen Anlass, hier zu sitzen, also entschied ich mich für Pommes, während er einen Haufen dieser matschigen Burger bestellte, die er alle längst aufgegessen hat. Ich hatte bisher vier Pommes.

Gabriel hängt nun mir gegenüber zurückgelehnt auf seinem Stuhl und trinkt immer mal wieder am Strohhalm seines Vanille-Shakes. Es ist fast ein Uhr, doch wir sind nicht die Einzigen hier.

Ein älterer Mann, der einen leicht verwirrten Eindruck macht, hat sich vor einigen Minuten an den Tisch neben uns gesetzt, nur getrennt durch den Gang. Dort nuschelt er auf Spanisch vor sich hin. In der hinteren Ecke des Restaurants sitzt eine Gruppe, ich schätze nicht älter als fünfzehn, und starrt synchron auf ihre Handys. Zwei Männer bestellen gerade ihr Essen an dem riesigen Bildschirm neben dem Eingang. Ich beiße ein Stück von meiner fünften Pommes ab und der Geschmack von Mayonnaise tanzt augenblicklich in meine Selbstdisziplin. Der typische Geruch dieses Ortes verursacht eine grauenhafte Nervosität. Ich trinke einen Schluck Cola.

Gabriel schmunzelt unvermittelt, lehnt sich verschwörerisch auf den Tisch und deutet kaum merklich mit dem Kopf zur Seite. Ich tue es ihm nach und bin seinen Augen erneut viel zu nah.

»Er diskutiert mit seiner imaginären Frau«, erklärt er, die Stimme zu einem Flüstern gesenkt. »Sie hat ihm anscheinend verboten, einen Grill zu kaufen.«

»Sprichst du eigentlich Spanisch?«, frage ich, ebenfalls flüsternd.

»Das tue ich«, antwortet er und verzieht den Mund zu einem schiefen Grinsen. »Aber nur zum Fluchen. Ich werde dir also kein Gedicht aufsagen.« Er zwinkert, was ich mit einem gelangweilten Blick kommentiere.

Ich nehme zwei Pommes auf einmal und tauche sie tief in die Mayo, ohne ihn aus den Augen zu lassen. »Könnte ich eine zweite Sprache sprechen, würde ich den ganzen Tag *nur* so reden.« Damit schiebe ich mir die Pommes in den Mund und ziehe die Spitze meines Fingers überaus lasziv wieder heraus.

Das ist eine Ausdrucksform, die er definitiv versteht, das kann man ihm ansehen. In einer Mischung aus Zufriedenheit und Belustigung lehne ich mich zurück.

»Du würdest *nicht* in einer anderen Sprache sprechen«, widerspricht er mit diesem zynischen Lächeln. »Wenn du schon anders aussiehst, willst du dich nicht noch anders anhören.«

Mit Cola in der Hand starre ich ihn an und sämtliche Erheiterung ist sofort verschwunden.

»Ich habe noch nie gehört, dass deine Herkunft für jemanden ein Thema war«, sage ich undeutlich. »Darf ich dich was fragen?«

»Nein!«

»Mein Großvater«, setze ich sehr zögerlich an und überlege, wie ich es formulieren soll. »Ihr feiert die Toten«, murmle ich und komme auch an dieser Stelle nicht weiter.

Gabriel versteht es trotzdem und sein Schmunzeln wird hämischer. »Steht das so in meinem Pass?«

»Nein«, entgegne ich sofort und will mich erklären, als er bereits weiterspricht.

»Ich weiß nicht, wann du mich zuletzt geschminkt durch die Straßen tanzen gesehen hast, aber nein. Ich finde nicht, dass es da irgendwas zu feiern gibt.«

»Entschuldige«, sage ich und Scham greift nach mir.

»Ist schon okay. Eigentlich eine berechtigte Frage, oder? Ich hab vielleicht nur das Schlechte mitgenommen.«

»So ein Quatsch«, murmle ich, esse drei Pommes auf einmal und wende mich ab.

»Keine von ihnen würde mich ihren Eltern vorstellen, weißt du noch?« Er trinkt von seinem Shake, ohne mich aus den Augen zu lassen.

»Meinst du nicht, das hat eher mit deinem Ruf zu tun?«

Damit mache ich den Versuch, dieses Thema zu relativieren. Ich verziehe sogar das Gesicht zu einem sarkastischen Lächeln. Und ich tue es seinetwegen, denn mir ist bewusst, dass eine absurde Wahrheit in seinen Worten liegt, ob ich es will oder nicht.

»Es ist das Gesamtpaket. Eine lange Negativ-Liste.«

»Außerdem«, setze ich an und übergehe ihn jetzt demonstrativ, »stellt man jemanden seinen Eltern vor, wenn man fest zusammen ist.«

Ich lasse den Blick auf die große Wanduhr neben der Theke gleiten. Vor zehn Minuten habe ich zu essen begonnen. Ich trinke einen Schluck und betrachte mein Tablett. Im Grunde ist es ab diesem Moment egal, denn es war schon zu viel. Also kann ich den Rest auch essen. Ich gebe mir noch sechs Minuten, dann ist es zwanzig nach eins.

»Willst du das?« Ich verziehe noch spöttisch den Mund, bevor ich die Pommes hineinstecke. »Eine feste Freundin? Denn das ist die Voraussetzung, um vorgestellt zu werden. Es wird dich niemand mit nach Hause nehmen und als Liaison der kommenden Stunde anpreisen.«

Er wirft den Kopf in den Nacken, was mich ebenfalls zum Lachen bringt.

Noch fünf Minuten. Ich trinke und stelle mir vor, wie die aggressive Kohlensäure die Nahrung in meinem Magen zersetzt.

»Es ging mir auch eher ums Prinzip«, erläutert er schmunzelnd.

»Aber du kannst doch niemandem etwas ankreiden, wenn du die Bedingungen überhaupt nicht erfüllst. Du kannst also gar nicht wissen, ob dich jemand vorstellen würde«, beharre ich und schiebe die nächste Pommes in den Mund.

»Ich muss auch keinen umbringen, um zu wissen, dass das Ärger gibt.«

Ich verschlucke mich fast an meiner Cola. »Das ist ein total schlechter Vergleich!«

»Das soll auch nur als Erklärung für dich dienen, da du offenbar reichlich naiv durch die Welt wandelst.«

Er verzieht besserwisserisch das Gesicht und ich weigere mich, seinem Blick auszuweichen. Gabriel grinst und ich greife unbeeindruckt erneut auf mein Tablett.

In diesem Moment sorgt lautes Gelächter dafür, dass unser Blickkontakt unterbrochen wird. Automatisch drehen wir beide die Köpfe zur Tür, durch die drei bekannte Gesichter in bester Laune den Laden betreten.

Mein Herz sinkt tiefer und ich spüre die Kälte bis in die Fingerspitzen. Ich esse den letzten Rest und sauge mehrere große Schlucke meiner Cola durch den Strohhalm, bevor ich aufstehe.

Bethany Miller steht nun zusammen mit ihren Freundinnen am Bestellmonitor. Sie sieht mich sogar an und ich wende mich viel zu reflexartig ab.

Gabriel schenke ich noch einen selbstgefälligen Blick, der hoffentlich signalisiert, dass ich in unserer Diskussion im Recht bin, dann gehe ich mit hämmerndem Herzschlag zu den Toiletten.

Sowie ich die Tür aufdrücke, kostet es mich reichlich Beherrschung, nicht aufzustöhnen. Während mir der penetrante Duft nach zu viel Hygienereiniger in die Nase steigt, frage ich mich, wer mitten in der Nacht bei McDonald's auf dem Klo steht und sich die glänzende Stirn pudert. Die Augen der etwa gleichaltrigen brünetten jungen Frau richten sich durch den Spiegel auf mich, und unverzüglich breitet sich ein Lächeln auf ihrem Gesicht aus. Automatisch erwidere ich es und ahne, wie es weitergehen wird.

»Wie cool«, grüßt sie aufgeregt.

»Hi.« Ich platziere mich neben ihr vor dem riesigen Spiegel und löse den Haarknoten auf meinem Kopf. Ich brauche einen Grund, hier zu sein.

»Hast du etwas dagegen, wenn wir ein Foto machen?« Sie zieht bereits das Handy aus ihrer umgehängten Tasche.

Ich bin ungeschminkt und auf einer McDonald's-Toilette. Natürlich habe ich etwas dagegen!

»Nein, gerne«, antworte ich jedoch und versuche, zumindest meine Haare zu richten.

Zu dem schrecklichen Gefühl, das Bethany Millers Anwesenheit auslöst, kommt der Zeitdruck. Mein Körper ist bereits so angespannt, dass ich sicher bin, meine Finger zittern, sobald ich sie ausstrecke.

Als das Display ihres Smartphones unsere eng beieinanderliegenden Gesichter spiegelt und ich mein Lächeln betrachte, ist es, als lacht *Joy Evans* mich aus, während mir die Zeit wegrennt.

»Sehr cool!« Das Foto wird begutachtet. »Ich markiere dich, ja?«

Ich nicke. »Unbedingt!«

Endlich macht sie Anstalten zu gehen, doch ich sehe im Spiegel, wie sie sich an der Tür noch einmal umdreht und die Hand zum Abschied hebt. Ich lächle also ein weiteres Mal, wobei ich mir die Haare wieder zusammenstecke, als sei es genau das, was ich von Beginn an vorhatte. Dann geht sie raus.

Hektisch wickle ich das Haarband ein letztes Mal um den Knoten, fahre mit der Hand am Sensor des Wasserhahns vorbei und halte meine rechte Hand für eine Sekunde darunter. Mit einem letzten Blick zur Tür betrete ich die hinterste der vier Kabinen und schließe zu. Noch während ich vor der leicht siffigen Toilette in die Hocke gehe, drängt sich ein weiterer Gedanke in meinem Kopf: Gabriel, der sich fragen wird, warum ich so lange weg bin. Mit der linken Hand streiche ich die einzelnen Strähnen zurück, die nicht im Haarknoten halten wollen. Von der rechten Hand schiebe ich zwei Finger tief in den Hals und erbreche vollkommen geräuschlos einen fettigen, braunen Sud aus Mayonnaise und durch Cola schnell aufgeweichte Pommes.

Ich atme mehrere Male tief durch und versuche in diesen Sekunden die Menge dessen, was ich gegessen habe und dem, was in dieser Brühe schwimmt, abzugleichen. Ich wiederhole das Ganze und spüre, wie ich mich mit den Fingernägeln verletze. Ich hatte es geschafft, einen ganzen Tag nichts zu essen, und ich werde diesen Erfolg nicht kaputtmachen. Ich hole Luft und stecke mir ein drittes Mal die Finger in den Rachen. Es tut weh. Sekunden verstreichen, in denen ich nicht atmen kann, weil dieser letzte Rest eine zu feste Masse ist, die ohne Flüssigkeit viel zu lange braucht, bis sie den Weg wieder freigibt. Ich muss husten und flehe, dass niemand diesen verräterischen Laut gehört hat. Ich spucke den letzten Inhalt meines Magens ins Klo und verharre einen Augenblick vollkommen regungslos, nur darauf konzentriert, meinen Atem zur Ruhe zu bringen. Seit ich gelesen habe, dass Speiseröhren reißen können, bin ich an diesem Punkt jedes Mal von Neuem sicher, es diesmal zu weit getrieben zu haben. Zwei Sekunden der Erleichterung, mehr ist es nicht. Nie. Ich habe es geschafft, ja. Alles ist wieder in Ordnung. Aber wäre ich einfach disziplinierter, müsste ich das nicht tun. Was, wenn man es mir ansehen kann? *Kontaktlinsen*, denke ich noch, und habe damit für Gabriel eine gute Erklärung, falls meine Augen gerötet sind.

In diesem Moment wird die Tür zu den Toiletten geöffnet. Gelächter prallt von den Wänden ab und ich habe keinen Zweifel, dass es Bethany und ihre Freundinnen sind.

14
JOYCE

Hektisch nehme ich etwas Klopapier und wische über den Rand der Keramik. Sobald jemand im Raum ist, hat man nur eine einzige Chance zu spülen. Jedes weitere Mal ist auffällig. Das Schlimmste wäre, wenn nicht alles sofort weggespült wird. Mit neuem Papier wische ich mir Hand und Mund ab, lege noch eine Schicht in die Schüssel und drücke daraufhin den Knopf. Mein Herz schlägt viel zu schnell, was bei meinem gerade angeschlagenen Kreislauf Schwindel verursacht. Erleichtert stelle ich aber fest, wie alles ohne eine Spur zu hinterlassen verschwindet. Mit der sauberen Hand streiche ich mir über die Augen, und danach bleibt mir nichts anderes übrig, als die Kabine zu verlassen. In seiner Angst fühlt sich mein Körper nur noch kalt an.

Lynn wie auch Harper stehen vor dem Spiegel und richten ihre Blicke sofort auf mich, als ich die Tür öffne. Ich will ihnen trotzig ins Gesicht sehen, doch ich senke auf dem Weg zum Waschbecken den Kopf wie ein ängstliches Tier. Lieber unterdrücke ich jeden Stolz, als dass sie die Gelegenheit bekommen, die roten Augen unzweifelhaft zu deuten.

Lynn, die sich die zu oft blondierten Haare zum Pferdeschwanz bindet, runzelt die Stirn, und Harper, die mit ihren hellbraunen, etwas längeren Wellen das Gleiche tut, schnaubt verächtlich.

Ich gäbe alles dafür, einfach den Raum verlassen zu können. Aber zum einen darf ich ihnen keinen Anlass geben, herumerzählen zu können, wie *Joy Evans* sich nach dem Pinkeln nicht die Hände wäscht. Zum anderen – und das ist noch wichtiger – möchte ich auf keinen Fall sehen müssen, wie Gabriel die Nase rümpft und überlegt, warum es nach Erbrochenem riecht. Denn der saure Geruch bleibt *immer* an den Fingern kleben. Ich entscheide mich für das Äußere der vier Waschbecken, während sie mich durch den Spiegel weiter fixieren. Ganz kurz treffen sich unsere Blicke, und bevor ich den Kopf wieder senke, schaffe ich es, meine Augen zu kontrollieren. Sofort fühle ich zumindest in dieser Hinsicht Erleichterung. Keine Rötung.

»Was ist denn mit dir?«, höre ich Harper fragen, verteile weiter die Seife, sehe aber nicht auf. Mein Herz schlägt zu schnell. »Seit wann hast du denn schwarze Klamotten an?«

Sie sagt es mit einem künstlichen Lachen, in das Lynn einsteigt.

Ich nehme mehr Seife.

»Versuchst du, Álvarez zu gefallen?«

»Oder hast du deine Tage und willst kein weißes Kleidchen anziehen?«

Ich nehme aus dem Augenwinkel wahr, wie sie sich ansehen und für ihre Kommentare gegenseitig feiern. Kaltes Wasser spült die Seife von meinen Fingern.

»Das wäre natürlich blöd. Dann wird das heute nichts mehr bei euch.«

»Vielleicht ja doch«, meint Lynn, und ich ziehe zwei Blätter Papier aus dem Spender. »Wer weiß, auf was die beiden stehen.«

»Bee müsste wissen, auf was er steht«, sagt Harper nun um einiges süffisanter. »Wir könnten sie fragen.«

Ich *weiß*, dass sie mich verletzen wollen. Und trotzdem treffen sie mich mit dieser Aussage. Sie trifft, wie gewollt, mit voller Kraft.

»Ach, Joy. Du bist so zuckersüß, dass es wirklich schon klebt«, erklärt Harper zum Abschluss, als ich mich wortlos umdrehe und auf den Ausgang zugehe.

Nichts lieber hätte ich getan, als meinen Mund einmal mit Wasser auszuspülen, aber ich verlasse die Toiletten trotzdem mit jeder erdenklichen Erleichterung. Wie lange bin ich hier drin gewesen? Ich beschließe, das Foto-Mädchen zu nutzen. Sie ist meine Verzögerung. Zur Not muss ich sagen, dass ich noch kurz mit Lynn und Harper gesprochen habe. Ich schätze, dass ich etwa fünf oder sechs Minuten weg war.

Ich komme leider nicht dazu, es zu überprüfen, denn ich bin nicht fähig, meinen Blick von unserem Tisch abzuwenden, um auf die große Uhr an der Theke zu sehen. Ich weiß nicht, was ich mir gedacht habe, was hier draußen passiert, während ich mit zwei von drei Freundinnen da drin bin. Die Dritte sitzt nun auf meinem Platz.

Gabriel sieht auf und unsere Blicke treffen sich fast im selben Moment, in dem ich aus der Tür komme. Kurz bevor ich den Tisch erreiche, hat auch Bethany bemerkt, dass er ihrem Gespräch nicht mehr die volle Aufmerksamkeit schenkt, und folgt nun seinem Blick.

Ich werde gerne mal herablassend angesehen. Oft ist es Neid und wahrscheinlich auch Missgunst. Manchmal aber ist es wirkliche Verachtung. Bethany Millers Blick drückt genau das aus und ich weiß, dass sie mir unmissverständlich klarmachen will, dass ich nicht hier sein sollte – mit ihm.

Ich werde mir auf gar keinen Fall anmerken lassen, wie diese Situation mir zusetzt. Also lächle ich.

»Oh, ist das dein Platz?«, fragt Bethany lieblich, als hätte sie mich nicht beim Hereinkommen ins Restaurant bereits gesehen und seitdem genug Zeit gehabt, ihre Wut zu schüren.

»Schon gut, bleib sitzen«, entgegne ich in einem Ton zwischen neutral und höflich, während ich mich auf den freien Stuhl an der Seite setze und somit Gabriel zu meiner Linken und Bethany zur Rechten habe.

»Bist du krank?«, werde ich nun künstlich besorgt gefragt, was in mir sofort eine ganz spezielle Angst aufkeimen lässt.

Gerüchte sind die eine Sache, aber ich habe keine emotionale Kraft, dieses Thema jetzt vor *ihm* zu widerlegen.

»Du siehst irgendwie kränklich aus«, ergänzt Bethany gewollt nachdenklich und lacht dann verhalten. »Wahrscheinlich ist man nicht gewöhnt, dich ohne Make-up zu sehen. Hat aber auch was.«

Gabriel, der zurückgelehnt mehr auf seinem Stuhl hängt als sitzt, den Milchshake mit beiden Händen auf seinem Schoß festhaltend, lässt seine Augen von ihr zu mir wandern. Ich gebe alles, um zu lächeln, während ich seinen Blick meide.

»Ich war eigentlich schon auf dem Weg ins Bett«, erwidere ich undeutlich, und nicht nur, dass ich mich rechtfertige; ich werfe mit dieser Aussage ungewollt eine Reihe Fragen auf, wie mir bewusst wird.

Natürlich wird sie wissen wollen, wie ich von *eigentlich schon ins Bett gehen* zu *McDonald's mit Gabriel Álvarez* komme. Nun sind es ihre Augen, die von mir zu ihm wandern, ohne dass sie ihr aufgesetztes Lächeln verliert.

Ich weiß nicht, ob es mir zu Gute kommt, dass in diesem Augenblick auch Lynn und Harper erscheinen und sich ihre Blicke sofort auf die Szene an unserem Tisch richten.

Bethany lacht fröhlich, als sie ihre Freundinnen ansieht. »Heute

Nacht scheinen alle unterwegs zu sein.« Dann strahlt sie mir entgegen.

»Scheint so«, bestätigt Harper.

Bethany ist ein Profi darin, ihre Miene so freundlich aussehen zu lassen, dass man wirklich leicht darauf reinfällt. Harpers Versuch ist weitaus weniger gekonnt.

»Also, dann wollen wir nicht weiter stören«, sagt Bethany, steht auf und schenkt Gabriel einen solch vielsagenden Blick, dass es in meinem Magen sticht. »Mach's gut, Joy.« Für den Bruchteil einer Sekunde fixiert sie mich in einer Art, die unmissverständlich ist. »Bis bald.« Das richtet sie in einem anderen Ton wieder an Gabriel, der sie zwar ansieht, aber nicht darauf reagiert.

Sie holen ihre Bestellung ab, und bevor sie den McDonald's endlich verlassen, drehen sich alle drei noch einmal zu uns herum.

Um irgendetwas in dieser neuen Stille zu tun, setze ich mich zurück auf meinen Platz. Mein Herz will sich nicht beruhigen. Meine Brust ist wie eingeschnürt. Ich erinnere mich an die Cola und trinke nun den extra aufgehobenen Rest.

Dann nehme ich mein Handy und den Autoschlüssel vom Tablett, halte beides auf dem Schoß fest und meide Gabriels Blick.

»Du weißt, dass ich sie nicht eingeladen habe, oder?« Er stellt diese Frage, die deutlich mehr nach einer Aussage klingt.

»Ich habe doch nichts gesagt.« Nun sehe ich auf.

Einen Moment fixiert er mich, dann deutet er kaum merklich auf meine Hände. »Offensichtlich willst du ja fahren.«

»Ich dachte, wir sind mit dem Essen fertig.«

»Es tut mir leid, dass sie hier aufgetaucht sind«, sagt er ruhig.

»Du musst dich nicht entschuldigen« Ich gebe ein kurzes Lachen von mir, das sich aufrichtig anhören soll. »Von mir aus kannst du auch hinterhergehen. Ihr kennt euch schließlich gut.«

»Ja?« Sein Ton klingt so hoffnungsvoll, dass es mir die Brust zusammenzieht. »Wäre das okay für dich?«

»Klar. Ich fahre einfach nach Hause. Ich bin müde.«

Er fixiert mich und die freudige Miene wird so hart wie zuvor. »Du glaubst ernsthaft, dass ich aufstehe und ihr hinterherrenne? Im Ernst, ja?« Ich starre ihn an, unfähig darauf zu reagieren. »Du hättest vielleicht etwas weniger lächeln und ihr stattdessen sagen können, dass sie verschwinden soll. Es ist nicht zu übersehen, dass ihr euch nicht ausstehen könnt.«

Als wenn es an mir läge. Als wenn ich irgendetwas getan hätte, um so von ihnen angesehen zu werden.

»Glaubst du, ich gebe mir hier für dich einen Catfight? Vergiss es.«

»Einfache Selbstwertschätzung! Du musst dir nicht deinen Platz wegnehmen lassen.«

Mir rutscht ein zynisches Lachen heraus. Damit ziehe ich die Aufmerksamkeit des nuschelnden Mannes auf mich, woraufhin ich die Stimme senke. »Selbstwertschätzung? Das aus deinem Mund? Weißt du überhaupt, was das bedeutet? Sei nicht so großkotzig, Gabriel.«

Ich stehe auf und gehe, ohne mich noch einmal umzudrehen.

Noch bevor ich die Tür erreiche, geht mein Atem stockend, und als ich unter das Dach des Bus-Terminals in Freie trete, atme ich so tief ein, dass es schmerzt.

Meine Finger umklammern absichtlich den Schlüsselbund, so fest, dass sich das Metall in die Haut drückt, in der Hoffnung, dass dieser Schmerz mich ablenkt und verhindert, dass ich wie ein Kind anfange zu weinen. Ich komme mir unglaublich naiv vor, denn ich weiß nicht, was ich mir bei all dem gedacht habe. Ich habe einen Fuß auf einen Boden gesetzt, auf dem ich nicht laufen kann. Gabriel ist ein Mitglied dieser eingeschworenen Gruppe und ich bin es nicht.

Als ich um das Gebäude herum und auf den spärlich beleuchteten Parkplatz gehe, stehen Bethany, Harper und Lynn an ihrem Auto und in mir breitet sich ein Gefühl blanker Resignation aus.

Sie holen ihre Bestellungen aus den Tüten und trinken ihre Cola durch die Strohhalme. Trotzdem bemerken sie mich im selben Moment, in dem ich den Parkplatz betrete. Ungerührt weiterkauend fixieren sie mich wie Hyänen auf Beutezug.

»Ganz allein?« Bethany muss nicht einmal sonderlich laut werden, denn außer dem ohnehin wenigen Verkehr auf der Hauptstraße ist hier nichts zu hören.

Mein Wagen steht so ungünstig, dass ich an ihnen vorbeigehen muss. Sie lassen mich nicht durch, was vorhersagbar war. Als Harper sich mir in den Weg stellt und ich notgedrungen stehen bleibe, sehe ich ihr so fest in die Augen wie möglich.

»Was geht denn da auf einmal zwischen euch?«, fragt sie, ohne eine Miene zu verziehen.

Ich würde so gern so vieles antworten: nichts, alles, nur Sex, große Liebe.

Mir wäre jede Behauptung recht, die sie trifft.

Doch ich sage nichts. Hauptsächlich, weil Bethany mir zuvorkommt.

»Lass sie«, sagt sie ruhig und in gelangweiltem Ton, der definitiv demonstrativ sein soll. »Er landet am Ende ohnehin wieder bei mir.«

Sämtliche durch diesen Satz ausgelösten Gefühle sind mir im Gesicht anzusehen. Ich weiß es, weil Harpers Mund sich zu einem boshaften Grinsen verzieht. Dann sieht sie an mir vorbei.

»Danke fürs Warten«, höre ich Gabriel hinter mir.

Ich drücke den Schlüssel in meiner Hand, weil ich nicht weiß, wie ich es überstehen soll, dass sie alle in den nächsten Wochen darüber lachen werden, wie er mich hat stehenlassen, um in Bethanys Auto zu steigen.

»Wir können fahren«, sagt er.

Seine Finger verschränken sich mit meinen, und während ich ihn ansehe, verhält er sich, als gäbe es nicht den leisesten Grund, diesen Blick zu erwidern.

Sämtliche Augenpaare richten sich kurz und gewollt unauffällig auf unsere Hände, und nicht einmal Bethany schafft es jetzt noch zu lächeln. Mit einem sanften Ruck zieht Gabriel mich mit sich, und mit jedem Schritt spüre ich die Blicke, die auf uns ruhen. Nur seine Haut fühle ich noch intensiver. Mein Kopf ist leer und konzentriert sich auf das Geräusch unserer Schritte.

»Danke«, murmle ich, kurz bevor wir mein Auto erreichen.

»Für was?«

Ich antworte nicht. Bis wir am Wagen sind und stehen bleiben.

»Ich hoffe, du bekommst keine Probleme deswegen.« Damit hebe ich die verschränkten Hände und ringe mir ein Lächeln ab.

Ich will meine Finger lösen, aber seine halten sie fest.

Unsere Hände sinken wieder. Wir stehen uns gegenüber und er sieht mir unverwandt in die Augen, mit einem Blick, der gleicherweise Zorn und Ratlosigkeit spiegeln könnte.

»Ich bekomme mit mir selbst Probleme, wenn wir uns weiterhin treffen«, entgegnet er leise.

Mein Mund öffnet sich, weil ich das Gefühl habe, zu lange nicht geatmet zu haben. Er muss mein Herz hören können.

»Fährst du mich zu meinem Auto?«, fragt er fast flüsternd und ohne seinen Blick zu verändern.

Ich nicke und damit lässt er meine Hand los.

GABRIEL

Um zwei Uhr in der Nacht ungesehen in unser Haus zu kommen, ist keine große Kunst. Mein größter Feind ist in solchen Situationen immer die Treppe, die – wenn man besonders leise sein will – so laut knarzt, dass sie mit Sicherheit auch im Nachbarhaus zu hören ist.

Als ich im Bad stehe, bin ich müde. Nicht nur körperlich, sondern auch geistig. Ich lasse mich auf den heruntergeklappten Klodeckel sinken, verschränke die Arme auf den Beinen und platziere meine Stirn darauf. In dieser Position verharre ich eine Weile, mal mit offenen, mal mit geschlossenen Augen. Wenn das Ganze hier ein Film wäre, käme man aus dem Kino und würde die Augen verdrehen. Wie unrealistisch es wäre, dass ein Leben in so kurzer Zeit so bergab geht. Und *bergab* ist hier auch nicht das optimale Wort, weil ich bereits am Fuß des Berges lebe. Dieser Tag war hoffentlich der Zenit, denn mehr davon werde ich nicht leveln können.

Und schon blendet sich als Zugabe Joyce hinter mein inneres Auge.

Als ich ihr am Nachmittag hinterhergerannt bin, habe ich wahrlich nicht kommen sehen, dass ich erst zwölf Stunden später von ihr irgendwo abgesetzt werde.

Nach einer kurzen, recht hitzigen Diskussion wurde ich nicht zum *Carrey* gefahren, sondern vor meine Haustür. Mein Argument, dass ich längst wieder nüchtern bin, wurde nicht akzeptiert. Stattdessen ließ sie mir die Wahl: mitten in unserer Innenstadt oder zu Hause. Sie hielt sogar den Wagen an und wollte mich rauswerfen. Ich bin nicht ausgestiegen und stand somit kaum zehn Minuten später mit ihr vor meiner Haustür. Die Erinnerung daran verursacht das gleiche nervöse Gefühl. Das eben noch da gewesene Lächeln verebbt wieder, während ich in mich gehe und zu deuten versuche, warum ich nicht in der Lage bin, ihr Gesicht in meinem Kopf loszuwerden. Ich saß neben ihr und war vollkommen unfähig, die Augen von ihren abzuwenden. So oft ich auch schon mit einer Frau in einem Auto gesessen habe, mit so etwas hatte ich es bisher nicht einmal annähernd zu tun.

Es klopft an der Tür, ganz leise.

Ich atme tief ein, stehe auf und öffne sie für Rafaela. Diese verschränkt ihre Arme hinter dem Rücken und lehnt sich rücklings gegen die Tür, während ich mich vor dem Waschbecken aufbaue.

»Alles okay?«, fragt sie und klingt besorgt.

Mein Mund verzieht sich zu einem zynischen Lächeln, wobei ich vorsichtig mit den Fingern an meiner Augenbraue herumtaste, um den Schmerzpegel zu bestimmen.

»Wer spricht da? Bist du das, Ela, oder eine der biestigen anderen da drin?«

Sie verdreht die Augen, lacht aber. »Wie geht es deiner Hand?«

»Hervorragend.« Ich öffne den klapprigen Spiegelschrank und hole meine Zahnbürste heraus.

»Leir«, setzt sie nach kurzer Stille an. »Du musst aufhören, dich mit Ash anzulegen.«

»Okay, mache ich. Morgen reiche ich ihm die Hand zur Versöhnung.« Ohne sie anzusehen, hebe ich demonstrativ die bandagierten Finger.

»Ich meine das wirklich ernst. Halt dich bitte endlich raus!«

»Leck mich, Ela.« Ich drücke den letzten Rest Zahnpasta aus der Tube.

Als sie weiterspricht, klingt ihre Stimme ein wenig zu bedächtig, wenn man bedenkt, dass dieses Thema unser größter Streitpunkt ist.

»Ich sage das nicht meinetwegen. Es geht um dich.«

Ich halte mit der Bürste im Mund inne und erwidere ihren Blick im Spiegel.

»Hast du Angst, dass er mich umlegt?«

»Findest du das lustig?«

Mir ist, als hätte ich diese Frage vor Kurzem schon einmal gehört.

Ich spucke ins Waschbecken. »Als wäre er so bescheuert, für mich in den Knast zu gehen. Übertreib es mal nicht. Die Hand ist nicht so schlimm, mach dir mal keinen Kopf.«

»Wenn du dich noch einmal mit ihm anlegst, wird er dir die Hand *brechen*. Er wird dir jeden Knochen darin brechen, weil er weiß, was davon abhängt. Und ich bin nicht sicher, ob das für dich nicht schlimmer ist, als einfach umgelegt zu werden.«

»Vielleicht hättest du ihm besser nicht erzählen sollen, was ich vorhabe. Wie wäre das gewesen?« Ich schiebe die Bürste zurück in den Mund.

»Dafür habe ich mich schon hundert Mal entschuldigt!«

Ich ziehe sie wieder raus. »Das ist doch egal, Rafaela. Weil dein Arschloch-Lover jetzt Dinge über mich weiß, die vor allem ihn einen Scheißdreck angehen! Und wärst du nicht dazwischen gegangen, hätte er überhaupt nicht die Gelegenheit bekommen, mir irgendetwas zu brechen. So einfach sind die Fakten.«

Rafaelas Gesicht verzieht sich zu einer spöttischen Grimasse. »Du hast doch nicht für *mich* aufgehört, tu doch nicht so. Was läuft denn da plötzlich mit Joy Evans?«

15

GARBIEL

Die Frage gefällt mir nicht. Ich finde sie sogar *so* unangenehm, dass ich reflexartig wegsehe, meinen Kram zurück in den Schrank räume und mir den Mund ausspüle, während ich in Brust und Magen schon wieder unruhig werde.

Eigentlich bin ich recht schlagfertig. Wenn ich nichts Geistreiches finde, sage ich etwas Bissiges. Ist weniger nett, stellt den anderen aber meistens ruhig. Durch Rafaelas Frage ist mein Kopf jedoch augenblicklich so voll, dass ich nicht in der Lage bin, überhaupt irgendetwas zu erwidern. Im Grunde die schlimmste Reaktion, die man geben kann: betretenes Schweigen.

»Meinst du, das ist gut?« Nun hat sie schon wieder diesen komischen, besorgten Ton.

Ich habe mich für eine Reaktion entschieden: »Was interessiert dich denn auf einmal, mit wem ich –«

»So brauchst du gar nicht anfangen.« Sie hebt den Zeigefinger und lächelt noch immer, als sei ich ein Kind, dem man erklärt, dass es nicht lügen darf. »Mit der geht was ganz anderes. Du bist ihr sogar nachgelaufen. Halt mich nicht für blöd!«

Ich starre sie an, wieder nicht fähig, angemessen zu kontern.

Also wende ich mich schweigend von ihr ab und ziehe mein

Shirt aus, was nicht so einfach ist, da meine Hand beim Versuch, den Stoff zu greifen, tierisch wehtut. Rafaela, die mich zwar kontinuierlich zum Mond wünscht, will offenbar jedoch nicht, dass ich darunter ersticke, und zieht mir das Shirt über den Kopf.

»Sie ist Hewitts Enkelin«, erkläre ich und bereue es im selben Moment.

Rafaela, mit meinem Shirt in der Hand, starrt mich an. »Echt?«

»Echt«, bestätige ich, nehme es ihr ab und stopfe es in den übervollen Wäschekorb.

Dann lasse ich mich auf den Rand der immer fleckigen Wanne sinken und erzähle in einer zweiminütigen Fassung von Trauerfeier und dem Rest. Rafaela hat sich neben mich gesetzt und die Beine in ihrer löchrigen schwarzen Stoffhose von sich gestreckt. So befremdlich es ist, irgendwie geht es mir besser, nachdem ich all die Worte einmal loswerden konnte.

»Und jetzt stehst du auf sie«, fragt Rafaela mit Bedacht. Es ist diese Mischung aus Feststellung und Frage. »Oder schlimmer?«

Schlagartig hat sich das gute Gefühl auch schon wieder aufgelöst und ist ins Gegenteil umgeschlagen.

»Ach«, mache ich abfällig und stehe auf, ohne zu wissen, was ich tun soll.

Die schlechteste Entscheidung ist, Rafaela noch einmal anzusehen, denn diese grinst jetzt breit. Nicht garstig wie gewohnt, sondern wirklich amüsiert. Oder freudig. Ich weiß es nicht, aber ich finde es nicht gut.

»Wie krass!«, sagt sie gedehnt.

Ich denke, ich sollte mich aus dem Gespräch ausklinken, bevor es noch unangenehmer wird.

»Leir?« Den Türgriff schon in der Hand, drehe ich mich um. »Du musst dir keine Sorgen mehr machen. Ich habe jemanden gefunden, der mich besser behandelt.«

Ich brauche einen Moment, um diese neue Information zu verarbeiten. Ich habe die Tür bereits einen Spalt geöffnet, mit dem festen Vorhaben, es einfach unkommentiert zu lassen.

»Ich werde mir immer Sorgen machen, Ela. Das habe ich vorher schon und das werde ich auch weiterhin.«

Damit verlasse ich das Bad.

Als ich am nächsten Morgen aufwache, ist mein Zimmer trotz des geöffneten Fensters ein Brutkasten. Ich liege in meinem eigenen Sud und beschließe, mir heute auf der Arbeit einen Ventilator zu kaufen. Schwerfällig taste ich nach meinem Handy, ziehe es vom Kabel, doch statt auf die Uhr sehe ich auf das Instagram-Symbol oben links in der Ecke. Ich wische runter, um eine Vorschau zu bekommen, und bin erstaunlich schnell um einiges wacher, als dort der Name *Joy Evans* steht. Und weil wir alle nur Figuren in Gottes Brettspiel für Vierjährige sind, kriege ich auch noch Herzklopfen.

In der Nachricht steht nur eine Handynummer.

Ihre Handynummer.

Ich starre auf die Zahlen und spüre mein Herz mittlerweile im Hals schlagen.

Was jetzt?

Sie wird sehen, dass ich die Nachricht gelesen habe. Und ihre Nummer gesehen habe. Irgendetwas muss ich jetzt damit tun.

In einer logischen Handlung kopiere ich die Nummer und speichere sie ins Telefonbuch. Weiterhin naheliegend ist, dass ich einen Chat öffne und als Erstes nach einem Status suche – nicht vorhanden –, und danach ihr Profilbild stalke. Zu sehen ist Joyce, wie sie ihr Handy vor das Gesicht hält, lacht und offenbar gerade ein Bild von der Person macht, die gleichzeitig sie fotografiert.

Ab diesem Moment weiß ich nicht weiter und beschließe, erst mal unter die Dusche zu gehen. Ein Vorhaben, das in kaum zehn Minuten abgearbeitet und beunruhigend deutlich von den Gedanken an mein Telefon geprägt ist.

Zurück in meinem Zimmer schließe ich das Fenster, damit es hier drin nicht noch heißer wird. Anschließend sitze ich wieder auf der Bettkante und starre auf den leeren Chat. In diesen Minuten formuliere ich innerlich ganze Monologe, kurze Reden, eine Abhandlung und ein paar abgebrühte Sprüche.

Ansonsten starre ich nur.

Dann wird es mir zu bunt und ich ziehe los, um mein Auto zu holen.

Auf der gesamten Rückfahrt ärgere ich mich, vorher duschen gewesen zu sein, denn als ich beim *Carrey* ankam, war ich, dank dieser drückenden Hitze, längst wieder nassgeschwitzt. Als ich zu Hause die Tür öffne, überlege ich, vor der Arbeit nochmals unter die Dusche zu steigen.

In der Küche scheppert es und ich vergesse den Gedanken.

»Was machst du?«, begrüße ich meine Mutter, die bis weit über die Schultern in einem der unteren Schränke steckt.

Als ich sie anspreche, erschrickt sie und kommt hastig daraus hervor. Ich bin davon ausgegangen, sie sei schon bei der Arbeit, und sie hatte offenbar denselben Gedanken.

Ich glaube, dass sie eigentlich erklären wollte, was sie da treibt, doch als sie mich sieht, sinkt ihr Körper resigniert zusammen und ich könnte mich treten, hier so unüberlegt erschienen zu sein.

»Was hast du wieder gemacht?«, fragt sie auf Spanisch. »Was ist mit deiner Hand?«

»Schon gut, das war ein kleiner Unfall«, antworte ich lapidar und in bester englischer Grammatik. »Was suchst du?«

»Welcher Unfall macht das mit deinem Gesicht?«

»Soll ich dich zur Arbeit fahren?«

Sie antwortet nicht, sondern mustert mich mit betrübter Miene. Ich muss mich abwenden, denn ich kann diesen Blick meiner Mutter nicht ertragen. Wann immer ich ihn sehe, frisst sich ein widerlich schlechtes Gewissen durch meine Eingeweide und ich frage mich, womit sie zwei so grauenhafte Kinder verdient hat. Womit sie diese ganze Familie verdient hat. Mit diesem Gefühl kann ich nicht umgehen. Diese Mischung aus Hilflosigkeit und dem ständigen Scheitern daran, mich in den Griff zu kriegen, um dann doch wieder mit Blessuren hier zu stehen. Oder wenn meine Schwester wieder tagelang verschwindet. Oder der Oreckskerl aus dem Wohnzimmer wieder säuft.

»Wer war das?«, fragt sie passend zu meinen Gedanken und will damit nicht wissen, ob ich eine Schlägerei mit einem Ash, Barney oder Rodriguez hatte, sondern ob es hier passiert ist.

»Nicht er«, antworte ich nun ebenfalls auf Spanisch und bin froh, dass es nicht gelogen ist.

Meine Mutter nickt kaum merklich und wendet sich wieder dem Schrank zu. Sie steckt ihren Arm hinein und holt eine Dose Röstzwiebeln hervor, von der ich nicht mal wusste, dass wir sie haben. Zumal ich glaube, der Einzige in dieser Familie zu sein, der die mag. Meine Mutter, noch immer auf dem Boden kniend, öffnet die Büchse, greift in ihre Hosentasche und zieht ein kleines Bündel Geldscheine heraus. Ich bin sicher, selten so dümmlich dreingeschaut zu haben. Sie sieht kurz auf, lächelt und holt dann ein noch viel größeres Bündel Dollarnoten aus der Zwiebelbüchse. In der ganz offensichtlich keine Zwiebeln zu finden sind. Sie zwinkert und legt sich verschwörerisch einen Finger auf die Lippen.

»Was ist das?«, zische ich in meiner Fassungslosigkeit, während sie die Dose zurück in ihr Versteck stellt.

»Du musst etwas essen, wenn du weg bist. Du brauchst neue Sachen.«

Sie schließt den Schrank, steht auf und baut sich vor mir auf. Dann lässt sie ihren Daumen über meine Augenbraue streichen.

»Mom, ich habe Geld. Du musst nicht für mich sparen!«

»Natürlich spare ich für dich. Ich muss wissen, dass es dir dort gut geht. Du bist dann in England, da kannst du nicht so herumlaufen. Das sind vornehme Leute.«

Ich stoße ein kurzes Lachen aus. »Du weißt, dass da nicht alle wie in *Downton Abbey* aussehen, oder?«

»Genau so will ich mir dieses Land vorstellen und du wirst mir das nicht vermiesen.«

Wenn meine Mutter sehr schnell Spanisch spricht, klingt es immer irgendwie rabiat. Ich lache abermals, wenn auch seltsam bedrückt. Sie streicht noch einmal über meine Wange, sieht kurz auf die verbundene Hand und geht dann zum Kühlschrank, aus dem sie eine Flasche Wasser nimmt und in ihre Handtasche steckt.

»Du kannst mich gern fahren«, sagt sie und ihr Lächeln ist ebenfalls schwermütig.

Das *Seaford General Hospital* liegt am anderen Ende der Stadt. Mit dem Bus muss man zweimal umsteigen und ist fast vierzig Minuten unterwegs. Mit dem Auto brauchen wir nicht einmal die

Hälfte der Zeit, und das auch nur, weil ich eine rote Welle erwische.

Als wir halten, schlingt sie ihre Arme um mich und drückt einen Kuss auf meine Wange, von dem sie erwartet, dass ich ihn erwidere. Dabei ist ihr mein Alter vollkommen egal, wie sie immer betont, sie lässt sich nicht abwimmeln und tippt so lange auf ihrer Wange herum, bis sie ihren Kuss bekommt. Ein lustiges Spiel, das mir fehlen wird.

»Mom«, sage ich noch, als sie die Tür bereits geöffnet hat. »Nimm das Geld lieber für dich.«

Einen Moment betrachtet sie mich. »Ich wäre froh, wenn ich dieses Geld nicht für deine Behandlung in einem Krankenhaus ausgeben muss.«

Zu Hause stecke ich einen Berg Wäsche in die Maschine und dusche doch noch. Am Ende bleibt mir knapp eine halbe Stunde, bis ich zur Arbeit muss, und ich habe keine große Hoffnung, dass die Waschmaschine bis dahin fertig ist. Sie verkündete vorhin noch siebzehn Minuten, was aber nichts bedeutet, denn es ist durchaus möglich, dass sie zweiunddreißig Minuten anzeigt, wenn man das nächste Mal hinschaut.

Ich sitze vor dem Haus auf der Treppe, rauche, spiele stupide Handy-Spiele, schaue nicht Joyce' Profil an und schreibe Joyce keine Nachricht. Ich rufe Joyce auch nicht an und ich bin so kurz davor, nicht an Joyce zu denken. Resigniert lasse ich den Kopf nach hinten fallen, will mich eigentlich anlehnen und habe etwas zu viel Schwung, weshalb ich mir den Hinterkopf anschlage und genervt mit der Zunge schnalze. Ich bleibe in dieser Position sitzen, schließe die Augen und lasse mir die

Sonne ins Gesicht scheinen. Sekunden später höre ich das bekannte Aufheulen eines *Toyota Camry*, der ständig wie ein Sportwagen behandelt wird, obwohl er nur eine langweilige, ganz normale Karre ist. Ich gebe vor, nichts mitzubekommen, und stelle mich schlafend. Der Wagen hält direkt vor unserem Haus. Tür auf, Tür zu und schon trifft mich eine Zigarettenpackung zielsicher mitten an der Stirn.

»Gehts noch?«, murre ich, muss aber lachen und öffne die Augen.

Erwartet habe ich Grey, da es sein Auto ist. Er war es auch, der mir die Kippen an den Kopf geworfen hat. Der Grund für sein unangemeldetes Auftauchen ist aber scheinbar meine Schwester, denn die stampft jetzt an mir vorbei die Treppe hoch.

»Wo kommt ihr denn her?«, frage ich etwas irritiert, während Grey sich neben mich setzt.

»Grey will mit dir reden«, erklärt sie in einem typischen Rafaela-Ton und schließt die Tür auf.

Neben mir sieht Grey allerdings überhaupt nicht so aus, als wolle er *mit mir reden*. Sein Gesicht wird ein wenig steif und hinter mir höre ich meine Schwester erst schnaufen, dann die Tür schließen.

»Kann ich helfen?«, frage ich, lehne den Kopf an und schließe die Augen wieder.

Er lacht. »Was zur Hölle treibst du hier?«

»Ich wasche Wäsche«, erkläre ich wahrheitsgemäß. »Das ist meine Berufung. Frag deine Eltern.« Als er nichts auf meinen vielleicht zynischen, aber eigentlich doch recht lustigen Witz erwidert, öffne ich die Augen.

»Wir müssen reden«, sagt er.

»Bitte trenne dich nicht von mir!«

Doch anstatt darauf einzugehen, schließt er Daumen und

Zeigefinger um mein Handgelenk und hebt die verbundene Hand in die Höhe.

»Ist dumm gelaufen«, sage ich kurz angebunden und ziehe die Hand zurück. »Es ist nicht so schlimm, wie es gestern aussah. Ich kann sie schon wieder bewegen.« Zum Beweis wippe ich einige Male die Hand vor und zurück. Es tut weh, aber ich habe nicht mehr das Gefühl, mich übergeben zu müssen. Vielleicht sollte ich Joyce nach dieser Salbe fragen …

Grey holt eine Zigarette aus seiner Packung und bietet mir ebenfalls eine an. »Was hat dich bitte geritten? Leir, der schlägt dir den Schädel ein, bist du bescheuert?«

»Pff«, mache ich und zünde lieber die Kippe an. »Ich weiß nicht, ob ich da eine falsche Wahrnehmung habe, aber wäre mir keiner dazwischengefunkt, hätte der Kerl gar nichts mehr gemacht.«

»Komm, das ist nicht witzig.«

Sein Ton bringt mich dazu, skeptisch das Gesicht zu verziehen. »Seit wann bist du denn …« Ich breche ab, als es mir dämmert. Ich verdrehe die Augen und sehe nach vorn. »Rafaela rennt also wirklich zu dir, um dich anzustacheln, mit mir zu reden? Ich habe ihr letzte Nacht gesagt, dass –«

»Sie schickt mich nicht, ich bin einfach der gleichen Ansicht!«

»Haltet euch raus, das ist eine Sache zwischen Ash und mir.«

»Das ist eine Sache zwischen ihm und Rafaela«, kontert er. »Sie hat alles im Griff, also misch *du* dich nicht ein!«

»Ich habe gesehen, wie sie alles im Griff hat, das Thema lassen wir besser.«

Gereizt legt er den Kopf in den Nacken und ich habe einen Moment das Gefühl, er will zu dem Thema noch mehr sagen, entscheidet sich aber letztlich dagegen.

Stattdessen sieht er mich wieder an und zeigt ein wissendes Grinsen. »Über was willst du sonst reden? Joy Evans?«

Ein Name wie ein Schlag in die Magengrube. Und mir bleibt nur der Bruchteil einer Sekunde, um darauf irgendwie neutral zu reagieren. Nicht zu bockig, nicht zu desinteressiert. Denn Letzteres glaubt mir ohnehin keiner, der gesehen hat, wie ich ihr hinterhergelaufen bin.

Grey runzelt die Stirn und stößt ein anerkennendes Zischen aus. »Nicht dein Ernst!«

Ich lasse eine Falte zwischen den Augen entstehen, ziehe nochmals an der Zigarette und gebe mich betont gelangweilt. »Ich weiß nicht, welche Vorstellungen du hast, aber sie ist nicht die Erste, mit der ich Zeit verbringe.«

»Ich hab immer gesagt, dass du auf die stehst.« Immerhin lacht er, was mir in die Hände spielt.

»Greyson«, setze ich in belehrendem Ton an. »Jeder steht auf Joy Evans. Man muss schon ziemlich blind sein, um nicht auf sie zu stehen.«

»Und du meinst, sie lässt dich ran, ja?«

»Sicher eher als dich«, feixe ich und dieses Gespräch fühlt sich absolut nicht gut an.

Diese herablassende Aussage frisst sich sofort in meinen Magen.

»Dann kannst du ja in Ians Wette einsteigen, die läuft nämlich noch.« Er fixiert mich und ich bin sicher, er will sehen, wie ich reagiere.

»Ich mache eure Scheißwetten nicht mit, denn sie sind scheiße, wie das Wort *Scheißwette* schon sagt. Aber er kann gern sein Glück versuchen. Mir ist das vollkommen egal.«

Der Gedanke, dass Joyce von jemandem so abfällig behandelt wird, nagt genauso an mir wie die Vorstellung, dass sie sich überhaupt mit irgendwem trifft. Das sind keine guten Gedanken, darüber muss ich nicht mit mir streiten. Es wäre so unglaublich viel besser, wenn mein Desinteresse nicht nur eine Behauptung wäre.

Grey mustert mich noch einen Moment, dann nimmt er einen letzten Zug und steckt die Kippe in meinen mit Wasser gefüllten Honigglas-Aschenbecher.

Er steht auf und richtet seine Cappy neu. »Wir werden sehen, wer das Rennen macht, an dem du angeblich nicht teilnehmen willst.«

Er lacht nicht, ich dagegen ringe mir ein Schmunzeln ab, mit dem ich die Albernheit seiner Worte deutlich machen will.

»Soll ich dich Freitag nach der Arbeit abholen?«, fragt er weiter. »Dann musst du Samstag dein Auto nicht am Arsch der Welt einsammeln.«

Ich fand diese Partys noch nie sonderlich gut. Ich gehe für Grey dorthin. Den größten Spaß hatte ich aber eigentlich, sobald ich dort verschwinden konnte. Mit wem auch immer. Und ich weiß nicht, ob es mich in Panik versetzen sollte, dass ich ohne jede Verzögerung denke, dass ich darauf keinen Bock habe und lieber Joyce treffen möchte.

In beachtlicher Sturheit komme ich zu dem Schluss, dass diese Gartenparty vielleicht genau das Richtige ist, um mich abzulenken.

»Ja«, antworte ich schließlich. »Kannst mich abholen.«

Etwa eine Stunde nach dieser Abmachung stehe ich mit einem Cuttermesser im *Best-Buy*-Lager. Nach meinem Unfall mit dem Bike – was ich eine grandiose Erklärung für mein Aussehen finde –, könne ich mich den Leuten nicht so gegenüberstellen, fand Leonor, meine Vorgesetzte, nachdem sie mich stirnrunzelnd in Augenschein genommen hatte. Ein letzter Blick auf die Blessuren im Gesicht und schon packe ich versteckt im Lager Paletten aus. Eigentlich war ich für die Kasse eingeteilt, was ich ohnehin hasse. Dieses höfliche Getue über Stunden strengt mich an. Lustig und eventuell eine Winzigkeit verwirrend ist, dass die meisten Leute mich mögen. Und ich meine nicht die jungen Frauen von zwölf bis zwanzig, die sich manchmal an meiner Kasse anstellen, selbst wenn an der nebenan dreißig Leute weniger warten. Besonders alte Leute mögen mich und vielleicht beruht das auf Gegenseitigkeit, aber das wäre – wenn es denn so wäre –, ein Geheimnis, das ich mit ins Grab nehme.

Nur wenn Miles mit mir die Kassen-Schicht übernimmt, macht es Spaß. Dann wissen die jungen Damen von zwölf bis zwanzig nämlich nicht mehr, wo sie sich anstellen sollen. Da wurden schon ganze Familien getrennt. Wir sind möglicherweise etwas albern mit unserer Strichliste, auf der jeder notiert, wenn er gewählt wurde. Die Zeit geht damit jedoch schneller vorbei, und heute hätte ich diese Zerstreuung gut gebrauchen können.

So aber bin ich mit mir, diesem Cuttermesser und meiner Musik auf den Ohren allein im Lager.

Unter mir befindet sich eine riesige Plastikplane, die ich von einer genauso riesigen Lieferung 65-Zoll-Fernseher gezogen habe. Nun laufe ich immer wieder darüber, bei dem Vorhaben, sie zu falten. Als ich es endlich geschafft habe und alles zu einem Paket verschnürt daliegt, ist auch gleichzeitig meine Playlist zu Ende. Auf den Weg zu den Containern im Innenhof trete ich das Paket vor mir her und öffne Spotify auf dem Handy. Als ich die Tür aufdrücke, weiß ich allerdings noch immer nicht, was ich als Nächstes hören will. Ich kicke das Plastik die Lochblech-Treppe hinunter und noch bevor es unten aufkommt, säuselt mir eine penetrante Stimme ins Ohr, dass ich Joyce *jetzt* eine Nachricht schreiben könnte. Ich stecke das Handy sofort zurück in die Hosentasche, als habe das Ding selbst zu mir gesprochen. Dann hieve ich die Plane in den Container und bin auf dem Weg, den Innenhof wieder zu verlassen, als ich mich erinnere, dass ich ursprünglich Musik hören wollte. Kaum habe ich das Handy wieder in der Hand, starre ich erneut auf Spotify, weiterhin unfähig, mein Gehirn in den Griff zu kriegen.

Dann habe ich es satt.

Ich öffne den leeren Chat und schreibe!

16

GARBIEL

Hast du Angst, dass ich auf Instagram wieder deine Bilder stalke?

Ich schreibe es schnell und ohne vorher darüber nachzudenken. Einfach das Erste, was mir einfällt. Ich lese den Satz auch nicht noch einmal, sondern schicke ihn ab. Denn das kleinste Zögern würde mich sofort zurück an den Anfang dieses ganzen Nummern-Debakels befördern. Irgendwie erleichtert und trotzdem lächerlich aufgeregt stecke ich das Handy wieder in die Tasche und stöhne nun wahrhaftig auf, als ich bemerke, dass noch immer keine Musik läuft. Da es mir nun auch an dieser Stelle zu blöd wird, spiele ich die vor einer Weile runtergeladene *System of a Down*-Playlist einfach ein weiteres Mal ab. Hinter mir fällt die schwere Metalltür ins Schloss, und bevor ich das Handy zum dritten Mal in meine Tasche stecke, bin ich enttäuscht, weil ich noch keine Antwort erhalten habe. Nach vierzig Sekunden. Eine extrem lange Zeit, wenn man auf etwas wartet.

Ich öffne kurz darauf die Verpackung einer zweiten Fernseher-Lieferung – diesmal 85 Zoll – und ich frage mich, wer in Gottes Namen ein Zimmer hat, das groß genug für ein solches Gerät ist. Das dritte Lied ist nicht mal bei der Hälfte, die Plane erst halbherzig gelöst, als ich mir das Cuttermesser zwischen die Beine klemme, um das Telefon hervorzuholen. Es fällt mir schwer, nicht zu schnaufen, bei dem, was ich hier tue. Oder bei dem, was ich hier empfinde: weiterhin irrwitzige Enttäuschung. Noch immer keine Antwort. In meiner ganzen Bauernschläue stelle ich das Handy schließlich von *lautlos* auf *Vibration*. Was ich mir hätte sparen können, denn es passiert nichts. Stundenlang. Nichts als zweifelschürende Vibrationslosigkeit.

Um kurz nach zweiundzwanzig Uhr gehe ich mit dröhnenden Ohren in den Feierabend.

Das Handy vibriert Sekunden, nachdem ich das Lager verlassen habe, und da fällt es mir ein: Im Lager hat man keinen Empfang.

Was auch immer ich mir beweisen will, ich gehe ungerührt weiter. Durch den Laden, Richtung Ausgang, verabschiede mich mit knappen Gruß von Leonor, die noch mit den Kassen beschäftigt ist, und verlasse den *Best Buy*. Als ich aus dem klimatisierten Geschäft komme, schlägt mir die schwüle Luft entgegen. Mein Herz rast und mein Gehirn ist kurz davor, sich zu überschlagen.

»Hey!«, ruft es von hinten.

Ich bin fast am Auto, ich habe sogar schon den Schlüssel in der Hand und es per Knopfdruck geöffnet, als ich Miles höre.

Ich steige weder ein, noch sehe ich auf mein Handy, ich warte absolut geduldig, bis der verfluchte Miles mich eingeholt hat.

»Ich hab dich heute überhaupt nicht gesehen«, begrüße ich ihn.

»Weil du dich im Lager verschanzt hast. Ich habe auch gerade erst erfahren, dass du da bist. Warum warst du nicht bei mir an der Kasse?«

Er fragt zwar, aber sein Blick richtet sich dabei doch recht auffällig auf die geschundene Augenbraue.

»Ich hatte einen kleinen Unfall«, erkläre ich kurz angebunden und ziehe meine Zigaretten hervor.

Ich denke, ich werde in Manchester aufhören. Der Gedanke kommt in diesem Moment und ich habe keine Ahnung, woher. Es ist eigentlich eine gute Idee, denn ich muss den langen Flug sowieso schon ohne Kippen überstehen. Außerdem sind die Dinger in England unfassbar teuer.

Und da erinnere ich mich, dass ich momentan weder körperlich noch geistig in der Lage bin, mein Instrument zu bedienen.

»Ich hab schon von deinem *Unfall* gehört«, reißt Miles mich aus den Gedanken.

Ich erwidere nichts und lasse stattdessen das Feuerzeug klicken. Natürlich weiß mittlerweile jeder, dass ich wieder mit Ashton Clark aneinandergeraten bin. Den Leuten in dieser Stadt fehlt manchmal nur das Popcorn.

»Und Joy hat dich anschließend verarztet.« Miles grinst. Ich verschlucke mich am Rauch und muss husten. »Ich wollte nur erwähnen, dass sich das herumgesprochen hat. Es gibt Gerüchte …«

Ich huste ein letztes Mal, dann glaube ich, wieder atmen zu können. Er lehnt sich jetzt an den Volvo und verschränkt die muskulösen Arme vor der Brust.

»Was für Gerüchte?« Mein Ton ist skeptisch und – obligatorisch – desinteressiert. Allerdings habe ich das Gefühl, letzteres klingt immer unglaubwürdiger.

»Na, was wohl, komm schon. Glaubst du echt, es macht nicht die Runde, wenn ihr zwei euch nachts bei McDonald's die Burger reinpfeift?«

Ich starre ihn an und er zuckt mit den Schultern.

»Und jetzt willst du wissen, ob du dir Sorgen um deine Ex machen musst«, gebe ich etwas barsch zurück.

»Muss ich?«

Ich stoße ein kurzes Lachen aus, was auch daher rührt, dass ich nicht fassen kann, wie viele Menschen sich für diese Sache zu interessieren scheinen. Außerdem fühle ich mich missverstanden und will Zeit schinden.

»Ist sie nicht alt genug –«

»Nein, fang nicht so an!«, unterbricht er mich und seine Miene verändert sich schlagartig. »Das hat nichts mit Alter zu tun! Es ist einfach Tatsache, dass manche Menschen …« Er holt Luft und macht nicht den Eindruck, als wisse er, was er eigentlich sagen will. »Es mag sein, dass sich diese ganzen anderen Frauen ohne Hemmungen auf dich stürzen und kein Problem damit haben, wenn du sie morgens wieder rauswirfst. Ich bin mir aber relativ sicher, dass Joy nicht dazugehört. Wenn du ihr irgendwas weismachst und sie dann auflaufen lässt, steckt sie das vielleicht nicht so leicht weg wie andere.«

»Was willst du mir eigentlich sagen?«, frage ich gereizt. »Glaubst du, ich verspreche deiner Ex rosa Wölkchen? Ich verspreche nie irgendetwas, Miles. Bei allem, was sich hier herumspricht, sollte das doch sicher mal erwähnt worden sein.«

»Es hat nichts damit zu tun, dass sie meine Ex ist, Leir. Ich mag sie einfach. Du kannst das wahrscheinlich nicht nachvollziehen, aber man kann Frauen auch als menschliche Wesen betrachten. Ex hin oder her, ich weiß nicht, was du ihr erzählt oder versprochen hast, aber irgendetwas scheinst du ja anders gemacht zu haben als andere. Denn du bist bestimmt nicht der Erste, der bei ihr anklopft.«

Mittlerweile kann ich nicht mehr einordnen, was ich bin.

Wütend, gereizt, genervt. Oder betroffen. Oder überfordert. Vielleicht auch zu dumm.

»Wie dem auch sei«, murmelt er nun etwas versöhnlicher und stößt sich vom Wagen ab. »Ich bin mir bewusst, dass es mich nichts angeht, falls du das als Nächstes sagen willst. Aber …«

»Mach dir keine Gedanken«, murmle ich und ziehe an der schon fast verglühten Kippe.

Einen Moment fixiert er mich und nickt kaum merklich. Es folgen kurze Floskeln zum Abschied, dann geht er zu seinem Wagen, dessen Scheinwerfer beim Öffnen in der fortschreitenden Dunkelheit aufleuchten.

Endlich setze ich mich hinter das Lenkrad, beobachte, wie Miles noch einmal kurz die Hand zum Abschied hebt und dann vom Parkplatz fährt.

Ich stoße langsam und gedehnt die Luft aus und schließe sogar einen Moment die Augen. Miles hat wirklich viel gesagt. Wörtlich. Zwischen den Zeilen. Drumherum. Verspreche ich irgendetwas? Ich bin mir gerade nicht sicher, ob mein Kopf *mir* irgendwas verspricht und vorgaukelt. Denn es ist Fakt – und ich will den Gedanken nicht mal nur für den Bruchteil einer Sekunde zulassen –, dass, wenn ich nicht langsam wieder Abstand zu Joyce bekomme, ich nicht weiß, wie das enden soll.

Plötzlich habe ich Angst, dass dieses Vibrieren vorhin überhaupt nicht durch eine Nachricht von *ihr* verursacht wurde. Es gibt auch noch andere Menschen.

Endlich nehme ich mein Handy und starre einen Moment auf das schwarze Display. Dann entsperre ich es.

Ich will es meinen Followern einfach machen, mit mir zu interagieren.

Mir rutscht ein Lachen heraus. Weil ich hier zum Follower degradiert werde, weil ich mich freue, eine Antwort bekommen zu haben, und weil diese Nachricht zweiundzwanzig Minuten nach meiner letzten abgeschickt wurde. Vor vier Stunden.

Keine Interaktion im vom Netz abgeschotteten Best-Buy-Lager, antworte ich in einer fast schon kindlichen Aufgeregtheit. *Und im Übrigen bin ich nicht dein Follower. Ich stalke nur im Verborgenen.*

Da bei mir ohnehin alles auszusetzen scheint, macht es auch nichts, dass ich ein Emoticon dahinter setze: der mit falschem Bart und Brille.

Ich schicke es ab und frage mich im nächsten Augenblick, ob ich den Verstand verliere. Mit diesem Gedanken starte den Motor und fahre vom Parkplatz. Das Handy habe ich auf den Beifahrersitz fallen lassen, wo es mit dem Display nach oben liegen bleibt und ich prompt aus dem Augenwinkel sehe, wie eine neue Nachricht eingeht.

Zu Hause öffne ich den Chat, während ich die Treppe hinaufgehe. Rafaelas Klamotten hängen nicht an der Garderobe. Meine Mutter sitzt in der Küche und telefoniert mit irgendwem auf Spanisch und mein Vater im Wohnzimmer ignoriert mich. Mit jedem Knarzen der Stufen lese ich ihre Nachricht noch einmal, um auch nichts misszuverstehen.

Siehst du, und schon weiß ich, was du heute gemacht hast.

Dahinter der Smiley mit ausgestreckter Zunge. Ich grinse, während ich in mein Zimmer gehe.

Du stalkst mich! Das ist der Zweck dieser Unterhaltung, schreibe ich.

Ich lege das Handy auf den Klamottenstapel, der auf dem Schreibtisch vegetiert, und ziehe mir das *Best-Buy*-Shirt aus.

Unter Joyce' Namen erscheint das Wort *Online*.

Absolut.

Kein Smiley.

Ich strample die Hose von den Beinen und tippe:

Ich habe ein Instagram-Profil. Wende dich doch an die offizielle Stelle.

Ich bevorzuge diesen Only-Fans-Account hier.

Lachend werfe ich mich auf mein knarzendes Bett und lasse das Handy über meinem Gesicht schweben.

Dann will ich aber auch bezahlt werden!

Ich füge noch ein paar fliegende Dollar-Noten hinzu.

Ich dachte, ich hätte einen Gratis-Zugang.

Diesmal folgt das Emoticon mit dem Heiligenschein.

Ich muss darauf irgendwas antworten. Aber da ich absolut nicht weiß, was das sein soll, stehe ich erst einmal auf, öffne das Fenster und schalte das Licht aus, damit keine Viecher reinkommen. Kaum fünfzehn Sekunden später liege ich wieder auf meinem Bett, bin so schlau wie zuvor und bekomme einen extremen Anflug von *scheißegal*.

Das glaube ich auch, schreibe ich.

Ohne Emoticon.

Nach ungefähr einer Minute stoße ich abermals ein Schnauben aus, weil nichts zurückkommt, obwohl sie weiterhin als online angezeigt wird.

Es kann natürlich sein, dass Joyce gerade das Gesicht verzieht und sich fragt, wann ich angefangen habe, ihre Scherze so ernst zu nehmen. Dann antwortet sie.

Du weißt, dass man in solche Aussagen etwas hineininterpretieren kann?

Ja.

Soll ich?

Ich starre auf ihre Worte. So lange, dass mein Handy schon in Stand-by schaltet und ich es wieder entsperren muss.

Ich weiß keine Antwort.

Oder willst du mir keine geben?

Pause.

Ich bin nur ungeniert, weil ich etwas getrunken habe, schreibt sie schließlich. Dahinter ein Party-Smiley.

Allein?, frage ich und stelle sie mir in lustiger Runde auf irgendeiner Party vor.

Ja, ich bin zu Hause.

Du hättest mir nur Bescheid geben müssen ...
Ich trinke nicht mehr in deiner Gegenwart!

Augenrollender Smiley.

Könntest du aber, wie ich bereits bewiesen habe.

Ich will auch ein Emoticon und scrolle durch die Liste. Am Ende denke ich, der mit dem gelangweilten Blick ist der passende.

JOYCE

Ein Schmunzeln legt sich auf meine Lippen und ich drehe mich auf die Seite. Mein Herz schlägt jetzt seit heute Morgen viel zu schnell. Seit ich ihm meine Nummer geschickt habe.

Ich nehme die schon zur Hälfte geleerte Weinflasche vom Nachttisch und trinke einen Schluck. Wenn er wüsste, wie weit die Realität von den Instagram-Fotos entfernt ist …

Er schreibt.

Du überforderst mich.

Ich starre auf seinen Satz.

Womit?

Ich weiß nicht. Mit dir.

Ich setze mich jetzt auf, trinke und lese erneut seinen Text. Unter seinem Namen steht weiterhin *online*, also wartet er.

Ich stelle die Flasche zurück und schreibe.

Ich kann dir aus der Entfernung nicht helfen.

Ich weiß, dass ich in einigen Stunden diesen angetrunkenen, nächtlichen Flirtversuch bereuen werde. Doch in dieser Sekunde frage ich mich, was er denkt. Jetzt, in diesem Augenblick, in dem er mir eine Reaktion noch länger als zuvor schuldig bleibt.

Schreibt …

Sehen wir uns Freitag auf der Party?

Siehst du, jetzt weiß ich auch, was du Freitag machst, antworte ich mit einem zwinkernden Smiley, während mein Herz einen Sprung macht, aussetzt und mich zwingt, tief auszuatmen. Es steckt viel in seinem Satz.

Wenn du da bist, komme ich, füge ich hinzu.

Ich schreibe es zwar, doch allein die Worte lassen diese unterschwellige Nervosität in mir aufkeimen. Ich wurde schon am Montag von Olivia eingeladen. Nach dem, was letztes Mal passiert ist, bin ich allerdings nicht sicher, ob ich mir das noch einmal antun möchte. Sofort habe ich ihre süße Stimme im Ohr.

»Ach, komm, Joy, du hast so gut abgenommen, du kannst die Kalorien vertragen.« Und damit füllte sie mir zum zweiten Mal den Becher mit Sahnelikör.

Alle haben gelacht, einschließlich mir. Und jedes weitere Mal, wenn sie mir nachschenkte, hat sie mir in die Augen gesehen.

Gute Nacht, schreibt Gabriel.

Gute Nacht, antworte ich.

17

GARBIEL

Zwei Tage vergehen, in denen ich praktisch an meinem Handy festklebe. Immerhin merke ich es selbst, auch wenn Rafaela mich schon gestern darauf hingewiesen hat, dass: »… es echt peinlich auffällig ist, nur damit du das weißt! Sogar Mom fragt, wem du schreibst!«

Heute ist Freitag und mir ist selten eine Schicht so lang vorgekommen. Ich war in der ersten Hälfte an der Kasse eingeteilt, jedoch ohne Miles. Und offenbar mussten alle Menschen zur gleichen Zeit etwas Elektronisches kaufen. Im zweiten Teil der Schicht war ich im Lager, weil die Regale neu befüllt werden sollten, die Ware dafür aber erst mal ausgepackt werden musste. Hier war ich immerhin mit Miles zusammen. Im Lager gibt es jedoch keinen Empfang, wie ich auf die nervenaufreibende Tour gelernt habe. Das alles hat zur Folge, dass ich zum ersten Mal seit Mittwoch acht Stunden keinen Kontakt mit Joyce hatte. Gut, ich habe zwischendurch geschlafen, aber nie acht Stunden am Stück. Ich habe sogar geantwortet, wenn ich kurz wach geworden bin. Und sei es, dass ich nur erzählt habe, dass ich wach geworden bin. Es hat in den vergangenen Tagen abstruse Züge angenommen.

Ich schlage mit Miles ein, den ich bei den Masons ohnehin

wiedersehen werde, und gehe auf dem Parkplatz auf Greys Toyota zu, aus dem durch das offene Fenster Rauch geblasen wird. Als ich einsteige, lässt sein Gesicht mich das Handy in der Tasche behalten.

»Was war?«, frage ich direkt heraus, kaum dass ich sitze, und betrachte seinen bläulichen Wangenknochen.

Er sieht mich nicht mal an, als er anfährt. »Jemand hat meiner Mutter etwas gesteckt, das ihr nicht passt.«

»Deine Mutter war das?« Ich klinge wirklich entsetzt.

Grey verdreht die Augen und biegt nach links in die Straße ein. »Natürlich nicht. *Sie* hat mir nur ihre Ansichten erläutert. *Ich* habe diesmal darauf geantwortet. Und meinem Vater haben die Antworten nicht gepasst.«

»Du weißt, dass du kryptisch redest, ja?«

Das letzte Mal, als ich ihn so reserviert in dieser Sache gesehen habe, endete das als einschneidendes Erlebnis auf dem *Carrey*.

»Ich will eigentlich gar nicht reden.« Er reicht mir die Zigarette und bleibt an der Ampel stehen. »Es kann sein, dass ich nachher mal weg bin, aber ich hole dich ab, wie versprochen.«

»Ist okay«, sage ich und ziehe an der Kippe. »Ich komme schon weg. Wohin willst du denn?«

Ich beäuge ihn von der Seite und habe mich wirklich bemüht, neutral zu klingen, was mir nicht ganz gelungen ist.

Über seinen Mund legt sich ein müdes Lächeln. »Du brauchst keine Angst zu haben.«

Thema beendet. Zumindest von seiner Seite. Ich dagegen muss darüber nachdenken, wie stolz er eigentlich immer war, auf diese xenophoben Parolen nichts zu erwidern und seine Eltern in dieser Hinsicht wie schlechte Luft zu behandeln. Es wundert mich, dass er plötzlich darauf eingeht, und ich hoffe nicht, dass es wieder meinetwegen ist. Es gab schon mehrmals Ärger, nachdem meine

Existenz in seiner Nähe beobachtet worden ist. Aber bisher hat ihn das nicht interessiert. Sagt er jedenfalls.

Nachdem wir ausgestiegen sind, frage ich mich sofort, ob nur mir auffällt, dass diese Zusammenkünfte unter Masons Dächern immer gleich sind. Als wir das Grundstück betreten, habe ich ein Déjà-vu-Gefühl.

Und endlich mein Handy in der Hand.

»Mit wem schreibst du eigentlich?«, vermiest Grey diesen Moment, noch bevor wir bei der Terrasse ankommen, und beugt sich sogar zu mir rüber.

Ertappt stecke ich das Telefon weg und mir ist bewusst, dass es eventuell etwas zu hektisch gewesen sein könnte.

Joyce, die wusste, dass ich bei der Arbeit war und nicht antworten kann, hat es sich nicht nehmen lassen, nahezu jeden ihrer Schritte zu dokumentieren. Als Grey mich stört, wurde es gerade spannend.

Ich ziehe mich jetzt aus und gehe duschen.

Mit Zwinkersmiley und fett gedruckt. Ich wusste nicht einmal, dass man das machen kann.

Ich denke, ich komme gleich zu der Party.

Das schrieb sie zuletzt und jetzt hat Grey mir die Antwort versaut. Meine Laune hat sich allerdings gehoben.

Kaum betreten wir die Terrasse, sehe ich Bethany, die sich umdreht und mich ansieht, als könne sie meine Anwesenheit erspüren. Wir schieben uns zum Klapptisch vor der Fensterfront und laufen auf dem Rückweg mit unserem Bier direkt in Ian Masons Arme. Einen dieser Arme legt er um meine Schulter und stößt mit mir an. An der anderen Seite greift Olivia nach meiner Hand und betrachtet den Verband. Ich denke, es gibt wirklich niemanden, der nicht von dieser Sache gehört hat.

»Das sieht schlimm aus«, sagt sie mitleidig, wobei sie ja gar nichts sehen kann; es ist ja ein Verband darum.

»Ash ist ein Wichser«, sagt Ian, trinkt einen Schluck und lacht. »Ich glaube, sein Name war ein Tippfehler, und eigentlich sollte es Arsch heißen.«

Olivia lässt meine Hand wieder los. »Soll ich das neu verbinden?«

»Was ist das denn für ein Code?«, stößt Ian hervor.

Ich steige in sein Lachen ein und Olivia grinst, was nicht den Eindruck hinterlässt, als läge ihr Bruder mit seiner Vermutung falsch oder sie wolle es irgendwie leugnen.

Allein über Verbände zu reden erinnert mich schon wieder an Joyce, und langsam wird es wirklich anstrengend, mit ihr in meinem Kopf.

Und da fällt plötzlich auch in der realen Welt ihr Name.

»Ich warte auf Joy Evans«, höre ich Ian mit vielsagendem Lachen von sich geben.

»Ich hab sie extra für dich eingeladen«, beteuert Olivia, und ich trinke, um mit dem Becher mein Gesicht zu verdecken.

Bereits Ians Aussage gefällt mir nicht und Olivias Ton gefällt mir noch weniger.

Grey lacht in meine Richtung, und wenn man ihn kennt, dann sieht man durchaus, wie überaus künstlich dieses Lachen ist. Er will definitiv kontrollieren, wie ich im Ernstfall reagiere. Und wie ich *ihn* kenne, kennt er auch mich, weshalb ich seinen Blick meide.

»Die Wette läuft, bis ich als gefeierter Sieger hervorgegangen bin«, rechtfertigt sich Ian, als sei das wirklich eine adäquate Aussage.

Mit einem Mal deutet er mit dem Kopf auf mich, was mich reflexartig die Hand zu einer Abwehrbewegung hochreißen lässt. Das Bier schwappt heraus, sodass ich einen hektischen Schritt rückwärts machen muss, um mich nicht zu bekleckern.

»Halt mich aus dieser Scheiße raus!«

Alle sehen mich mit Spannung an.

Olivias Mund verzieht sich zu einem herablassenden Lächeln. »Ach, darum«, sagt sie.

»Darum was?«, hake ich gleichermaßen gereizt und wachsam nach und mein Gefühl wird immer beschissener.

»Darum treibst du dich mit der herum.« Ian grinst, als hätte er die Antwort auf alles gefunden.

»Ich weiß nicht, mit wem du wettest. Auf jeden Fall nicht mit mir, ich habe damit nichts zu tun!«

Olivia stößt mit ihrer Hüfte gegen meine und wieder schwappt mein Bier. »Ich hab doch gesagt, die ist nicht sein Typ.« Sie schenkt mir ein überaus vertrautes Lächeln.

»Er hat keinen Typ!«, wendet Ian ein und alle lachen.

»Diese furchtbaren süßen Kleidchen und Löckchen sind es aber ganz sicher nicht, das kann ich mehrfach belegen.« Olivia grinst und sieht mich mit einem Blick an, der unmissverständlich ausdrückt, dass wir gerne jetzt und sofort in ihr Zimmer gehen und den Beweis für ihre Aussage liefern können.

Ian, der bereits leichte Gleichgewichtsprobleme hat, schüttet den Rest seines Bechers in sich hinein.

Dann legt er ein triumphales Grinsen auf und richtet sich an seine Schwester. »Du nimmst ihn mit und ich warte da vorne auf die Ankunft von *Queen TikTok*.« Er zeigt dabei Richtung Einfahrt.

Grey hebt eine Braue. »Kriegst du Joy Evans nicht rum, solange er in ihrer Nähe ist?«

Auch wenn ich hier noch immer versuche, den Unbeteiligten zu geben, bin ich Grey dankbar. Ich trinke das Bier aus und weiß nicht, ob er spürt, dass ich langsam das Gefühl habe, jeder Satz in dieser Runde ist ein Tropfen, der meinen persönlichen Becher zum Überlaufen bringt. Ich kann nicht mal mehr künstlich in ihr Lachen einsteigen und mir wird zum ersten Mal wirklich bewusst, wie über Joyce gesprochen wird. Ich habe mir nie auch nur einen einzigen Gedanken darüber gemacht, dass hinter Joy Evans eine junge Frau steckt, die überhaupt nicht verdient hat, dass so über sie geredet wird. In meiner Vorstellung war sie das beliebteste Mädchen der Stadt. Ich kenne niemanden, der sie nicht flachlegen will. Das ist die Wahrheit dahinter. Joyce ist eine nichtssagende Nummer auf einer Liste, um damit angeben zu können, das hübscheste Mädchen von Seaford abgeschleppt zu haben.

»Leir hat diesen düsteren Blick« sagt Ian und lacht mir ins Gesicht, als könne ich nicht hören, was er labert. »Ich muss auch mehr den Bad Boy geben, wenn sie darauf steht.«

»Ich hole mir was Neues«, sage ich und lächle auf die *Der-Gentleman-schweigt*-Art.

Damit reiße ich mich endlich von der Gruppe los. Der Plan, dass die Party eine Ablenkung vom ganzen Chaos sein soll, läuft bisher nicht sonderlich gut, und ich mache es nicht besser, als ich den Becher im Vorbeigehen in einen Blumenkübel stelle und mein Handy zücke.

Bist du da?, fragte Joyce vor sieben Minuten, und ich remple aus Versehen einen mir unbekannten Typ an, als ich im Gehen antworte.

Ja, bist du schon hier?

»Hey«, kommt es von vorn.

Ich sehe auf und in Bethanys Gesicht.

»Hey«, sage ich, ringe mir ein Lächeln ab und bleibe notgedrungen stehen, weil sie mir ziemlich gezielt den Weg versperrt.

Das Handy schiebe ich in meine Gesäßtasche zurück und von vorn reicht mir Bethany ihren Becher.

»Ich habe dich gesucht.« Sie legt den Kopf leicht schräg und lächelt.

Mir ist klar, dass ich nicht immer etwas trinken kann, wenn ich Zeit schinden will und ich nicht weiß, wie ich sonst reagieren soll. Vielleicht tue ich meinem Vater unrecht und er war einst wie ich und ist jetzt auf dem Level, in dem er mit Bierdose in seinem Sessel sitzt.

Aber ich trinke.

Dann lächle ich und frage mich gleichzeitig, ob durch die Gerüchte plötzlich der Jagdinstinkt einiger Leute geweckt wurde.

»Wie kann ich dir denn helfen?«, erkundige ich mich und Bethany schmunzelt.

Es war die dümmste Frage, die ich hätte stellen können. Sie bringt Bethany dazu, einen Schritt nach vorn zu machen und damit so nah bei mir zu stehen, dass sich ihr in einem hauchdünnen Top steckender Busen an meine Brust drückt. Da sie etwas kleiner ist als ich, muss sie den Kopf ein wenig heben, um mir in die Augen zu sehen. Zudem nimmt sie meine Hand – die ramponierte, denn in der anderen halte ich den Becher –, und streicht ein paar Mal über die nicht vom Verband verdeckten Fingerkuppen, bevor sie meinen Arm um ihre Taille legt.

Und der Herrgott liefert mir in diesem Moment Beweise, dass alles ein absurdes Spiel ist, mit dem er sich die Zeit vertreibt. Ich muss meine Annahme, dass es ein Brettspiel ist, revidieren, weil ich mittlerweile glaube, dass es sich um eine Art Quartett handelt.

Denn zu der Konstellation mit Bethany, die sich nun auf

Zehenspitzen stellt, um mich zu küssen, kommt Miles, der mit seinen Footballkumpanen keine zwanzig Schritte weit weg steht und mich mit eisiger Miene beobachtet.

Ich bin mir in diesem Augenblick absolut sicher, dass das Quartett mit Joyce vollgemacht werden wird. Ich erwarte sie jede Sekunde neben mir.

Im Moment, als Bethanys Lippen meine berühren, trete ich einen Schritt zurück.

»Ich muss kurz …«, setze ich an, habe aber keine Ahnung, was ich muss.

Aufs Klo, was zu saufen holen, kotzen, mit dem Hund raus, irgendwas.

Bethanys Augen verengen sich.

Sie lächelt zwar noch immer, jetzt wirkt es allerdings spöttisch. »Sag mir nicht, das hat mit dem Zuckermäuschen zu tun. Das ist doch nicht dein Ernst, oder?«

Erneut treffe ich Miles' Blick, der sich danach wieder seinem Gespräch widmet und innerlich wahrscheinlich plant, wie er mich am Montag zur Sau machen wird.

»Was willst du mit der?«, fragt Bethany und klingt beinahe interessiert. »Soll sie dir was über unnatürliche Filter erzählen? Redet ihr überhaupt miteinander?«

»Ich muss kurz telefonieren«, entgegne ich nun und gehe an ihr vorbei.

Ich trinke einen Schluck von dem Gemisch aus Cola und etwas anderem nicht Definierbarem. Dann lasse ich auch diesen Becher im erstbesten Blumenkübel verschwinden, und als ich am Ende der Terrasse ankomme, wende ich mich nach rechts und gehe mit schnellen Schritten die Einfahrt hinunter.

Wo bist du?, frage ich. *Ich warte an der Straße auf dich!*

Ich bin schon ein ganzes Stück an den parkenden Autos entlang gegangen, als das Handy in meiner Hand vibriert. Fast gleichzeitig sehe ich Joyce, die sich am Anfang der Schlange eingereiht hat und gerade aussteigt.

Sie sieht aus, wie sie von anderen beschrieben wird: Ihre Haare fallen in großen, perfekten Locken über ihre Schultern. Sie trägt ein kurzes weißes Kleid und Keilabsatzschuhe. Ich weiß auch nur durch meine Schwester, dass die Dinger so heißen. Joyce ist schön. Wie ein Mensch auf einem Poster, wie irgendetwas nicht Greifbares. Etwas, das andere eine eigenartige Abneigung entwickeln lässt.

Als sie mich sieht, lächelt sie, und in meinem Bauch gibt es einen Stich. Oder eher eine Art Ziehen. Oder ein Fallen. Mit Aufschlag. Aber ich freue mich.

»Hi«, sagt sie, und dafür, dass sie vorhin noch vieldeutig von Ausziehen und Duschen geschrieben hat, wirkt sie gerade ziemlich verlegen.

»Komm, wir fahren woanders hin«, fällt meine Begrüßung kurz angebunden aus und ich gehe direkt zur Beifahrertür.

Joyce mustert mich, dann sieht sie irritiert die Straße hinauf.

Vor uns parkt in diesem Moment entgegen der Fahrtrichtung ein weiteres Auto. Auf den ersten Blick erkenne ich weder die Fahrerin noch ihren Begleiter, aber beiden ist ins Gesicht geschrieben, dass sie Joyce kennen. Und dass sie durchaus kapieren, wie sie im Begriff ist, mit einem Typen hier abzureisen. Als ich etwas ruppig die Beifahrertür öffne, frage ich mich, ob so was in der Social-Media-Influencer-Gerüchteküche die Runde macht. Wird sich irgendwo zwischen Online-Süd- und Online-Nordamerika darüber ausgetauscht werden, dass *Joy Evans* mit einem Typen wie mir unterwegs ist? Der Gedanke ist erschreckender, als man annehmen möchte.

»Okay«, flüstert Joyce wohl mehr zu sich selbst und steigt

wieder ein, während sich die Türen des anderen Autos öffnen.

Ich nehme den etwas traurig wirkenden Blumenstrauß vom Sitz, lege ihn auf meinen Schoß und ziehe die Tür zu. Als wir die Parklücke verlassen, sehe ich den beiden Partygästen nicht in die Augen. Aber ich habe keinen Zweifel, dass in etwa zwanzig Minuten jeder in Masons Garten wissen wird, dass Joyce und ich zusammen weggefahren sind.

Mit dieser Erkenntnis lehne ich den Kopf an und atme langsam tief ein. Aus dem Augenwinkel sehe ich, wie Joyce kurz zu mir sieht, bevor sie ihren Blick wieder auf die Straße richtet.

»Du wirkst wie auf der Flucht« Ihre Stimme klingt neutral, trotzdem ist die Neugier herauszuhören. »Und wo willst du jetzt hin?«, fragt sie nach einigen Sekunden der Stille, und ich kann einer Antwort erst mal aus dem Weg gehen.

Allerdings weiß ich darauf nichts zu sagen, was sie lachen lässt, worin ich einsteige, da mir schon klar ist, dass alles etwas eigenartig ist. Dabei sehe ich aus dem Fenster, weil ich den Geruch in diesem Auto verarbeiten muss, bevor ich überhaupt irgendwie denken kann. Joyce riecht selbst nachts nach Sonnencreme.

Ohne meinen Blick von den vorbeiziehenden Häusern zu nehmen, hebe ich den welken Blumenstrauß ein Stück an. »Sind die für mich?«

»Du kannst sie haben, wenn du willst.«

Von dieser Antwort irritiert, wende ich den Kopf und betrachte erst sie, dann die Blumen.

»Danke?«, murmle ich und sie lacht.

»Die sind schon etwas älter.«

Die Ampel vor uns wird rot.

»Seit wann liegen die schon hier drin?«

Eine Pause entsteht. »Seit vorgestern.«

»Du hättest sie mir vor die Tür legen können.«

Ich schreibe mir keine herausragenden psychologischen Fähigkeiten zu, aber ihr Lächeln wirkt mehr als unecht.

»Für wen waren sie?«, frage ich nun weitaus ernster und irgendwie habe ich eine Ahnung.

Es dauert, bis sie reagiert. Es dauert so lange, dass die Ampel grün wird und wir geradeaus über die Kreuzung fahren.

»Ich wollte sie auf das Grab legen.«

»Und warum verwelken sie in deinem Auto?«

»Weil ich es nicht kann.«

Stille. Diesmal von beiden Seiten.

»Ich habe vorgestern vor dem Tor gestanden«, erklärt sie nach einer Weile. »Gestern war ich auch dort, konnte aber nicht einmal aus dem Auto aussteigen.«

Manchmal sagt jemand etwas und man stellt nicht eine einzige Silbe infrage, weil man jede davon verstehen kann.

Diese Stille hält bis zur nächsten roten Ampel. Sie ist anders. Bedrückter wäre eine zu schwache Beschreibung. Diese Stille ist zum Bersten mit Realität gefüllt.

Ich drehe den Kopf und grinse.

»Willst du was Gruseliges machen?«

18

GARBIEL

Offenbar kommt der Satz so skurril herüber, dass er es wert ist, dafür den Kopf in meine Richtung zu drehen.

»Ist das dein Ernst?«

»Oder hast du Angst?«, frage ich spöttisch, was Joyce nur die Stirn runzeln lässt.

»Ein Friedhof ist wahrscheinlich der ungruseligste Ort auf der Welt«, erwidert sie ungerührt. »Jeder Lebende sollte einem weitaus mehr Angst einjagen als irgendwelche Toten.«

Und damit hat sie absolut und unbestreitbar recht. Es ist so viel unspektakulärer als jeder Horrorfilm.

Kein Nebel, keine Eulen, keine Raben und kein buckliger Mann mit Schaufel. Das Einzige, was mir ein kleines bisschen Sorge bereitet, ist die Tatsache, dass das Tor um diese Zeit längst abgeschlossen ist und wir über den Zaun klettern mussten. Worunter fällt das? Einbruch? Hausfriedensbruch? Ich bin sicher, verschlossene Tore wollen einem etwas sagen.

Auf den meisten Gräbern brennt eine Kerze. Es steht sogar

alle paar Meter eine Laterne, und ich frage mich, für welche Untoten die sein sollen. Dann komme ich darauf, dass sie wahrscheinlich vorrangig im Winter gebraucht werden, wenn es früh dunkel wird.

Über all das kann ich nachdenken, während wir schweigend dem Weg folgen. Wir müssen nur geradeaus gehen, genau auf die andere Seite des verschlossenen Tores. Ich erinnere mich, wie ich am Tag der Beerdigung auf dem Parkplatz geblieben bin, weil ich nicht wusste, wie ich so ein Grab wegstecke. Es wäre nicht nur das gewesen, sondern zusätzlich der Weg dorthin. Unzählige Schritte hinter einem Sarg zu laufen, um dann dabei zuzusehen, wie er in der Erde versenkt wird. Kurz bevor Joyce aufgetaucht ist, hatte ich beschlossen, mir das Grab anzusehen, wenn alle weg sind. Zu dieser Zeit war ich bereits zu der Überzeugung gelangt, dass ich absolut nicht der Typ bin, der so was in Gesellschaft tun möchte. Da Joyce aber bekanntermaßen aufgetaucht ist, bin ich an diesem Tag nicht mehr am Grab gewesen. Und auch an keinem anderen Tag. Es hat was Ironisches, dass ich nun doch in Gesellschaft sein werde und dass es ausgerechnet sie ist. Ich bin nur ihretwegen hier, denn wenn ich ehrlich bin: Ich wäre nicht gekommen. Beim Versuch, das alles zu verdrängen, wäre ich in ein paar Wochen nach England geflogen und hätte mir selbst beteuert, dass es mir wahnsinnig leidtäte, es nicht mehr geschafft zu haben. Jetzt hier zu sein und zu wissen, dass Harold Hewitts Körper unter einem Haufen Dreck liegt, zieht mir den Brustkorb zusammen. Und ich glaube, nur die Tatsache, dass es Nacht ist und dies die ganze Aktion total surreal erscheinen lässt, macht es erträglicher.

Joyce' Schritt verlangsamt sich, bis sie schließlich stehen bleibt.

»Soll ich die hinlegen?«, frage ich, und meine Stimme ist ungewollt leise. »Oder in eine Vase stellen? Gibt es hier Vasen?«

Sie schüttelt den Kopf.

So zurechtgemacht für eine Party ist ihr Aussehen nicht mit ihrer Haltung im Einklang. Sie wirkt kleiner und verlorener. Der Schmerz ist ihr deutlich anzusehen.

»Nein«, antwortet sie tonlos. »Schon gut. Irgendwann muss ich schließlich herkommen.«

»Warum?«, rutscht es mir etwas zu pietätlos heraus. »Für wen denn?«

Sie lächelt schwach. »Ich weiß nicht. Für wen ist denn so ein Grab?«

»Keine Ahnung. Nicht für den, der darin liegt.«

»Was passiert mit dem, der darin liegt?«

Einen Moment sehen wir uns nur an. »*Bio*logisch oder *theo*logisch?«

»An was glaubst du denn?«

Ich schnaube und wende mich ab. »Das ist kein Thema, über das ich rede.«

»Das wusste ich gar nicht«, entgegnet sie und lächelt erneut. »Das ist gut. Ich wünschte, ich könnte das auch glauben.«

»Nein, lass das lieber«, sage ich sofort. »Das bedeutet nämlich, dass du *jemandem* immer böse Absicht unterstellst, wenn um dich herum alles aus dem Ruder läuft.«

Sie nickt schwach, als könne sie tatsächlich nachvollziehen, was ich ausdrücken will.

Unvermittelt zieht sie die Luft ein. »Okay, es geht wieder.«

So gehen wir auch die übrigen Schritte.

Hier hinten stehen keine Laternen mehr. Die letzte ist ein ganzes Stück weit entfernt und ihr Licht dringt nur schwach bis zu dieser Stelle. Gerade ausreichend, um die Details grob erkennen zu können.

Auf dem Grab türmen sich noch immer Kränze und Blumen,

zum Teil verwelkt, zum Teil wurden frische dazugelegt. In jeden Fall ist die Nacht ein unbestreitbarer Vorteil, denn der Anblick trifft mich noch viel härter als ich auf dem Parkplatz bei der Beerdigung erwartet habe. Mir wird die Luft genommen. Meine Kehle zieht sich zu und schmerzt, sodass ich nicht mehr schlucken kann.

Meine Mutter glaubt an mich, weil sie meine Mutter ist und diese romantische Vorstellung von einem besseren Leben für mich hat und sich an jeden Strohhalm klammern würde. Dieser Glaube an mich ist absolut der einzige Grund, warum ich nicht andere Wege eingeschlagen habe, die vielleicht mehr Geld, aber ganz sicher mehr Ärger versprechen. Harold Hewitt war weder mit mir verwandt, noch brachte es ihm irgendeinen Vorteil, mir diese Dinge zu sagen oder für mich zu tun. Ich habe ihm geglaubt.

Am Ende ist jede Existenz irrelevant, und wer zurückbleibt, bleibt es allein. Die ganze scheiß Welt dreht sich auch ohne Harold Hewitt weiter und gibt einen Dreck darauf, ob man durch den Verlust an Tempo verloren hat und nicht mehr hinterherkommt. Es ist egal, ob du etwas *kannst*. Mathematik, Musik oder Raketenforschung. Es bringt dir nichts ohne Geld. Weil manche Chancen am anderen Ende der Welt liegen und diese Welt dir den Mittelfinger zeigt, wenn du sie fragst, ob sie kurz für dich anhalten würde, damit du doch wieder einsteigen und mitreisen kannst. Es gibt nur diese verschwindend geringe Anzahl von Menschen, die Interesse an anderen haben. Du kannst in deiner eigenen Kotze am Boden liegen, und einfach niemanden interessiert es. Man steigt über dich drüber und hofft, dass dich jemand anders wegräumt. Es ist egal, ob du die blauen Flecken von einem Mitschüler, Feind, Freund oder Vater hast. Es betrifft sie nicht. Du stehst mit einem Bein knietief im Sumpf und Menschen wie Harold Hewitt ziehen und zerren an dir, bis du den Fuß rausgezogen hast. Und dann sterben sie und liegen irgendwo auf einem Friedhof, der keinen interessiert.

Gott fächert seine restlichen Karten auf der Hand, betrachtet sie unzufrieden und legt eine Ereigniskarte: Nervenversagen.

Ich wende mich ab und gehe einige Schritte. Nicht einmal, um mich zu entfernen, sondern schlicht, um in Bewegung zu sein, weil ich mir einbilde, so mehr Blut durch meinen Körper zu bekommen, der unangenehm kalt geworden ist. Als Joyce mich anspricht und fragt, ob es mir gut geht, bleibe ich stehen. Sie legt ihre Hand an meine Wange und ihre Finger beruhigen mich.

»Es tut mir leid«, flüstert sie. »Ich hab nicht nachgedacht.«

Sie lässt wieder von mir ab und ich würde gerne etwas Geistreiches sagen, etwas Relativierendes, doch ich stehe nur da, in der Nacht, die es innerhalb von Sekunden geschafft hat, mir ihre ganze Dunkelheit zu zeigen.

Joyce schließt ihre Arme um meine Taille und lehnt ihre Stirn an meine Schulter. Ich kann nicht einschätzen, wie lange wir so dort stehen. Wahrscheinlich kommt es einem am Ende länger vor, als es wirklich ist. Ich habe eine Hand an ihren Kopf gelegt, als wolle ich verhindern, dass er sich wieder von meinem Körper entfernt. Ich schließe sogar die Augen, und zu ihrem Duft nach Sonnencreme mischt sich noch der fruchtige ihrer Haare.

»Komm, wir gehen wieder«, sagt sie, ohne sich von mir zu lösen.

Mein Herz schlägt schneller und ich frage mich, ob ihr Ohr nah genug dran ist, um es hören zu können. In diesem Moment tritt sie einen Schritt von mir zurück.

»Nein«, erwidere ich mit recht fester Stimme. »Ist schon in Ordnung. Willst *du* gehen?«

Ich glaube, sie überlegt. Es spiegeln sich unzählige Gedanken in ihrem Gesicht, bis sie kaum merklich den Kopf schüttelt und sich umdreht.

Eine ganze Weile stehen wir nur da, doch schließlich legt Joyce ihre Blumen auf den Haufen viel größerer Gestecke. Ihre sind die einzig gelben, alle anderen sind entweder weiß oder blau.

»Ich kann nicht einmal sagen, von wem die alle sind«, gesteht sie tonlos. »Das da ist von meiner Familie. Das weiß ich aber auch nur, weil ich dabei war, als meine Mutter es abgeholt hat. Es ist nicht so, dass mich jemand gefragt hätte, was darauf stehen soll.«

»Bei mir ist noch nie jemand gestorben«, sage ich, und das nicht halb so geschäftlich, wie ich erhofft hatte.

Ich weiß auch nicht, ob es stimmt. Es gibt keinen Kontakt über die Grenze. Vielleicht leben meine Großeltern noch. Meine Mutter hat auch Schwestern. Drei glaube ich, davon zumindest eine ebenfalls in den USA. Ich weiß, dass sie Sonia heißt und dass meine Mutter manchmal mit ihr telefoniert. Ich gebe zu, dass ich sie schon belauscht habe und daher weiß, dass Sonia meine Mutter überzeugen will, diese absurde Ehe zu beenden.

Joyce zieht die Luft ein und versucht, es sich nicht anmerken zu lassen. Ich lege den Arm um ihre Schultern, doch das lässt sie schluchzen und einen Wimpernschlag später erneut in meinem Arm liegen, wo sie hemmungslos in Tränen ausbricht.

Irgendwann haben wir uns auf die Holzbank gesetzt, die am Ende des Weges steht. Harold Hewitts Grab ist das viertletzte auf der linken Seite, bevor ein Zaun den Friedhof von der Außenwelt trennt. Oder wie in Maryland üblich: vom Wald.

Joyce Kopf lehnt an meiner Schulter und mein Arm liegt um

ihren. Sie weint nicht mehr, aber sie hat bisher auch nicht gesprochen.

»Es tut mir leid«, murmelt sie nun.

»Das muss es nicht, du hast ihn ja nicht umgebracht.«

Es dauert eine Sekunde, dann stößt sie ein heiseres Lachen aus und schnalzt mit der Zunge. Es fühlt sich gut an, sie für einen kurzen Augenblick aufheitern zu können.

»Findest du es komisch?«, setzt sie an. »Ich meine, er war sechsundachtzig Jahre alt. Es kam nicht wirklich überraschend, oder?«

»Was finde ich komisch?«, frage ich und triumphiere innerlich über diese Zahl. Endlich kenne ich sein Alter. Ich lag nur siebenundzwanzig Jahre drüber, aber im Grunde war ich nah dran.

»Dass es einen so trifft, obwohl eigentlich klar ist, dass jemand in dem Alter bald sterben wird«, erklärt sie.

Eine unumstößliche Wahrheit.

»Ich habe nicht damit gerechnet, nein.« Irgendwie komme ich mir jetzt naiv vor.

Joyce setzt sich auf und sieht mich unverwandt an. »Hast du schon mal geweint?«

»Was?«

»Ob du geweint hast«, wiederholt sie energisch. »Du trauerst, und es ist wichtig, das nicht in sich hineinzufressen.«

»Und du meinst, weinen würde etwas ändern? Davon kommt auch keiner zurück.«

Sie wendet sich ab, sieht zu der Laterne in einiger Entfernung und schüttelt den Kopf. »Es geht einem danach irgendwie etwas besser«, sagt sie leise. »Das war das zweite Mal gerade.«

Mein Arm liegt nun auf der Lehne und ich lasse ihn dort, in der albernen Hoffnung, dass sie sich wieder anlehnt. »Dann war das erste Mal auf dem Parkplatz da hinten.«

Joyce lächelt, was man auch nur erahnen kann, so dunkel, wie es hier ist. »Ich habe mich gar nicht bei dir bedankt.«

»Für was?«

»Dass du mich an dem Nachmittag gefunden hast. Und dass du …«

»Bitte nicht wieder *das* Thema!«

Nun lacht sie, was mich schmunzeln lässt. »Dass du mir angeboten hast, mich nach Hause zu fahren!«

»Aber wir sind doch gar nicht zu dir gefahren.«

»Darum geht es nicht, du hättest es aber gemacht.«

»Weil du wirklich traurig ausgesehen hast.«

Nun legt sie den Kopf leicht schräg und hebt die Brauen. »Ich stand bitterlich heulend, mit Rotz an der Nase und einer Weinflasche in der Hand, auf einem Friedhofsparkplatz.«

»Und das sah traurig aus«, beharre ich schmunzelnd. »Du musst dich nicht für irgendwas bedanken.«

Schweigen tritt ein und sie lehnt sich tatsächlich wieder an. Ich kann mich nicht erinnern, mit jemandem irgendwo auf diese Art gesessen zu haben. Ich hatte schon oft meinen Arm um eine Frau gelegt und ich saß auch mit einer auf einer Bank. Aber ich meine damit *so*. Ich weiß nicht, wann ich meinen Arm nicht wegnehmen wollte, selbst als es langsam unbequem wurde.

»Was war das schönste Kompliment, das dir jemand gemacht hat? Und wer war das?«

»Was?« Ich muss lachen.

»Du weißt, was ein Kompliment ist?«

»Weißt *du*, dass sich bei dir langsam ein Muster abzeichnet?«

»Welches denn?«

»Du hast einen Hang zu komischen Fragen.«

»Wieso sind die Fragen komisch?«

»Sie klingen wie diese Psycho-Tests aus einer Zeitschrift.«

Sie schnaubt belustigt und ihr Ton ändert sich in eine eher spöttische Richtung. »Antworte doch einfach. Und du kannst dich schon darauf vorbereiten, dass die nächste Frage auf jeden Fall sein wird, warum du solche Zeitschriften kennst.«

»Weil meine Mutter sie liest!«

Sie setzt sich wieder gerade auf und mustert mich mit unverhohlen hämischer Miene.

»Was? Ich habe eine Mutter. Ist das ungewöhnlich?«

»Du musst in die Zeitschrift reingeschaut haben, sonst wüsstest du nicht, was drinsteht.«

»Oder«, setze ich vielsagend an, »meine Mutter packt diese Tests am Frühstückstisch aus und verlangt Antworten.«

»Ach, deshalb.«

»Was?« Ich habe das Gefühl, dass ich relativ oft diese Frage stelle.

Aber meine Tonlagen wechseln. Diese gerade würde ich als gereizt sonor bezeichnen.

»Du hast Angst, dass ich dich analysiere, deswegen antwortest du nicht.«

Ich muss lachen, und diesmal nicht verhalten. Mitten in der Nacht auf einem Friedhof ist lautes Lachen ein sehr markantes Geräusch.

»Ich würde dir so einen Quatsch zutrauen«, sage ich und beruhige mich wieder. »Aber schlechter als die aus der Zeitung kannst du nicht sein.«

»Okay«, sagt Joyce, und auf eine eigenartige Weise wirkt es, als wäre ich ihr in die Falle gegangen. »Dann stelle ich dir drei Fragen und du musst sie beantworten. Und du *musst* die Wahrheit sagen, sonst kann ich dich nicht richtig analysieren.«

Ihre Miene ist schon fast diabolisch und meine Augen verengen sich.

»Mit diesem Gesicht solltest du mal ein Foto posten. Das ist dein wahres Ich!«

»Mein wahres Ich würdest du zum Teufel jagen«, erwidert sie und lacht.

»Okay, ich antworte dir. Aber die Bedingung ist, dass du auf jede deiner Fragen auch selbst antworten musst.«

Das leise Lächeln auf ihren Lippen bleibt, doch man sieht, wie sie abwägt, ob sie auf den Handel eingehen soll.

»Du bist gut.«

»So oder gar nicht.« Ich gebe mich lässig, während wir uns stur in die Augen sehen.

Das ist der Moment, in dem in der Ferne der Lichtkegel einer Taschenlampe erscheint.

19

JOYCE

Während ich noch wie paralysiert atme, springt Gabriel auf, packt meine Hand und zieht mich zum Zaun hinter der Bank. Wann habe ich zuletzt Räuberleiter gemacht? Vielleicht mit zehn? Er gibt ein Zischen von sich, als ich mich mit einem Fuß von seinen Händen und den verletzten Fingern abstoße. Kaum ziehe ich mich über die Metallstangen, höre ich, wie der Stoff meines Kleides reißt. Es tut mir tatsächlich etwas leid, denn ich habe es für meine allererste Kooperation bekommen.

Gabriel landet neben mir, packt meine Hand und wir laufen an der Außenseite des Zauns entlang, was nicht so leicht ist, da ich wieder Schuhe trage, die nicht hierfür gemacht wurden.

Als wir sicher sind, von niemandem mehr eingeholt werden zu können, verlangsamt sich unser Tempo.

»Guter Umgang bist du nicht«, verkündet Gabriel und atmet tief ein.

»*Du* hast mich doch –«

»Pssst!«, zischt er und ich höre förmlich, dass er schmunzelt.

Ich frage mich, ob ihm bewusst ist, dass er noch immer meine Hand hält. Einen Moment herrscht Stille, die nur von den knackenden Zweigen unter unseren Füßen durchbrochen wird.

»Meine Mutter hat, ohne dass ich es wusste, Monate für die Gibson gespart. Als sie sie mir gab, sagte sie, ich brauche ja eine vernünftige Gitarre.« Er macht eine Pause, als ich über eine Wurzel stolpere und nur nicht falle, weil er mich festhält. Spätestens jetzt ist er sich meiner Hand bewusst. Wir stehen uns gegenüber, doch er lässt nicht los. »Das ist die Antwort auf deine Frage nach dem Kompliment«, fährt er fort. »Meine Mutter hat damit gesagt, dass sie fest an mich glaubt.«

»Du klingst, als sei dir das bis gerade gar nicht klar gewesen.«

Er zögert. »Es fällt mir einfach schwer, mir so etwas vorzustellen.«

»Ich glaube, das ist bei vielen Dingen der Fall«, entgegne ich leise.

»Du bist dran.«

Ich stoße ein kurzes Lachen aus. »Ich habe nicht gesagt, dass ich deine Bedingungen akzeptiere.«

»Ich habe aber schon geantwortet!«

»Das ist doch nicht meine Schuld!« Ich lache abermals und will weitergehen.

Er zieht mich zurück, bis ich wieder vor ihm stehe. So nah, dass ich nicht mehr in der Lage bin, richtig zu atmen. Seine Finger umschließen meine nun fester.

»Was war das schönste Kompliment und wer hat es gemacht?«, zitiert er.

Mein Lachen verebbt und ich sehe ihm in dieser Dunkelheit direkt in die Augen. Eine Welt aus Umrissen, Silhouetten und Andeutungen, nur erkennbar durch die schwachen Ausläufer der Laternenlichter, weit weg von diesem Zaun.

»Ein Junge, der nie Interesse an tiefen Bekanntschaften hatte, hat meine Hand gehalten.«

Er reagiert nicht. Gar nicht. Nichts passiert.

»Du bist gut«, flüstert er endlich.

Ich lege meine freie Hand an seine Taille und kann nicht anders, als die Finger unter den Saum und über die von der Hitze feuchte Haut streichen zu lassen. Er ist jetzt näher. Ich höre ihn atmen, spüre, wie er mich loslässt und einen Augenblick später seine Hand an meine Wange legt. In dieser Position verharrt er, nur einen Fingerbreit von meinem Mund entfernt, doch er küsst mich nicht. Mein Herz schlägt nun so schnell, dass ich überzeugt bin, er hört es.

Endlich berühren seine Lippen meine. Mein ganzes Inneres zieht sich erst zusammen, um dann jedes existierende Gefühl freizulassen. Meine Beine drohen den Halt zu verlieren, also schlinge ich die Arme um seinen Nacken. Ich wünschte, dies hier wäre unser erster Kuss, denn so sollte es sich anfühlen. So stellt man es sich vor. So wird es in allen Geschichten versprochen.

Sein Auto steht auf dem *Best-Buy*-Parkplatz, wo ich ihn absetze, obwohl eigentlich alles in mir drängt, ihn nicht gehen zu lassen.

»Danke fürs Fahren«, sagt er mit schiefem Lächeln, was mir ein erstaunlich schüchternes Schmunzeln entlockt.

Er schnallt sich ab, setzt sich quer und winkelt ein Bein auf dem Sitz an. Dann fixiert er mich.

»Was?«, frage ich verunsichert.

»Ja. *Was* jetzt?«

Einen langen Moment sehen wir uns nur in die Augen.

»Du könntest mich fragen, ob ich mich noch mal mit dir treffen möchte. Du könntest mich offiziell zu einem Date einladen. Du kannst mich auch noch mal küssen. Du hast wirklich viele Möglichkeiten.«

Er lacht leise und sieht wieder nach vorn in die Dunkelheit des Parkplatzes. Ich weiß, was er denkt, noch bevor er es ausspricht.

»Drei Wochen, Joyce.«

»Ich weiß«, flüstere ich und halte meinen Blick so lange auf ihm, bis er mich wieder ansieht. »Es ist mir egal.«

Gabriel mustert mich regungslos, und ich glaube mittlerweile, je mehr in seinem Kopf vor sich geht, desto ruhiger wird er. Ich schnalle mich ebenfalls ab, ziehe die Beine auf den Sitz und bin im nächsten Moment auf seinem Schoß. Ich zögere auch nicht, ihn zu küssen. Seine Hände streichen über die nackte Haut meiner Beine, bis sie unter den Saum des Kleides fahren. Er zieht sie zurück, legt sie auf meinen Rücken und drückt meinen Körper an seinen, was mich zwischen meinen Beinen deutlich spüren lässt, dass er mehr will. Es ist nur kurz, dann lässt er etwas lockerer, als setze er in diesem Moment alles daran, sich in den Griff zu bekommen. Vielleicht ist da der Hauch einer Enttäuschung in mir, als wir uns voneinander lösen und uns ansehen. Noch immer so nah, dass ich seinen Atem spüren kann.

»Du kannst mir zumindest ab und zu eine Nachricht schreiben«, flüstere ich und er lacht.

Es ist ein leises Lachen und doch so einnehmend, dass ich nicht weiß, wie ich dieses Bild je wieder vergessen kann. Vielleicht ist es das erste Mal, seit wir uns auf dem Parkplatz begegnet sind, dass ein Lachen wirklich seine Augen erreicht.

Eine halbe Stunde später öffne ich die Tür besonders vorsichtig, um meine Mutter nicht zu wecken. Kaum betrete ich den Flur, sehe ich im Wohnzimmer das verräterische Flimmern des Fernsehers. Ich streife die schmutzigen weißen Schuhe von den Füßen und lege die Schlüssel auf das Sideboard. Erst dann sehe ich auf mein Handy. Es ist zwei Uhr dreiundvierzig und wie von selbst stiehlt sich ein Lächeln auf mein Gesicht. Auf dem Weg durch den Flur ist es, als könne ich Gabriel noch immer fühlen, noch immer seinen Geruch wahrnehmen.

Ich trete unter den offenen Steinbogen zum Wohnzimmer und all die Gefühle verblassen, bis nichts als Realität zurückbleibt. Auf HBO läuft irgendeine Serie oder ein Film, aber es ist auch irrelevant, denn meine Mutter sieht nicht hin. Sie liegt auf dem Sofa. Eine Hand auf ihrem Bauch, der andere ist stützend unter ihren Kopf geklemmt. Die Weinflasche auf dem Tisch ist leer. Das letzte Glas war es nicht, als es umgefallen ist und der Inhalt als rotes Rinnsal auf den sandfarbenen Teppich lief. Ich betrachte das Bild und spüre, wie sich meine Brust zusammenzieht. Letzten Sommer haben meine Mutter, mein Vater, mein Großvater und ich in diesem Wohnzimmer zusammengesessen. Ein Jahr später ist nichts mehr davon übrig. Ruckartig ziehe ich die Luft ein, während eine Gruppe Frauen lachend bei HBO ein Restaurant betritt. Ich entscheide mich, zu gehen. Es ist das erste Mal, dass ich meiner Mutter keine Decke überlege, dass ich nicht den Fernseher ausschalte oder sie wecke. Ich drehe mich einfach um und verlasse das Wohnzimmer mit einem entsetzlichen Druck auf der Brust, der auch noch anhält, als ich längst im Bett liege. Mein Blick ist zur Decke gerichtet und durch das geöffnete Fenster dringt warme Luft mit ihrem Duft nach Sommer, den ich so liebe. Zum wiederholten Male in letzter Zeit kommt mir der Gedanke, dass ich nicht wie geplant zu Hause wohnen bleiben will. Ich brauche nur dreißig Minuten zum College und trotzdem möchte ich ausziehen. Dieses Haus tut mir nicht gut. Doch dann wäre auch die letzte Person aus dem Leben meiner Mutter verschwunden.

Heute ist Samstag. In einer Woche ist das Tryout am Bayshore und ich sollte mich darauf konzentrieren. Seit dem Tod meines Großvaters habe ich nur halbherzig trainiert und wenn ich nicht versagen will, muss ich mehr tun.

Ich nehme das Handy und habe eigentlich vor, nur den Wecker zu stellen, damit ich nicht verschlafe.

Sofort stiehlt sich dieses Lächeln in mein Gesicht.

Gute Nacht.

Gute Nacht, antworte ich.

Doch auch das schnürt das Band um meine Brust weiter zu.

Drei Wochen.

GABRIEL

In dieser Woche habe ich ganz seltsame Anwandlungen. Rafaela murrt mich einmal morgens an, dass ich daran schuld wäre, dass sie verschlafen hat. Auf die Frage, warum genau das mein Fehler ist, motzt sie nur, dass ihr Wecker nicht geklingelt hat. Als ich es noch immer nicht verstehe, werde ich mit erhobener Stimme darüber aufgeklärt, dass ich sagte, die ganze Woche Frühschicht zu haben, und dass ich sie hätte wecken müssen. Ich begreife auch an diesem Punkt noch keinen Zusammenhang, und das ist das erste Mal, dass ich mir selbst eigenartig vorkomme. Denn ich belasse es dabei und fahre meine Schwester sogar zur Arbeit, bevor ich irgendwas gefrühstückt habe.

Das war Montag und so geht es weiter. Meine Hand kann ich ohne Schmerz bewegen, und als ich den Verband neu wickle, kann ich auch einen Blick auf die Schürfwunden werfen, die bis auf eine gut heilen. Ich bewege die Finger, und auch das funktioniert weitestgehend schmerzfrei, solange ich sie nicht zu sehr knicke.

Wenn mich in diesen Tagen etwas nervt, denke ich an mein Handy und Joyce' Nachrichten. Darüber freue ich mich nicht nur am Montag, sondern auch am Dienstag. Mehr als diese wirklich vielen Nachrichten bekomme ich nicht, da sie mit ihren Freundinnen für das Tryout am Samstag trainiert. So bescheuert ich Cheerleading noch vor ein paar Wochen fand, ich freue mich, als sie schreibt, dass es super läuft. Innerlich freue ich mich! Denn äußerlich bin ich ein Musterbeispiel an Unauffälligkeit. Ich versuche, diese gewisse Gelassenheit auch mir selbst weiszumachen, doch es klappt nicht sonderlich gut.

Am Mittwoch ändert sich alles.

Mein Vater brüllt meine Mutter an, Rafaela flippt aus und wirft eine Tasse an die Wand. Mein Vater rastet aus und ich bestehe nur noch aus Wut. Als ich mich einmische, eskaliert es.

Meine gute Laune wird mir in Form eines gut platzierten Treffers, eines Rauswurfs aus der Küche und einem Aufprall an das Treppengeländer ausgetrieben. Ich lande extrem unglücklich mit der ohnehin verletzten Hand am Holz und sehe kurz Sternchen.

Rafaela flippt ein zweites Mal aus, meine Mutter wiederholt immer wieder, dass wir rausgehen sollen, ich packe meine Schwester und fahre sie zur Therapie. Während mein Vater schon das Interesse an uns verloren hat und auf dem Weg ins Wohnzimmer ist.

Rafaela steigt aus, ohne ein einziges Wort gesagt zu haben, und ehe ich wieder losfahren kann, muss ich den schmerzenden Kopf an den Sitz lehnen und viele Male tief durchatmen.

Als ich am Nachmittag meine Pause im *Best-Buy*-Innenhof verbringe, wünsche ich mir Miles herbei, um wenigstens mit irgendwem belanglosen, ablenkenden Kram reden zu können. Der ist allerdings diese Woche erst ab achtzehn Uhr da und löst mich ab. Genau wie Joyce ist er mit College-Sport-Zeug beschäftigt. Grey ist in Virginia, in Harrisonburg – wo auch immer das ist –, auf jeden Fall macht er da auch College-Zeug. Soviel ich weiß, ist Ian von seiner College-Reise schon zurück, und ich denke tatsächlich darüber nach, ihn anzuschreiben, einfach um irgendwie ruhiger zu werden.

Von Joyce habe ich am Morgen kurz gehört und dann wieder zu Mittag, wo sie mir ein Bild vom regen Treiben auf dem Sportplatz schickte. Ich hatte es gesehen, nachdem Rafaela ausgestiegen war, habe aber bis jetzt noch nicht darauf geantwortet.

Kurz vor dem Ende meiner Pause vibriert mein Handy. Ich denke an Joyce, an Grey und sogar an meine Mutter. Doch mit dem Rest meiner Kippe zwischen den Fingern starre ich auf eine Nachricht meiner zukünftigen Mitbewohnerin Mali.

Ruf mich unbedingt an, wenn du kannst! Du kannst einen Job im Abbey Road haben! Jemand ist ausgefallen und ich habe dich angepriesen. Sie brauchen Spanische Gitarre! Ruf mich an!

Mir wird schwindlig. Ich sitze auf dem Deckel des riesigen Papiercontainers und atme viel zu flach, als dass es dauerhaft für ein Überleben ausreichen würde. Die runtergebrannte Kippe fällt mir einfach aus der Hand und wie in Trance strecke ich die Finger der unverletzten Hand und sehe zu, wie sie zittern.

Die *Abbey Road Studios* in London sind mein auserkorenes erstes Ziel. Ich bin weder der einzige Mensch, der dort rein will, noch stand für mich zur Debatte, so schnell überhaupt damit in Kontakt zu kommen. Ich weiß, dass sie Absolventen der *Stretford Music Academy* engagieren und sich auch Prüfungen ansehen, um

Leute direkt dort zu inspizieren. *Sie brauchen Spanische Gitarre.* Ich spiele Spanische Gitarre.

Wenn ich spielen könnte.

JOYCE

Mir ist so schwindlig, dass ich kurz davor bin, mich vor diese Bank zu legen und die Beine darauf zu platzieren, in der Hoffnung, dass es meinen Kreislauf wieder in Schwung bringt.

»Willst du, dass wir lieber aufhören für heute?«, fragt Haley, die sich neben mich setzt.

Wir trinken gleichzeitig, wobei ich meine Flasche leere.

»Nein, nur kurz Pause«, gebe ich zurück und meide mit Absicht Katies Blick, die vor uns steht.

Dieses ewig sorgenvolle Beäugen geht mir in diesem Augenblick unglaublich auf den Nerv. Ich stehe auf, streiche mir mit dem Handrücken über die schweißnasse Stirn und erkläre, dass ich die Flasche auffüllen will. Ich sage es mit einem Lächeln, und selbst das kostet mich Kraft. Die Muskeln in meinen Beinen zittern, und mit jedem einzelnen Schritt bin ich damit beschäftigt, es die anderen nicht sehen zu lassen.

Als ich das alte Sportplatz-Klo betrete, bin ich froh, dass niemand mir gefolgt ist, denn ich brauche dringend ein paar Minuten, um mich abzukühlen.

Meine Finger umklammern den Rand des Waschbeckens, ich lasse den Kopf sinken und konzentriere mich darauf, zu atmen. Es ist warm heute, nicht heiß, und trotzdem ist mein Puls zu hoch. Ich esse zu wenig für dieses Pensum, doch ich will Samstag keine Angst haben müssen, irgendjemand denkt, ich sähe auf Fotos dünner aus. Was, wenn sie nach meiner Kleidergröße fragen, weil sie Uniformen bestellen wollen? Ich habe noch zwei Tage, um meinen Körper in Form zu bekommen.

Ich hebe den Kopf, hole tief Luft, drehe den Wasserhahn auf und lasse das kalte Wasser zuerst über meine Handgelenke und dann über die Unterarme laufen. Anschließend lege ich die kühlen Handflächen auf die Stirn, auf die Wangen und in den Nacken. Das wiederhole ich so lange, bis ich das Gefühl habe, wieder zu funktionieren.

Als ich zurück auf den Platz gehe, steht Bethany bei der Gruppe. Sie hat auch Montag mit uns trainiert, gestern jedoch nicht und ich hatte die Hoffnung, dass es eine Ausnahme bleibt. Ihre Miene ist einen auffälligen Moment lang regungslos, als sie mich sieht. Dann setzt sie ein künstliches Lächeln auf, das ich schwach erwidere. Am Montag hat mir ihre Anwesenheit nichts ausgemacht, ich war noch viel zu sehr von Samstagnacht eingenommen. Heute ist einfach alles anstrengender.

Der Wecker klingelte um halb sieben. An einem Mittwoch bedeutet es, meine Mutter arbeitet im Büro. Ich habe unten gehört, wie sie die Tür hinter sich zuzog. Noch im Bett liegend schloss ich die Augen, während eine Stimme in meinem Kopf unaufhörlich zischte, dass ich allein im Haus war. Innerhalb einer Viertelstunde wurde ich vollkommen unfähig, an etwas anderes als Essen zu denken. Obwohl mein Körper mir mit seinem Magenknurren unmissverständlich zeigte, dass er an seine Reserven gehen musste, arbeitete mein Geist gegen mich.

Ich stand auf, habe mich angezogen und das Haus verlassen, um Katie aus dem Bett zu klingeln. Unter dem Vorwand, Hilfe bei Posting-Ideen zu brauchen, habe ich den Vormittag bei ihr verbracht. Katies Gesellschaft ist sicher, denn sie beobachtet, ob ich nach dem Essen zur Toilette gehe. Das weiß ich, weil sie mich auch einige Male unverblümt darauf angesprochen hat. Seitdem esse ich gar nicht mehr in ihrer Gegenwart.

»Geht es dir besser?«, fragt Haley, kaum, dass ich sie erreiche.

Sie bindet ihre schulterlangen, nussbraunen Haare erneut zu einem Pferdeschwanz und hebt die Augenbrauen.

»Es tut mir leid, ich muss fahren«, antworte ich. »Ich habe einen Anruf bekommen und …«

»Oh, Gott, ist etwas passiert?«, fragt Katie, die wahrscheinlich an meine Mutter denkt.

»Nein, alles okay. Morgen bin ich wieder dabei.«

Bethanys Miene ist härter geworden. »Da haben sich wohl die Prioritäten geändert«, zischelt sie wie eine Schlange im Zeichentrickfilm.

»Richtig«, sage ich schlicht und nehme meine Tasche.

Es ist eine Lüge, die mir in die Hände spielt. Vielleicht ist es kindisch, aber es ist mir gerade vollkommen egal. Ich will nur noch weg, bevor mein Körper schlappmacht. Ich brauche eine Pause.

Als ich gehe, lächle ich Katie zu, verabschiede mich in die Runde und meide Bethanys Blick.

Im Wagen zittern meine Beine noch immer und auch das Herzklopfen setzt wieder ein. Langsam lasse ich die Luft durch die zusammengepressten Lippen entweichen und versuche, die Angst in den Griff zu kriegen, die von diesen Reaktionen ausgelöst wird. Ich muss mich beruhigen, denn so kann ich nicht fahren.

Ich hole eine Banane aus meiner Sporttasche, die eigentlich für gestern gedacht war. Ich beiße ein großes Stück ab, nehme das Handy und öffne mit zittrigen Fingern den Chat.

Was machst du und kann ich mitmachen?

Innerhalb von Sekunden wird Gabriel als online angezeigt, doch der Zeitraum, bis er antwortet, dauert sehr viel länger.

Ich bin auf dem Carrey, schreibt er schließlich.

20

JOYCE

Ich weiß gar nicht, was ich erwartet habe, als er mir sagte, er könne nicht spielen. Als ich mit beängstigend schnellem Herzschlag oben ankomme, stehen bleibe und den letzten Schluck aus meiner Flasche trinke, höre ich ihn. Die Fehler und Unterbrechungen reihen sich in einem grotesken Intervall aneinander. Vorsichtig trete ich weiter vor, bis ich ihn sehen kann.

Gabriel hat mir den Rücken zugewandt, die Gitarre auf dem Schoß und den Verband neben sich auf dem Boden. Er setzt neu an, hört auf, steigt wieder ein. Jeder neue Ansatz scheint ihn noch fahriger, wütender und panischer werden zu lassen.

Während mein Körper sich allmählich von der Anstrengung des Aufstiegs erholt, gehe ich vorsichtig näher heran, und mit einem Mal hat er es.

Takt um Takt, ich weiß nicht, wie viele Noten es am Ende sind, die sich zu dieser schwierigen und schnellen Melodie zusammenfügen. Unwillkürlich legt sich ein Lächeln auf meine Lippen, und einen kurzen Moment ist es, als höre ich jene Musik, die vor Wochen aus dem Fenster des Anbaus gekommen ist.

Dann bricht sie ab. Erst ein Fehler, eine Sekunde Pause, ein Versuch. Abbruch.

Gabriel ballt in blindem Zorn die linke Hand zur Faust und ich sehe in Gedanken die Krusten der Wunden aufreißen.

Die Flasche prallt auf den Boden und ein Reflex lässt mich auf die Knie fallen und seine Hand packen.

»Was machst du denn?« Ich versuche, meine Finger unter seine zu schieben, um die Faust zu lösen. Gabriel sieht mich an. Ich kann keine Überraschung in seinem Gesicht erkennen, da ist nur Wut. »Was soll das?«

Mir wird schwindlig und das Bild verschwimmt. In meinem Kopf ist nur noch dumpfes Rauschen. Ich lasse Gabriel los und presse die Hand auf die geschlossenen Augen. Unbewusst legt sich meine andere Hand auf meine Brust, als müsse ich fühlen, wann mein viel zu schnell schlagendes Herz einfach stehen bleibt. Ich ziehe ruckartig und tief die Luft ein.

Ich höre, dass Gabriel neben mir spricht, aber ich verstehe es nicht. Seine warmen Finger umfassen mein Gesicht und ich öffne blinzelnd die Augen. Alles kommt mir zu grell vor.

»Ist schon gut. Ich muss nur etwas trinken.«

Er fixiert mich noch einen Moment, dann lässt er mich los, um neben sich eine Flasche Wasser zu greifen. Er schraubt sie auf und reicht sie mir. Ich trinke den letzten Rest aus und höre, wie er erklärt, dass es noch mehr gibt.

»Warum bist du so wütend«, frage ich mit leicht rauer Stimme, als ich abgesetzt habe.

Ich will sowohl mich als auch ihn ablenken, von dem, was gerade passiert ist. Obwohl das Bild vor meinen Augen wieder klar ist, meide ich seinen Blick.

Gabriel antwortet mir nicht.

Die Gitarre liegt auf der Hülle neben ihm, und nun zieht er ein Knie an, stützt seinen Ellbogen darauf und legt die unverletzte Hand an den Mund, als müsse er nachdenken. Oder Worte sammeln. Seine Augen sind nach vorn gerichtet, aber ich bin nicht sicher, ob er etwas sieht.

»Ich habe es gehört« setze ich vorsichtig an. »Du hattest es fast. Ich glaube, du bist –«

»Ach, halt doch den Mund, Joyce.« Er schließt kurz die Augen, während ich ihn fassungslos ansehe.

»Ich will nur sagen, dass du nicht in Panik –«

»Es ist absolut an der Zeit, um in Panik zu geraten, da hilft auch kein esoterisches Gequatsche.«

»Ich habe überhaupt nicht –«

Doch er unterbricht mich ein drittes Mal. Die Stimme nun leiser als zuvor, eigenartig kühl.

»Vielleicht sollte ich mich langsam um dieses Problem kümmern.«

Etwas hat ihn aufgeregt. Ich kann nicht sagen, wie ich auf diese Idee komme, aber ich bin sicher, dass es schon vor dem Versuch zu spielen begonnen hat. Er hat mir den ganzen Tag nicht geantwortet, was mich in diesem Moment in meiner Annahme bestätigt. Es ist wahrlich nicht seine Pflicht, trotzdem ist es ein harter Bruch zu den vergangenen Tagen gewesen.

»Du musst einfach ruhiger werden«, murmle ich und versuche, mir nicht anmerken zu lassen, wie sehr sein Ton mich trifft.

»Das geht aber nicht!«, fährt er mich an und sieht mir in die Augen. Und ich wünschte, er hätte es nicht getan. »In meinem Kopf ist kein Platz für eine einzige Note, weil sich alles darin um dich dreht!«

Ich wiederhole die Worte innerlich und versuche, das Gesagte von seinem Blick zu trennen. Ich bemühe mich um ein Lächeln, das er ungerührt abschmettert.

»Das war kein Kompliment, Joyce.«

»Aber ich halte dich doch nicht ab.«

»Das ist das Problem, denn doch, das tust du! *Noch* ein Problem, das sich an all die anderen reiht, und ich weiß nicht, wo ich anfangen soll, nach einer Lösung zu suchen.«

Wir sehen uns in die Augen. »Du machst mich jetzt zum Sündenbock? Rede doch einfach mit mir!«

»Ich will nicht reden«, fährt er mich an. »Reden hilft mir nicht. *Das hier* hilft mir nicht. Ich brauche nur mal einen Tag, an dem mein Kopf vernünftig funktioniert. Du bist wie ein störender Magnet, der einer Kompassnadel vorgehalten wird!«

»Ich? Ich bin die ganze Zeit damit beschäftigt, dir zu erklären, dass du dir etwas einredest. Du willst deine Gitarre wegwerfen und am besten gleich hinterherspringen. Sag mir doch einfach, was das wahre Problem ist! Du hast Angst, oder? Du hast Angst zu versagen, Angst vor den Aufgaben, Angst vor Zurückweisung. Du merkst überhaupt nicht, dass dich das immer weiter lähmt! Das hat doch nichts mit mir zu tun!«

Mein Blutdruck ist nicht in Ordnung. Ich weiß nicht, ob zu hoch oder zu niedrig. In meinem Kopf baut sich ein grauenhafter Druck auf und ich kann nicht einmal mehr richtig atmen. Als würde meine Brust zusammengepresst.

»Spar dir deine Analysen. Ich komme schon klar.«

»Nein, das tust du ganz offensichtlich nicht, Gabriel. Aber weißt du was? Mach, was du willst.«

Ich stehe auf.

Seine Augen lassen mich zwei Dinge wissen: Was es auch war, es hat sich erledigt, und alles, was nach diesem Moment gekommen wäre, bleibt mir erspart.

Ich spüre, wie ich an Kraft verliere. Immer wieder in seiner Gegenwart.

»Du schickst mich weg, weil du Angst hast, dass ich dich als Nächstes verletze. Oder du meinst das wirklich alles ernst. Wie auch immer. Ich habe keine Kraft für das, was du hier veranstaltest.«

»Ich habe dir wieder und wieder gesagt, dass es keine gute Idee ist!«

»Ist okay, Gabriel. Das hast du.«

Mein Ton ist sachlich. Er stimmt der Erkenntnis zu.

»Fall nicht runter«, sage ich viel zu zynisch und ohne mich umzudrehen.

Ich sehe ihn zwei Tage nicht. Keine Nachrichten, nichts. Bis heute.

Es kommt jemand auf die Idee, das letzte Training am Freitag früher zu beenden und zum Entspannen an den *St. Mary's* zu fahren, wo ich nun mit sechs anderen Cheerleadern in meiner alten High-School-Uniform liege. Sechs, die hoffen, morgen dieses Tryout zu überstehen. Ich liege auf dem Rücken und habe das Gefühl, die Sonne verbrennt mich. Selbst das Handy in meiner Hand ist schon heiß. Das Schlimmste für mich ist, dass Bethany ebenfalls hier ist. Nein, sie ist das Zweit-Schlimmste. Das Furchtbarste ist mit großem Abstand Gabriel, der offenbar soeben auf der Wiese aufgetaucht ist, wo zuvor bereits seine Schwester, die Mason-Zwillinge und sein Freund Grey lagen.

Nun setze ich alles daran, mich weder umzudrehen noch irgendwie erkennen zu lassen, dass mich allein das Wissen um seine Anwesenheit wieder an den Anfang zurückwirft.

An den Punkt vor einer Woche, als ein Kuss mir weisgemacht hat, dass Gabriel Álvarez in der Lage wäre, sich ein kleines Stück aus seiner Rolle zu bewegen.

Und an den Punkt vor zwei Tagen, nachdem ich eingesehen habe, dass dieses Denken unrealistisch und naiv war.

Katie mustert mich von der Seite und ich setze meine Sonnenbrille auf. Sie liegt auf dem Bauch, hat ihr Handy in der Hand, beobachtet aber offensichtlich lieber die Szene am anderen Ende der Wiese.

»Sollen wir gehen?«, fragt sie, die Stimme auf ein Minimum gesenkt.

»Nein.«

Schon gar nicht, wenn Bethany das ganze Schauspiel mit ihren gönnerhaften Augen beobachtet. Sie liegt neben Haley und damit drei Plätze weiter zu meiner Linken. Ich sehe aus dem Augenwinkel, wie sie auf eine Reaktion wartet. Von mir, von ihm, es ist ihr wahrscheinlich egal.

»Gut«, raunt Katie. »Du solltest nicht gehen! Richtige Entscheidung. Arschloch!«

Ich ringe mir ein Lächeln ab und scrolle durch den Instagram-Feed, während mein Herz rast und mein Kopf mich mit Bildern und Erinnerungen durchflutet.

»Na, das scheint ja eine schnelle Sache zwischen euch gewesen zu sein«, höhnt Bethany bereits. »Die kleine Quinn ...«

»Ach, rede doch von nix, wovon du keine Ahnung hast!«, fährt Katie sie an und ich schließe hinter meiner Brille die Augen, weil ich mir genau vorstellen kann, wie Gabriel Sonnencreme auf der Freundin seiner Schwester verteilt.

Oder worum geht es? Küsst er sie? Allein der Gedanke sticht in meinen Magen.

»Er steht auf«, führt Katie ihre Berichterstattung weiter.

Und ich will wissen, ob er zu uns sieht.

Ob er zu mir gesehen hat.

Ob er in den letzten beiden Tagen an mich gedacht hat.

Wir haben uns tagelang ununterbrochen geschrieben und von jetzt auf gleich war damit Schluss. Wie geht das? Wie kann jemand etwas so einfach beenden?

Weil ich nichts Besonderes bin.

Das ist die unumstrittene Tatsache in der realen Welt.

In der Online-Welt lese ich jetzt Kommentare über mein schönes Gesicht. Meine Figur wird ebenfalls unzählige Male gelobt. Zumindest die meisten haben freundliche Worte.

»Er geht, aber ohne *sie*«, raunt es neben mir.

Zwei Tage geschafft. Wie lang dauert so etwas? Wie lange wird der Gedanke, dass die Zeit mit ihm schon wieder vorbei ist, dieses grauenhafte Gefühl in mir auslösen?

»Hast du die Kommentare gelesen?«, fragt Haley plötzlich.

Ich hasse, dass sie alle meinem Account folgen. Dass sie diese Sachen lesen können, egal ob sie nun stimmen oder nicht. Manchmal würde ich gern etwas posten, was persönlicher ist. Aber die Vorstellung, dass Leute wie Bethany oder die Cheerleader am *Bayshore* so in meinen Kopf sehen können, ist entsetzlich.

»Am besten sind die hier«, setzt Bethany an und lacht. »*Die hat viel zu mickrige Titten für so einen Bikini.*«

Ganz außen liegt Shannon. Von ihr versuche ich mich seit Jahren fernzuhalten. Was nicht so leicht ist, wenn man ständig zusammen trainiert. Ich weiß, dass sie Bulimie hat. Man kann es an ihren Fingern sehen. Sie isst demonstrativ nie etwas, wenn wir nach einem Spiel ins Diner gehen. Ich dagegen schon und ernte dafür abfällige Blicke, die mir sagen sollen, wie diszipliniert sie im Gegensatz zu mir ist.

Nun lässt sie es sich nicht nehmen, ebenfalls einen Kommentar vorzulesen.

»Der hier will dein Bild als Wichsvorlage ausdrucken. Das ist ja ekelhaft! Oder findest du das geil?«

»Sieht er denn gut aus?«, fragt Bethany.

»Geht so.«

Bethany lacht übertrieben laut. »Wenn er wenigstens Ähnlichkeit mit Leir hätte, oder?«

»Schalte doch einfach die Kommentarfunktion aus«, schlägt Haley vor.

»Ich lese die Kommentare nicht«, behaupte ich und versuche, besonders desinteressiert und selbstsicher zu klingen. »Die Leute haben immer etwas zu nörgeln.«

Ich lege das Handy neben mir auf die Decke und falte die Hände auf dem Bauch. Auf dem Rücken liegend ist der Bauch wunderbar flach.

»Ich glaube, er kommt zu dir«, sagt Katie aus dem Zusammenhang gerissen, und in den nächsten Sekunden hat mein Herz genug Zeit, zu erfassen, dass Gabriel mit mir reden möchte. Dass es ihm leidtut. Dass er gemerkt hat, wie ich ihm fehle.

Ein Schatten nimmt das Brennen von meiner Haut.

»Was willst du?«, fragt Katie scharf.

»Hey, ich habe keinem was getan«, entgegnet eine belustigte Stimme, die ich kenne.

Endlich öffne ich die Augen und setze mich auf.

Ian Mason hockt vor mir und schenkt mir sein bestes Lächeln, das absolut nachvollziehbar macht, was viele an ihm finden. Ian ist einer der Männer, die ganz genau wissen, wie sie aussehen. Sein Lächeln erwidern kann ich trotzdem nicht, denn er ist Gabriels Freund und ich habe Angst vor dem, was er mir ausrichten soll.

»Da ich hoffentlich als eigenständiger Mensch wahrgenommen werde und nichts mit den Eskapaden eines gewissen Kumpels zu tun habe …«

Katie zischt verächtlich. Man kann ihr nicht nachsagen, sie wäre nicht loyal.

»Deshalb«, fährt Ian mit erhobenem Finger und grinsend fort, »möchte ich dich fragen, ob du morgen schon was vorhast, und wenn dem nicht so ist, würde ich das gerne ändern, wenn ich darf.«

Völlig perplex starre ich ihn an.

»Und ich hoffe, ich bekomme einen Pluspunkt für Mut, denn Joy Evans nach einem Date zu fragen, ist so schon eine Herausforderung.«

»Du hast aber zwei Minuspunkte für Abhängen mit Ärschen.« Katie ist in Hochform und unwillkürlich muss ich lachen.

»Aber einen Pluspunkt, weil ich ihm gesagt habe, dass er sich scheiße verhält.«

Nun zischt Bethany, doch ich gebe vor, es nicht zu hören.

»Ist schon okay«, sage ich und lächle mit ganzem Können. »Mein Leid hält sich in Grenzen.«

Ohne es zu wollen, frage ich mich, ob es Gabriel interessiert, wenn ich mit seinem Freund ausgehe, und ob er weiß, dass dieser mich fragt.

»Und, wie viele Punkte habe ich jetzt?«

»Genug, dass ich darüber nachdenke«, höre ich mich sagen und lege den Kopf leicht schräg, um mein Lächeln zu unterstützen. »Aber morgen geht es nicht.«

»Ich weiß, das Tryout. Aber danach.« Sein Grinsen wird breiter. »Ich komme zum Campus und wenn du fertig bist, gehen wir ein Eis essen. Es gibt ein richtig gutes Eiscafé in Bayside.«

»Das *Pineapple*, ich weiß«, sage ich leise und muss an Gabriel denken, der Eis essen als Metapher dafür verwendet, nicht gut genug zu sein.

»Ich biete dir Eis und einen Spaziergang am See.«

»Okay«, sage ich, weil ich die Blicke der anderen spüre, die alle wissen wollen, ob mir die Sache mit Gabriel wirklich egal ist.

Vielleicht auch, weil ich es mir selbst weismachen will.

»Also sehen wir uns morgen«, sagt Ian, grinst und steht auf. »Ich wünsche dir viel Glück. Ich drück dir vom Rand aus die Daumen. Euch allen natürlich.«

Damit hebt er die Hand zum Abschied und geht.

»Na dann, viel Vergnügen«, sagt Haley und es klingt beinahe anerkennend.

»Eine *Joy Evans* hat keinen Leerlauf«, erklärt Bethany.

Es ist eine jämmerliche Provokation. Ich zwinge mir ein Lächeln ins Gesicht, wühle in meiner Tasche nach der Wasserflasche und nehme mein Handy wieder in die Hand, damit ich hoffentlich nicht über das Ereignis von eben sprechen muss.

Ich entsperre mein Display und mein Herz setzt aus. Ich glaube, dass es das wirklich tut, und ich huste, weil ich mal gelesen habe, dass man so Rhythmusstörungen in den Griff bekommt. Ich denke, es ist Blödsinn, aber da mein Herz des Öfteren mal stolpert – was keine Metapher ist – habe ich mir das gegen die Angst angewöhnt.

Nach diesem Aussetzer schlägt es zwar weiter, doch so fest, dass ich es bis in den Kopf spüren kann.

Eine Nachricht von Gabriel. Die erste seit zwei Tagen.

Mein ganzer Körper ist schlagartig mit Hoffnung gefüllt, dass er sich mit mir treffen will.

Aber dem ist nicht einmal annähernd so.

Geh auf keinen Fall mit ihm aus. Er hat eine Wette laufen.

21

JOYCE

Es ist zu heiß.

Ich lächle zwar, aber ich weiß, dass ich eine Pause machen müsste. Meine Beine zittern, und hektisch, fast panisch, hämmert es in meiner Brust und löst im Kopf einen beängstigenden Druck aus. Ich hätte mehr essen sollen. Die Einsicht kam mir schon heute Morgen, als ich aufstand und gleich wieder aufs Bett sackte, weil mein Kreislauf nicht mitspielte. Ich habe danach zwei Bananen und sogar einen Toast gegessen, aber selbst ich weiß, dass es nicht ausreicht. Die Wut auf mich und mein ständiges Unvermögen macht es noch schlimmer. Meghan, die Chef-Cheerleaderin, zeigt die Choreografie nun ein letztes Mal und ich kämpfe verzweifelt um Konzentration. Ich kann diese Schritte. Einige davon haben wir schon benutzt, ein paar sind Basics, und die neuen und durchaus anspruchsvollen, könnte ich normalerweise ohne Probleme lernen.

Ich wische mit dem Handrücken über meine Stirn und würde gern etwas trinken. Doch Meghan wünscht uns Glück und nickt ihrer Assistentin zu, die mit dem Handy die Musik startet, welche daraufhin aus einer großen Box dröhnt.

Alles dauert eine Minute und sechsundvierzig Sekunden. Ich weiß es, weil Meghan es am Anfang gesagt hat.

»Der Song ist eins sechsundvierzig lang. Ihr zählt bis acht und setzt mit der Choreografie ein.«

Außer uns sechs von der *Seaford High School* nehmen noch dreizehn andere am Tryout teil. Und ich glaube nach etwa einer Minute, dass ich zwischen all diesen strahlenden Frauen umfallen werde. Ich bin überzeugt, mein Körper kann nicht mehr. Mein Herz schmerzt, die Muskeln meiner Beine brennen wie Säure und mir wird übel.

Fast habe ich es geschafft, als ich am Schluss plötzlich mit meinem Fuß umknicke. Ich schaffe gerade noch, mich zu halten und nicht aus dem Takt zu kommen. In der Schlusspose gebe ich alles, um nicht zu zeigen, wie mein Körper versagt.

»Danke!«, ruft Meghan endlich, woraufhin wir die Pose auflösen.

Alle klatschen. Das bestehende Team, Meghan, ein paar Zuschauer auf der Tribüne und sogar die Teilnehmer. Einige werfen ihre mitgebrachten Pompons. Wir mussten nur tanzen. Keine Stunts, keine Akrobatik. Ich hätte nichts davon geschafft.

»Und, bist du zufrieden?« Mit hochroten Wangen bindet Haley sich ihren Zopf neu und wartet zum Glück nicht einmal eine Antwort ab. »Ich denke, wir haben das alle schon ziemlich gut gemacht.«

»Dich nehmen sie wahrscheinlich auch ungesehen.« Bethany taucht hinter mir auf. Sie hat sich ein Handtuch um die Schultern gelegt und streicht Strähnen ihrer nun offenen Haare zurück.

Als ich sie anschaue, lächelt sie, und zwar auf eine Art, die mir noch einmal verdeutlichen soll, dass es bei mir ja nicht auf Leistung ankommt. Wie zur Bestätigung kommt nun Meghan mit zwei weiteren Cheerleaderinnen auf uns zu. Ich muss mich unbedingt setzen. Ich brauche Wasser.

»Hi!« Meghan lächelt breit. »Als ich auf der Liste deinen Namen gelesen habe, war ich völlig aus dem Häuschen.« Eine der beiden anderen nickt und grinst. »Ihr habt das echt super gemacht, eure ganze Gruppe.«

Damit lässt sie ihren Blick auch kurz zu Bethany und Haley wandern, was eher nach einer Höflichkeitsgeste aussieht. Ich ringe mir ein Lächeln ab. Das Bild verschwimmt vor meinen Augen, deshalb versuche ich, Ian, der zwischen einigen anderen Zuschauern auf der Tribüne sitzt, zu fokussieren. Ich glaube, dass er lächelt, als ich zu ihm sehe, aber genau erkenne ich es in der Entfernung und dem trüben Bild vor meinen Augen nicht. Er kam kurz nachdem das Tryout begonnen hatte. Mit Sicherheit hat er auch meine schlechte Leistung gesehen. Die echte Joy Evans ist eben nicht so toll wie die auf den Bildern.

»Können wir ein Foto machen?« Meghan wedelt mit ihrem Handy.

»Klar«, antworte ich sofort und lächle, während ich meine seltsam kribbelnden Finger unauffällig aneinander reibe.

Ich dachte, mit ›wir‹ meint sie uns beide. Doch nun pfeift sie das gesamte Team zusammen. Und zwar mit den Worten, dass ein Insta-Foto gemacht wird.

»Er schaut sich echt das Tryout an?«, fragt Haley und sieht mich mit gerunzelter Stirn an, während sich alle hinter uns aufbauen.

Ich sehe wieder zu Ian und überlege noch, was ich dazu sagen werde, als ich Gabriel sehe, der zwischen all diesen bunten und betont fröhlich-sportlichen Menschen heraussticht. Er sieht nicht zu uns, sondern zu Ian, der aufsteht.

»Können wir?«, fragt Meghan, drückt sich bereits an mich und Bethany legt ihren Arm um meine Schultern.

»Alle Achtung«, flüstert sie. »Du scheinst echt, seine Aufmerksamkeit erregt zu haben.«

Inmitten der Cheerleader-Gruppe kostet mich das Lächeln die letzte Kraft. Ich bemühe mich, zur Kamera zu sehen, aber mein Blick gleitet immer wieder auf das Geschehen am Rand, und das ungute Gefühl nimmt zu.

»Danke! Am Freitag bekommt ihr alle Bescheid«, ruft Meghan und alle jubeln über das endgültige Ende des Castings.

Ian hat Gabriel erreicht und ich glaube, er lacht.

Ich löse mich aus der Gruppe sich für die Entscheidung viel-Glück-wünschender Menschen und eile zur Bank, um meine Tasche zu holen. Ich gehe in die Hocke, ziehe den Reißverschluss zu und will wieder aufstehen, doch es ist, als hätte ich Säure in den Beinen. Nur der Stolz verhindert, dass ich nicht erneut zusammensinke. Jeder Muskel zittert so stark, dass ich nicht weiß, wie ich laufen soll.

Die beiden sehen mich, und während Ian schief lächelt und lässig die Arme vor der Brust verschränkt, strahlt Gabriel pure Aggression aus.

»Was willst du hier?«, frage ich, als ich bei ihnen ankomme und wir ein Dreieck bilden.

Mein Ton ist sachlich, obwohl sich alles in mir zusammenzieht, als Gabriel mir in die Augen sieht.

Er hat sich geschlagen. Ich weiß nicht, wann und mit wem, doch er hat einen blauen Fleck an der linken Wange, der ein wenig zu groß ist, um übersehen zu werden.

»Danke«, frohlockt Ian. »Genau das habe ich ihn auch gefragt.«

Gabriel wendet den Kopf zur Seite, wie jemand, der nur noch einen letzten Rest Geduld hat. »Verschwinde. Ich sage es nicht noch einmal.«

Ian lacht. »Das entscheidest du?«

»Er braucht nichts für mich zu entscheiden«, sage ich und streiche mir über die Stirn, in der Hoffnung, dass mein Kreislauf sich endlich einpegelt.

Ian spricht zwar zu mir, sieht dabei aber Gabriel an. »Er kann es fürs Verrecken nicht leiden, nicht jede abzubekommen. Verschwinde, Álvarez! Darfst du überhaupt einen Campus betreten? Lieferst du Guacamole?«

Adrenalin jagt durch meinen Körper.

Gabriels Blick richtet sich nun ebenfalls auf Ian, dessen Lächeln breiter wird, als er erkennt, endlich einen Nerv getroffen zu haben. Gabriel öffnet den Mund, doch ich komme ihm zuvor.

»Du bist ein substanzloses Arschloch, Ian Mason. Ich bin sicher nicht die Erste, die dir das sagt. Egal, ob er hier ist oder nicht, ich wäre sicher nicht mit *dir* gegangen. Sei lieber froh darüber, denn ich hätte dir irgendwann im Laufe unserer Verabredung so richtig in die Eier getreten. *Darauf* solltest du wetten und jetzt lass mich in Frieden!«

Ian starrt mich an und ganz offensichtlich braucht er einen Moment, um meine Worte mit der Situation zu kombinieren. Ich gehe an ihnen vorbei.

»Hat er es dir gesteckt? Du glaubst doch nicht, dass er besser ist?«

»Nein!«, rufe ich, ohne mich umzudrehen, und nur darauf konzentriert, dem Zittern meiner Beine nicht nachzugeben.

Die Sporttasche fühlt sich unnatürlich schwer an und der Gurt scheuert an der verschwitzten Haut.

Ich weiß nicht, was hinter mir passiert. Ob sie sich mitten auf dem Sportplatz schlagen, ob sie sich beschimpfen, ob sie sich in die Arme fallen und mich auslachen – ich weiß es nicht.

Auf der Suche nach einer Bushaltestelle bleibe ich vor dem großen Eingangstor zum Campus stehen. Kurz überlege ich, ob

Katie mich vielleicht wieder abholen kann und ich sie anrufen sollte. Dann müsste ich ihr jedoch irgendetwas sagen, warum ich kein Date mit Ian Mason habe.

Nach Gabriels Nachricht hatte ich nicht vor, wirklich mit Ian auszugehen. Natürlich nicht! Aber ich habe mich zu sehr geschämt, Katie davon zu erzählen. Diese Sache ist so abwertend, dass ich es nicht einmal meiner besten Freundin sagen konnte. Und der Gedanke, dass Bethany und die anderen es erfahren, ist unerträglich. Als Katie anbot, mich herzufahren, habe ich zugestimmt. Ich brauche kein Auto, ich werde schließlich von Ian abgeholt.

Mehrere Mitbewerberinnen gehen an mir vorbei, drehen sich um und lächeln kurz. Ich erwidere es und versuche zu wirken, als wüsste ich, wohin ich will.

»Soll ich dich nach Hause fahren?«

Ich schließe die Augen, während seine Stimme ein Gefühl von Fallen in mir auslöst.

»Nein«, sage ich, und das leiser als erhofft.

»Joyce, ich –«

»Muss das sein, Gabriel? Hier und vor allen Leuten?« Nun drehe ich mich zu ihm um, wobei ich leicht schwanke, was er zu bemerken scheint, denn seine Augenbrauen ziehen sich zusammen. »Meinst du wirklich, ich wäre mit ihm …« Ich schließe die Augen erneut und reibe mir über das Gesicht.

Die Tasche rutscht von der Schulter und ich erfasse noch, wie sie auf den Boden fällt. Ich höre noch ganz dumpf Gabriels Stimme, aber sonst wird alles dunkel. In meinem Kopf ist ein beängstigender Druck. Ich bin nicht bewusstlos, denn ich merke genau, wie meine Beine nachgeben. Trotzdem bin ich vollkommen unfähig, es zu verhindern. Ich warte darauf, zu Boden zu fallen, und ich weiß erfahrungsgemäß, dass es nur eine halbe

Minute dauert, bis ich wieder aufstehen kann. Doch ich falle nicht.

Gabriels Hände packen mich an den Oberarmen, dann spüre ich seinen Arm um meine Taille. Ich versuche, tief zu atmen, und atme damit seinen Geruch ein. Ich öffne die Augen und der Druck in meinem Kopf lässt nach. Wenn auch noch wacklig, aber ich kann stehen. Ich will meine Tasche nehmen, die Gabriel mir jedoch unter den Fingern wegzieht.

»Joyce, nein! Ich fahre dich jetzt nach Hause!«

Wieder gehen Leute an uns vorbei, diesmal eine größere Gruppe, die allerdings nicht zu den Cheerleadern gehört. Einige sehen uns an und ich will nicht noch mehr Aufmerksamkeit. Deshalb folge ich Gabriel zu seinem Auto.

Wir schweigen den gesamten Weg. Er öffnet die Beifahrertür und schließt sie, nachdem ich eingestiegen bin. Einen kurzen kindischen Moment will ich fragen, ob er jetzt einen auf Gentleman macht, aber ich spare es mir. Stattdessen lehne ich den Kopf an den Sitz und sehe aus dem geöffneten Fenster.

Das *Bayshore* liegt nicht unmittelbar am Stadtrand, wir brauchen zehn Minuten dorthin. Zehn Minuten schweigend in einem Wagen mit einem Jungen, der aus irgendeinem Grund dafür sorgt, dass man nicht mehr rational denken kann, können eine Ewigkeit sein. Als der Fahrtwind auf der Schnellstraße zunimmt, kommt mir ein jäher Gedanke, der alles andere in den Hintergrund drängt.

»Du meintest einmal, du fährst diesen Weg nicht.«

Er reagiert erst später.

»Hier«, sagt er und deutet mit dem Kinn auf die Gegenfahrbahn. »Er hat das Lenkrad noch rumgerissen, sie kamen ins Schleudern und sind im Graben gelandet. Was gut ist, denn sie hätten auch gegen einen der Bäume krachen können.«

»Ist es das erste Mal, dass du hier vorbeifährst?«

»Das zweite Mal. Ich musste ja auch irgendwie nach Bayside hinkommen.« Er verzieht kurz das Gesicht. »Eigentlich ist es sogar das dritte Mal, denn Rafaela hat mir die Stelle mal gezeigt. Sie dachte, es wäre eine gute Idee, es sich anzuschauen. War es übrigens nicht.«

»Du hättest nicht kommen brauchen«, sage ich etwas zu leise, und bin nicht sicher, ob er es durch die Motorgeräusche überhaupt hören kann. »Aber danke.«

Dabei bleibt es. Als wir vor meinem Haus halten, ist es kurz nach einundzwanzig Uhr. Mit dem Bus wäre ich um einiges später hier gewesen.

»Danke«, wiederhole ich und meide seinen Blick wie er meinen. Schließlich öffne ich die Tür und habe auch schon einen Fuß auf dem Gehweg, als ich mich wieder umdrehe. »Warum, Gabriel?«

Nun lehnt er den Kopf an, doch sein Blick bleibt nach vorn gerichtet. Wortlos.

»Was soll das?«, frage ich schärfer. »Was willst du?«

Weil weiterhin nichts kommt, stoße ich ein gereiztes Brummen aus, wende mich ab und schüttle den Kopf. Über diese Situation, über ihn, über mich.

»Danke fürs Fahren«, flüstere ich und steige endlich aus.

Viel zu schnell, viel zu unbedacht. Kaum stehe ich, sacken Kreislauf und Körper gleichzeitig zusammen. Mir wird abermals schwarz vor Augen und im nächsten Moment prallt meine Schulter gegen den Wagen. Gleich darauf schlagen meine Knie auf den rauen Gehwegplatten auf.

Als ich die Augen wieder öffne, lehne ich neben der geöffneten Tür und sehe direkt in Gabriels Gesicht.

»Es war echt anstrengend heute«, nuschle ich eine schlüssige

Erklärung und versuche, die Angst zu unterdrücken, die dieser viel zu hektische Herzschlag auslöst.

Ich will aufstehen, und wenn es möglich ist, wird Gabriels Miene dadurch noch härter. Er packt mich an den Armen und zieht mich auf die Beine. Und zum zweiten Mal an diesem Tag legt er einen Arm um meine Hüfte.

»Es geht schon«, betone ich und will mich aus seiner Umarmung lösen.

»Ich bringe dich zur Tür, wo dich hoffentlich jemand abholt.«

»Da wird keiner kommen! Ich kann –«

»Kannst du nicht, Joyce! Dann setze ich dich in deinem Zimmer ab!«

Die Worte mögen Sorge ausdrücken, sein Ton aber lediglich Ungeduld und Gereiztheit.

Er trägt die Tasche, und so beängstigend es ist: Ich würde es allein nicht zur Tür schaffen, obwohl ich alle mir zur Verfügung stehenden Kräfte bündle. Die Wut über diese ganze Situation zieht meine Brust immer weiter zusammen.

Gabriel geht auf der Treppe hinter mir. Wie ein Sicherheitsnetz, für den Fall, dass ich stürze. Oben angekommen wende ich mich nach rechts. Der Flur ist groß, es gibt zwei Zimmer auf der Garten-Seite, eines zur Straße und das Badezimmer am Ende des Flurs. Ich drücke die Tür zu meinem Zimmer auf und bleibe demonstrativ im Rahmen stehen, während er an mir vorbeizieht, die Tasche neben mein Bett stellt und sich danach notgedrungen zu mir umdreht.

»Okay, danke«, sage ich.

»Du kannst hier nicht allein bleiben.«

Mir reißt der letzte Nervenstrang.

»Du bist zurzeit wirklich der letzte Mensch, der das Recht hat, mich zu überwachen, Gabriel! Würdest du bitte einfach gehen.«

»Und wenn du umfällst, dann liegst du hier bis morgen? Den Schuh zieh ich mir nicht an, Joyce!« Meinen Namen betont er, als äffe er meinen Satz nach.

»Vielleicht wacht meine Mutter auf, wenn sie den Aufprall hört, mach dir keine Gedanken!«

»Ich dachte, es ist niemand hier?«

»Es ist auch niemand hier!«, gebe ich zurück. »Meine Mutter schläft seit Wochen auf ihrer Wolke aus Beruhigungsmitteln, glaub mir, sie ist nicht hier!« Ich werfe ihm ein zynisches Lachen entgegen, als ich die Erkenntnis in sein Gesicht schleichen sehe. Dann wende ich mich ab. Das war alles, was ich noch an Kraft hatte. Ich bin leer. »Ich werde jetzt duschen«, erkläre ich tonlos, gehe zu meinem Schrank und ziehe eine kurze Stoffhose und ein weites Top heraus. »Mach, was du willst. Du kannst hier sitzen, um dein Gewissen zu beruhigen, oder du kannst gehen. Es ist mir egal. Mach einfach, was du willst.«

Mir wird zwar nicht schwarz vor Augen, trotzdem habe ich das Gefühl, im letzten Moment das Bad zu erreichen. Ich sinke mit den Unterarmen aufs Waschbecken, drehe den Wasserhahn auf und halte erst das rechte, dann das linke Handgelenk unter kaltes Wasser. Langsam fahre ich mit den Armen unter dem Strahl hin und her, wasche mehrmals mein Gesicht und lege die kalten Hände in den Nacken. Unter der Dusche mache ich damit weiter, mit kaltem Wasser von den Füßen langsam die Beine hinauf. Es wird besser. Ich weiß nicht, wie lange es am Ende wirklich dauert, bis ich meinen Körper dazu gebracht habe, sich zu beruhigen, doch irgendwann stehe ich wieder angezogen vor dem Spiegel und fahre mit der Bürste durch meine nassen Haare. Das ist der Moment, in dem ich die Situation begreife.

Erst jetzt realisiere ich, was in der letzten Stunde passiert ist.

Dass er nach Bayside gekommen ist und dass er mich bis in mein Zimmer begleitet hat.

Wo er noch immer sitzt.

Oder nicht sitzt.

Was mache ich in einem der beiden Fälle? Was sollte ich nicht tun? Mein Magen knurrt und ich verdrehe die Augen. Dann hole ich tief Luft und rüste mich, um in mein Zimmer zu gehen.

22

JOYCE

Ich kann nicht sagen, ob es mich überrascht, dass er noch da ist. Ich glaube nicht. Ebenso wenig erstaunt mich diese kindische, aber wie ein Waldbrand aufflammende Hoffnung. Ich will es ihm nicht zeigen, bin mir jedoch bewusst, dass der gewünschte Stolz nicht kommen wird.

Gabriel sitzt mit Handy in der Hand auf meinem Schreibtischstuhl. »Es sind Fotos von uns online«, sagt er und dreht das Telefon, sodass ich das Display sehen kann.

Das Bild wurde aus einiger Entfernung gemacht und zeigt noch eine ganze Reihe weiterer Leute, trotzdem ist klar, worauf das Foto abzielt. Ich stehe mit dem Rücken zur Kamera, während Ian und Gabriel den Blick einander zugewandt haben. Den Namen unter der Aufnahme kenne ich nicht, aber da es von derselben Position gemacht wurde, an der ich kurz zuvor mit der Gruppe fotografiert wurde, ist es kein Rätsel. Der Account gehört mit Sicherheit einer der anderen Cheerleaderinnen. Die Caption ist: Die Qual der Wahl.

Ich lasse mich aufs Bett sinken.

»Es tut mir leid«, sage ich und streiche mir mit den Fingern über die Stirn, als könne ich mich so bei Verstand halten.

»Da ist noch eins.« Er reicht mir sein Handy.

Ein zweites Foto zeigt Gabriel und mich vor dem riesigen Eisentor zum *Bayshore*-Campus. Sein Arm ist um meine Taille gelegt und es sieht absolut nicht nach dem aus, wie es wirklich gewesen ist.

Entscheidung getroffen ist die Bildunterschrift. Ich tippe links unten auf das Symbol, um weitere Verlinkungen sehen zu können, und zig Namen erscheinen. Mit Ausnahme von Ian Mason und Gabriel kenne ich keinen davon. In diesem Moment bin ich überzeugt, dass Bethany etwas damit zu tun hat, aber ich bin zu kraftlos, um noch irgendetwas dazu zu sagen.

»Vielleicht sollte ich deinen Ruhm für meine Karriere nutzen«, überlegt er in einem schwachen Scherz. Als ich aufsehe, lächelt er halbherzig, doch ich erwidere es nicht. »Lass sie ihre Bildchen posten. Wen interessiert es?«

»Stimmt, es ist dir ja egal, was andere über dich denken.«

Ich hoffe, meine Betonung war ausreichend, damit deutlich wird, wie sarkastisch dieser Satz gemeint ist. Ich stehe auf, hocke mich auf den Boden und hole mein eigenes Handy aus der Sporttasche. »Du kannst gehen. Mir geht es besser. Es war einfach sehr anstrengend heute.«

»Hast du es denn geschafft?«

»Ich denke nicht«, antworte ich kühl und sehe, dass ich auf denselben Bildern verlinkt wurde, unter denen sich bereits jetzt die Kommentare sammeln.

»Warum?«

»Vielleicht bin ich einfach nicht gut.«

»Das ist doch Quatsch.«

Ich schließe die Augen und meine Finger umklammern das Handy.

»Was willst du hier, Gabriel? Du hast kein Interesse an mir?

Gut. Dann lass mich aber auch in Frieden und veranstalte nicht so etwas wie heute!«

»Ich wollte dir nicht dein *Date* vermiesen, Joyce, ich wollte –«

»Es ist mir egal, was du wolltest!«

In einer einzigen Bewegung stehe ich auf und werfe das Handy gegen die Wand, wo es abprallt und auf dem Bett liegen bleibt.

Gabriels Augen wandern erst dorthin, dann zurück zu mir. »Falls du deine Handys mit Absicht zerstörst, um mich bei der Arbeit besuchen zu können: Du kannst auch einfach so vorbeikommen.«

»Du findest das witzig, oder? Für dich ist das alles nur ein Spaß, um deine Zeit herumzukriegen! Du bist ein oberflächliches Arschloch!«

»Du bist zu laut.«

Einen Moment starre ich ihn an, dann formt sich mein Mund zu einem höhnischen Lächeln.

»Hast du Angst, jemand kommt und sieht, dass du hier bist?« Ich gehe zur Tür und reiße sie auf. »Mom? Ich bringe mich jetzt um, okay? Mach's gut!«

Die Klinke in der Hand und den Blick unverwandt auf Gabriel gerichtet, warte ich demonstrativ und zucke dann mit den Schultern.

»Glaubst du, das alleinige Recht auf eine schwierige Familie gepachtet zu haben? Hast du nicht. Meine Mutter liegt von Pillen betäubt auf dem Sofa und mein Vater lebt bei seiner Freundin, die dein Beuteschema sein müsste.« Damit knalle ich die Tür wieder zu und der Aufprall lässt die Fensterscheiben erzittern. »Du verurteilst Ian Mason für irgendwelche Wetten, von denen du wusstest, es mir aber nicht gesagt hast. Du bist nicht besser, falls du das denkst.« Ich wende mich ab und streiche meine, durch die Hitze schon fast trockenen, Haare zurück.

»Meinst du im Ernst, ich hätte dich in eine Wette laufen lassen?«, fragt er scharf.

»Was willst du von mir? Gabriel, ich kann nicht jeden Abend im Bett liegen und mich fragen, warum du mich ablehnst.«

»Ich habe dich nicht abgelehnt!«

»Du willst dieser Bad Boy sein, der eine nach der anderen aufreißt und einsam durch die Prärie streift. Dein Bild in der Öffentlichkeit ist perfekt, mach dir mal keine Sorgen. Aber findest du wirklich, dass *ich* das verdient habe?«

»Vielleicht bin ich der Meinung, dass du allgemein etwas Besseres verdient hast!«

»Als dich? Stell dir vor, der Ansicht bin ich auch«, murmle ich und wir sehen uns einen Moment an.

Ich stehe noch immer an der Tür und fühle mich wie betrunken. Ich sollte mich setzen. Über Gabriels Gesicht huscht ein kurzes Lächeln, doch er wird sofort wieder ernst.

»Es gibt wirklich viele Dinge, die ich nicht im Griff habe, und du bist da neu hinzugekommen. Das ist zu viel. Ich drehe deinetwegen bald durch. Das war echt keine gute Woche und ich habe das Gefühl, es zieht mir den Boden unter den Füßen weg. Schon wieder. Und die Antwort auf deine letzte Frage am Mittwoch ist *ja*. Ich habe Schiss, ja. Ich habe eine unglaubliche Angst, mit allem zu scheitern und mir eingestehen zu müssen, dass jeder recht hatte. Ein normaler Mensch bekommt so etwas in den Griff, ich kann das offenbar aber nicht.«

»Du glaubst, ich hätte irgendetwas im Griff?« Ich stoße ein heiseres Lachen aus, mein Körper erschlafft und ich lasse mich rücklings an der Tür auf den Boden sinken, wo ich mit angezogenen Knien sitzen bleibe. Ich habe den Kopf angelehnt und meinen Blick auf das Fenster gegenüber gerichtet.

Bis Gabriel sich vor mich hockt, mir mit beiden Händen Strähnen aus der Stirn streicht und wir uns in die Augen sehen.

»Leg dich ins Bett«, sagt er leise und dieser lächerlich liebevolle Ton schnürt meine Kehle zusammen.

Ich versuche, die Tränen zu unterdrücken, aber es ist, als bricht ein maroder Damm. Gabriel zieht mich in seine Arme, wo ich mit bebendem Körper erbärmlich vor mich hin schluchze. Nur langsam beruhige ich mich und fühle nichts mehr als Leere.

»Es tut mir leid«, flüstere ich, den Kopf an seiner Schulter. »Es ist mir heute einfach alles zu viel.«

»Wirklich nur heute?«, fragt er, und eine Pause entsteht. »Bist du sicher, dass es dir gut geht?«

Ich löse mich von ihm und ringe mir ein Lächeln ab.

»Es geht mir gut.«

Mein Gesicht verzieht sich unter der Anstrengung, nicht wieder nachzugeben. Denn es sind keine befreienden Tränen. Sie gehören der Art an, die man nicht unter Kontrolle bekommt, wenn man ihnen einmal Raum gegeben hat.

Gabriel schmunzelt. »Ich glaube, das ist die meistgesagte Lüge der Welt.«

Wieder entsteht Stille.

»Ich funktioniere nicht«, flüstere ich.

»Worin?«

»In allem. Ich bin wie ein Kartenhaus, das zusammenfällt. Jede Karte eine Lüge. An mir ist nichts richtig. Nichts ist echt.«

»Du gibst momentan nicht viel auf meine Meinung, aber ich denke, das ist Blödsinn.«

»Weil du aus irgendeinem Grund etwas anderes von mir zu sehen bekommst als der Rest. Und es war mir egal, weil du bald weggehen wirst. Ich dachte, es kümmert mich nicht, ob du mich weinend oder betrunken siehst. Ungeschminkt und in Jogginghose.«

»Aber das ist doch echt!«

»Aber es ist nicht gut«, bricht es aus mir heraus. »Sieh mich doch an, Gabriel. Das ist doch nicht das, was du erwartet hast.«

»Joyce«, setzt er an und schüttelt kaum merklich den Kopf. »Du hast jemanden verloren, der dir viel bedeutet, und du hast offenbar ziemliche Probleme zu Hause. Dass du dich heute nicht konzentrieren konntest, ist eine logische Konsequenz. Und ich weiß nicht, ob ich das sagen darf, da ich sonst wieder als oberflächliches Arschloch bezeichnet werde, aber ich mache es einfach: ich finde dich auch ungeschminkt extrem schön.« Sein Mund verzieht sich zu einem schiefen Lächeln, welches es schafft, dass ich mich etwas besser fühle.

»Es tut mir leid«, sage ich undeutlich.

Sein Lächeln wird breiter. »Also bin ich kein oberflächliches Arschloch?«

»Doch, aber es war unhöflich, es so direkt zu sagen.«

Er lacht und ich steige etwas kläglich darin ein. Als er mich wieder ansieht, wirken seine Augen belustigt und nachdenklich. Eine Zwischenform, die es mir unmöglich macht, wegzusehen.

»No podría ni siquiera decirte en español que probablemente me he enamorado de ti«, flüstert er.

Aus dem Nichts heraus.

Einen langen Moment starre ich ihn nur an, vollkommen unfähig zu reagieren.

Ich könnte dir nicht einmal auf Spanisch sagen, dass ich mich wahrscheinlich in dich verliebt habe.

»Ich hatte Spanisch an der High School«, sage ich schließlich. »Falls du gehofft hast, dass ich es nicht verstehe.«

»Manche Dinge fallen mir auf diese Art leichter.«

»Ich würde dich fragen, ob du auch weißt, was du da sagst, aber ich habe Angst, dass du aufspringst und das Haus verlässt, weil ich dir zu nah gekommen bin.«

»Das bist du«, erwidert er schnell, doch er lächelt schwach. »Und ich weiß nicht, wie du das gemacht hast oder wie ich da wieder rauskomme.«

Meine Lippen öffnen sich leicht in dem Versuch, besser atmen zu können, als seine Finger erneut Strähnen meiner Haare zurückstreichen, nun aber dort liegen bleiben.

»Und ich weiß nicht, ob das gut ist, drei Wochen vor meiner Abreise.« Er beugt sich vor, bis sein Mund vor meinem innehält. »*Ich* funktioniere ohne dich nämlich nicht.«

23

GABRIEL

Eine Woche vergeht, in der ich nicht eine einzige Nacht im eigenen Haus verbringe. Ich falle abends bei Joyce ein und schleiche mich am Morgen, bevor irgendein Wecker bei den Evans klingelt, wieder raus. Ich treffe sie direkt nach der Arbeit, meistens auf dem *Carrey*, was ihr Vorschlag ist. Ich bin wie von der Außenwelt abgeschnitten, was weniger eine Metapher als Realität ist. Grey will mich sehen und ich würde lügen, wenn ich jetzt behaupte, ein reines Gewissen zu haben. Ich kann mich jedoch nicht überwinden, einen einzigen Tag mit Joyce sausen zu lassen.

Bin ich albern? Aber richtig! Weiß ich das? Absolut! Kann ich es ändern? Überhaupt nicht!

Die nächste Frage wäre: *Will* ich es ändern?, doch die stelle ich nicht, weil die Antwort mir nicht gefällt.

Stattdessen räume ich an diesem Freitag pfeifend mein Zimmer auf. Ja, pfeifend, denn ich kenne nahezu keine Zurückhaltung mehr.

Ich stopfe die aufgerissene Verpackung längst geschrotteter Kopfhörer in den Sack, werfe zuletzt einen zwei Tage alten Joghurtbecher hinein und sehe mich um. Ohne den ganzen Unrat wirkt mein Zimmer größer. Kurz überlege ich, den ramponierten

Teppich vor meinem Bett ebenfalls in den Sack zu stecken. Seine einzige Existenzberechtigung ist der Winter, weil ich es hasse, morgens meine nackten Füße auf kalten Pseudoholzboden zu setzen. Unwillkürlich muss ich daran denken, wie es sein wird, meine Füße auf kalten englischen Boden zu stellen, und würge den Gedanken gleich wieder ab. Es gibt nämlich auch eine schonungslosere Form der Frage. Nicht *will* ich es ändern, sondern *wird* es sich ändern? Denn das wird es; in zwei Wochen.

Ich ziehe meinen Müllsack die Treppe runter und kaum habe ich die letzte Stufe betreten, kommt meine Mutter in ihrem unverwechselbaren Laufschritt aus dem Wohnzimmer, lächelt kurz und verschwindet in der Küche.

»Was machst du hier?«, frage ich und ziehe mein Handy hervor, um auf die Uhr zu sehen.

Und um einen Vorwand zu haben, Joyce' Nachrichten zu checken. Ich habe daraus mittlerweile eine Challenge gemacht: Wie lange schaffe ich es, nicht auf mein Handy zu sehen?

Ich habe übrigens keine Nachricht seit heute Morgen; seit den Worten:

Ich muss jetzt etwa zweihundert Posts vorplanen.

Mit augenrollendem Smiley.

Zwei Dinge: Ich bin enttäuscht, weil ich wie erwartet keine Nachricht von Joyce habe. Ich überlege, ihr selbst eine zu schicken, habe allerdings keine Ahnung, was ich schreiben soll, ohne dass es nach Sehnsucht klingt. Was heißt das eigentlich? Sucht, sie zu sehen? Im Grunde träfe es das ziemlich genau. Ich frage mich kurz, ob das neue Handy vielleicht auch wieder kaputt ist. Es würde mich nicht wundern.

Das Zweite, was passiert, ist weniger der sehnsüchtigen Art, denn meine Mutter blafft mich im Vorbeigehen – wenn auch mit kurzem Lächeln – an:

»Bring den raus, ich will nicht, dass der Mülleimer sofort voll ist.« Sie tippt mit dem Fuß gegen den Schrank, in dem besagter Mülleimer steht. »Den kannst du gleich mitnehmen.«

Ich lasse also meinen eigenen Sack lieblos zurück und mache mich an den Hausmüll.

»Ich gehe nach der Arbeit einkaufen, was brauchst du?«

»Nichts«, entgegne ich zuerst und ziehe den nicht gerade wohlduftenden Sack aus dem Eimer. »Doch, Pizza«, berichtige ich und mache einen Knoten in das Plastikband.

Hinter mir verzieht sich das Gesicht von Ramona Álvarez. Das muss ich nicht sehen, das spüre ich. Und kaum drehe ich mich um, hat sie auch diese tiefe Falte über der Nase, bevor sie sich wieder über ihren Zettel beugt und es aufschreibt.

»Du kannst nicht nur von Pizza leben, Gabriel. Ich werde Videoanrufe machen und dann musst du mir deinen Kühlschrank zeigen. Ich mache das in Stichproben.« Ich muss lachen, doch sie gibt sich betont ernst und deutet mit dem Finger auf mich. »Und ich will Obst sehen. Du musst mir deine Obstschale zeigen. Und auf die Waage stellen musst du dich auch.«

»Mom!«, murre ich und versuche, ihren Fingern zu entgehen, die sich jetzt meinen Haaren nähern, um sie glatt zu streichen.

Dass man ordentlich auszusehen hat, ist so ein Ding von ihr. Was sich nichtssagend anhört, wird dem Ganzen nicht gerecht, denn es ist ihr ungemein wichtig, was die Leute denken.

»Wir haben kein Geld, Gabriel, aber man muss es nicht sehen«, hatte sie immer gesagt, als ich noch klein war. Ich erinnere mich, wie sie Schildchen von einem Kleidungsstück ins andere nähte, damit es wenigstens so aussah, als hätte ich diese coole Hose, die alle tragen. Das hat sie auch für Rafaela gemacht. Nachts hat sie gebügelt und genäht. Rafaela arbeitet seit einer ganzen Weile in einem Klamottenladen und bekommt die Sachen dort billiger. Ich habe es meiner Mutter irgendwann ersparen wollen, immer überlegen zu müssen, wie ihr Sohn ohne Geld am gepflegtesten aussehen könnte, und so bin ich darauf umgestiegen, die ohnehin kaputte Kluft zu kultivieren. Da war ich etwa vierzehn. Witzig ist, dass ich damit schlagartig beliebter wurde. Und wohler fühlte ich mich auch. Meine Mutter hat beinahe geweint, was nicht ganz meine Absicht gewesen war. Aber ich glaube, sie hat sich mittlerweile *fast* dran gewöhnt. Es kann jedenfalls nicht mehr lange dauern.

»Bald bist du weg«, sagt sie leise, während ihre Finger über die Kruste an meiner Augenbraue streichen. »Halte noch durch.«

Im *Best Buy* werde ich an die Kasse gesetzt, weil die Hälfte des Personals fehlt. Ein Magen-Darm-Infekt. Das ist mehr Information, als ich wissen will.

Immerhin sitzt Miles an der Kasse direkt neben mir. Wir können uns nahezu ungestört unterhalten, denn die Anzahl der Kunden entspricht heute der des Personals.

Das Wetter soll demnächst schlechter werden und Miles hat die nicht ganz unlogische Vermutung, dass die Leute lieber noch schnell ein BBQ veranstalten, anstatt weiter ihr Heimkino auszustatten. Keine Kundschaft bedeutet auch keine jungen Frauen, die wir zählen können. Wobei ich durchaus merke, dass ich eigentlich gar keine sehen will. Joyce würde ich gern sehen, was ich ebenfalls merke. Und besonders, als ich mal wieder – wie ich hoffe, unauffällig – auf mein Handy blinzle. Es ist kurz nach achtzehn Uhr und kaum mehr eine Stunde bis Feierabend. Normalerweise treffen wir uns sofort, nachdem ich hier raus bin. Seit dem Morgen habe ich keine weitere Nachricht bekommen. Gegen Mittag fragte ich sie dann, ob sie noch mal auf den *Carrey* will, weil das Wetter schlechter werden soll. Weiterhin Stille. Und ich habe Empfang, ich hab es kontrolliert!

»Was ist denn da immer so wichtig?«, holt mich Miles aus den Gedanken und ich werfe das nachrichtenlose Handy regelrecht von mir, so ertappt komme ich mir vor.

Mein Kassennachbar hat den Mund zu einem spöttischen Lächeln verzogen und wendet seinen Drehhocker, auf dem wir hier sitzen können, in meine Richtung wie ein Bösewicht im Zeichentrickfilm.

»Was ist denn der Stand der Dinge?«

»Wobei?«, frage ich und sehe in den Laden, in der Hoffnung, jemand möchte vielleicht etwas bezahlen.

Er lacht. »Ich glaube nicht, dass irgendjemand die Bilder bei Insta *nicht* gesehen hat, auf denen du eifersüchtig in ihr Date funkst.«

»Ich bin nicht …«, setze ich empört und viel zu laut an, zügle mich schnell und zische nun eher. »Ich bin in kein Date gefunkt, Ian Mason hat gewettet, dass er sie flachlegen kann!«

Ich komme gerade zu der Erkenntnis, dass ich Instagram hasse, hoffe noch, dass Miles der Erklärung glaubt, als meine Schwester auf die Kassen zukommt.

Ein eigenartig kalter Schauer jagt durch meinen Körper, denn Rafaela ist nie hier.

Einfach nie. Sie hat auch nichts dabei, was es zu bezahlen gäbe.

Für gewöhnlich stelle ich mich ordentlich an der Kasse bereit, sobald jemand kommt. Jetzt bin ich wie auf dem Hocker festgeklebt.

»Ich war bei Mom im Krankenhaus«, begrüßt sie mich und

macht eine kurze Pause, als müsse man mir Zeit geben, den recht simplen Satz zu verstehen. »Sie hat ihr Portemonnaie vergessen und will nachher einkaufen.«

»Ich weiß«, entgegne ich und warte. »Was ist mit ihr?« Mein Herz ist in absolut unguter Erwartung.

Ihre Augen blicken zu Miles, dann wieder zu mir. »Nichts, es geht nicht um Mom. Kannst du kurz mit rauskommen?«

»Geht es um Joy?«, fragt Miles kühl.

Ich behalte meinen Blick bei Rafaela, die nach dieser konkreten Frage irritiert ist.

»Was ist denn passiert?«, fragt er weiter.

»Ich weiß es nicht genau.« Sie zögert und wendet sich wieder mir zu. »Mom hat auf einer Station Essen verteilt und sie saß mit ihrem Handy auf dem Flur.«

»Mom?«

»Nein, Leir, nicht Mom. Deine Joy ist im Krankenhaus!«

Ich bin in meiner Gesamtheit verzögert. Dementsprechend dauert es, bis ich etwas sage. »Warum?«

Miles schnaubt und wendet sich ab.

»Was hat sie denn?«, frage ich.

»Ich weiß es nicht«, fährt Rafaela mich an. »Anscheinend ist es schlimm genug, dass sie dortbleiben muss.«

»Mit Handy?« Ich unterstütze diese bescheuerte Frage noch damit, dass ich auf mein schwarzes Display schaue.

»Ich wollte es dir nur sagen, falls du hingehen willst. Vielleicht wäre das nicht schlecht, sie sah nicht gut aus.«

»Und was heißt das wieder?«

»Gabriel!«, faucht sie und verdreht die Augen; diesmal wahrscheinlich zu Recht. »Dass sie geweint hat! Joy saß auf einer Station im Krankenhaus in einer Sitzecke, hat auf ihrem Handy herumgetippt und geweint!«

»Okay!«, gebe ich im gleichen Ton zurück und tue so, als hätte ich alles verstanden.

Rafaela nickt zwar, geht aber nicht. Einen Moment lang mustert sie mich und ich kenne diesen Ausdruck in ihrem Gesicht, der immer kommt, wenn sie abwägt, etwas zu sagen oder nicht.

»Du hast jetzt eine Freundin, Leir. Das ist was anderes als –«

»Ist gut«, unterbreche ich sie, weil ich gerade festgestellt habe, dass ich das Thema vor Miles vertuschen will.

Was natürlich zu spät und mir vollkommen klar ist. Rafaela hat etwas so deutlich ausgesprochen, wie ich es nicht einmal im Geheimen, in meinem Kopf, auch nur gedacht habe.

»Bis später«, sagt sie noch, wendet sich ab und ich sehe ihr regungslos hinterher. Nicht nur mein Körper ist wie gelähmt, sondern auch mein Geist.

»Ich bin ziemlich überzeugt, dass Joy nicht will, dass du im Krankenhaus auftauchst«, sagt Miles nach einigen Sekunden, und ohne mich anzusehen. »Aber vielleicht tut ihr die Konfrontation mal ganz gut.«

24

GABRIEL

Viele Leute fühlen sich ab dem Moment unwohl, in dem sie einen Krankenhausparkplatz betreten. Ich hatte dieses Problem eigentlich nie, denn zum einen war ich selbst nur einmal Patient, als mir der Blinddarm entfernt wurde, und die Erinnerung daran ist ziemlich neutral. Alle waren nett, man brachte mir ständig neue Comics und ich konnte so viel fernsehen, wie ich wollte.

Zum anderen arbeitet meine Mutter schon immer in diesem Krankenhaus, was bedeutet, dass ich sie oft hier abgeholt oder abgesetzt habe. Ich habe ihr – die sie erstaunlich vergesslich sein kann – unzählige Male etwas hergebracht.

Dieses Gebäude war neutral. Bis letztes Jahr.

Als ich jetzt vom Parkplatz über die große Zufahrt Richtung Eingang gehe, hat sich mein Körper längst angespannt. Als Rafaela eingeliefert wurde, kam ich vierzig Minuten nach dem Krankenwagen an. Ich erinnere mich wahrscheinlich für den Rest meines Lebens an das Gesicht meiner Mutter, als sie den Anruf entgegennahm. Und an das Gefühl, wenn man glaubt, in den nächsten Stunden einen Menschen zu verlieren.

Heute ist zum ersten Mal wieder jemand da drin, den ich kenne. Und wieder weiß ich nicht, was mich erwartet.

Etwa in der Mitte des mit unzähligen blühenden Blumen in Kästen arrangierten Vorplatzes bleibe ich unschlüssig stehen und setze mich schließlich auf die Lehne einer der vielen Parkbänke. Als ich meine Zigaretten hervorziehe, kommen mir sämtliche Krankheiten in den Sinn. Im nächsten Moment würde ich am liebsten die Augen verdrehen, weil ich mir hochgradig melodramatisch vorkomme. Ich mag ein Pessimist sein, aber es muss nicht albern werden. Zumal sie offenbar nicht an Maschinen angeschlossen ist, sondern mit ihrem Handy auf dem Flur sitzen kann. Was die Frage aufwirft, warum ich keine Antwort bekomme, wenn sie das Ding schon in der Hand hat.

»Was willst du denn hier?«

Ich habe gerade den Kopf gesenkt, um die Zigarette anzuzünden, als mir diese Frage in einem erstaunlich vorwurfsvollen Ton entgegengeworfen wird.

Ich sehe auf und damit direkt in das Gesicht von Joyce' Freundin Katie. Diese steht einige Schritte vor meiner Bank, hält sich an ihrer Korbtasche fest und fixiert mich. Es hatten sich gerade Worte geformt, die ich erwidern könnte, da haut sie den nächsten Satz raus.

»Meinst du nicht, du solltest sie langsam in Ruhe lassen?«

»Und darf ich dich fragen, was ich getan habe?«

Meine Stimme ist ruhig, aber mein Herz schlägt um einiges schneller. Katie sieht mich an, als ob ich einen schlechten Witz gemacht hätte.

»Ich meine es ernst«, füge ich also hinzu. »Wenn du mir was zu sagen hast, wäre jetzt die Gelegenheit.«

»Das hier ist doch deine Schuld! Seit du aufgetaucht bist, ist es immer schlimmer geworden!«

»Was mache ich denn? Was ist schlimmer?«

Katie wird lauter und spätestens jetzt sehen einige Leute zumindest kurz in unsere Richtung.

»Es hat sie schon aus der Bahn geworfen, dass ihr Großvater gestorben ist, und dann kommst *du* noch dazu. An einem Tag tust du interessiert, und sitzt eine Sekunde später mit deinen dürren Schicksen auf dem Handtuch und cremst an ihnen herum.«

»Das war doch –«, setze ich mit entgeistertem Lachen an, komme aber nicht weiter.

»Du hast ein totales Beuteschema und jeder weiß das, Álvarez. Mich hast du mit dem Arsch nicht angeguckt, bevor ich abgenommen hatte!«

»Was?« Ich komme weder ihrem Sprechtempo noch ihren Worten hinterher. »Du hast dich an *mich* ran geworfen«, kontere ich, bin aber nicht vollends überzeugt, das eigentliche Thema erfasst zu haben. »Was ist dein Problem?«

»Mein Problem ist, dass du deine Scheiße mit anderen abziehen kannst, aber nicht mit meiner Freundin, die dann vor ihrem Spiegel steht und sich fragt, wo sie überall zu fett ist!«

Ich starre sie an. Die leblose Zigarette noch zwischen den Fingern.

»Bist du sicher, dass du auf dem neusten Stand bist?«

Auf meinen gereizten Ton hin stößt sie nur ein herablassendes Lachen aus. »Dass du jetzt plötzlich doch mit ihr zusammen sein willst, meinst du das? Sie hat ja auch abgenommen!«

»Was …«, beginne ich, schließe kurz die Augen und atme einmal durch, um mich zu beruhigen. »Was zur Hölle hat das damit zu tun?«

»Ich hätte dich vielleicht ernst nehmen können, wenn du Joy nicht erst gewollt hättest, nachdem sie diese Diät gemacht hat. Du bist so unglaublich oberflächlich und alle wissen das. Sie weiß es auch und wahrscheinlich weißt du es sogar selbst!«

Ich brauche mehrere Sekunden, um die nützlichen Informationen aus dem Satz zu filtern.

»Warum ist sie hier?«, frage ich geradeheraus.

Katie starrt mich an und eine unnatürlich lange Stille breitet sich aus.

»Du weißt es gar nicht«, stellt sie endlich fest.

»Nein, ich weiß es nicht. Aber entgegen der landläufigen Meinung mag ich deine Freundin und es ist nicht meine Absicht, sie scheiße zu behandeln.«

»Dann solltest du ihr das sagen. Und du solltest dafür sorgen, dass sie mehr isst, denn sonst fällt sie bald wieder um.«

Und endlich hab ich es.

Die Erkenntnis setzt ein und bringt einen Mechanismus in Gang. Die ganzen Teile und Zahnräder werden zusammengefügt, bis es eine funktionierende Maschine ist, die etwas in mein Leben wirft, von dem ich bisher nur gehört habe.

Katie justiert ihre Tasche neu. Ich würde ihren Ton nicht als versöhnlich beschreiben, aber als neutraler.

»Sie hat heute Morgen eine echte Scheiß-Nachricht bekommen und es geht ihr nicht gut. Sie wird es wahrscheinlich kleinreden, das macht sie grundsätzlich.« Sie zögert. »Zimmer zwölf, Station E. Joy kündigt mir die Freundschaft, wenn du ihr hiervon erzählst.«

Den Wink verstehe ich, auch wenn ich nicht antworten kann.

Station E sieht exakt aus wie die Stationen B bis K.

Weiße Wände, auf die hier und da gelbe geometrische Formen gemalt wurden, was wahrscheinlich freundlich wirken soll. Station A ist die Intensivstation und die einzige, die ich noch nicht gesehen habe, denn ich war letztes Jahr nicht volljährig und musste vor der Tür bleiben. Die Zimmer der Station E liegen zu beiden Seiten des Flurs. Nummer eins auf der linken Seite, Nummer zwei auf der rechten, und so weiter. Damit ist Zimmer zwölf nur wenige Türen entfernt.

Ein Teil in mir hofft, dass ich abgefangen und rausgeschmissen werde, weil die Besuchszeit längst vorbei ist. Aber so richtig interessiert sich niemand für mich. Ich passiere zwei Schwestern, einen Pfleger, eine Reinigungskraft und mehrere Patienten, wovon zwei einen Infusionsständer vor sich herschieben. Ich hasse diese Dinger. Für mich bedeuten sie, dass jemand so viel Medizin braucht, dass es nicht in eine gewöhnliche Pille oder Spritze passt. Rafaela hatte so einen Beutel voll mit Schmerzmitteln, der sie auch irgendwie im Kopf betäubt hat.

Weil es so heiß ist, sind die meisten Türen ein Stück weit offen. Die von Zimmer zwölf ebenfalls. Die Sitzecke auf dem Flur, von der Rafaela gesprochen hat, ist direkt gegenüber. Eine Einbuchtung mit zwei Sofas, einem Tisch, zwei Bücherregalen und einem Puppenhaus für ganz junge Patienten.

Plötzlich wird die Tür noch weiter aufgezogen und sofort sinkt mein Herz tiefer. Ich habe Angst, Joyce zu sehen, weil ich nicht weiß, wie ich mit Infusionsständern umgehen soll. Und ich habe nicht die geringste Ahnung, was ich überhaupt sagen könnte.

Es ist allerdings gar nicht Joyce, die aus dem Zimmer kommt, sondern eine recht große Frau mit kurzen blonden Haaren. Sie trägt einen Jogging-Anzug und hat keinen Infusionsständer. Offenbar wirke ich nicht verunsichert genug, um sie davon ausgehen zu lassen, dass ich nicht in dieses Zimmer möchte. Sie lächelt und lässt die Tür für mich geöffnet.

Ich hole tief Luft und frage mich, ob man anklopfen muss.

Macht man das? An offene Türen klopfen? Ich tue es, bekomme jedoch keine Antwort. Also gehe ich hinein.

Am Fenster kann ich ein leeres Bett sehen. Direkt neben dem Eingang befindet sich eine zweite Tür zum Bad und die dazugehörige Wand versperrt mir die Sicht auf das zweite Bett im Zimmer.

Einen Schritt später sehe ich Joyce in die Augen. Kein Infusionsständer. Sie liegt auf ihrem Bett, die in Hotpants steckenden Beine angezogen, das Handy zwischen den Fingern. Ihre Haare sind offen, liegen über ihren Schultern, doch das Klammerpflaster an ihrer rechten Stirnseite kann man trotzdem erkennen.

Für den Bruchteil einer Sekunde entgleisen ihre Gesichtszüge. Dann lässt sie das Handy auf ihren Bauch sinken und lächelt. Und wäre ich nicht ihrer Freundin auf dem Vorplatz begegnet, würde ich glauben, dass dieses Lächeln echt ist.

Joyce setzt sich. »Was machst du denn hier?«

»Ich wollte fragen, warum ich keine Antwort bekomme, also bin ich hergekommen.« Ich zucke kaum merklich mit den Schultern und schmunzle.

»Woher weißt du, dass ich hier bin?« Sie fragt künstlich genervt und lächelt.

Aber es passt nicht zu ihren Augen. Denn die sind wachsam und nicht belustigt.

»Nicht von dir«, entgegne ich und schiebe das ausgeklappte Teil des Nachttischs zur Seite, auf dem noch das Abendessen steht.

Vollkornnudeln und Lachs. Ich weiß auch, dass es Dillsauce ist. Meine Mutter bringt manchmal übrig gebliebene Portionen aus der Küche mit.

Ich setze mich auf die Bettkante und bin einen Moment nicht

in der Lage, etwas anderes zu tun, als ihren Duft von Sommer wahrzunehmen.

»Du hättest nicht herkommen brauchen«, sagt sie leise. »Ich darf morgen wieder nach Hause. Ich verstehe nicht mal, warum ich überhaupt hierbleiben soll.« Nun verdreht sie die Augen.

»Was ist denn passiert?«

»Ich habe zu wenig getrunken, war zu viel in der Sonne und bin zu schnell aufgestanden. Das ist die Zusammenfassung. Ich bin umgefallen und mit dem Kopf auf der Badewanne gelandet.«

Zur Verdeutlichung zeigt sie auf die geklammerte Wunde.

JOYCE

Hey Joy, es freut uns wirklich unglaublich, dass du Interesse an unserem Team hast. Deswegen tut es mir erst recht total leid, dir sagen zu müssen, dass deine Leistung am Samstag nicht so gut war. Wir nehmen dich natürlich trotzdem ins Team auf, aber du musst bitte dringend an dir arbeiten.
Kuss-Smiley.

Herzlichen Glückwunsch!
Dreimal der Partyhut-Smiley.
LG Meghan

Ab da ist alles schwammig.

Eine Woche habe ich auf diese Nachricht gewartet. Mein ganzer Geist hatte heute Morgen eine Haltung angenommen, der einfach alles egal ist. Weil es auch egal zu sein scheint, was ich tue und wie sehr ich mich bemühe. Kaum fünf Minuten später stand ich in unserer Küche. Ich weiß nicht, wie lange es so ging und wie oft ich an diesem Vormittag zwischen Vorratsregal und Badezimmer hin- und herlief. Wenn der Körper nach so vielen Tagen endlich alles bekommt, wonach er sich sehnt, löst es im Kopf ein Feuerwerk aus. Freitags ist meine Mutter im Büro, die Gelegenheit war also zu gut.

Aber nichts lief wie geplant.

Das Hochgefühl, das die verschiedenen Geschmäcker auf meiner Zunge auslösten, hielt kaum fünf Minuten an. Ich war in einem nicht zu durchbrechenden Kreislauf aus krampfhaften Tränen, absolut unkontrollierbarer Gier und Abscheu vor mir selbst gefangen.

Dann hörte ich, wie ein Schlüssel im Schloss der Haustür gedreht wurde, und mein Blutdruck schnellte rasant in die Höhe. In Panik stopfte ich Verpackungen in den Müll, verstaute die Marmelade genauso wie die Mayonnaise wieder im Kühlschrank und hatte es geschafft, mit einer unschuldigen Scheibe Toast dazustehen, als meine Mutter die Küche betrat. Sie erinnerte mich, dass sie heute Morgen nicht arbeitete, weil sie einen Zahnarzttermin hatte. Ich lächelte und erkundigte mich, wie es gelaufen war, während ich nur an zwei Dinge denken konnte: Gab es irgendwelche Spuren, die ich in der Hektik nicht hatte verwischen können? Schon der hochgeklappte Toilettendeckel wäre verräterisch gewesen. Und wie konnte ich das, jetzt, da ich nicht mehr allein und bis zu einer schmerzhaften Grenze vollgestopft war, wieder in Ordnung bringen?

Meine Mutter berichtete von ihrer Behandlung, ich nahm den Teller mit dem Toast, bei dem ich mir nicht vorstellen konnte, ihn noch zu essen, und machte mich auf den Weg nach oben. Hier realisierte ich, dass ich Unmengen von Vorräten einfach hatte verschwinden lassen und dass es nicht unbemerkt bleiben würde. Ich musste einkaufen und die Sachen wieder auffüllen!

Ich warf meinen Teller auf den Schreibtisch, nahm die Flasche

Cola mit ins Bad und keine halbe Minute später erbrach ich eine viel zu zähe Masse. Dann wiederholte ich es. Wieder und wieder. Ich trank Cola, ich erbrach sie, mit allem, was in mir war. Viermal hintereinander, bis es in meinem Kopf nur noch rauschte.

Das musste aufhören. Ein Gedanke, den ich immer an genau diesem Punkt habe. Wenn ich Schmerzen habe, wenn ich überzeugt bin, es zerreißt meinen Körper, und wenn ich mich selbst für das, was ich tue, abgrundtief hasse, dann schwöre ich, dass es das letzte Mal gewesen ist. Jedes Mal.

Ich hustete und sah das Blut.

Ich habe Bücher gelesen.

Unzählige Seiten im Internet.

Foren.

Ich weiß, dass die Speiseröhre reißen kann.

Oder die Magenwand.

Ich stand auf und mir wurde schwarz vor Augen.

Wenn der Kopf auf etwas so Hartes wie den Rand einer Badewanne schlägt, gibt es ein seltsam dumpfes Geräusch, das sich mit einer Art Summen vermischt. Ich glaube, was mich bei Bewusstsein hielt, war die Angst, zu sterben. Ich lag auf der Hochflor-Badematte und war überzeugt, dass ich sterbe, sobald ich ohnmächtig werde. Dabei ist so etwas wahrscheinlich nicht an Dinge wie geöffnete oder geschlossene Augen gebunden.

Ich versuchte, mich auf den Rücken zu rollen, woraufhin es sich in meinem Kopf wie im Vollrausch zu drehen begann.

Meine Mutter fand mich recht schnell.

Es gab schließlich zwei laute Aufschläge, einen auf der Wanne und einen auf dem Boden.

Sie klopfte an die Tür und ich hörte sie fragen, ob alles in Ordnung sei. Ich musste irgendwie aufstehen und die Toilette spülen, doch das Schloss drehte sich bereits und die Tür wurde geöffnet.

Es ist denkbar einfach, diese von außen zu öffnen. Man braucht lediglich eine Münze, die man in den Schlitz steckt, um ihn zu drehen.

»Ich dachte, wir hätten das hinter uns, Joy. Muss ich auch *das* in dieser Zeit noch durchmachen?«

Das waren ihre Worte, als sie mir aufhalf.

Gabriels Gegenwart verursacht immer eine eigenartige Nervosität. Die letzten Tage, seit dem Tryout vergangenen Samstag, sind praktisch in ihrer Perfektion davongerannt. Ohne Streit und Unsicherheiten. Ich habe im Grunde nichts anderes getan, als Beiträge vorzubereiten und darauf zu warten, dass er von seiner Arbeit kommt. In seiner Nähe war es gut. Wie eine Ablenkung von dieser angsteinflößenden Enge in meiner Brust. Wenn er nicht da ist und ich auf meinen Atem achte, habe ich das Gefühl, er funktioniere nicht richtig. Und je mehr ich mich darauf konzentriere, desto schlimmer wird es.

Die Wahrheit ist, dass ich wenig gegessen habe. Bis heute Morgen war ich noch unheimlich stolz und überzeugt, endlich aus der Versagens-Spirale herausgekommen zu sein. Ich hatte einfach einige Tage diszipliniert an einem Kühlschrank vorbeigehen können. Natürlich habe ich gemerkt, wie sich mein Körper rein biologisch auf Verhungern einstellte und dann mit aller Macht versuchte, mich zum Essen zu bringen. Dagegen anzukommen ist hart. Nahezu unmöglich. Deshalb war ich stolz. Zumal diese Gedanken die anderen verschleierten. Denn das Gewicht ist greifbar, die Enge in meiner Brust ist es nicht.

»Sie wollen sichergehen, dass ich keine Gehirnerschütterung habe«, erkläre ich Gabriel nun, wobei meine Stimme mit jedem

Wort leiser wird, weil ich darauf konzentriert bin, zu spüren, wie er meine Haare zur Seite streicht, um das Klammerpflaster zu betrachten.

Ein Kribbeln fährt mir durch den Körper, allein von dieser kaum merklichen Berührung ausgelöst. Seine dunklen Augen fixieren mich, und ich vergesse, wo wir sind und was uns hierhergebracht hat.

Seine Hand ruht an meiner Wange.

»Ich werde wohl dieses Wochenende auf keine Party gehen«, murmle ich, als sich sein Gesicht nähert und sich über meins zum ersten Mal heute ein ehrliches Lächeln zieht.

»Ich will da überhaupt nicht hin«, flüstert er. »Jetzt kann ich es ja sagen.«

Ich stoße ein kurzes Lachen aus und seine Lippen legen sich auf meine.

Gleichzeitig betritt die Frau vom Essensdienst den Raum und wir fahren auseinander.

Sie stockt, runzelt ihre Stirn, und obwohl ich kaum etwas über seine Familie weiß, habe ich keinen Zweifel, dass es seine Mutter ist.

25

JOYCE

Es wird Spanisch gesprochen; zumindest von ihr.

»Was machst du hier?«, fragt sie. Im nächsten Moment verdreht sie die Augen. »Es ist eine dumme Frage. Ich sehe es ja.«

Gabriels Gesicht ist regungslos.

Als sie hereinkommt, als sie drin ist und auch als sie auf das Bett von Jella zugeht, um das Tablett dort abzuräumen. Ich bin merkwürdig euphorisch, und ich glaube, dass es sich in meiner Miene spiegelt. Gabriel dagegen hat einen extrem resignierten Ausdruck, der mich unaufhaltsam kurz auflachen lässt.

»Hey, Mom«, sagt er, sich offenbar seinem Schicksal fügend.

»Willst du mich nicht vorstellen?«, fragt sie, noch immer auf Spanisch, verlässt dabei aber das Zimmer.

»Es tut mir leid«, flüstert er. Ich dagegen denke, mein Grinsen ist zu breit, um noch als zurückhaltend zu gelten.

Man hört, wie das Tablett in den Essenswagen geräumt wird, und daraufhin kommt Mrs. Álvarez auch schon zurück ins Zimmer. Diesmal direkt an mein Bett.

»Ich stelle mich einfach selbst vor.« Nun hat sie die Sprache gewechselt, doch mit deutlichem Akzent.

In ihrem Gesicht spiegelt sich eine erstaunliche Herzlichkeit, die ich manchmal bei meiner Mutter vermisse. Sie reicht mir ihre Hand und Gabriel wirkt gequält.

»Es freut mich sehr, Sie kennenzulernen, Mrs. Álvarez«, sage ich, was sie jedoch dazu bringt, mit dem Zeigefinger zu wedeln.

»Ich bin Ramona und nicht so alt, dass man mich Mrs. Álvarez nennen muss.«

»Ich bin Joyce«, entgegne ich und erwidere ihr Lächeln.

»Und du bist?« Gekonnt hebt sie eine Braue und blickt auf Gabriel hinunter. Dann lacht sie. »Ich gehe jetzt, weil ich ihm peinlich bin.« Sie zwinkert, dreht sich um und stockt vor meinem Tablett. »Du hast nichts gegessen. Ich lasse es stehen, okay? Das sind Nudeln, die kannst du später noch essen. Die schmecken auch, wenn sie kalt sind.«

»Nein«, sage ich etwas zu hastig und ringe mir ein Lächeln ab. »Schon gut. Ich kann im Moment nichts essen. Ich habe ziemliche Kopfschmerzen. Sie dürfen es gerne mitnehmen.«

Ich treffe für diesen winzigen Moment auf Gabriels Blick, doch ich wende mich sofort wieder seiner Mutter zu. Sie schnalzt mitleidig mit der Zunge und betrachtet meine Stirn.

»Was hast du gemacht, Liebes?«

»Ich habe mir den Kopf angeschlagen. Es ist nicht schlimm, ich kann morgen wieder nach Hause.«

»Ah, das ist gut!«, antwortet sie und nimmt das Tablett. »Vielleicht kannst du uns besuchen. Es lohnt sich in den nächsten drei Tagen. Er hat sein Zimmer aufgeräumt.«

»Mom!« Es klingt so entsetzt, dass ich lachen muss.

»Ich würde sehr gern vorbeikommen«, antworte ich.

»Es hat mich gefreut, dich kennenzulernen, Joyce.« Sie schenkt mir einen letzten überaus freundlichen Blick, bevor sie sich mit erneut erhobener Braue an ihrem Sohn richtet. »Bekomme ich keinen Kuss?« Gabriel ist so fassungslos, dass seine Mutter laut lacht, während sie mit meinem Tablett zu Tür geht. »Ich mache nur Spaß. Fahr vorsichtig«, sagt sie auf Spanisch, und er ist sichtlich froh, es hinter sich zu haben.

Immerhin schließt sie die Tür.

»Ich habe deine Mom kennengelernt«, gebe ich vielsagend zu Protokoll. »Du hast mich praktisch vorgestellt.«

»Du hast dich selbst vorgestellt! Eigentlich hat sie dich genötigt, dich vorzustellen. So oder so, ich habe damit nichts zu tun. Im Grunde kenne ich diese Frau gar nicht.« Er schmunzelt.

Schon geht die Tür wieder auf und Jella kommt herein, unter dem Arm ein Buch, das sie am Automaten im Foyer gezogen hat. Sie grüßt freundlich, wenn auch desinteressiert, und macht es sich in ihrem Bett gemütlich.

»Komm, ich bringe dich nach unten«, sage ich und setze die Füße bereits auf den Boden.

Station E ist im dritten Stock. Man könnte durchaus zu Fuß die breite und offene Treppe hinuntergehen. Oder man nimmt den für ein Krankenhaus typischen riesigen Aufzug. Kaum haben wir ihn betreten, liegen unsere Lippen aufeinander und ich bekomme meinen eigenen *Greys-Anatomy*-Moment.

»Danke, dass du hergekommen bist«, flüstere ich, und auf eine seltsame Art meine ich es auch so.

»Du hast halt nicht geantwortet«, entgegnet er leise.

GABRIEL

Joyce zu küssen, lässt die Zeit leider nicht stillstehen. Nicht die Kitschige, nicht die Reale. Der Fahrstuhl sinkt erstaunlich rasant

Richtung Erdgeschoss und meine Hände gleiten von ihrem Rücken hinunter und legen sich auf ihre Hüfte. Wie sehr darf man Hüftknochen fühlen? Ich mag kein angestrebter romantischer Prinz sein, aber selbst ich habe es bisher geschafft, Frauen nicht miteinander zu vergleichen. Ich finde auch nicht, dass das nötig wäre. Dass es gerade jetzt bei Joyce der Fall ist, ist grotesk. Joyce ist dünner als Bethany. Aber sie ist nicht dürr. Das ist der Schluss, den ich ziehe, bevor der Fahrstuhl unten ankommt. Das ist gut, denn wenn diese Dinge gefährlich werden, ist es doch unweigerlich sichtbar.

»Die Antwort ist leider nein«, sagt Joyce, als wir an der großen Drehtür stehen. »Ich kann heute Abend nicht. Aber morgen.«

Zu gehen fühlt sich falsch an, ich kann nicht einmal erklären, warum. In mir herrscht das drängende Gefühl, sie nicht allein lassen zu wollen.

Im Auto versuche ich, meine Mutter anzurufen. Wenn ich schon hier bin, kann ich sie auch mit nach Hause nehmen. Bevor sie abhebt, erinnere ich mich allerdings, dass sie einkaufen wollte, und beende den Anruf, bevor sie abheben kann. Stattdessen schreibe ich ihr eine Nachricht, in der steht, sie solle mich anrufen, sobald ich sie am Supermarkt abholen kann. Dieser ist gleich die Straße runter. Dann gehe ich die Anrufliste durch und muss ziemlich weit nach unten scrollen, bis ich Rafaelas Nummer finde. Wir telefonieren nicht sonderlich oft.

»Wo bist du?«, frage ich ohne jede Begrüßung, als sie abnimmt.

Das geht dich nichts an. Halt dich raus. Verpiss dich.

Alles Sätze, die ich normalerweise zu hören bekomme.

»Bei Quinn. Was ist?«

»Hast du kurz Zeit?«

Leck mich. Für dich ganz sicher nicht. Verpiss dich.

Die an dieser Stelle zu erwartenden Antworten.

»Ja.«

»Okay, ich komme.«

Ich parke direkt vor der Tür. Quinn wohnt in einem Reihenhaus, das, obwohl es einen Anstrich vertragen könnte, ziemlich schick ist. Ich schalte den Motor ab und fast im selben Augenblick öffnet sich die Haustür und meine Schwester kommt heraus.

»Woher weißt du eigentlich, wo Quinn wohnt?« Sie zieht die Beifahrertür fester zu als nötig wäre.

Extrem überführt weiß ich nicht, was ich kontern kann, aber heute Abend bin ich auch überfordert. Rafaela legt mit einem gereizten Brummen den Kopf in den Nacken.

Dann sieht sie mich wieder an. »Wie geht es ihr?«

Ich richte meinen Blick nach vorn und sehe über das Lenkrad auf die selbst in der Dämmerung noch vor Hitze flimmernde Straße.

»Sie hatte mit ihrem Kreislauf Probleme und ist umgefallen. Jetzt hat sie eine Platzwunde.«

»Ja, das weiß ich. Sie hat gerade ein Bild gepostet.«

»Was ist Sache?«, frage ich direkt heraus. »Ihre Freundin hat mich abgefangen und mich sicher zehn Minuten dafür verantwortlich gemacht, dass Joyce in diesem Krankenhaus liegt.«

»Das ist Blödsinn, lass dir das nicht einreden.«

»Also?«

»Ich glaube, sie selbst spricht nicht darüber, aber eigentlich weiß jeder, dass sie eine Essstörung hat. Sie hat letzten Winter auch mal etwas dazu gepostet, es aber nach ein paar Stunden wieder gelöscht.«

»Was hat sie da geschrieben?« Ich habe weiterhin einen

erstaunlich sachlichen Ton. Mein Magen zieht sich allerdings zusammen.

»Sie schrieb, dass es ihr nicht gut ginge, und sie hat anderen mit denselben Problemen Mut zugesprochen. Es würde besser werden, alles wird gut, bla bla.«

»Was heißt, es ging ihr *nicht gut*?«

»Leir, ich weiß es nicht! Warum fragst du sie nicht selbst? Du bist offenbar momentan ziemlich nah an der Quelle.«

»Ela, was bedeutet das alles im Klartext?« Ich bin um einiges lauter geworden, was mich daran erinnert, dass beide Fenster offen sind und Quinn wahrscheinlich neugierig an ihrem eigenen hängt. Ich lege zwei Finger an die Knöpfe und lasse die Scheiben nach oben fahren.

»Dass sie ständig auf Diät ist«, gibt Rafaela zurück und hat die Stimme ebenfalls gesenkt. »Es bedeutet, dass sie sich vor ihrem Spiegel dreht, mit dem Maßband die Oberschenkel misst und ihren Körperfettanteil in eine App einträgt. Mein Gott, stell dich doch nicht so blöd an! Und Leute wie du sind da keine Hilfe, nur damit du das weißt.«

»Was habe ich denn getan?«, stoße ich ehrlich getroffen hervor und werde von all meinen Fragen abgelenkt, die ich mit ihrer kurzen Erläuterung gerade gesammelt habe.

»Vielleicht lässt du es einfach mal jeder Frau auf die Titten zu glotzen und hinterherzupfeifen, wenn sie im Bikini an dir vorbeigeht.«

»Ich habe in meinem ganzen Leben keinem Menschen hinterhergepfiffen!«

»Du weißt genau, was ich meine!«, gibt sie unbeeindruckt zurück und senkt die Stimme weiter. »Weißt du, was du mal über Quinn gesagt hast?«

»Wann?«

»Letztes Jahr. Gott, wahrscheinlich drei Tage bevor du sie flachgelegt hast«, schiebt sie in ihrer Erkenntnis hinterher. Dann nimmt ihre Stimme einen absurden Ton an, der anscheinend mich nachmachen soll, aber eher wie *Der Pate* klingt. »Deine Freundin wird schon langsam geil, jetzt, wo der Babyspeck weg ist.«

Das habe ich gesagt. Ich weiß es sogar noch. Trotzdem gebe ich ein verständnisloses Lachen von mir.

»Das hab ich gesagt, um dich zu provozieren. Falls du dich erinnerst, hast du vorher gedroht, mir die Eier abzuschneiden, sollte ich eine deiner Freundinnen anfassen!«

»Leir! Das ist vollkommen egal!«, stößt sie hervor. »Ich sag dir noch was: Du magst damit über Quinn gesprochen haben, aber so hast du im Grunde *mir* gesagt, was die Voraussetzung dafür ist, dass mich die Kerle heiß finden.«

An diesem Satz ist schlichtweg alles falsch, was schon damit beginnt, mir vorstellen zu müssen, wie jemand meine Schwester *heiß* findet. Und dann so abfällig über sie redet, wie wir es manchmal über andere getan haben. Diese Erkenntnis sorgt nicht dafür, dass ich mich in irgendeiner Weise gut fühle.

Rafaela öffnet die Beifahrertür. »Ihre Freundin übertreibt, wenn sie sagt, dass du jetzt daran schuld wärst. Joy hat schon ewig Probleme damit, das ist nicht durch dich gekommen. Dann eher durch diese ganze Influencer-Scheiße, bei der sie rund um die Uhr bewertet wird. Die Kommentare zu euren Bildern sind total krass.« Mein Blick sorgt dafür, dass sie die Schultern hängen lässt. »Sag mir nicht, du hast dir das nicht durchgelesen. Etliche nennen sie ein Flittchen. Die Hälfte geht davon aus, sie lässt sich von jedem flachlegen. Davon die Hälfte findet dich geil. Der Rest besteht aus ihren Anhängern, die sie verteidigen.« Rafaela will aussteigen, dann aber dreht sie sich noch einmal zu mir herum. »Du bist so gut wie weg. Überleg dir, wie du in dieser Zeit damit umgehen willst. Du wirst das nicht in den nächsten zwei Wochen ändern können.«

Daraufhin steigt sie aus und ich starte den Motor, um unsere Mutter am Supermarkt abzuholen.

26

JOYCE

Mein Bein wippt auf und ab, während ich die Kommentare unter dem gestrigen Post lese. Die meisten wünschen mir gute Besserung. Die Hälfte fragt, was passiert ist, und der Rest hat eigene Antworten auf diese Frage. Manche davon lassen verlauten, dass ich beim Kotzen ins Klo gefallen bin. Wenn es nicht so nah an der Wahrheit wäre, könnte es schon fast lustig sein. Gerüchte, verursacht durch einen Post, den ich vor einem Jahr in einem Anflug von Mut, Resignation und Kampfgeist geschrieben habe und den ich bis heute bereue. Ich hatte einen Text verfasst, der besser in ein Tagebuch gehört hätte.

Ich hebe den Blick und sehe den Flur hinunter, auf die beiden Pfleger, die gerade ein Bett mit einer alten Frau darin in einen Fahrstuhl schieben. Ich sitze seit einer ganzen Weile vor dem Zimmer des mir zugeteilten Arztes.

Ich überlege, ob ich Kommentare lösche, in denen über mein Essverhalten diskutiert wird, egal ob wahr oder nicht. Vielleicht sollte ich zumindest unter diesem Post die Kommentarfunktion sperren, wie man mir immer rät. Oder einfach das Bild von mir im Krankenhausbett wieder rausnehmen. Mit einem Mal frage ich mich, ob Gabriel diese Sachen liest. Ich will auf keinen Fall, dass er denkt, es könnte wahr sein. Er würde jeden Bissen, den ich zu mir nehme, mit anderen Augen sehen. Ich weiß es, weil ich es von meiner Mutter kenne. Seit sie mich damals erwischt hat, konnte ich lange keinen unbeobachteten Schritt machen. Ich durfte nicht zu viel essen, nicht zu wenig und nicht kurz nach dem Essen zur Toilette gehen, egal wie sehr meine Blase drückte. Genau das steht mir wahrscheinlich erneut bevor. Ich muss ausziehen. Aber was dann? Was passiert in einer eigenen Wohnung oder im Wohnheim oder einer Wohngemeinschaft? Soll es so weitergehen, dass ich niemals in der Lage bin, einfach etwas zu essen, ohne dass es mir den Tag ruiniert? Wie lange soll es meine gesamten Gedanken noch einnehmen und mich in schrecklichen Intervallen dazu bringen, die Kontrolle zu verlieren? Was, wenn die Enge in meiner Brust noch schlimmer wird?

»Miss Evans?«

Vor mir steht ein Arzt, vielleicht Mitte dreißig. Mehr als meinen Namen sagt er nicht, sondern hat sich bereits wieder seinem Tablet in der Hand zugewandt, während er wartet, dass ich ihm in sein Zimmer folge. Ich stecke das Handy in meine Handtasche und gehe an ihm vorbei ins Sprechzimmer.

Hier drin ist alles rot-weiß. Rote Stuhllehnen, weiße Stuhlbeine. Fensterrahmen rot, Wände weiß. Es ist klein und somit steht man gleich vor zwei Stühlen und einem geschwungenen, weißen Schreibtisch. Auf diesem befindet sich ein Monitor, eine Tastatur und typisches Büro-Zeug. Rechts an der Wand steht eine Untersuchungsliege und ich habe durch das große Fenster einen perfekten Blick auf das graue Gebäude gegenüber.

Ich setze mich auf den linken der beiden Stühle und sehe zu, wie der Arzt hinter dem Schreibtisch Platz nimmt. Ich hoffe nicht, dass mein Blutdruck gemessen wird, denn ich spüre meinen Puls im Kopf. Zumal es mittlerweile reichen sollte, denn in der

Nacht hat mich ständig jemand geweckt, gemessen und in meine Augen geleuchtet. Der Stationsarzt heißt Gareth. Dr. Gareth hat den Blick noch immer auf dem Tablet und studiert offenbar die Untersuchungsergebnisse.

»Es hat sich bestätigt, dass die Blutung von der Nasenscheidewand stammte. Ich denke nicht, dass eine Magen- oder Speiseröhrenspiegelung nötig ist.« Kurz sieht er auf, dann liest er weiter. »Eine Gehirnerschütterung aufgrund der stumpfen Verletzung können wir ebenfalls ausschließen.«

Unter dem Tisch knete ich meine kaltfeuchten Finger und Dr. Gareth lehnt sich in seinem Stuhl zurück.

»Von ihrer Mutter wurde der Verdacht einer Essstörung geäußert. In diesem Fall ist es wahrscheinlich, dass das Nasenbluten durch übermäßigen Druck bei selbstinduziertem Erbrechen ausgelöst wurde.«

Ich bin wie vor den Kopf gestoßen, denn ich habe nicht erwartet, dass es so direkt zum Thema werden würde. Die Gedanken jagen in rasendem Tempo durch meinen Kopf. Was passiert, wenn ich jetzt sage, dass ich eine Therapie machen will? Ich müsste mich nicht einmal überwinden, um erst einem Arzt aufzusuchen, ich sitze *jetzt* einem gegenüber, der mir eine ungeahnte Vorlage schenkt.

»Ich habe keine Essstörung«, entgegne ich.

Routiniert und mit einem unschuldigen Lächeln, während meine Augen zu brennen beginnen, in fester Überzeugung, diese Chance verloren zu haben. Das Gefühl der Desillusionierung ist überwältigend. Ich will das nicht mehr und es scheint mir in diesem Moment zum ersten Mal klar zu sein.

Und trotzdem schüttle ich verständnislos den Kopf. »Mir ist schlecht geworden. Ich hatte nichts getrunken, war den ganzen

Tag in der Sonne und es ist so heiß gerade. Ich bin Sportlerin und hatte eine harte Trainingswoche …«

Ohne eine Miene zu verziehen, nimmt er wieder das Tablet in die Hand. »Ihre Blutuntersuchung zeigt deutlich verringerte Kaliumwerte, was durchaus Indiz für eine Essstörung sein kann. Erbrechen und Laxantienabusus kann erhebliche Störungen des Elektrolythaushaltes auslösen.« Er mustert mich. »Wenn eine Essstörung nicht der Grund ist, sollten wir eine Untersuchung der Nieren veranlassen.«

Ich habe Probleme, richtig zu atmen. Diese Konfrontation ist mir zu viel. Ich weiß nicht, wie ich reagieren soll. Unter dem Schreibtisch drücke ich meine Fingernägel in meine Beine und versuche so, meinen Kopf zum Arbeiten zu bekommen.

Ich habe zu lange diesen entsetzten Ausdruck im Gesicht, der meinem Gegenüber sagt, dass ich auf gar keinen Fall irgendeine unnötige Untersuchung will.

Dr. Gareth nickt nur. »Ich schreibe Ihnen ein Medikament zur oralen Einnahme auf, das Sie kurzzeitig nehmen sollten. Kaliummangel kann zu Herzrhythmusstörungen und erheblichen Muskelproblemen führen.« Er lehnt sich vor und tippt etwas in seinen Computer. »Es ist Ihnen natürlich anzuraten, eine Therapie in Erwägung zu ziehen, da jede Essstörung auf Dauer zu Komplikationen führt. Sie sind allerdings nicht untergewichtig, weshalb ich hier keinen Bedarf sehe, Sie akut in eine psychiatrische Klinik einzuweisen.«

Kaum eine Stunde später habe ich alle Papiere und verlasse das *Seaford General Hospital.*

Als ich von dem klimatisierten Gebäude nach draußen trete, muss ich die Hand wie einen Schirm vor die Augen halten. Ich habe natürlich keine Sonnenbrille dabei. Wer denkt auf dem Weg ins Krankenhaus schon daran, eine mitzunehmen? Meine Mutter hatte in aller Eile einen kleinen Rucksack gepackt. Darin waren Badartikel und Wechselsachen. Nun befindet sich darin das blutbefleckte Kleid von gestern. Meine Mutter hat einen Tag voller Meetings und konnte mich nicht vor dem Nachmittag abholen. Also werde ich laufen. In der Handyhülle habe ich eine Zwanzig-Dollar-Note, aber keine Münzen. Ich werde nicht den Bus nehmen, weil die Busfahrer es hassen, wenn man ihnen zu viel Wechselgeld abnimmt. Im schlimmsten Fall nehmen sie einen – mit der Ausrede, sie könnten kein Ticket ausstellen – gar nicht erst mit.

Der *Whole Foods Market* mit seiner riesigen grünen Schrift ist schon aus großer Entfernung zu sehen. Ich hatte vergessen, dass er irgendwann kommt, vielleicht hätte ich sonst selbst in dieser Hitze einen anderen, noch längeren Weg genommen. Es ist der Moment, in dem ich es nicht mehr schaffe, die Worte des Arztes an mir abprallen zu lassen. In einer endlosen, gehässigen Schleife wiederholen sie sich in meinem Kopf, und mein Gesicht verzieht sich unter der Anstrengung, den Tränen nicht nachzugeben.

Als ich wenige Schritte vor dem Supermarktparkplatz auf eine kniehohe Mauer sinke, komme ich mir entsetzlich naiv vor. Für einen Augenblick hatte ich den Gedanken zugelassen, Hilfe anzunehmen. Jemanden zu suchen, der den Ausgang kennt, der mir sagt, dass es nicht nur an meiner unzureichenden Selbstbeherrschung liegt, den Ausweg nicht allein zu finden.

Du hast kein Untergewicht.

Das ist der Fakt, der mich wie eine Hochstaplerin fühlen lässt.

Es ist nicht gut, das zu machen, aber es ist nicht so, dass es lebensgefährlich wäre.

Du hast ja keine Magersucht.

Das wäre schlimm.

Ich reiße den Kopf hoch, ziehe stockend die schwüle Luft ein und wische mir mit beiden Händen grob über mein Gesicht, ohne dass es die Tränen stoppen würde. Beinahe aggressiv streiche ich mir die aalglatten Haare zurück und atme ein weiteres Mal tief ein. Es muss möglich sein, das in den Griff zu bekommen, schließlich habe ich es schon einmal fast geschafft.

Damit wische ich mir undamenhaft die Nase und will gerade aufstehen, als mein Handy vibriert. Ich stoße ein kurzes und klägliches Lachen aus, als ich Gabriels Namen lese und mir unwillkürlich vorstelle, was er über mich denken würde, könnte er mich hier sehen.

Vier Uhr, schreibt er.

Es ist die Antwort auf die Frage, wann er aus dem *Best Buy* kommt. Es war die letzte Nachricht, die ich ihm schrieb, bevor ich mich auf dem Weg zum Abschlussgespräch machte.

Wurdest du entlassen?, steht in einer zweiten Zeile.

Erneut verzieht sich mein Gesicht und meine Kehle schmerzt unter dieser Anstrengung. Ich senke den Kopf, um das Gesicht mit Haaren zu verdecken, als ein Mann mir einen interessierten Blick zuwirft, während er an mir vorbeigeht. Ich stehe auf und gehe weiter.

Ja, antworte ich und setze ein Smiley mit Partyhütchen dahinter.

Soll ich dich abholen?, frage ich.

Er liest die Frage nicht.

Stur das Display betrachtend, passiere ich den *Whole Foods Market*, und als ich den Parkplatz hinter mir gelassen habe und noch immer keine Antwort kam, drängt sich etwas anderes in meinen Kopf.

Ich schließe den Chat und öffne stattdessen Google.

Kaliummangel gebe ich ein.

Hypokaliämie ist ein Zustand, bei dem ein Mangel an Kalium im Körper vorliegt. Dieser kann Symptome wie Müdigkeit und Muskelkrämpfe verursachen. Insbesondere die Muskeln der Beine sind betroffen. Ein niedriger Kaliumspiegel kann zu Lethargie führen und ein allgemeines Gefühl von körperlicher Schwäche auslösen.

Ich bleibe stehen, als könne ich die erdrückende Erklärung so besser erfassen. Diese Schmerzen in den Beinen, wenn ich den *Carrey* hinaufsteige, die Nächte, in denen Krämpfe in den Füßen und Waden mich aus dem Schlaf reißen. Das ist der Grund.

Kalium spielt eine entscheidende Rolle bei der Aufrechterhaltung eines normalen Herzrhythmus. Ein Mangel kann einen unregelmäßigen Herzschlag zur Folge haben. Dies kann in schweren Fällen lebensbedrohlich sein.

Der Arzt hat mir ein Medikament verschrieben, das so etwas verhindert. Es ist der erste Gedanke nach diesen Zeilen. Mit dem Handgelenk wische ich mir über die nasse Stirn und frage mich, ob man es spürt, wenn das Herz stehen bleibt.

Mein Handy vibriert.

Ich habe selbst ein Auto.

Dahinter zwinkert mir ein Smiley zu. Das ist lustig, denn er nutzt wirklich selten welche.

Ich warte auf dem Carrey. Ich will dir etwas zeigen.

Was?, frage ich sofort und so schnell, dass ich sogar jedes Emoticon vergesse.

Unter seinem Namen erscheint das Wort *online*.

Wenn ich dir das jetzt sage, hast du keinen Grund mehr zu kommen.

Ich ziehe die Nase hoch, wische mir über die Augen und ein Lächeln legt sich auf mein Gesicht.

Ich denke, du weißt, dass ich trotzdem käme, schreibe ich und gehe langsam weiter. Den augenrollenden Smiley füge ich noch hinzu.

Damit schließe ich den Chat und Ungeduld breitet sich in mir aus. Ich möchte ihn sehen, ihn berühren. Ich will die Augen schließen und spüren, wie er seine Arme um mich legt. Als bräuchte ich keine Angst haben, wenn er bei mir ist.

Als ich endlich ankomme, bin ich von dem Fußmarsch durch die Hitze völlig geschafft. Mein Kopf pulsiert und ich kann nur noch an Wasser denken, als ich ins Haus trete.

»Hallo?«, rufe ich durch den weißen, gefliesten Flur und stelle den Rucksack ab.

Dann streife ich die Ballerinas ab und gehe mit nackten, schmerzenden Füßen in die Küche. Ich halte ein Glas unter den Spender am Kühlschrank und trinke das viel zu kalte Wasser mit wenigen Zügen aus. Es schmerzt in meinem Magen und im Kopf gleichzeitig, doch ich fühle mich etwas besser. Mein Blick richtet sich auf die Uhr über dem Türbogen. Es ist erst zehn nach halb drei.

Ich bin davon ausgegangen, heimzukommen, zu duschen und zum *Carrey* zu fahren. Etwas greift nach mir, als ich mir bewusst werde, allein zu sein. Es hat Krallen, die ich nicht abschütteln kann. Ich habe Hunger, mein Magen ist leer. Ich könnte mir einen Toast machen. Aber dazu bin ich nicht in der Lage.

»Hallo?«, rufe ich erneut, und stelle das Glas langsam zurück auf die Teakholz-Arbeitsplatte.

Und obwohl irgendwo in mir noch dieser Funke Verstand ist, greife ich im Flur nach dem Rucksack, zerre das Portemonnaie heraus, ziehe mir Schuhe an und verlasse das Haus ungefähr vier Minuten, nachdem ich es betreten habe.

Die Hitze ist eine subtropische Wand, als ich aus dem klimatisierten Gebäude trete. Ich steige ins Auto und werfe die volle Einkaufstüte auf den Beifahrersitz. Dann sehe ich auf mein Handy. Fünfzehn Uhr zwölf.

Als ich wieder zu Hause bin, habe ich bereits eine komplette Chipstüte gegessen. Ich erbreche noch, während die Microwellen-Pommes garen. Als ich diese in der Toilette herunterspüle, hat längst eine vertraute Einsicht von mir Besitz ergriffen: Jetzt ist alles egal!

Ich habe es angefangen, und es gibt nun keinen Grund, es abzubrechen. Ich denke an Kalium und an mein Herz und mache mir bewusst, dass es das letzte Mal ist. Ich werde all das hier danach nie wieder so unbedarft essen können. Keine Schokolade oder in Zucker ertrinkende Cornflakes. Keine Mayonnaise. Ich weiß, dass ich nahezu jedes Mal schwöre, dass es das letzte Mal ist. Aber diesmal ist es endgültig.

Nur Minuten nach diesen Gedanken ruht mein schmerzender Kopf auf dem linken Arm. Dieser liegt auf dem Rand der Toilette, während die Finger der rechten Hand nach der Spülung tasten. Mein Blick geht minutenlang ins Leere. So lange, bis ich endlich schwerfällig aufstehe, in mein Zimmer gehe und mich auf die Waage stelle. Sechshundertsiebzig Gramm mehr als gestern Morgen. In mir kämpfen Wut und Sorge um Aufmerksamkeit. Ich schließe die Augen, steige von der Waage und würde dieses nutzlose Ding am liebsten gegen die Wand werfen. Und ich frage mich, ob es sein kann, dass sechshundertsiebzig Gramm der letzten halben Stunde in meinem Körper zurückgeblieben sind. Wie so oft in dieser Situation ist mir unverständlich, wie es sein kann, dass ich tagelang kaum etwas esse und trotzdem nicht abnehme. Oder es sogar mehr wird.

Unter der Dusche drehe ich das Wasser bis zum Anschlag auf, und als es auf meinen Körper prallt, ziehe ich nur noch stockend die Luft ein.

27

JOYCE

Ich sehe Gabriel auf seinem angestammten Platz. Er trägt seine schwarze Cappy, hat die Knie angezogen und tippt auf dem Handy. Das Knirschen unter meinen Füßen lässt ihn den Kopf in meine Richtung drehen und seine Mundwinkel heben sich leicht. Seine Miene wird weicher, sein Blick wacher. Ich kann es nicht richtig beschreiben, aber ich erkenne, dass er wirklich auf mich gewartet hat.

Von selbst legt sich dieses Lächeln auf meine Lippen, während mich gleichzeitig eine schmerzhafte Welle der Realität durchflutet. Ich sehe die Gitarre neben ihm und zum ersten Mal nehme ich das Instrument als etwas wahr, das mir Angst macht. Unsere Zeit ist begrenzt und das Ende rast auf uns zu.

Gabriel hebt seine linke Hand und stellt in alberner Pantomime dar, wie er auf seine Armbanduhr schaut. Er sagt nichts, sondern sieht mich wieder an.

Ich muss lachen. »Ich musste den kompletten Weg vom Krankenhaus zu Fuß laufen«, gebe ich zu Protokoll und lasse mich neben ihn sinken. »Ich war ausgetrocknet und musste dringend duschen.«

»Ich hätte dich holen können«, sagt er sofort, und sein Blick wechselt von gespieltem Ernst zu echtem.

»Ich bin keine holde Maid in Nöten!« Wieder lache ich und merke, wie er mich fixiert.

Es ist die Art, die einen unsicher werden lässt, ob der Gegenüber etwas sagen will oder nicht.

»Meine Mutter, die du nun kennenlernen durftest«, fügt er mit einem Augenrollen hinzu und grinst, »hat mir eindringlich erklärt, wie ich mich zu verhalten habe. Und es ist offenbar meine Pflicht, dich rund um die Uhr zu umsorgen.«

»Das hat sie nicht gesagt«, stoße ich hervor und muss abermals lachen, worin er einsteigt.

»Und ob sie das hat. Sie kam sogar in mein Zimmer und sie geht da nie rein! Die Wäsche stellt sie immer im Flur ab, weil es ihr zu unordentlich ist. Sie kam rein, hatte einen wirklich ernsten Ausdruck im Gesicht und mir dann lange und ausführlich dargelegt, was sie von mir erwartet. Ich glaube, dein Anblick hat seltsame Hoffnungen in ihr geschürt.« Er schmunzelt.

»Und?«, frage ich mit einem herausfordernden Lächeln. »Wirst du dich an ihre Anweisungen halten?«

»Ja, vielleicht«, antwortet er kaum hörbar, und allein das lässt mein Herz schneller schlagen.

Er streicht mit dem Daumen die Haare aus meiner Stirn und betrachtet das Klammerpflaster.

»Sie meinten, es würde keine Narbe zurückbleiben«, murmle ich, unfähig, den Blick von seinem Gesicht abzuwenden.

»Ich finde Narben nicht schlimm.«

»Hast du eine?«

Seine Finger sinken tiefer, bis sie an dieser Stelle ruhen, an der man Ohr, Hals und Wange gleichermaßen berührt.

»Ich habe eine, ja.«

»Wo?«

»Versteckt.«

Der Moment ist so doppeldeutig, dass ich spüre, wie mir die Hitze ins Gesicht steigt. Gabriel schmunzelt auf eine so einnehmende Art, dass mein ganzer Körper prickelt. Es ist das erste Mal, dass wir diesem Thema näher kommen.

Unsere Lippen berühren sich. Nur für den Hauch einer Sekunde, dann verharren wir so dicht beieinander, dass gerade ein Finger dazwischen passt. Ich weiß es, weil Gabriel die andere Hand nun ebenfalls an meine Wange legt und sein Daumen über meine Lippen streicht, bevor mir ein Kuss die Sinne raubt.

GABRIEL

Joyce hat etwas in Gang gesetzt, das ich nicht mehr unter Kontrolle habe. Daran kann ich auch nichts mehr ändern oder schönreden. Und ich habe keine Vergleichsmöglichkeit. Mein ganzes Wissen stammt aus Filmen und ich schaue nicht einmal Liebesfilme. Vielleicht sollte ich das tun, damit ich wenigstens weiß, was mich erwartet, was von mir erwartet wird und ob das Gefühl in mir noch normal ist. Es fühlt sich nicht normal an. Es ist zehrend, eigenartig schmerzhaft und wird nur besser, wenn ich Joyce sehen kann.

Als wir uns voneinander lösen und unsere Gesichter in der Hitze des auslaufenden Sommers so dicht beieinander sind, ist alles andere für einen kurzen Moment nicht existent. Als säßen wir in einem schalldichten Raum.

»Sagtest du nicht, du willst mir etwas zeigen?«, fragt sie und zieht sich von mir zurück.

Das wollte ich, und plötzlich wird mir bewusst, was das bedeutet. Die eben empfundene Erleichterung ist wie von der Hitze verbrannt.

Ich will es hinauszögern, greife neben mich und reiche ihr dann eine Flasche Wasser.

»Bitteschön«, sage ich und grinse. »Meine Mutter sagt, ich soll mich kümmern, also ist es meine Aufgabe, dafür zu sorgen, dass du nicht wieder zusammenbrichst.«

Es sollte nur ein Scherz sein, doch davon spiegelt sich nichts in Joyce' Miene.

»Ich bin nicht zusammengebrochen.«

Die Flasche Wasser hat sie genommen, aber ihr Blick ist kühl.

»Aber du hast auch kein Wasser dabei«, entgegne ich in einem Ton, der nicht erahnen lässt, ob ich ihre Reaktion wahrgenommen habe. »Und du hast gesagt, du hast zu wenig getrunken ...«

Ich lasse es wie eine naive Erklärung klingen, doch schlagartig sind alle Worte in meinem Kopf, die ich gehört habe. Es kostet mich Mühe, nicht ein Stück nach hinten zu rücken, um Joyce ganz betrachten zu können. Wie etwas Zerbrechliches, das man auf Risse und abgebrochene Teile überprüft. In mir wird es unruhig, jedoch nicht in der Art, die sonst von ihr ausgelöst wird. Es drängt mich, zu handeln, ohne eine Ahnung zu haben, wie das aussehen könnte. Ich möchte Antworten haben. Ich möchte hören, dass ich etwas falsch verstanden habe.

Joyce fixiert mich noch einen kurzen Augenblick, dann lächelt sie und schraubt den Verschluss ab. Ich kann ihr Lächeln nicht erwidern, wende mich nach vorn und sehe über die Stadt. Sie trinkt demonstrativ und setzt die Flasche wieder ab.

»Das ist es? Du wolltest mir Wasser geben?«

Ich stoße ein tonloses Lachen aus und rüste mich innerlich, denn was ich ihr zeigen werde, hat eine Aussage. Und wir haben bisher noch kein einziges Wort darüber verloren, was das bedeutet.

Ich greife zur Seite und nehme die Gitarre.

Joyce weiß es, ich kann es in ihren Augen sehen. Ihr Lächeln ist unecht.

Ich bewege die Finger, wie es ein Harold Hewitt von mir erwartet hätte. Ich forme sogar einen bestimmten Griff nach seinen Vorstellungen, obwohl es mir auf meine Art leichter fällt.

Der einfache Weg ist nicht immer der beste. Manchmal zeigen sich die falschen Abzweigungen erst viel später.

In der letzten Woche habe ich seit seinem Tod zum ersten Mal gespürt, dass es weitergehen kann.

Ich höre auf, weil Joyce stockend atmet und ihr Tränen über die Wangen laufen. Ich kann nichts sagen. Ich kann sie nicht trösten, nicht in den Arm nehmen oder auch nur ansehen. Ich kann mich nicht bewegen.

Ich weiß nicht, wie lange wir so dort sitzen.

»Es tut mir leid«, murmelt sie in die Stille, das Gesicht von ihrem Haar wie ein Vorhang abgeschirmt. »Es sieht wahrscheinlich nicht so aus, aber ich freue mich für dich. Ich war immer überzeugt, dass du es nicht einfach verloren hast.«

Ich lege die Gitarre auf ihre Hülle zurück, ziehe die Knie an und lege die Arme darauf. Das Sprechen fällt mir schwer und jedes Wort trifft einen Punkt in mir, den ich permanent zu verdrängen versuche.

»Dein Großvater hat seine ganzen letzten Monate damit verbracht, aus mir einen Musiker zu machen«, sage ich schließlich. »Ich habe mich in den vergangenen Wochen ziemlich in Selbstmitleid gesuhlt, und das ist nicht so richtig fair. Dann hätte er nämlich seine Zeit mit anderen Dingen verbringen können.«

JOYCE

»Erlaube dir, Fehler zu machen und aus ihnen zu lernen. Es gibt keinen anderen Weg, auf dem wir uns entwickeln und wachsen.«

Seine leicht gebrochene Stimme drängt sich in meine Erinnerung. Sätze, die er Freitagabend zu mir gesagt hat und Samstag nicht mehr wiederholen konnte.

»Fang an, dich anzunehmen, wie du bist.«

»Ich bemühe mich.«

Er hat gelächelt. So spöttisch, dass er ein ganzes Jahrzehnt jünger ausgesehen hatte. Dann bin ich in mein Zimmer gegangen.

Ich bemühe mich, war also das Letzte, was ich zu ihm sagen konnte.

Ich freue mich für Gabriel. Der Gedanke, dass er sein Glück wieder sehen kann und sich nun nur noch ein winziges Stück strecken muss, um es zu erreichen, berührt mich. Doch da ist auch die Gewissheit, dass es vorbei ist. Er wird gehen.

»Ich weine ziemlich viel im Moment, lass dich nicht irritieren.« Ich lache zur Unterstützung dieser Worte. »Gutes, Schlechtes, mich bringt gerade irgendwie alles zum Heulen.«

Ich sage es, damit ich aus dieser Sache einen weniger seltsamen Vorfall machen kann. Ich will relativieren und diese Schwermut zwischen uns vertreiben. Doch Gabriels Blick bleibt unbewegt.

»Ich habe geweint«, sagt er unvermittelt. »Du hast das am Grab gefragt und die Antwort ist ja. Nach Rafaelas Unfall. Aber es hat nicht geholfen! Das mit deinem Großvater hat mich ziemlich aus der Bahn geworfen, was wahrscheinlich kein Geheimnis ist. Aber nachdem ich kurz der Ansicht war, dass es besser ist, aufzugeben, weil ohnehin nichts einen Sinn hat, hab ich meine Meinung jetzt geändert. Es ist nur nicht so einfach, etwas aus dem Kopf zu bekommen, was da einmal drin ist.«

»Ich weiß«, flüstere ich und sehe nach vorn.

»Willst du mir sagen, was mit dir los ist?«

Gabriel sieht mich an und seine Worte versetzen mich schlagartig in Panik. Ich will es nicht hören. Ich will nicht, dass er es weiß.

»Nichts. Was soll sein?«

»Warum warst du im Krankenhaus?«

»Weil ich mit dem Kopf auf eine Badewanne gefallen bin!«

»Man fällt nicht einfach um, Joyce! Was denkst du denn, wie blöd ich bin?«

Ich stoße die Luft aus, als sei es vollkommen lächerlich, was er sagt.

»Bist du selbst darauf gekommen, oder haben dir andere diesen Floh ins Ohr gesetzt?«

Einen Moment fixiert er mich, antwortet aber nicht. Schließlich schnalze ich mit der Zunge und will aufstehen. Ich will gehen. Weglaufen. Ich weiß nicht, ob vor ihm oder vor dem Thema.

Er greift nach meinem Handgelenk, noch bevor ich aufstehen kann.

»Lass mich los«, fordere ich resigniert.

»Ich will dich nicht loslassen. Gar nicht, verstehst du? Ich will dich nicht loslassen«, wiederholt er noch einmal Wort für Wort.

28

GABRIEL

Wir haben nicht geschlafen. Nicht miteinander und auch nicht nebeneinander. Einfach gar nicht. Etwas ist mir in dieser Nacht auf dem *Carrey* klar geworden, was eigentlich schon vorher seinen Anfang genommen hat: Ich will die Zeit stillstehen lassen. Ich will sie nicht mit Dingen wie Schlaf verschwenden.

Es ist kurz nach halb fünf am Morgen, als die ersten Blitze am Horizont aufflackern. Auf dem Rücken liegend sehen wir zu, wie die Sterne immer mehr hinter Wolken verschwinden. Joyce, die meine Hand seit einer ganzen Weile hält, erzählt von ihrem letzten Flug nach England. Sie dreht sich auf die Seite, stützt sich auf den Ellbogen und grinst, was ich bei diesen Lichtverhältnissen weniger sehen als hören kann.

»Das waren ziemliche Turbulenzen«, gibt sie zu Protokoll. »Also wenn ich Höhenangst hätte …«

Ich muss lachen. »Ein Grund mehr, nicht nach Hause zu kommen. Ich steige nicht in so ein Ding, wenn ich nicht muss!«

Ich sage es viel zu unbedacht und fühle im selben Moment, wie Joyce aufhört zu atmen. Ich setze mich auf und ziehe auch sie hoch.

»Es tut mir leid, Joyce. Das klang –«

»Es klang, als sollten wir erst mal abwarten, ob du überhaupt den Mumm hast, da einzusteigen.«

Ich bin nicht sicher, ob der Versuch, dieses Thema weniger bitter sein zu lassen, mich belustigt oder nur bedrückt. Ihr Mund legt sich auf meinen und mit einer fließenden Bewegung setzt sie sich vollkommen unvermittelt auf meinen Schoß. Sofort umfassen meine Hände ihre Hüfte und ich ziehe sie zu mir heran, während ich in meinem Kopf noch versuche, letzte klare Gedanken zu fassen. Joyce' Finger gleiten an mir hinunter, bis sie den Saum meines T-Shirts ertasten, wo sie sich darunter schieben, und das absurderweise schon ausreicht, um mich die Luft einziehen zu lassen. Zeitgleich fallen die ersten dicken Tropfen auf uns. Ihre Stirn an meine gelehnt, lacht Joyce, worin ich einsteige, wenn es auch ein klein wenig zum Weinen ist.

Mit dem armseligen Licht meiner Handytaschenlampe hasten wir vom *Carrey* herunter, wo wir trotz der dichten Baumkronen vollkommen durchnässt ankommen. Ich werfe die Gitarre auf den Beifahrersitz und wende mich wieder Joyce zu, die auch aus dem *St. Mary's* gestiegen sein könnte. Ihre Haare kleben an ihrem Gesicht wie das Shirt an ihrer Haut. Das einzige Licht stammt nun aus dem Inneren meines Wagens, dessen Tür noch immer geöffnet ist. Ihr Blick ist selbst in diesem Halbdunkel nahezu provokant.

JOYCE

Es ist kalter Regen, nicht diese Art romantischer Sommerregen. Gabriel wirft die Gitarre auf den Beifahrersitz und dreht sich zu mir herum. Ich kann selbst in diesem Halbdunkel sehen, was er denkt. Ich weiß nur nicht, was ich denke. Er greift nach mir und eine Sekunde später presst sich mein Rücken gegen den schwarzen Volvo. Ich schließe die Augen, hebe mein Bein und fühle seine Hand über die nasse Haut meines Oberschenkels gleiten. Irgendwo zwischen diesen Küssen und seinen Fingerspitzen, die sich unter den Stoff meiner Hotpants schieben, ziehe ich scharf die Luft ein. Der Regen trommelt hinter mir auf das Metall des Wagens und der Himmel über uns wird taghell, bevor ein markerschütterndes Donnern mich leicht zusammenzucken lässt. Gabriel hält inne.

»Ich habe nichts mit«, flüstert er, und mit jedem Wort berühren seine Lippen die meinen. Ich kann hören, wie schwer er atmet. »Ich bin hierauf nicht vorbereitet.«

Unwillkürlich stoße ich ein kurzes Lachen aus, das er erst erwidert, bevor er mich erneut küsst. Er lässt mein Bein los und vergräbt stattdessen die Hände in meinen Haaren. Dieser Kuss ist viel ruhiger und wandelt das Gefühl eigenartiger Entschlossenheit in ein einziges Zehren. Ich fahre mit meinen Fingern unter sein Shirt und entlocke ihm ein weiteres kurzes und durchaus resigniertes Auflachen.

»Bis morgen, Joyce«, sagt er leise.

»Bis morgen, Gabriel.«

Ich sage es, lasse ihn jedoch nicht los, denn ich *muss* ihn küssen. Wieder und wieder.

Er ist auf der Straße hinter mir, bis unsere Wege an der Kreuzung in verschiedene Richtungen führen.

Ich habe die Heizung bis zum Anschlag aufgedreht und langsam breitet sich die Wärme im Wagen aus. Mein Körper ist noch immer in Aufruhr, was durch jeden Gedanken an Gabriel von vorn beginnt. In der einen Sekunde huscht ein erhitztes Lächeln über mein Gesicht, und in der nächsten holt mich die Realität ein. Ich habe Erwartungen gesät. Ich habe etwas angefangen, was ich auch beenden muss. Noch immer spüre ich jede einzelne

Berührung auf meiner Haut und keine davon hat sich falsch angefühlt.

Als ich die Innenstadt erreiche, schalten sich gerade die Ampeln ein, und die vor mir springt auch gleich auf Rot. Beim Warten lehne ich den Kopf zurück, betrachte den Bindfaden artigen Regen vor den Straßenlaternen. In meinem Handschuhfach liegen Kondome. Ich hätte es nur sagen müssen.

GABRIEL

Auf meinem Gesicht hat sich ein groteskes Lächeln eingenistet, und ich denke nicht, dass ich in meinem Leben schon so lange am Stück vor mich hin gegrinst habe.

Um kurz vor sechs sind die Straßen von Seaford nahezu leer. Manche Ampeln sind noch nicht einmal eingeschaltet, und die einzigen Menschen sind arme Seelen, die so früh zur Arbeit müssen, Halbstarke, die sich nach Hause schleppen.

Und meine Schwester.

Ich erkenne sie schon aus der Ferne. Sie überquert die Kreuzung und erreicht gerade die andere Straßenseite, als ich das Tempo drastisch verlangsame und sie kaum merklich den Kopf wendet, um nachzusehen, welcher dubiose Wagen sie verfolgt. Da sie auf der linken Seite läuft, haben wir den perfekten Blick aufeinander. Sie ist triefend nass und scheint zu frieren in ihrem Trägertop und dem, was sie einen Rock nennt. Jedenfalls hat sie die Arme vor der Brust verschränkt. Bis nach Hause sind es noch mindestens zwanzig Minuten zu Fuß. Und da muss man schon relativ zügig laufen.

Als ich neben ihr herfahre, sieht sie mich kurz an und dann wieder nach vorn. Ich lasse das Fenster herunter.

»Es gibt eine Heizung hier drin.«

»Nein, danke«, ruft sie, ohne mich eines Blickes zu würdigen.

Es juckt mich, Gas zu geben und sie im wahrsten Sinne einfach im Regen stehenzulassen. Aber ich bin heute gut gelaunt.

»Komm jetzt«, sage ich versöhnlicher.

Sie zögert, dann bleibt sie stehen und wendet sich mit ihren verschränkten Armen in meine Richtung. Schlussendlich wirft sie den Kopf in den Nacken und stöhnt wahrscheinlich. Bei dem Regen ist es nicht zu hören, aber ich kenne sie. Obwohl sie eher brummt als stöhnt. Es kommt immer ein wenig auf ihren Genervtheitsgrad an.

Ich schiebe die Gitarre vom Beifahrersitz nach hinten, und während Rafaela sich anschnallt, lasse ich die Scheibe hochfahren und drehe die Heizung weiter auf. Rafaelas nasse Finger sind wie immer fest um den Gurt geschlossen.

»Bereit?«, frage ich, und sie nickt.

Dann fahre ich los.

»Was ist denn mit dir?«, fragt sie plötzlich. »Was stimmt denn mit deinem Gesicht nicht? Du warst bei Joy, oder?« Sie wartet keine Antwort ab und auf ihr eigenes Gesicht legt sich jetzt ein Grinsen der gehässigen Sorte. »Du bist total verschossen!«

»Weil ich noch nie morgens von irgendwoher nach Hause gekommen bin?«

»Nein, nein«, gibt sie ungerührt zurück. »Das ist nicht dein übliches Gesicht und du kommst auch nicht von irgendeinem deiner üblichen Groupies. So heißt das doch bei euch Musikern, oder?«

Ich muss lachen. »Wenn ich ein Rockstar bin, kannst du sie Groupies nennen.«

»Du stehst nicht nur auf sie, du bist verknallt! Das glaubt mir keiner, wenn ich es erzähle.«

»Wie wäre es, wenn du es nicht erzählst?«, schlage ich vor und sie reißt den Kopf wieder herum, während ich den Wagen vor der roten Ampel langsam ausrollen lasse.

»Du gibst es also zu! Hätte ich mal Geld gewettet, wäre ich jetzt reich! Ja!«, fügt sie hinzu, als ich ihr einen betont gelangweilten Blick zuwerfe. »Willst du wissen, was über euch geredet wird?«

Die Ampel wird grün und ich fahre so ruhig wie möglich los.

»Gibt es nichts Interessanteres in dieser Stadt?«

»Offenbar nicht. Ich glaube, mittlerweile hat jeder mal über euch gesprochen. Und meistens kommt ihr nicht gut dabei weg.« Ihre letzten Worte klingen vorsichtiger und weit weniger spöttisch als zuvor.

»Also? Was erzählt man sich denn?«

»Du willst sie flachlegen, der Klassiker. Sie lässt dich nicht ran, und weil du nicht aufgibst, sieht man dich gerade öfter mit ihr. Ach, und natürlich: Dumm fickt gut, deshalb ist sie zurzeit dein Favorit.«

Ich trete zu fest auf die Bremse und Rafaela muss sich mit einer Hand am Armaturenbrett abfangen.

Ich kann nichts sagen. Alle Worte haben sich zu einem aggressiven Knoten zusammengeballt.

»Was kümmert dich denn plötzlich, was geredet wird? Und ihr habt euch doch beide so einen Ruf selbst zuzuschreiben«, sagt sie weiter. Ich schnaube verächtlich und schüttle sogar den Kopf, während ich um die Kurve fahre. »Stimmt denn was davon? Tut es nicht, oder? Das steht dir nämlich ins Gesicht geschrieben. Und wenn du mich fragst, steht dir das ziemlich gut.«

Ein kurzes Lachen rutscht mir raus, das eine ganze Reihe verschiedener Gefühle beherbergt.

»Nein, es stimmt nicht«, bestätige ich also und biege in unsere Straße ein. Sekunden später schalte ich den Motor aus. Die Scheibenwischer kommen zum Stillstand und innerhalb eines

Wimpernschlags ist die Welt verschwommen. »Soll ich dich gleich zur Therapie fahren?«, frage ich. »Es wird nicht aufhören zu regnen. Wenn ich dich hinbringen soll, gehe ich jetzt nicht ins Bett.«

Sie nickt schwach und hat den Blick auf die Windschutzscheibe gerichtet.

»Hast du sie darauf angesprochen?«

Die Frage trifft mich unvorbereitet und holt etwas zurück, was ich verdrängen will. Ich rutsche in eine bequemere Position und lehne den Kopf an.

»Ich habe es versucht, aber sie ist sofort sauer geworden.«

»Leir«, setzt Rafaela an und streicht sich die Haare hinters Ohr. »Das ist auch nicht so einfach.«

»Also soll ich nichts sagen.«

»Das habe ich nicht gesagt. Du musst irgendwie sehen, ob sie reden will oder nicht.«

»Offenbar will sie ja nicht.«

»Du kannst sie nicht so damit überfahren. Da schaltet jeder in den Überlebensmodus.«

»Also soll ich nichts sagen«, wiederhole ich und diesmal überlegt sie etwas länger für ihre Antwort. Nur damit ich am Ende keine bekomme.

»Ich weiß es nicht. Wahrscheinlich ist sie einfach noch nicht so weit. Vielleicht schämt sie sich.«

»Wofür denn?«

»Weil sie da in was hineingeraten ist, wo sie nicht mehr rauskommt«, antwortet sie und wird mit jedem weiteren Wort lauter. »Vielleicht kann ich sogar nachvollziehen, dass es einem unangenehm ist, wenn man von allen angestarrt wird und Fragen gestellt bekommt, auf die man keine Antwort hat. Und am besten kommen dann noch Kommentare, wie: Lass es doch; ich verstehe das Problem nicht; geh ihm doch aus dem Weg. So einfach ist es halt nicht!«

Ich starre sie an, wogegen Rafaela, die zuletzt mit der flachen Hand auf das Armaturenbrett geschlagen hat, den Kopf von mir abwendet und tief einatmet. Zuerst bin ich überzeugt, sie weint. Als sie aber wieder nach vorn sieht, sind da keine Tränen, sondern nur ein zutiefst müder und resignierter Ausdruck.

»Willst du gar nicht wissen, wo ich war?«, fragt sie unvermittelt.

»Doch«, antworte ich und reibe mir über die Stirn. »Ich will eigentlich rund um die Uhr wissen, wo du bist.«

Es ist mir schon einmal zuvor aufgefallen: Sie reagiert ungewöhnlich auf diese Aussage, die bisher ein sicheres Mittel für Streit war.

»Ich weiß, dass du dir Sorgen machst. Musst du nicht. Ich denke, ich bekomme das in den Griff. Aber mit ›lass es doch einfach‹ ist es eben nicht getan. Mich starren sowieso alle an. Es zerreißen sich ohnehin alle das Maul. Mir kann es egal sein, wenn alle wissen, dass ich zum Psychiater renne. Tief im Inneren ist es das aber nicht, verstehst du? Ich bekomme die Blicke mit, Leir. Deine Joy ist vielleicht noch nicht so weit, das auszuhalten.«

»Es ist absolut nicht schlimm, zu dieser Ärztin zu gehen, Ela.«

Sie lächelt schwach. »Ich weiß es. Aber ich darf mir ja wünschen, dass es anders wäre, oder? Dass ich nicht hingehen *müsste*. Ich habe es mir nicht ausgesucht, nicht richtig zu ticken.« Ich schnalze mit der Zunge und ihr Lächeln wird etwas breiter. »Das sucht sich *niemand* aus, Leir, denn es ist anstrengend.« Damit öffnet sie die Tür und das Prasseln des Regens wird lauter. »Ich muss um elf da sein.«

Ich nicke nur, mache aber keine Anstalten, ebenfalls auszusteigen. Meine Schwester zögert noch einen Moment, dann läuft sie zur Haustür und ich zünde eine Zigarette an. Ich öffne mein

Fenster einen Spalt und lasse zu, dass Regentropfen auf meinen Arm fallen. Mir ist kalt, was nicht nur vom Wetter kommt. Diese Hitze zwischen Joyce und mir wurde davon abgelöst, dass ich mir nicht bewusst war, welche Probleme hinter dem Internet-Mädchen *Joy Evans* versteckt sein könnten.

Gedanken, die mich auch nicht loslassen, als ich nach einer warmen Dusche auf meinem Bett liege und zuhöre, wie der Regen auf mein Fenster prasselt. Mein Blick fällt auf die Gitarren.

Neun Tage. Es ist Donnerstag. Samstag in einer Woche steige ich in die *British-Airways*-Maschine. Automatisch denke ich wieder darüber nach, welches Spiel auf Gottes Tisch liegt. Vielleicht ist es doch kein Quartett, sondern irgendwas mit Ereignisfeldern. Und das letzte davon sagt: *Als sich der kleine, nichtige Mensch nach dem Tod einer Bezugsperson wieder gefangen hat und im Grunde bereit wäre, endlich abzureisen, will er sich nicht von dem Mädchen trennen. Was macht er jetzt? Bitte würfeln.*

Mein Handy vibriert und einen albernen Moment bin ich vom Schicksal überzeugt und sicher, dass die Nachricht von Joyce ist.

Ist sie nicht.

Sie ist von Grey, der nach einem Date verlangt. Was original seine Worte sind:

Ich hätte gern morgen ein Date, meine drahtige Rock-Legende.

Ich stoße ein Lachen aus.

Kannst du haben, mein Lebenszeit-Groupie.

Ich schicke auch noch einen Kuss-Smiley hinterher. Es soll ja an nichts fehlen.

Das Wort *Groupie* erinnert mich an Rafaela und so an unser Auto-Gespräch. Wobei mir klar ist, dass ich nur einen Grund suche, Joyce' Profil zu öffnen und ihr neustes Bild zu stalken. Unwillkürlich verziehe ich kurz das Gesicht, denn das Foto zeigt sie in einem dicken Wintermantel – der Markennennung zufolge von *Escada* – und anscheinend gibt es dort einen Ausverkauf. Warum das Ende August sein muss, weiß ich nicht, bis letzte Nacht waren es fast dreißig Grad. Joyce trägt nicht nur einfach diesen Mantel, sie sitzt auch im Schnee. Das Foto muss also entweder letzten Winter gemacht worden sein, oder sie besitzt den schwarzen Gürtel in Photoshop. Eigentlich macht sie es ganz clever: Sie fragt in ihrem Post, wem die Hitze ebenfalls zusetzt und wer sich auf den Winter freut. Danach folgt imposantes Gerede über die Firma *Escada*, den Ausverkauf und den Code, den man dazu benutzen kann, um beim Kauf zu sparen. Ich öffne die Kommentare und überfliege die Lobpreisungen, bis ich stutze. Eine Frage, die ich mir immer wieder stelle, formt sich erneut in meinem Kopf: Was stimmt nicht mit den Leuten?

Es ist wirklich alles dabei, angefangen bei anzüglichen Bemerkungen über die viel geileren Bikini-Bilder, bis hin zu: *Sie sollte sich die Kapuze über den Kopf ziehen.*

Ganz kurz zögere ich noch, dann tippe ich auf das Like-Herzchen unter dem Foto.

Augenblicklich ist das Schmunzeln wieder da und ich fühle mich romantisch und verwegen zugleich. Zu gern wüsste ich, wann sie sieht, dass ich mir den Post angeschaut habe. Und geliked habe!

Ich denke, man kann es nicht mehr schönreden. Joyce bringt mein gesamtes inneres Konzept durcheinander. Was wie Zahnräder ineinandergreifen und als große zusammenhängende Apparatur funktionieren sollte, tut es nicht mehr. Wenn ich Joyce sehe, macht mein Herz einen Ruck, als wäre es zu schnell angefahren. Mein Magen ist ständig unterschwellig nervös, meine Gedanken überschlagen sich und als letztes auseinanderbröckelndes Zahnrad, atme ich auch irgendwie komisch. Das ist nichts mehr, worüber man diskutieren könnte. Rafaela hat Recht, und ich weiß es. Ich weiß aber *nicht*, ob es gut ist. Es fühlt sich jedoch verdammt gut an.

»Das war wohl nix!« Rafaela pikst mit ihrem spitzen Finger in meine Rippen. »Wolltest du nicht wachbleiben?«

Das Angebot, sie zu fahren, war eine Scheißidee.

Total gerädert halte ich vor dem Ärztehaus, das nur zwei Straßen entfernt von der *White Petal Medical Clinic* liegt. Da es sich dabei um eine Psychiatrie handelt, ist es nicht verwunderlich, dass im Ärztehaus nebenan auch eine Psychotherapeutin sitzt. Ich habe Rafaela schon ein paar Mal hier abgesetzt und stelle jetzt dieselbe Frage wie immer. Wobei sie mir heute noch sinnvoller erscheint, da es weiterhin in Strömen regnet.

»Soll ich warten?«

»Nein«, gibt sie wie immer als Antwort zurück und schnallt sich ab. Mir fällt abermals auf, dass meine Schwester in letzter Zeit beängstigend oft in meine Richtung lächelt. »Danke fürs Fahren. Leg dich noch mal hin.«

29

JOYCE

Obwohl ich einen Schirm habe, werde ich nass, wenn auch nicht so schlimm wie heute Morgen. Kaum habe ich Gabriels Bild im Kopf, spüre ich die Hitze in meinem Gesicht, als könne ich noch immer seine Berührungen fühlen.

Als ich das Ärztehaus betrete und sich hinter mir die gläserne Schiebetür schließt, stehe ich einen Moment unschlüssig in der riesigen Halle aus dunklem Marmor. Rechts von mir ist der *Rite Aid*-Eingang. Es gibt mindestens vier Drogerieketten, die näher gewesen wären, aber ich ziehe grundsätzlich immer vor, weiter weg zu fahren. Ob ich im Supermarkt Unmengen Lebensmittel kaufe oder auffällige Medikamente abholen möchte. Wie viele Gründe gibt es für jemanden in meinem Alter, diese Tabletten verschrieben zu bekommen? Die Verkäufer sind nicht dumm. Ich habe immer wahnsinnige Angst, dass mich jemand sieht und zu viel über mich nachdenkt und am Ende die richtigen Schlüsse zieht.

Dazu kommt heute der Regen, bei dem niemand freiwillig unterwegs ist. Also habe ich beschlossen, endlich diese Kaliumtabletten zu holen.

Ich betrachte den hell erleuchteten Eingang zur Drogerie und versuche abzuschätzen, wie viele Leute sich darin befinden. Ich sehe einen älteren Herrn an der Theke stehen, der ebenfalls auf seine Medikamente wartet. Hinter ihm steht eine Frau an. Und ich weiß, wie unwahrscheinlich es ist, doch trotzdem habe ich Angst, es könnte eine Bekannte meiner Mutter sein. Da ich genug Zeit habe, beschließe ich mich, auf die kniehohe Marmormauer zu setzen, die den riesigen Blumenkübel in der Mitte der Halle umschließt. Darin wächst sogar ein echter Baum.

Kaum sitze ich, ziehe ich mein Handy hervor und habe zwar eine Nachricht von Katie, jedoch keine von Gabriel. Ein Lächeln stiehlt sich in mein Gesicht, denn wahrscheinlich schläft er noch. Ich sollte mich ebenfalls wieder hinlegen, wenn ich das hier hinter mir habe. Doch so viel es mir auch abverlangt, diese Tabletten geben mir Hoffnung, dass es mir damit besser gehen wird. Mein Handy und den Griff des Schirms zwischen den Fingern hebe ich den Blick und sehe so direkt auf die große Plexiglastafel, die neben dem Aufzug an der Wand angebracht ist. Es ist nicht das erste Mal, dass ich in diesem Gebäude bin. Bei der Ohrenärztin im dritten Stock bin ich im letzten Jahr gewesen. Ganz unten ist ein Zahnarzt, einen Kinderarzt gibt es hier ebenfalls und die Psychotherapeutin im fünften Stock. Ich starre auf das Wort und jeder einzelne Buchstabe dringt in meinen Körper, wo er sich festsetzt und eine ganz eigenartige Unruhe schafft. Einen Moment lang verharre ich so, ohne wirklich viel zu denken. Dann stehe ich auf und gehe die Schritte bis zum Lift, wo ich weiter wie gebannt auf den Schriftzug sehe. Was würde passieren, wenn ich jetzt in diesen Aufzug steige, nach oben fahre und darum bitte, mir einen Termin zu geben? Ich weiß, dass man lange warten muss, aber das wäre immer noch besser, als einfach nichts zu tun. Es wäre ein Anfang. Es wäre ein Schritt. Und zwar einer nach vorne. Ich laufe momentan so viel rückwärts, dass jeder Schritt in die andere Richtung eine Hilfe wäre. So wäre es doch, oder nicht? Reicht es denn wirklich einfach, in den Drugstore zu gehen und Medikamente zu holen, die am Ende nur ausbessern, was an einer ganz anderen Stelle verursacht wird? Mein Herz schlägt rasend schnell, schon beinahe euphorisch. Es gibt immer einen Weg, und meiner führt vielleicht in den fünften Stock dieses Gebäudes. Ich atme tief ein und langsam durch die Lippen wieder heraus und rüste mich.

In diesem Moment gleitet die Tür des Aufzugs auf.

Rafaela Álvarez starrt mich ebenso entgeistert an wie ich sie. Meine Finger umschließen den Griff des Regenschirms so fest, dass sich meine Fingernägel in die Handflächen drücken. Rafaela sieht ihrem Bruder extrem ähnlich, das ist mir nie richtig aufgefallen, aber sie haben die gleichen Augen. In diese sehen wir uns so lange, dass die Fahrstuhltür sich bereits wieder schließen will. Das hat zur Folge, dass Rafaela aus ihrer Starre erwacht und praktisch herausspringt. Ich ergreife meine Chance, lächle und trete in den Lift, weil alles andere keinen Sinn ergeben würde.

Die Zeitschaltuhr der Türen ist damit neu gestartet und ich warte verzweifelt, dass sie sich schließen. Wie zum Schutz sehe ich auf mein Handy, erkenne jedoch aus dem Augenwinkel, dass Rafaela, die bereits einige Schritte gegangen ist, sich noch einmal umdreht. Mein Herz schlägt so schnell, dass ich es in meinem Kopf spüre. Endlich schließen sich die Türen.

Und öffnen sich wieder.

Ich hebe den Blick.

»Okay, tut mir leid. Es tut mir wirklich leid!«, wiederholt Rafaela, als sie sich durch die noch nicht ganz geöffneten Türen zu mir hereindrängt. Sie streicht sich die Haare der nicht kurz geschnittenen Seite hinters Ohr und richtet den Blick zur Decke. »Er wird ausflippen, da kann ich mich jetzt schon drauf einstellen.« Die Türen schließen sich und Rafaela sieht mich an. »Aber ich muss mit dir reden. Über meinen Bruder. Und über dich. Über dich und meinen Bruder.«

Mir wird heiß, jedoch nicht auf die gute Art. Ich glaube, mein Blutdruck geht zu schnell in die Höhe. Vollkommen überfordert lege ich zwar ein Lächeln auf, bin aber unfähig, etwas zu sagen.

»Hast du vielleicht kurz Zeit?«, fragt sie.

Ich hebe die Hand und blicke auf das Display, in der Hoffnung, dass es nicht sichtbar zittert, und gebe vor, auf die Uhr zu sehen.

Dann lächle ich wieder. »Ich habe einen Termin bei der Ohrenärztin und bin schon etwas spät dran.«

»Oh«, macht Rafaela und nickt. »Okay. War auch ein wenig spontan. Ist okay.«

Sie drückt den Knopf, um die Türen des noch immer stillstehenden Fahrstuhls zu öffnen, und meidet beim Verlassen meinen Blick.

Ich weiß nicht, ob irgendwann in einem Hausmeisterbüro ein Lämpchen aufleuchtet, wenn permanent der Lift blockiert wird. Doch kaum setzen sich die Türen in Bewegung, haste ich hindurch, und sie schieben sich wieder auf.

»Was ist mit deinem Bruder?«, rufe ich ihr nach und es kommt mir in dieser Halle viel zu laut vor. Rafaela dreht sich um.

Einen Moment stehen wir so da, dann deutet sie zum Pflanzkasten, mit seiner Mauer, auf der ich eben noch gesessen habe.

Als ich mich setze, gebe ich alles, um neutral zu wirken. Was, wenn mir seine Schwester etwas sagen soll, das mir das Herz bricht? Denn es wäre definitiv möglich, das zu tun, darüber bin ich mir in diesem Moment entsetzlich klar. Was, wenn sie mich warnen will? Wenn ich auf eine Masche von Gabriel Álvarez reingefallen bin?

»Mein Bruder …«, setzt sie an und macht eine dramatische Pause, bevor sie mich wieder anlächelt. »Er wird meinem Lieblings-Teddy die Augen herausreißen, wenn ich dir das jetzt sage! Aber ich liebe bekanntlich das Leben am Limit: Leir ist wirklich richtig übel verknallt in dich.«

Ich stoße ein heiseres Lachen aus. In meinem Magen gibt es einen Adrenalinstoß und ein skurriles Kribbeln jagt mir von den Zehen zum Hals.

»Es klingt wie ein schlechter Kinofilm«, sagt sie weiter, »und niemand findet das unglaublicher als ich. Aber er hat es direkt vor mir zugegeben: Mein Bruder ist tierisch verknallt in dich!« Für den Bruchteil einer Sekunde hält sie ihren belustigten Ausdruck, dann ändert sich ihre Miene. »Und er macht sich Sorgen um dich.«

»Warum?«, frage ich mit einem gekonnt naiven Lächeln.

Rafaela senkt den Blick und zögert einen Moment. »Er weiß es«, sagt sie, ohne mich anzusehen. »Aber er weiß nicht, wie er damit umgehen soll.«

»Er weiß *was?*«, hake ich betont verständnislos nach und umfasse mein Handy fester.

»Quinn, meine beste Freundin, hat damals immer wieder versucht, mir durch die Blume was zu sagen. Irgendwann ist ihr der Kragen geplatzt und sie hat mir direkt ins Gesicht gesehen und gefragt, ob ich wirklich der Meinung sei, es wäre normal, was ich tue. Und das Lustige ist, dass ich längst wusste, dass es das nicht ist. Tief in seinem Inneren weiß man das irgendwie.« Damit sieht sie mich wieder an. »Aber ich hatte Angst davor, das aufgeben zu müssen. Es hat mich abgelenkt, es hat mir ein gutes Gefühl gegeben und ich war auch irgendwie stolz.«

Ich sehe sie nur an, den Mund leicht geöffnet und kaum atmend. Seit einem Jahr fragt sich nahezu jeder in der Stadt, was mit Gabriel Álvarez' Schwester passiert ist. Warum sie die Schule abgebrochen hat und was das mit Ashton Clark zu tun hat. Ich habe viele Gerüchte gehört, die immer Rafaela schlecht dastehen ließen. Nie ihn.

»Ich weiß ja nicht, was passiert ist«, flüstere ich.

»Niemand tut das«, entgegnet sie und schüttelt kaum merklich den Kopf. »Ich war süchtig nach diesem Jungen, ich kann es nicht in Worte fassen. Ich habe ihn auf einer Party kennengelernt, schon mit vierzehn. Du weißt bestimmt, dass meine Mutter immer arbeitet, mein Vater manchmal auch, und wenn nicht, ist er betrunken. Wir leben ziemlich unbeaufsichtigt«, sie lacht kurz. »Ich war ab diesem Moment nicht mehr ich selbst. Es behaupten immer alle, so was sei unrealistisch, aber ich sage dir, das kommt nur von denen, die es nicht erlebt haben! Ich schwöre dir, ich habe Ash gesehen und war abhängig. Ich wollte ihm gefallen. Unbedingt! Er hat mir irgendein Zeug angeboten und ich habe es genommen.« Wieder macht sie eine Pause und etwas in ihren Augen verändert sich. »Ich hätte einfach alles gemacht, damit er mit mir zusammen ist.«

Ich zögere. »Aber war er denn nur mit *dir* zusammen?«

Es ist eine Frage, deren Antwort ich kenne, denn ich weiß ziemlich sicher von Nächten mit Cheerleadern während dieser Zeit.

»Natürlich nicht«, bestätigt sie auch sofort und lacht bitter. »Es war mir egal! Ich habe genommen, was ich kriegen konnte, und wenn er weg war, habe ich gewartet. Hörig; es gibt kein anderes Wort dafür. Er wusste das und hat mich nicht sehr gut behandelt«, fügt sie leiser hinzu und senkt ihren Blick. Dann zieht sie scharf die Luft ein. »Es tut mir leid, du kennst mich gar nicht und ich texte dich einfach zu. Ich denke, ich will einen Vertrauensvorschuss von dir. Oder ich versuche, wiedergutzumachen, was ich meinem Bruder angetan habe. Irgendwie so was wird es sein. Ich werde das auf jeden Fall nächste Woche besprechen.« Sie nickt

Richtung Fahrstuhl. »Ich gehe hier zur Therapie wegen dieser ganzen Sache.«

»Wegen Ash?« Es rutscht mir viel zu überrascht heraus, doch Rafaela schmunzelt.

»Wegen Ash, ja.«

»Gabriel hat nicht viel erzählt«, setze ich an und hoffe, dass ich jetzt nichts sage, was ihm Ärger bereitet, »aber ich hätte gedacht, dass es um den Unfall geht.«

»Ach«, winkt sie amüsiert ab. »Leir sollte deshalb mal in Therapie. Der hat das nämlich überhaupt nicht gut weggesteckt. Nein, es geht eigentlich um mein Verhältnis zu Ash.«

»Liebst du ihn denn noch?«

»Nein«, gibt sie sofort zurück. »Das ist keine Liebe! Es ist, Achtung: eine emotionale Abhängigkeit, bei der ich meine eigenen Bedürfnisse und Wünsche vernachlässigt und mein Selbstwertgefühl von der Zustimmung und Anerkennung des Mannes abhängig gemacht habe. Klingt gut, oder? Das habe ich da oben gelernt.«

Ich bin einen Moment nur von diesen Worten eingenommen, die so einleuchtend klingen.

Rafaela nickt. »Ich bin wirklich froh, dass ich das mache, und glaub mir, es war mir am Anfang so peinlich. Deshalb verstehe ich, dass du –«

»Ich denke, ich weiß, was du sagen willst«, unterbreche ich sie mit kühler Stimme. »Was dir passiert ist, ist unglaublich schlimm. Aber das hat nichts mit mir zu tun.«

»Ich bin mir da nicht so sicher«, entgegnet sie und dreht sich jetzt mit ihrem ganzen Körper in meine Richtung. »Ich weiß nicht, ob du es wirklich nicht so siehst oder nicht wahrhaben willst. Leir sagte, dass du immer bedrückter wirst, und dann musstest du auch ins Krankenhaus –«

»Vielleicht sollte *Leir* erst mal überlegen, bevor er Gerüchte in die Welt setzt!«

»Mir ist schon klar, dass du dich angegriffen fühlst. Ich war nicht anders –«

»Ich fühle mich nicht angegriffen. Es stört mich, dass er Dinge über mich erzählt, die schlicht nicht wahr sind!«

Ich will nicht, dass sie von mir denkt, ich sei nichts als eine der Millionen Pubertierenden gewesen, die einem Diäten-Hype unterlegen sind. Das ist, was die Leute denken. Was habe ich mir gedacht, als ich auf diese Plexiglastafel geschaut habe? Menschen wie Rafaela brauchen die wenigen freien Plätze bei den Ärzten. Nicht ich. Ich habe nicht das Recht, jemandem diesen Platz wegzunehmen. Wenn ich ihn überhaupt bekäme.

»Es ist nett, dass ihr euch Sorgen macht, aber das ist nicht nötig.«

»Also hast du keine Essstörung?«

Ich starre sie an. Mein Mund öffnet sich. Schließt sich. Unfähig, nur ein Wort zu sagen. Hitze steigt mir ins Gesicht und Kälte fließt in meine Beine.

»Sehe ich so aus? Muss es gleich eine Essstörung sein, wenn man auf seine Figur achtet? Ich bin Sportlerin! Ich kann nicht … Ich habe nicht einmal annähernd Untergewicht!«

»Man ist bei Bulimie auch nicht zwingend untergewichtig!«

Ein Wort, das jede Pforte öffnet, die in der Lage gewesen ist, die Scham zurückzuhalten. Ich schaffe es nicht mehr, Rafaela in die Augen zu sehen. Ich will aufstehen, weiß aber, dass eine Flucht ihr nur bestätigen wird, was sie ohnehin denkt.

»Meine Freundin hat das auch gemacht«, sagt sie. »Ich weiß, dass man da irgendwann die Kontrolle verliert.«

»Ich sage ja nicht, dass es normal ist«, setze ich an und bemühe mich, ruhig zu wirken. »Aber es ist nicht so, dass ich das nicht selbst in den Griff bekommen könnte, wenn ich es drauf anlege. Ich bin nicht magersüchtig! Das wäre eine ganz andere Nummer.«

»Das hat Quinn immer gesagt. Es kann ja nicht so schlimm sein.« Sie wendet den Blick ab und sieht in die Halle. »Es *ist* schlimm. Aber wenn du das nicht sehen willst, wird dir da niemand helfen können. Ich kann nur für mich sprechen, aber es hilft auch, mit jemandem zu reden, bei dem man weiß, dass er oder sie einen nicht verurteilt. Und mein Bruder weiß es ohnehin. Und ich meine: Er ist *mein* Bruder! Ihn schockt nichts mehr so schnell! Ich habe keine Ahnung, wie ihr die letzten gemeinsamen Tage verbringen wollt, aber wenn du mit ihm darüber reden willst, dann kannst du das machen. Unter dieser erstaunlich dicken Arschloch-Schale ist er ein ziemlich toller Mensch.« Sie lächelt und steht auf. »Eins noch, danach lasse ich dich in Ruhe. Es ist egal, wie viel du mit Leir reden wirst, denn am Ende ist er kein Therapeut. Meine Ärztin da oben schon.« Sie deutet zum Fahrstuhl.

Einen Moment sehen wir uns an, dann stehe ich ebenfalls auf.

»Soll ich dich nach Hause fahren? Es regnet noch immer.«

»Ich werde abgeholt«, entgegnet sie, deutet zum Ausgang und erst jetzt sehe ich den Jungen dort stehen. »Deinen Termin hast du wohl verpasst, oder?«

»Ist schon okay, war nicht wichtig«, sage ich kleinlaut.

Rafaela grinst Richtung Ausgang. »Sag es Leir nicht, ich versuche noch herauszufinden, wie man es ihm am besten beibringt.«

Mit einem Winken verschwindet sie mit ihm durch die Tür. Ich brauche noch einen Moment, dann gehe ich zum Drugstore. Menschen wie Rafaela brauchen einen der raren Therapieplätze. Ihr ist wirklich Schlimmes passiert.

Was habe ich mir dabei gedacht?

Man hätte mich nur ausgelacht, wäre ich wirklich in den fünften Stock gefahren.

30

GABRIEL

Ich habe mich tatsächlich noch einmal hingelegt und es geht mir danach immens besser. Auf dem *Best-Buy*-Parkplatz habe ich mit einem Tankstellen-Sandwich in der einen und dem Handy in der anderen Hand, Joyce zugetextet, die am Vormittag irgendwas erledigen musste und jetzt anscheinend wieder zu Hause und mit ihren Beiträgen beschäftigt ist. Je mehr man vorplant, desto weniger Arbeit hat man hinterher, das habe ich bereits gelernt. Für den unwahrscheinlichen Fall, dass ich mal eine eigene Karriere als Social Media Star starten will.

Bei meiner Schicht wurde ich direkt vorne an der Theke für Reklamationen abgestellt. Doch selbst das schafft es nicht vollends, mir die Laune zu verderben, obwohl es der schlimmste Ort im ganzen Laden ist. Jemand mit überschüssigem Selbstwertgefühl sollte sich mal eine Zeit lang dort aufhalten. Ich wurde in den letzten Stunden geschlagene dreimal dafür fertiggemacht, dass ein Controller der Playstation 5 nicht mehr funktioniert. Als wäre ich persönlich bei den Leuten eingestiegen und hätte dafür gesorgt, dass das Männchen nach links rennt – egal welchen Knopf man drückt. Einmal verlangte man aufgrund meiner Unfähigkeit, den Geschäftsführer zu holen, weil ich nicht wusste, wie lange Samsung für die Reklamation einer Fernbedienung braucht, die aus Korea geliefert werden muss. Mein persönliches Highlight war aber, als ich einer Oma haarklein erklärt habe, dass ihre Armbanduhr nicht kaputt ist, sondern man ihr eine Smartwatch geschenkt hat. Miles, der beim Befüllen des Aufstellers gegenüber dieses Gespräch mitbekommen hat, amüsierte sich prächtig.

Viel zu spät kommt etwa eine Viertelstunde danach jemand, der sich verantwortlich fühlt, mir eine Pause zu verschaffen. Miles setzt sich ebenfalls ab und zusammen gehen wir durch das Lager in den Hinterhof.

Allerdings hat ein riesiger Truck den gesamten Platz beansprucht und die im Regen fluchenden Männer kämpfen gerade mit der Laderampe. Miles deutet auf die Müllcontainer. Diese stehen unter einem Wellblechdach, und da dies ein Elektrozeug-Laden und kein Fisch-Restaurant ist, befindet sich in den überdimensionalen Behältern nur geruchlose Pappe und Plastik. Wir sprinten am Truck vorbei über den Hof und klettern auf die Container, von wo wir perfekten Blick auf die regennassen Lieferanten haben.

»Ich hab es übrigens geschafft«, sagt Miles und streicht sich die leicht nassen Haare zurück.

»Den Aufsteller aufzufüllen?« Ich betrachte missmutig die verschwindend geringe Anzahl Kippen in der Packung.

»Die Aufnahme ins Team, du …«

Ich muss lachen und lasse mein Feuerzeug klicken. »Das ist nicht unbedingt cool, aber es freut mich für dich.«

Miles grinst, lehnt sich vor und stützt die Ellbogen auf die

Knie. »Ich hatte echt Bammel. Ich hasse es, in bestehende Gruppen zu kommen, in denen man sich neu beweisen muss. Hättest du nicht erwartet, wie? Ich bin ein Schisser und ich habe dich zum Mitwisser auserkoren. Und du wirst sterben, wenn du das ausplauderst, das ist dir hoffentlich klar.«

»Absolut klar!«, bestätige ich und muss zugeben, dass ich wirklich ein wenig überrascht bin. »Richtig zufrieden wirkst du aber nicht«, sage ich vorsichtig. »Du hast es doch geschafft. Wo ist das Problem?«

»Du kommst dahin und jeder hat schon irgendwelche Erwartungen. Und dann entsprichst du denen aber vielleicht nicht.«

Ich ziehe an der Kippe und sehe zu, wie einer der Lieferanten nun mit ganzer Körperkraft einen Karton von der Rampe schiebt. »Warum genau macht ihr das eigentlich? Das stresst euch doch im Grunde nur!«

Der Satz rutscht mir heraus, etwas dieser Art hatte ich gar nicht sagen wollen, aber jetzt, wo er ausgesprochen ist, erscheint er mir ziemlich wahr.

Miles lacht, aber es klingt ertappt. »Na ja, es macht schon Bock. Solange man gut ist, ist es cool.«

»Und sobald man mal einen Fehler macht, wird man runtergeputzt.«

Ich überlege, ob ich damit umgehen kann, wenn man mir in Manchester unentwegt schlechte Bewertungen gibt. Wenn Harold Hewitt mich bei jedem verpatzten Griff runtergemacht hätte, hätte ich mich mit der Gitarre wahrscheinlich selbst erschlagen. Ich will keinen Honig ums Maul geschmiert bekommen, aber eine große Anzahl Fehler macht man meistens nicht mit Absicht.

»Meinst du Joy?«, fragt Miles. »Sie haben sie ja nicht so richtig runtergeputzt. Sie ist schließlich ins Team gekommen.«

Ich wende den Kopf, sehe ihn an und versuche, einen

Zusammenhang zu erkennen. Mich stören ein wenig diese komischen Nuancen zwischen der eigentlichen Aussage.

»Wer hat sie runtergeputzt?«

Miles Blick ist einen Moment starr auf mich gerichtet, und wahrscheinlich fragen wir uns gerade beide, ob wir aneinander vorbeireden.

»Die Cheerleader am *Bayshore*«, erklärt er langsam und ohne dass sich seine Miene verändert. »Sie haben sie aber nicht fertiggemacht. Sie haben lediglich gesagt, dass ihre Leistung wohl nicht so gut war. Sie hatte aber auch einen echt schlechten Tag, da ist es –«

»Wann haben die das gesagt?«, unterbreche ich und Miles scheint es langsam zu dämmern, dass ich keine Ahnung habe, wovon er redet.

»Ich glaube, das war …« Er bricht ab und sieht aus, als hätte er eine Erkenntnis. Sein Mund verzieht sich zu einem resignierten Lächeln und er lässt den Kopf nach hinten fallen.

»Was?«, dränge ich und auf meiner Stirn entstehen tiefe Falten.

»Ich bin nicht hundertprozentig sicher, aber ich glaube, es war an dem Tag, als sie ins Krankenhaus musste.«

Am Truck wird geflucht und aus dem riesigen Rolltor kommt der Gabelstapler gefahren. Man sollte meinen, ich bräuchte einen Moment, bis ich das Gesagte erfasst hätte. Doch ich sehe wieder nach vorn, ziehe an der Zigarette und bin erstaunlich rational.

»Die haben ihr an dem Tag verkündet, dass sie nicht gut war. Aber sie haben sie aufgenommen?«

»Das hab ich von anderen gehört«, entgegnet Miles. »Sie selbst hat mir nur geschrieben, dass sie aufgenommen wurde, dass aber die Ansprüche um einiges höher seien.«

»Und dann ist sie im Krankenhaus gelandet.«

»Ich weiß es nicht, aber zeitlich liegt es schon nah beieinander. Und du weißt, dass sie –«

»Nein, tue ich nicht«, gebe ich zurück. »Ich kann mir was zusammenreimen, aber das hat mit *Wissen* nicht viel zu tun. Also vielleicht könntest du mal den Mund aufmachen, denn offensichtlich steckst du um einiges tiefer in der Materie als ich!«

»Ich kenne sie einfach länger, das ist –«

»Das ist mir völlig egal!«, unterbreche ich ihn so laut, dass sogar von der Laderampe Blicke in unsere Richtung geworfen werden. Ich bin laut genug, um durch den auf das Wellblechdach prasselnden Regen gehört zu werden.

»Sprich doch einfach mit ihr.«

»Alter, sie redet aber nicht!«, entgegne ich sofort. »Sie wird sauer, sobald ich auch nur Luft hole, um etwas zu sagen! Also komm mir nicht so!«

»Das kenne ich«, murmelt Miles dem Truck entgegen. »Leir, sie ist meine Ex. Ich will keine Sachen weitertratschen. Wir verstehen uns noch immer echt gut und ich fände gut, wenn das so bleibt.«

Das trifft ziemlich zielsicher und diese Tatsache muss ich erst mal einige Sekunden verarbeiten. Es ist keine Eifersucht, sondern die Einsicht, dass ich nicht zufrieden mit dem Stand der Dinge bin. Das ist eine neue Erkenntnis, an der Rafaela ihre Freude hätte. Joyce lässt mich nur bis zu einem gewissen Punkt an sich heran.

Das ist mir nicht bewusst gewesen. Ich will nicht nur eine Sommerbekanntschaft sein.

»Vielleicht traue ich dir auch nicht so ganz.« Miles fixiert mich. »Du bist auf einmal bei ihr aufgetaucht, und das in einer Zeit, als es ihr ziemlich dreckig ging. Ihr Großvater starb und sie lässt sich von dir trösten. Leir, ich gebe nicht viel auf den Ruf anderer Leute, zumal ich dich auch kenne und weiß, dass du eigentlich cool bist. Aber ich habe dich auch auf den Partys gesehen und ich weiß, dass du jede Woche eine andere –«

»Ihr Großvater war mein Lehrer«, sage ich, und für einen Moment ist nur das Trommeln des Regens auf dem Blech zu hören.

»Für was?«

»Gitarre. Ich spiele Gitarre. Ich gehe in zwei Wochen auf eine Musikhochschule. In Großbritannien.«

Ich meide seinen Blick und hole stattdessen die nächste Zigarette aus der Packung.

»Du machst *was*? Was?«

»Der Tod ihres Großvaters hat mich ziemlich aus der Bahn geworfen und am Tag der Beerdigung haben wir uns abgesetzt, weil Beerdigungen wirklich unerträglich große Scheiße sind. Ich hab gar nicht gewusst, dass sie mit ihm verwandt ist. Aber ja, du hast recht, es ging ihr dreckig.« Ich zünde die Zigarette an, nehme einen tiefen Zug und lausche dem Piepen des Gabelstaplers, der rückwärts zurück ins Lager fährt. »Davon war nichts geplant, und ich glaube, am Anfang beruhte ihr Interesse an mir darauf, dass ich die letzte Verbindung zu ihrem Großvater war. Also, nicht sie hat sich von mir trösten lassen, sie hat eigentlich die ganze Zeit mich getröstet. Jetzt bin ich in zwei Wochen weg und höre diese Dinge über sie, ohne dass ich irgendwas Konkretes wüsste.«

»Weiß sie das?«, fragt Miles und ich sehe aus dem Augenwinkel, dass er mich fixiert. »Das du weggehst.«

»Das wusste sie schon, bevor ich sie überhaupt kannte.«

»Und du gehst …«

»Nach England. Manchester, um genau zu sein.« Ich nehme einen Zug und muss schmunzeln.

»Und da spielst du …«

»Gitarre.«

»Wie krass ist das denn!«, stößt er hervor und lacht entgeistert. »Wie gut muss man sein, damit man dort hingehen kann?«

»Ziemlich?«

Wieder tritt Schweigen ein, und die Lieferanten zünden sich nun ebenfalls Zigaretten an, die sie auf der Treppe zum Lager rauchen, weil diese ein schmales Dach hat.

»Wenn du doch bald weg bist«, setzt Miles an und lehnt sich wieder auf seine Beine. »Warum bist du so hinterher, Joys Probleme zu erörtern? Ich meine, du kannst ohnehin nichts machen.« Ich antworte nicht und lasse die unumstößliche Wahrheit in seinen Worten schmerzhaft auf mich wirken. »Ich glaube nicht, dass sie das im Griff hat«, sagt er mit einem Mal und sieht zu, wie einer der Männer die anderen zur Weiterarbeit antreibt. »Das geht schon seit Jahren so, und sie ist da nicht die Einzige. Ohne alle in einen Topf werfen zu wollen, das hat sie selbst übrigens immer gesagt: Sie wäre ja nicht die Einzige. Und es ginge eben nicht anders, wenn man bei den Hebungen mitmachen will. Manchmal isst sie tagelang nichts, und dann isst sie gefühlt alles. Am Ende steckt sie sich den Finger in den Hals. Du kannst mir sagen, was du willst: Dieses Tryout hat sie nicht geschafft, weil sie körperlich am Arsch ist. Das war nicht schwerer als das, was sie an der High School gemacht hat. Ich hab sie in der Woche vorher auf dem Sportplatz getroffen und mir da schon gedacht, dass sie wieder übertreibt. Sie trainiert stundenlang und alles, was sie zu sich nimmt, ist so ein bescheuerter Eiweiß-Riegel. Einen, kapierst du, für den ganzen Tag.«

»Hast du nichts dazu gesagt?«

Er lacht zynisch. »Natürlich habe ich etwas gesagt! Entweder lacht sie und stellt dich als dramatisierend hin, oder sie wird sauer, weil du es gewagt hast, sie darauf anzusprechen. Das kenne ich schon, deshalb überrascht es mich nicht mehr. Wahrscheinlich hat sie die ganze letzte Woche so wenig gegessen, dass eigentlich völlig absehbar war, dass sie das Auswahltraining verbockt.«

Ich ziehe an der Zigarette, weil ich irgendetwas anderes tun will, als nur wie betäubt vor mich hinzustarren. Wie in einem Film sehe ich Joyce, die verzweifelt versucht, ihren Kreislauf in Gang zu bringen, und am Ende nicht auf dem Boden landet, weil ich sie noch rechtzeitig auffange.

»Das ist echt eine Scheißsache«, sagt Miles nachdenklich. »Essen. Nicht essen. Ständig auf dieser Waage stehen, und wehe, du siehst sie nur ein Mal falsch an. Es ist eigentlich egal, was du sagst, sie bezieht *alles* auf ihren Körper. Egal, was schiefläuft, er muss dafür herhalten. Ich hatte manchmal den Eindruck, dass sie sich selbst überhaupt nicht richtig wahrnimmt. Sie sieht Stellen, die sind einfach nicht da, und sie ist davon überzeugt, dass sie dort zu dick ist.« Er lacht, doch nun klingt es bedrückt. Er stützt die Hände auf die Plastikschale unseres Containers und springt mit einem Ruck herunter, wie man es als Kind beim Schaukeln macht. »Es ist krass, denn eigentlich habe ich noch nie darüber gesprochen und ich merke gerade, dass, wenn man einmal anfängt, man gar nicht mehr aufhören kann« Er sieht zu mir hoch und grinst, wobei es gestellt wirkt. »Das meiste hast du wahrscheinlich schon selbst miterlebt. Also, das geht ganz sicher zu weit, wenn wir das jetzt hinter ihrem Rücken besprechen, und es kann sein, dass es bei dir anders ist. Aber falls nicht ...« Er wendet seinen Blick ab und zögert. »Zehn Monate waren wir zusammen und in dieser Zeit hatten wir vielleicht dreimal Sex, ohne dass sie vorher getrunken hat.«

Er sieht mich nicht an. Ich dagegen starre reglos von meinem Container herab und spüre, wie ein extrem unangenehmes Gefühl sich durch meinen Körper frisst. Ich begreife beeindruckend schnell, dass Miles davon ausgeht, ich hätte längst mit Joyce geschlafen. Mir selbst wird bewusst, dass ich unfassbare Skrupel habe, mit ihrem Ex über so etwas zu sprechen. Überhaupt über sie zu sprechen. Doch trotzdem ist in mir diese dünne, aber unglaublich neugierige Ader, die diese Dinge wissen will.

Miles schnaubt. »Sie fühlt sich so wahnsinnig unwohl in ihrem Körper und es ist egal, was man ihr sagt, und ich meine, du weißt, dass es Quatsch ist, was sie da glaubt.«

»Aber du hast trotzdem mit ihr geschlafen.« Ich höre mich diesen Satz sagen und mein Ton ist vorwurfsvoll.

Eigentlich wollte ich das hier stillschweigend aussitzen, doch etwas in mir scheint das unbedingt kommentieren zu müssen.

»Tja«, entgegnet er. »Weil ich manchmal ziemlich scheiße bin. Was soll ich dir darauf antworten? War scheiße! Ich war gerade siebzehn geworden, was keine Ausrede sein soll«, fügt er eilig hinzu und hebt die Hände zu einer entschuldigenden Geste. »Aber ich habe mir im Nachhinein betrachtet wirklich erstaunlich wenig Gedanken gemacht, wie es ihr damit geht. Ich habe im Bezug darauf kein reines Gewissen, das kannst du mir glauben. Vielleicht ist das ein Grund, warum ich hinter ihrem Rücken solche Geschichten über sie erzähle. Ich wünsche ihr Besseres und ich habe auch Angst um sie. Ex oder nicht, wir kennen uns echt lange.« Jetzt sieht er mir fest in die Augen. »Sei kein Arsch, okay?«

Ich sitze da oben wie der letzte Ochse auf dem Acker. Mein Kopf ist so voll, dass sich irgendwie alles gegenseitig aufhebt. Wie kleine Teilchen, die zusammenstoßen und sich auflösen. Miles sprintet durch den Regen über den Innenhof, vorbei am Laster, dessen sich schließende Laderampe mir sagt, dass ich die nächste Stunde im Lager verbringen werde. Und während Miles in eben diesem verschwindet, bleibe ich trotz der längst überzogenen Pause sitzen und habe absolut keine Vorstellung, was ich tun soll.

Oder kann.

31

GABRIEL

Es ist jetzt endgültig anders: Ich habe nämlich keine Chance mehr, etwas zu verdrängen oder zu ignorieren. In meinem Kopf hat sich ein unbändiger Drang entwickelt, irgendetwas *zu tun*.

Als ich nach Feierabend zu ihr fahre, stelle ich das Auto wie gewohnt in der Seitenstraße ab. Wobei sie schon in einer Seitenstraße wohnt, es ist also eine Nebenseitenstraße. Jedenfalls werde ich immer unruhiger, je näher ich dem Haus komme.

Zwei Nachrichten habe ich auf der Fahrt hierher erhalten.

Joyce' lautet:

Ich bin im Anbau.

Das ist okay. Ich kann diesen Raum mittlerweile betreten, ohne innerlich meine Existenz infrage zu stellen.

Die zweite Nachricht ist von Miles.

Es wäre cool, wenn du ihr nichts über das Gespräch erzählen würdest.

Nicht, dass ich das vorgehabt hätte.

Ich gehe nicht durch die Einfahrt, sondern direkt an der Hauswand entlang, denn ich bilde mir ein, so eine größere Chance zu haben, von Mrs. Evans unentdeckt zu bleiben. Was mich an die Geschichte mit den Beruhigungsmitteln erinnert. Irgendwie ist auf der Welt nichts so, wie es einem erscheint.

Ich klingle nicht, weil ich weiß, dass man das bei ausreichender Stille im Haupthaus hören kann. Ich schreibe Joyce eine Nachricht, dass ich vor der Tür stehe, und kurz darauf wird diese geöffnet.

Sie lächelt, mir verschlägt es die Sinne. Auch den Atem. Es vernebelt alles! Ihre Haare fallen in großen Locken über die Träger des kurzen weißen Kleides und sie ist geschminkt. Joyce ist nicht einfach schön; sie ist unbeschreiblich. Es mag sein, dass ich mich etwas hineinsteigere, aber in diesem Moment kann ich kurzzeitig nicht erfassen, dass jemand wie sie die Tür weiter aufzieht, damit ich reinkommen kann. Während ich noch immer nichts gesagt habe, als ich eingetreten bin, schmunzelt sie.

»Hallo«, sagt sie leise, steht vor mir und sieht dieses kleine Stück zu mir herauf.

Neugierig, erwartungsvoll und ein wenig herausfordernd.

Ein Schmunzeln legt sich auf mein Gesicht, das ihr hoffentlich sagt, dass ich durchaus bemerke, wie sie wartet. Ich denke an Kondome, an unseren Abschied gestern, wieder an Kondome. Und Gott weiß, es drängt mich in jeder Faser meines Körpers dazu, sie zu berühren, meine Hände an ihre Haut zu legen und Joyce an mich zu ziehen. Ich trete einen Schritt an sie heran, sodass wir einen Hauch des anderen erahnen können. Dann beuge ich mich langsam zu ihr hinunter und es sind lediglich unsere Lippen, die sich finden. Selbst hier schaffe ich es irgendwie, mich zu zügeln. Wenn sie denkt, sich verführerisch vor mir aufbauen zu müssen: das Spiel kann ich auch. Zufrieden spüre ich, wie sie ausatmet, als wir so verharren, und schließlich lächelt sie; wie ich hoffe, unterlegen. Ich kann gar nicht anders, als es zu erwidern. Ich kann mir nicht mal vorstellen, dass es überhaupt jemand könnte.

Joyce tritt einen Schritt zurück und wirkt für einen kurzen Moment, als müsse sie sich sammeln. Dann verzieht sie den Mund und deutet mit dem Kopf zum Unterrichtsraum, in dem sie daraufhin verschwindet. Ich grinse noch immer, als ich die Schuhe ausziehe und ihr folge. Es klärt sich auch schnell, warum sie sich so in Schale geworfen hat, denn mitten im Raum steht ein Stativ samt Kamera und Beleuchtung.

»Hast du Fotos gemacht?«, frage ich nach dem Offensichtlichen und lege zusätzlich ein extra breites Grinsen auf. »Oder willst du einen speziellen Film drehen?«

»Also!«, stößt sie hervor, lacht und schnalzt mit der Zunge. Alles gleichzeitig. Sie hebt den Deckel für die Linse der Spiegelreflex vom Boden und schraubt ihn auf. »Ich brauche neue Bilder, aber ich will bei solchem Wetter nicht rausgehen.«

Ich setze mich aufs Sofa und das ganze Equipment ist damit auf mich gerichtet. »Du hast doch so viele Bilder gemacht«, hake ich ernsthaft interessiert nach. »Davon hast du doch erst eines benutzt.«

Ich nehme das Buch in die Hand, das offenbar als Requisit gedient hat und auf der Lehne lag. Ein Liebesroman. Ich sehe auf, weil von Joyce irgendwie keine Antwort kommt.

Sie schraubt nun die Kamera vom Stativ. »Wie du sagtest, ich hab ja schon ein Bild davon genutzt.«

»Aber du nimmst doch öfter mehrere Bilder hintereinander.« Ich drehe das Buch um und lese den Klappentext. »Was ich natürlich nur weiß, weil mir andere davon erzählt haben.«

Sie grinst, was ich wieder erst bemerke, als ich aufsehe.

»Du scheinst dich ja neuerdings ausgiebig mit meinem Account zu beschäftigen.«

Ich verziehe den Mund zu einem Schmunzeln, das im Grunde alles heißen kann. Mit dem Buch auf dem Schoß lehne ich mich zurück und beobachte, wie sie die sicher ziemlich teure Kamera in das dafür vorgesehene Case steckt.

»Ich will die Fotos vom See nicht benutzen. Das eine musste ich nehmen, weil ich ein Bild mit diesem Bikini online stellen musste, damit die Firma zufrieden ist. Waren sie übrigens nicht.«

»Warum das denn?«

Sie zuckt mit den Schultern und klappt das Stativ ein. »Sie wollten mehr Bilder und von allen Seiten und, ach was weiß ich. Als wenn das Teil von links anders aussähe als von rechts.«

»Und was passiert, wenn die unzufrieden sind?«

»Ich denke, sie werden nicht noch einmal mit mir kooperieren wollen. Bezahlt haben sie bereits, schließlich hab ich den Post gemacht.« Sie legt das Stativ auf das Sideboard und lächelt. »Aber die waren schon ziemlich sauer, als ich sagte, dass da keine weiteren Bilder kommen.«

Ich zögere. »Warum willst du die Bilder nicht benutzen, wenn du sie doch schon gemacht hast?«

Sie betrachtet die Gitarren über dem Sideboard. »Ich will keine Bilder dieser Art mehr von mir posten«, antwortet sie schlicht.

Es ist absolut unpassend, dass sie sich bei diesem Satz nach einer der Gitarren streckt, was ihr Kleid hochzieht, dass ich genau so viel sehe, um unruhiger zu werden.

»Ab jetzt gibt es mehr Bilder mit Büchern auf Sofas«, sagt sie, nimmt das Instrument von der Wand und sieht mich auffordernd an.

Mit einer gewissen Ahnung stehe ich auf, sie drückt mir die Gitarre in die Hand und geht an mir vorbei.

»Liebesromane, ja?« Ich lasse mich auf den Boden sinken und puste den Staub vom Holz.

»Das habe ich nicht einmal gelesen«, entgegnet sie von irgendwo hinter mir. »Ich habe mir das Buch nur gekauft, weil es einen totalen Hype darum gibt. Das kommt ziemlich gut auf Fotos. Aber solche Geschichten sind mir zu unrealistisch.«

»Was ist denn realistischer?«, frage ich belustigt.

»Ich lese gern Thriller.«

Mein Lachen ist definitiv zu laut. »Thriller sind realistischer?« Ich will mich zu ihr umdrehen, aber in diesem Moment setzt sie sich mir gegenüber.

Ohne eine Sekunde zu zögern, greift sie nach der Gitarre auf meinem Schoß und tauscht sie gegen jene aus, die sie geholt hat.

Ich bin wie paralysiert, anders kann ich es nicht beschreiben. Es ist nicht so, dass der Geist des alten Mannes esoterisch mit kaltem Hauch durch mich hindurchfließt. Ich habe auch kein Kribbeln im Nacken oder sehe Erinnerungen, die nicht die meinen sind. Ich denke noch, dass Filme echt unrealistisch sind, und fühle dabei einen vollkommen realen und greifbaren Schmerz in der Brust. Auf meinem Schoß liegen elftausend Dollar geballter Verlust.

»Ich meine ja nicht die ganz schlimmen Geschichten, in denen nur Blut fließt«, sagt Joyce leise und sieht mich abwartend an.

Meine rechte Hand hat sich auf das Holz gelegt, wo mein Daumen eine winzige Bewegung durch die Staubschicht macht, als könne ich so die Zeit ablesen, wie lange Harold Hewitt fort ist.

»Ich würde gern mit dir zusammen spielen«, flüstert Joyce und rückt ihre eigene Gitarre zurecht, ohne mich dabei aus den Augen zu lassen.

Ein resigniertes Heben der Mundwinkel ist alles, was ich mit gesenktem Kopf zustande bekomme. Das Lustige daran ist, dass ich seit jeher auf dieser Gitarre spielen wollte. Ich habe mich schon immer gefragt, wie sie sich anfühlt.

Joyce rückt in ihrem Schneidersitz zurecht. »Ich hätte vor einigen Wochen niemals gedacht, dass ich den Anblick ertragen könnte, wenn jemand anders sie hält.« Ich sehe auf und erwarte irgendwie automatisch, Tränen in ihren Augen zu sehen, aber sie lächelt. »Ich habe mir schon vorgestellt, mit dir zu spielen, bevor du mit mir gesprochen hast.«

Ich muss lachen. »Ehrlich?«

»Ich hab dir doch gesagt, ich stand oft am Fenster. Aber nicht, weil mich die Sehnsucht hingetrieben hat, du brauchst mich gar nicht so anzusehen!«

Ich lache abermals, gleichzeitig kommt mir jedoch eine Frage in den Sinn. »Warum hast du das nicht rumerzählt?«

»Dass ich dich beobachte?«

»Dass ich zum Gitarrenunterricht gehe!«

»Ich weiß nicht. Du hast es selbst niemandem erzählt, also wolltest du offensichtlich nicht, dass jemand davon weiß. Warum eigentlich nicht? Wolltest du nicht, dass dein Ruf beschädigt wird?«

Sie hat eigentlich einen gehässigen Scherz machen wollen und lacht auch dabei.

»Ja, vielleicht«, antworte ich absichtlich im gleichen Ton, und das lässt sie das Gesicht verziehen.

»Warum? Dein Ruf ist wirklich nicht sonderlich gut.«

»Ich weiß.«

Wir sehen uns an und ich kann beobachten, wie sie versucht, eine Logik zu erkennen.

JOYCE

»Solang es keiner weiß, wird auch niemand mit dem Finger auf mich zeigen können, wenn ich scheitere.«

Durch das Fenster fällt mit Beginn der Dämmerung jetzt weniger Licht. Trotzdem kann ich sehen, wie wachsam Gabriels Augen sind, als erwarte er, dass ich lache.

»Du wirst nicht scheitern. Du bist unglaublich talentiert und du arbeitest so hart. Du wirst nicht scheitern, Gabriel. Und niemand wird –«

»Jeder wird, Joyce. In dem Moment, wo es die Runde macht, wird jeder darauf warten, dass ich es verbocke.«

Er lächelt in dem Versuch, seine Worte weniger ernst wirken zu lassen. Meine Stimme ist kaum noch hörbar, während ich fast unmerklich den Kopf schüttle. »Ich weiß nicht, wer dir erzählt hat, dass du so ein schrecklicher Mensch bist und was dich dazu treibt, es zu einer selbsterfüllenden Prophezeiung machen zu wollen.«

Damit treffe ich etwas. Seine Miene wird so steinern und undurchdringlich, dass ich schlucken muss. Ein wenig zu grob lege ich die Gitarre zur Seite und rutsche so nah an Gabriel heran, dass unsere Gesichter nur eine Handbreit voneinander entfernt sind. Dann lege ich meine Hand an seine Wange.

»Du bist es wert, dass dir gute Dinge passieren! Du hast das alles verdient. Du hast es verdient, nach England zu gehen!«

Ich bemühe mich um ein Lächeln, schaffe es jedoch nicht.

»Mir fehlt jede Minute, bevor ich dich auf diesem Parkplatz gefunden habe, Joyce. Ich habe so viel Zeit verschwendet, ohne dich.«

Meine Kehle schnürt sich zusammen. Und während sich

unsere Lippen berühren, wünschte ich, wir hätten mehr Zeit, statt nur noch dieser einen Woche.

Als wir uns voneinander lösen, schaffe ich ein Lächeln, das er zwar erwidert, doch es wirkt so unehrlich wie meines. Ich rücke auf meinen Platz zurück und nehme die Gitarre wieder auf den Schoß.

»Was willst du spielen?«, fragt er.

»Nichts Schweres!«

Sein Daumen gleitet über die Saiten und er verzieht das Gesicht. »In diesem Zustand wird es Zwölftonmusik.« Damit dreht er bereits am ersten Rädchen.

»Warte, ich zuerst!«

Mit dem Ohr dicht über dem Korpus beginne ich, meine Gitarre zu stimmen, während Gabriel die ganze Prozedur eher amüsiert beobachtet.

»Willst du ein Wettstimmen?«, fragt er lachend.

»Du bist dran!«

»Ich kann dir jetzt schon sagen, dass –«

»Nicht reden, stimmen!«

Wieder lacht er, schüttelt den Kopf und streicht abermals Staub ab, was etwas beeindruckend Zärtliches hat. Er zögert einen Moment, und ich glaube zu verstehen, welchen Wert diese Gitarre für ihn hat.

Es war das erste Mal, dass ich sie angefasst habe und nun wieder ihren Klang zu hören mag schmerzhaft sein, und ist doch auf eine seltsame Art befreiend.

Gabriel ist – wenig überraschend – ziemlich schnell fertig, sieht auf und schmunzelt. Dann lässt er seine tiefe E-Saite klingen, was ich ihm sogleich nachtue.

»Ach, komm schon«, schimpfe ich, weil meine zu hoch ist.

Damit sind auch sämtliche Nachfolgenden nicht richtig gestimmt.

Nun spielt Gabriel einen simplen Akkord und der Raum wird von Perfektion erfüllt.

»Schach und Matt. Aber guter Versuch«, fügt er noch in ganzer Überheblichkeit hinzu und grinst.

»Ich habe schließlich keine Hilfsmittel«, entgegne ich mit einem Rest von Stolz.

»Ich habe auch keine Hilfsmittel«, gibt er empört zurück und betont das letzte Wort dermaßen abwertend, dass ich lachen muss.

»Ich kann mir richtig vorstellen, wie die hochwohlgeborenen Musikschüler den Pöbel belächeln, der elektronische Stimmgeräte nutzen muss.«

»Absolut! Und das ist immer noch falsch!«, fügt er hinzu, während ich die Saiten meiner Gitarre neu stimme.

Ich habe es schon einmal gedacht und tue es wieder: Wenn er dieses vollkommene, ungezwungene Lächeln im Gesicht trägt, ist es unmöglich, sich davon abzuwenden.

Die Versuche, mit meinem kargen Können anzugeben, gebe ich auf und reiche ihm das Instrument, was ich kaum eine halbe Minute später zurückbekomme und welches nun deutlich besser klingt.

Dann bringe ich mich in Position. »Hotel California«, fordere ich.

»Fang an«, sagt er, als habe er nichts anderes erwartet.

Ich habe, außer mit meinem Großvater, nie mit jemandem zusammen gespielt. Als ich am Ende des ersten Refrains von meinen Fingern auf und Gabriel damit direkt in die Augen sehe, lächelt er. Ich höre auf zu spielen, weil er meinen Wunsch bereits vollends erfüllt hat. Dachte ich.

Doch Gabriel wechselt von dieser normalen in eine spanisch klingende Version des Liedes. Ohne mich aus den Augen zu lassen. Ohne dieses leise Lächeln zu verlieren.

Ich werde dir kein Gedicht aufsagen.

Ich denke nicht, dass ich diesen Moment – nein, seine Musik und die Tatsache, dass er sie für *mich* spielt – einmal vergessen werde.

Seine Art zu spielen, diese Phrasierungen, Zwischentöne und Dynamiken gehen ihm so leicht von der Hand, dass davon eine ganz eigene Ruhe ausgeht, die sich wie ein weiches Tuch um mich legt, das mich auch noch warmhält, als die letzten Töne verhallt sind.

»Ich glaube, dass du irgendwann Musik für die ganz Großen machen wirst«, sage ich leise. »Du solltest keine Zweifel an dir haben. Deine Zweifel sind unrealistischer als die Wahrheit.«

Die Gitarre ruht auf seinem Schoß, er sieht mich nur an, doch irgendetwas denkt er, das ist ihm deutlich anzusehen. Einen aufregenden Moment macht sich in mir die alberne Hoffnung breit, dass es etwas Romantisches ist.

Doch er wendet den Kopf zum Fenster. Nach Minuten, in denen zwei Gitarren diesen Raum mit Musik erfüllt haben, ist die Stille so fühlbar, dass ich mich kaum traue, eine Bewegung zu machen.

»Was ist mit deinen Zweifeln?«, sagt er. »Wie realistisch ist, was du über dich denkst?«

Das warme Tuch wird von mir heruntergerissen, und was bleibt, ist Kälte, die von den Fingerspitzen aus durch meinen Körper jagt.

Ein antrainiertes Lächeln, vielleicht zu fröhlich für diesen Moment, legt sich reflexartig auf meine Lippen.

»Jeder hat irgendwelche Zweifel, oder nicht?«

Der panische Herzschlag verhindert, dass ich richtig atmen kann. Mein Kopf überschlägt sich wie ein Programm, das nach der richtigen Antwort sucht. Ich höre Rafaelas Worte, die sich in einer schrecklichen Endlosschleife wiederholen: *Mein Bruder weiß es ohnehin …*

Nun sieht er mich an. »Joyce, ich glaube, dass du Probleme hast.«

32
JOYCE

»Richtig gut, Gabriel. Du hast das Offensichtliche erkannt: Ich habe einen Vater mit einer Freundin in meinem Alter, eine Mutter, die sich selbst medikamentiert, und den einzigen Menschen verloren, der in diesem Haus noch irgendwie für mich da war. Ja, Gabriel, ich habe ganz offensichtlich ein paar Probleme!« Ich stehe auf. »Und es geht dich nichts an.«

Meine Stimme hat die Kälte meines Körpers angenommen. Gabriel stützt den Ellbogen auf die Gitarre und reibt sich kurz über die Stirn, als könne er so Kraft schöpfen.

»Das stimmt nicht, es geht mich etwas an«, entgegnet er ruhig. »Weil ich nicht wie in den letzten fünf Jahren an dir vorbeigehe.«

»Und du meinst, weil du dich jetzt ein paar Wochen mit mir abgegeben hast, kannst du –«

»Hör bitte auf, Joyce.«

»Was soll das? Wir haben nur noch ein paar Tage und du willst diese Zeit unbedingt kaputtmachen?«

Er steht ebenfalls auf und ich bin überzeugt, dass er gehen wird.

Ich sehe zu, wie er die Gitarre in den Ständer zurückstellt, wende mich dem Sideboard zu und lege meine darauf ab.

»Das ist nicht gesund, und das weißt du.«

Ich weiß nicht, ob er mich nun ansieht, da ich mich nicht umdrehe. »Das? Was ist denn *das*? Du hast doch überhaupt keine Ahnung, wovon du da redest.«

»Dann sprich mit mir!«

»Es gibt nichts zu bereden!« Ich schlage mit der flachen Hand auf das Sideboard und die Gitarre vibriert. Nun drehe ich mich um.

Gabriel sitzt auf dem Sofa, hat sich vorgelehnt und die Arme auf seine Beine gestützt.

»Letzten Samstag …«, beginnt er, bricht jedoch ab und setzt neu an. »Du warst völlig am Ende letzte Woche.«

Ich atme durch den offenen Mund und mein Kopf fühlt sich heiß an, als sei es die körperliche Folge der unglaublichen Scham. Was mich aus den Angeln reißt, ist die Tatsache, dass er alles, was ich ihn nicht sehen lassen will, einfach *weiß*. Ich bin ohne jede Chance, ihn noch von etwas anderem überzeugen zu können. Das ist, was *ich* weiß. Die Zeit, in der ich ihn glauben lassen konnte, ich sei der Mensch, der ich gern wäre, ist unumstößlich vorbei.

Beim Versuch, die Tränen zu unterdrücken, atme ich tief ein, schließe die Augen und lasse die Luft langsam durch meine Lippen entweichen, während sich in meinem Kopf ein seltsamer Druck aufbaut. Gabriels Arme legen sich um meinen Körper.

Wir liegen seit einer ganzen Weile auf dem Sofa, das nicht unbedingt dafür geschaffen ist, zwei Menschen bequem nebeneinanderliegen zu lassen. Mein Kopf ruht auf Gabriels Brust, mein Bein ist über seines geschoben. Draußen ist es längst dunkel und durch das geöffnete Fenster dringt nur das diffuse Licht der im

Boden des Vorgartens eingelassenen kleinen Lampen. In der Ferne hört man das Grollen des nächsten herannahenden Gewitters.

»Es tut mir leid«, flüstere ich in diese schon so lang anhaltende Stille.

Ich frage mich bereits, ob er eingeschlafen ist. Dann aber streicht seine Hand über meinen Rücken.

»Als du mich vor einiger Zeit gefragt hast, warum ich trotz Höhenangst – die ich natürlich nicht habe – da oben auf diesem Berg sitze, stand für mich in keiner Weise zur Debatte, dir darauf eine ehrliche Antwort zu geben. Ich rede nicht darüber. Mit niemandem und bestimmt nicht mit dir.« Eine kurze Pause entsteht, in der ich die Augen schließe und dem Schlagen seines Herzens zuhöre. »Wenn ich manche Dinge ausspreche, werden sie deine Sicht auf mich unwiderruflich verändern.«

»Zum Guten oder Schlechten?«

»Zur Wahrheit. Und die ist vielleicht nicht so, wie du erwartet hast. Ich will dir in meiner lyrischen Unfähigkeit sagen, dass ich dich verstehen kann, Joyce. Ich weiß, dass man manche Dinge nicht über die Lippen bekommt.«

Erneute Stille und in mir ist eine vorwitzige Ruhe. Resignation und Akzeptanz, die sich ins Gesicht sehen, in der Hoffnung, dass der andere sich zuerst abwendet.

»Du wolltest drei Fragen stellen, eine hast du noch offen«, sagt er, und ich erfasse sofort die Aussage dieses Satzes.

Bedingung war, auf jede Frage auch selbst zu antworten.

Ich schweige noch eine ganze Weile, in der ich versuche, eine Entscheidung zu treffen. Vielleicht ist es schon nach Mitternacht. Dann wäre es Samstag und damit noch eine Woche. Eine letzte Woche, bevor er für immer aus meinem Leben verschwindet und ein anderes Bild von mir mitnimmt.

»Wie ist die Geschichte?«, flüstere ich, schließe die Augen und warte.

Lange.

»Letztes Jahr gab es eine Zeit, in der mir viele Dinge auf mein sonniges Gemüt gedrückt haben. Meine Familie, der verbockte High-School-Abschluss oder das riesige schwarze Zukunfts-Loch. Ich hatte gerade im *Best Buy* angefangen und versucht, meinen Frieden mit der Tatsache zu machen, dass ich das nun bis zum Lebensende tun werde. Grey hat mich eines Nachmittags von dort abgeholt.«

GABRIEL

»In meiner Familie gibt es ziemlich viele Probleme, die nahezu ausschließlich von meinem Vater ausgehen. Und trotzdem würde ich jedem immer uneingeschränkt zustimmen, dass Greys Familie die Schlimmere ist. Er bekommt zu Hause so einiges ab.«

»Das wusste ich nicht«, flüstert Joyce, und in ihrer Stimme schwingt Entsetzen mit.

»Nein«, stoße ich hervor und schiebe gleich ein zynisches Schnauben hinterher. »Weil sie besser darin sind, es hinter einem weißen Gartenzaun zu verstecken. Bei seinem Vater ist es anders als bei meinem. Mein Vater ist unzufrieden mit seinem Leben in der Unterschicht, für das er mich verantwortlich macht, denn hätte sich meine Mutter nicht mit siebzehn schwängern lassen, wäre er seiner Meinung nach heute nicht dort, wo er sich befindet. Greys Vater dagegen hat Angst um sein Leben in der Oberschicht. Jeder Fehltritt seines Sohnes bedroht den Ruf der Familie. An einem schlechten Tag kann so ein Fehltritt sein, dass die Note nicht A, sondern B ist. An jedem Tag ist Umgang mit jemandem wie mir ein gewaltiger Fehltritt. Dafür hat er schon weit vorher eine Ansage bekommen.«

»Ich hab das mal gehört«, sagt Joyce. »Dass ihre Einstellung schlimm sein soll.«

»Und du hast dich überhaupt nicht gefragt, warum er dann gerade mit mir befreundet ist?«

»Nein«, murmelt sie und ich stoße ein lautloses Lachen aus.

»Ich glaube, unsere Freundschaft basiert auf zwei Dingen: einem unbrauchbaren Erzeuger und reinem Trotz. Ich bin Greys rebellischer Akt gegen seine Eltern, weil ich so ziemlich alles verkörpere, was ihnen gegen den Strich geht.« Ich mache eine kurze Pause. »An dem Tag, als er mich abgeholt hat, sind wir zum *Carrey* gefahren, was schon immer unser Platz gewesen ist, deshalb hab ich mir nichts dabei gedacht, obwohl Grey echt komisch war. Ich weiß nicht, irgendwie zu ruhig. Einfach ganz komisch.«

»Und was ist da oben passiert?« Joyce Stimme ist nur ein Flüstern.

»Grey bekommt so extremen Druck zu Hause und weiß im Grunde nicht, wofür er das alles überhaupt tun soll. Sein gesamter Werdegang wurde schon durchorganisiert. Was an dem Tag das Fass zum Überlaufen gebracht hat, hatte irgendwas mit dem College zu tun. Irgendwelche Noten hatten für irgendwas nicht ausgereicht. Er hat es mir nie so richtig erklärt. Aber es ist eigentlich egal, was mit dem beschissenen College war. Irgendjemand hatte es geschafft, dass er sich deswegen schlecht genug fühlte, um mit einer von seinem Vater geklauten Flasche Whiskey an diesem Abhang zu stehen.«

Ich schließe die Augen und spüre beinahe die Hitze der brennenden Sonne auf meiner Haut. Ich höre die Zikaden in der Erinnerung und selbst das Knirschen des trockenen Bodens unter unseren Füßen.

»Grey stand so nah an der Kante, dass ich sogar in diesem von Hochprozentigem vernebelten Zustand begriffen hatte, wie er sein Glück auf die Probe stellen will. Ich trat neben ihn und sehe das Bild heute noch so klar vor mir, als würde ich noch mal diese Klippe hinuntersehen. Ich habe die Flasche genommen und mich gefragt, ob man überhaupt lebend unten ankommt, denn ich bin eigentlich überzeugt, das Herz bleibt vorher vor Angst stehen. Beim Anblick dieser Höhe war mein Körper total starr. Dann habe ich Greys stockendes Atmen gehört, den Kopf gedreht und gesehen, dass er ...«

Ich hole nun selbst tief Luft.

»Ich habe gesehen, wie er sich geprügelt hat, ich habe gesehen, wie er aus lauter Trotz geklaut hat. Aber das jetzt war zu viel. Ich habe gesehen, dass er weint, und hatte in diesem Moment keinen Zweifel, dass er da runterspringen wird. Ich war mir so sicher, dass ich erst mal einen großen Schluck getrunken habe. Dann habe ich mich gefragt, ob ich meinen Freund von dieser Kante zurückziehen sollte. Ein anderer Gedanke war, ob ich dafür belangt werden könnte, wenn herauskommt, dass ich vorher mit ihm dort oben war. Also kam ich zu dem Schluss, dass es am sinnvollsten ist, wenn wir das zusammen machen. Ich trank noch mal, sodass mir schon schlecht wurde. In dem Moment wurde mir klar, dass ich das gar nicht will.«

Ich atme tief ein und langsam aus, denn es fühlt sich beängstigend an, darüber zu sprechen und zum ersten Mal diesen ganzen Gedanken einen Raum zu geben.

»Ich habe mir in dem Augenblick gedacht, dass es ein ziemlicher Mittelfinger in verschiedene Richtungen wäre, es dass aber irgendwie nicht wert ist. Und ich entschied auch, meinen Freund nicht einfach machen zu lassen, wie er will. Weil das eine Kurzschlussreaktion wäre. Er ist sauer, er ist fertig, aber es wird schon irgendwie zu schaffen sein. Dann habe ich Grey am Arm gepackt, um ihn zurückzuziehen. Tja, und in diesem Moment brach der Stein.«

»Bitte?« Joyce, die bis jetzt auf meiner Brust gelegen hat, stützt sich ab und ihr Ellbogen drückt in meinen Bauch.

»Ich habe die Flasche fallen lassen und gespürt, wie erst der Fuß, dann das ganze Bein nach unten rutscht.«

»Mein Gott«, höre ich das tonlose Entsetzen und gebe ein heiseres Lachen zurück.

»Ja, an den dachte ich auch. Ich wusste extrem sicher, dass ich das nicht will. Aber für diese Einsicht war es offensichtlich zu spät. Das war die krasse Erkenntnis, die ich hatte, als wir auf dem Boden lagen und versuchten, uns im trockenen Dreck festzuhalten, während die Füße einfach immer wieder abrutschten. Ich war absolut darauf eingestellt, draufzugehen.«

Stille tritt ein und ich kann nicht einordnen, wie ich mich fühle, jetzt, nachdem ich es zum ersten Mal erzählt habe.

»Grey und ich haben darüber nie auch nur ein einziges Wort gesprochen. Kurz darauf kam dein Großvater mit seiner Manchester-Aktion um die Ecke. Ich habe mich nur noch darauf konzentriert, als wäre es die Belohnung, weil ich mich rechtzeitig für das Leben entschieden hatte. Da war erst nichts und dann, mit einem Mal, alles.« Wieder mache ich eine Pause und mein Mund formt sich zu einem winzigen Lächeln. »Ich habe seitdem ziemlichen Schiss vor dieser Kante dort oben. In meinem ganzen Leben hatte ich noch nie solche Angst wie an dem Tag, als ich dort fast abgestürzt wäre. Ich setze mich dorthin, um mich zu erinnern, dass es nie wieder irgendetwas geben wird, was mir eine solche Angst machen muss. Alles andere ist zu schaffen.«

»Als ich dich kennengelernt habe ...«, setzt Joyce irgendwann an. »Du kamst mir so verloren und resigniert vor, und das passte nicht zu dem, was du nach außen hin darstellen willst. Heute weiß ich erst, was für ein Kämpfer du bist. Ich bin anders. Ich würde am liebsten schon bei den kleinsten Widerständen aufgeben und du kämpfst dich immer wieder durch.«

»Warum bist du so traurig, Joyce?«

JOYCE

Ich höre seine Frage und lasse mir für die Antwort viele Atemzüge lang Zeit.

»Ich weiß es nicht.«

Wieder Schweigen, doch als ich es diesmal breche, spreche ich zum ersten Mal einen Gedanken aus, der sich in den letzten Monaten unzählige Male in mein Bewusstsein gedrängt hat.

»Mir ist einfach alles zu viel. Es fühlt sich wie Treibsand an, der mich immer weiter nach unten zieht, je mehr ich strample. Ich kann das Gefühl nicht beschreiben. Ich bin eigenartig müde und egal, wie viel Kaffee oder Cola ich trinke, ich werde nicht wach. Ich bin nicht wie du, Gabriel. Ich habe keine Zukunft an einer Musikhochschule. Ich habe nicht mal einen Traum. Ich habe nichts, für das ich morgens aufstehen will«, sage ich, während stumme Tränen den Stoff seines Shirts benetzen und es nur eine Frage der Zeit ist, bis er es merken wird. »Alles, was ich habe, sind lange Haare.«

»Nein! So ein Quatsch«, flüstert er und gleichzeitig presst sich seine Hand auf meinen Rücken. »Du bist absolut mehr als nur lange Haare. Du bist wahnsinnig hübsch, aber du bist keine leere Hülle. Hör bitte auf, diese Fotos zu machen. Ich glaube nicht, dass dir das guttut.«

»Dieser Account ist alles, was ich habe«, entgegne ich und schließe die Augen. »Und nicht einmal das mache ich gut.«

»Du meinst doch nicht die Kommentare unter deinen Bildern? Ist dir bewusst, was das für Leute sind? Was muss in einem vorgehen, wenn es einem so wichtig ist, eine vollkommen fremde Person runterzumachen und Dinge zu kritisieren, die ganz offensichtlich völliger Schwachsinn sind. Wenn die sagen, dass mit deinem Körper was nicht stimmt, dann weil sie dich damit treffen wollen. Es ist deren Absicht, dich zu verletzen. Du glaubst, dass du nichts anderes kannst, weil du dich seit Gott weiß wann nur mit dieser einen Sache beschäftigst.«

»Das machst du doch auch!«, verteidige ich mich. »Du sagst, die Gitarre wäre alles, was dich ausmacht.«

»Ja«, bestätigt er zum finalen Argument ausholend. »Aber ich *liebe* die Gitarre. Das reicht eventuell nicht mal aus, den Sachverhalt zu beschreiben. Ich bin vollkommen unvollständig, ohne Gitarre. Du hasst diese Fotos!«

»Das stimmt nicht«, behaupte ich. »Ich will nur nicht ... Du bist der einzige Mensch, der mich noch Joyce nennt.«

»Es ist nur ein Spitzname, Joy.«

Ich weiß, dass er einen Scherz machen will, doch diesen Namen aus seinem Mund zu hören, ist furchtbar.

»Joy bin nicht *ich*.«

Irritierenderweise lacht er. »Ja, das weiß ich. Das habe ich mir von dem Moment an gedacht, als ich dich mit Rotz an der Nase und … Wie war das?«

»Und Weinflasche in der Hand«, führe ich in einer Mischung aus Belustigung und Tränen fort.

»Auf einem Friedhofsparkplatz, genau.« Er macht eine Pause und seine Hand streicht über meinen Rücken. »Ich halte mich nicht für irgendeine große Ausnahme in der Welt. Sowie ich nicht glaube, der einzige Mensch zu sein, der in den *Abbey Road Studios* vor einem Mikrofon einspielen will, glaube ich nicht, dass ich der einzige Mensch bin, der dich liebt, wie du bist.«

Ich atme nicht. Wortwörtlich halte ich die Luft an, im Versuch, den Moment festzuhalten. Ich frage mich, ob er solche Worte einfach daher sagt oder sich der Bedeutung bewusst ist.

»Du *übertriffst* Erwartungen«, sage ich leise. »Wann immer dich jemand richtig kennenlernt, wird er zu diesem Schluss kommen. Mein Aussehen ist alles, was ich habe. Es ist sonst nichts da.«

Nun schließen sich beide Arme um mich, und es ist, als wolle er verhindern, dass ich falle. Sei es in seiner Vorstellung oder von diesem Sofa.

»Joyce«, setzt er an, scheint jedoch nach Worten suchen zu müssen. »Ich weiß, dass du nicht darüber reden willst, aber ich frage dich trotzdem. Weil ich im Moment nur im Kopf habe, dass es dir nicht gut geht und ich nicht weiß, wie ich dir helfen kann. Ich versuche, alles zu verstehen, und ich reime mir meinen Teil zusammen. Trotzdem frage ich: Was ist das mit dem Essen?«

»Ich will nicht, dass du schlecht von mir denkst«, flüstere ich in die Stille.

Ob ich nun etwas sage, ist keine Entscheidung für den Augenblick. Ausgesprochen heißt verraten, sagt mir eine penetrante Stimme in meinem Inneren. Man kann es nicht rückgängig machen.

»Das geht schon so lange so«, sage ich kaum verständlich. »Ich erinnere mich nicht mal mehr, wie man essen kann, ohne sich Gedanken zu machen.«

»Seit wann ist das so?« Er fragt vorsichtig, und ich kann seiner Stimme anhören, dass er Angst hat, etwas Falsches zu sagen.

»Es ist wie ein Schalter, der umgelegt wird, sobald du dreizehn oder vierzehn bist. Auf einmal wird ständig über Diäten und

Gewicht gesprochen. Jeder schaut jeden an und beurteilt jedes einzelne Körperteil. Und irgendwie ist man nie richtig. Man ist zu dick oder zu dünn, der Busen zu groß oder zu klein.«

Gabriel atmet hörbar ein. »Rafaela hat mir erst vor Kurzem vorgeworfen, dass ich genau zu diesem Problem gehöre.«

»Das Problem sind alle. Es ist das Ganze. Es sind Jungs, die Mädchen begutachten, und Mädchen, die Mädchen fast noch schlimmer beurteilen. Es ist einfach eine ganz furchtbare Zeit. Und man versucht irgendwie, da durchzukommen. Ich hatte damals ein paar Kilo abgenommen und jeder hat mir gesagt, wie toll ich aussehe. Ich war so stolz, dass ich anscheinend etwas besser konnte als die anderen. Wenn ich mit meinen Freundinnen zusammen war, habe ich nie etwas gegessen und alle waren von meiner Disziplin beeindruckt. Ich selbst auch, und trotzdem habe ich sie plötzlich beneidet. Ich wollte auch Schokolade und Chips und Eis«, sage ich, und ein bitteres Lachen rutscht mir heraus. »Als ich dann das Essen zum ersten Mal … Es war, als hätte ich den Heiligen Gral gefunden, weil ich auf nichts mehr verzichten musste. Aber ich hatte wahnsinnige Angst, jemand könnte herausfinden, dass ich überhaupt nicht diszipliniert bin.«

»Einige wissen davon, oder?« Es klingt nicht wie eine Frage.

»Ja«, gebe ich zu. »Am Anfang wurde nur mit den Schultern gezuckt und ich habe verstanden, dass es kein Geheimrezept ist. Ich war nicht einmal annähernd die Einzige.« Ich mache eine Pause. »Zehn fangen an, aber nur neun können auch wieder aufhören.«

33

JOYCE

Gabriels Schweigen ist so drückend, dass ich mich aufsetze. Als wollte ich selbst Platz zwischen uns schaffen, bevor er mich von sich stößt. Die Knie dicht an den Körper gezogen, sehe ich in die Dunkelheit des Zimmers, während er seinen Arm über die Stirn legt und sein Blick an die Decke geht.

»Okay«, sagt er. Ob zu mir oder sich selbst, ist im ersten Moment nicht klar. »Das ist alles erstaunlich einleuchtend. Ich kann verstehen, wie man da rein gerät.« Wieder lässt er sich Zeit, als müsse er jedes Wort genau abwägen. »Aber wenn du sagst, dass zehn anfangen und nur neun wieder aufhören, warum bist du die Zehnte?«

»Ich weiß es nicht«, antworte ich tonlos. »Es war dieses Wissen, dass ich alles haben kann, ohne auf etwas verzichten zu müssen. Ich kann dünn sein, ohne zu hungern. Jedes Kilo mehr auf der Waage macht mir Angst. Ich will nicht, dass man mir ins Gesicht lächelt und hinter meinem Rücken tuschelt, dass ich dicker geworden bin. Oder dass sie bei jedem Fehler im Training denken, dass es sicher daran liegt, weil ich so zugenommen habe.« Ich lege den Kopf in den Nacken und hole tief Luft. »Vielleicht ist das alles, was mich ausmacht. Solche Lügen.«

»Ich weiß nicht, ob man das so platt als Lüge bezeichnen kann«, murmelt er. »Was ist denn mit deinen Eltern? Sie müssen doch etwas bemerkt haben.«

Ich stoße ein zynisches Schnauben hervor. »Ich gehe ins Bad, lasse die Dusche laufen, schalte das Radio ein oder lege das Epiliergerät eingeschaltet auf den Rand des Waschbeckens. Hauptsache, es gibt eine logische Erklärung, warum ich im Badezimmer bin. Das habe ich schon damals gemacht. Und irgendwann habe ich mich gefragt, ob es denn meinen Eltern nicht auffällt, dass ich abnehme oder Dinge in der Küche fehlen. Entweder war es ihnen egal, oder sie fanden es okay.« Nun reibe ich mir mit beiden Händen übers Gesicht und spüre jene Wut in mir, die ich permanent zu unterdrücken versuche. »Du wirst gereizt und gehetzt, und ständig denkst du nur an Essen, während du dich für jeden Bissen abgrundtief hasst. Das ist nämlich nicht die Königsdisziplin, in der man in der Lage ist, einfach an etwas Essbarem vorbeizugehen.«

»Das ist doch nichts Gutes!«

»Darum geht es nicht!«

»Darum geht es nicht?« Er stößt ein entgeistertes Lachen aus. »Das ist lebensgefährlich!« Nun setzt er sich ebenfalls.

»Ja«, sage ich resigniert und schnaube vielleicht etwas zu gereizt. »Es ist etwas ganz anderes, ich weiß. Wenn du nichts zu dir nimmst, sind immer alle alarmiert.« Ich hole tief Luft und setze sehr viel ruhiger wieder an. »Es ging mir zu dieser Zeit nicht mehr gut damit. Und obwohl ich nicht wollte, dass jemand weiß, was ich tue, habe ich mich gefragt, wie es sein kann, dass es einfach niemand sieht. Vor zwei Jahren wollte ich, dass sie es wissen! Aufmerksamkeit suchen; so heißt es doch immer, wenn auch nur der kleinste Hinweis auftaucht, dass es im Kopf nicht so läuft, wie es sollte. Ja, in diesem Moment wollte ich Aufmerksamkeit! Es ging mir nicht gut und ich wollte, dass es jemanden interessiert. Meine Eltern haben sich ständig gestritten und waren so mit sich selbst beschäftigt, dass ich unsichtbar wurde. Ich ließ es einfach, die Dusche aufzudrehen. Ich habe irgendwann nicht mal mehr abgeschlossen.«

»Haben sie es herausgefunden?«, fragt er, und seine Stimme ist viel ruhiger als meine.

»Sie hatten es längst gewusst«, antworte ich, und ein zynisches kurzes Lachen folgt diesen Worten. »Ich war joggen, habe mit ihnen gegessen, bin ins Bad gegangen und umgefallen. Weißt du, wie meine Aufmerksamkeit aussah? Meine Mutter meinte, ich solle nicht immer alles so übertreiben. Dann hat sie meinem Vater Vorwürfe gemacht, weil es ganz klar seine Schuld sein musste. Sie haben es gewusst und einfach nichts gesagt, weil junge Mädchen diese Phase eben haben«, füge ich hinzu und meine Stimme wird brüchiger. Die nächsten Worte fallen mir schwer. »Mein Großvater erfuhr nach diesem Vorfall ebenfalls davon. Er war der Einzige, der mich gefragt hat, wie es mir geht. Er hat auch mit mir und meinen Eltern über die Möglichkeit einer Therapie gesprochen.«

GABRIEL

Als das Wort fällt, drängt alles in mir, ihr zu sagen, dass sie das machen soll. Ich muss an meine Schwester denken, die zuerst auch nicht wollte.

»Warum machst du es nicht?«, frage ich und wünschte, es würde weniger dumm klingen.

»Das fragst du nur, weil du die Gesichter meiner Eltern nicht gesehen hast, als dieses Thema aufkam. Mein Vater hat mich gefragt, ob es denn wirklich so schlimm sei, dass man dafür eine Therapie machen müsste und Wochen in der Schule verpasst.«

»Und, was hast du gesagt?« Ich weiß die Antwort, noch bevor ich sie bekomme.

»Natürlich nein. Meine Mutter fragte, ob ich nicht gesehen hätte, dass ich es übertreiben würde. Ja, habe ich geantwortet.«

Ich weiß nicht, was ich darauf sagen kann. Ich bin sicher der Letzte, den es wundert, wenn Familien unbrauchbare und fragwürdige Dinge von sich geben. Doch das hier kommt mir vollkommen falsch vor.

Als sie weiterredet, ist ihre Stimme noch leiser geworden.

»Ich war danach wirklich eine Weile überzeugt, ich müsse einfach nur aufhören. Ich nahm zu, geriet in Panik und hörte ganz auf zu essen.« Sie holt tief Luft. »Mir ist dabei etwas aufgefallen: Wenn du Hunger hast, ich meine, richtigen Hunger, dann verdrängt er jeden anderen Gedanken. Egal wie schmerzhaft. Ich dachte, wenn ich das durchziehe, wird es ihnen leidtun, nicht ein einziges Mal gefragt zu haben, wie es mir geht.«

»Du hast es darauf angelegt, magersüchtig zu werden?« Es rutscht mir heraus. Ich will es nicht, doch mein Mund ist zu schnell. Man hört auch deutlich die Fassungslosigkeit. Es ist einfach durchweg keine gute Reaktion.

»Ja, aber ich war nicht gut darin. Es ist mir unbegreiflich, wie Menschen das schaffen«, sagt sie und klingt müde. »Ich habe mich plötzlich wie ein Junkie verhalten. Nur noch ein Mal, habe ich gedacht. Ein letztes Mal. Ich weiß nicht, wie oft ich bis heute gesagt habe, dass es das *endgültig letzte Mal* ist. Es gab nichts anderes mehr. Ich bin morgens aufgestanden und habe ab diesem Moment nur noch geplant und überlegt, wann und wie ich an all diese Sachen komme, die ich nur noch ein letztes Mal essen möchte. Jeden Tag. Mehrmals am Tag.« Sie macht eine Pause und ich höre, wie sie die Luft langsam entweichen lässt. »Es tut mir so leid, Gabriel. Dass ich nicht bin, was du erwartet hast.«

Ich erwidere nichts. Weil ich nicht weiß, wo ich beginnen sollte. So lege ich meinen Arm um ihre Schulter und lasse mich gegen die Lehne des Sofas sinken, während mein Blick in die Dunkelheit des Zimmers geht.

»Du hast es sogar einmal mitbekommen«, gesteht sie unvermittelt. »Bei dieser Party, als mein Handy ins Wasser gefallen ist.« Sie schnaubt. »Olivia hat ununterbrochen diesen Sahnelikör in meinen Becher geschüttet, als wolle sie sehen, wie lange ich aushalte, bis ich die Nerven verliere.«

»Weiß sie davon?«, frage ich. »Und Bethany? Und die anderen?«

»Sie wissen es alle.« Einige Sekunden vergehen, in denen ich versuche, Worte zu finden. »Du darfst mich nicht für verrückt halten«, flüstert sie.

»Ich halte dich nicht für verrückt«, entgegne ich sofort. »Das ist ein Scheißwort, und ich denke nicht, dass irgendjemand, in dessen Kopf so etwas vor sich geht, einfach für *verrückt* erklärt werden sollte. Manchmal liegt man im Hellen und es ist genauso dunkel wie in der Nacht. Und man weiß, dass es auch morgen so ist. Und den Tag danach auch. Ich verstehe das, Joyce, ich kann diese Gedanken nachvollziehen. Ich bin nicht gerade ein Poet, deshalb sage ich es einfach geradeheraus: Du bist absolut mehr als eine Zahl auf der Waage. Ich finde diese Dinger sowieso scheiße. Meine Schwester steht da auch ständig drauf.«

»Ich wiege mich zehnmal am Tag.« Sie lacht bitter.

»So wenig ich Poet bin, so wenig bin ich ein Arzt. Ich weiß nicht, was die Definition von *lebensgefährlich* ist, aber das klingt absolut nicht gesund.«

»Untergewicht ist gefährlich.«

»Du kannst mir nicht erzählen, dass das, was du machst, okay ist. Und deine Königsdisziplin ...«, schiebe ich hinterher und habe endlich Worte gefunden. »Als ich meine erste Zigarette geraucht habe, war ich zwölf Jahre alt.«

»Das ist viel zu früh!«

»Zigaretten schmecken widerlich«, übergehe ich sie. »Ich habe gedacht, es reißt mir die Lunge raus und meine Zunge fault ab.« Sie muss lachen. »Ich habe aber noch eine geraucht und danach auch noch eine. Bis es irgendwann nicht mehr widerlich war. Ich habe also eine ganze Weile viel dafür getan, dass ich Raucher werde. Mit voller Absicht, weiß der Geier, warum. Was du machst, ist exakt dasselbe. Du willst etwas, von dem du weißt, dass es extrem gefährlich ist. So, und ich bin kein Poet, kein Arzt und – Achtung, es kommt was Neues …« Wieder lacht sie. »Kein Psychologe. Aber das, was du mir beschrieben hast, klingt nicht gut. Und damit meine ich, dass es sich für mich anhört, als brauchst du Hilfe. Wirklich dringend. Denn als Bruder von Rafaela Álvarez habe ich das halbe Internet gelesen, um rauszufinden, was man gegen Depressionen machen kann. Es findet da kaum jemand allein wieder raus.«

Ich spüre, wie ihr Körper sich anspannt und denke, meine Worte sind zu viel. Zu hart und zu unvorsichtig. Und trotzdem rede ich weiter.

»Joyce, du warst im Krankenhaus, weil du zusammengebrochen bist. Du bist auch Tage vorher schon umgefallen, weil du die ganze Woche für dieses beschissene Tryout trainiert hast.«

»Ich habe es übrigens nicht geschafft«, erklärt sie, was ich bereits weiß. »Sie nehmen mich ins Team auf, weil *ich* es bin. Nicht, weil ich gut gewesen wäre. Am Ende geht es um gemeinsame Videos bei TikTok. Wann immer ich einen Fehler mache, werden sie hinter meinem Rücken sagen, dass ich eigentlich nur dabei bin, weil ich viele Follower habe.«

»Warum willst du unbedingt in dieses Team? Dieser Druck ist doch nicht gut für dich.«

»Vielleicht habe ich Angst zu verschwinden, wenn ich diese Dinge aufgebe. Mein Account und die Cheerleader sind alles, was mich sichtbar macht.«

Ich drücke sie von mir und setze mich ihr zugewandt hin. »Du brauchst das nicht! Du bist nicht unsichtbar!«

»Für dich! Für diese kurze Zeit«, entgegnet sie tonlos. »Weil Zufälle uns in den letzten Wochen zusammengebracht haben. Eigentlich mag ich den Gedanken an Schicksal. Aber was für ein Schicksal soll es sein, dich mir zu bringen und sofort wieder wegzunehmen?«

Meine Abreise wird ihr vierter Verlust in diesem Jahr sein. Die Erkenntnis kommt mit ganzer Wucht.

»Ich weiß nicht, ob ich noch gehen will«, sage ich. Kaum hörbar. Als spräche ich zu mir selbst. Und ich bin nicht sicher, ob es nicht der Fall ist.

Ich sehe, wie sich die Worte in Joyce' Kopf wiederholen.

34

GABRIEL

Wie lange ist es her, seit ich mit Grey zuletzt hier gesessen habe? Nur ein paar Wochen, und trotzdem kommt es mir vor, als sei seitdem einfach *alles* passiert.

Als ich heute Morgen nach Hause fuhr, habe ich erst bemerkt, wie unglaublich voll mein Kopf ist. Es tut gut, hier zu sitzen.

Ich habe mich an den glatten Stein des Brunnens gelehnt, während Grey auf dem Rand sitzt und seine Füße neben mir herunterbaumeln lässt. Das Wetter hat sich wieder gebessert und zeigt an diesem Nachmittag sein bestes Sommer-Gesicht. Wahrscheinlich könnte man eine Zigarette einfach in die Luft halten, und sie würde sich entzünden. Kurz nach diesem Gedanken und nach all den bereits besprochenen Nichtigkeiten wechsle ich endlich zum Ernst der Lage.

»Willst du mir langsam sagen, was los ist?«

Grey, einen kurzen Moment überfordert, gibt sich schnell wieder locker. »Ich habe dir was zu sagen, ja. Aber ich habe beschlossen, das erst zu tun, wenn ich einen Schnaps getrunken habe. Oder du.«

»Was?« Ich wende ihm den Kopf zu und muss lachen.

Er grinst und streckt mir seine Zigarette entgegen. »Ich habe

Schiss vor dir, und dann tut es nicht so weh, wenn du mir in die Fresse haust.«

Ich nehme die Kippe und sehe wieder nach vorn. »Da kann ich mich ja freuen.«

»Auf jeden Fall. Ist mein Abschiedsgeschenk.«

Das Wort zieht mir die Brust zusammen, selbst wenn es als Scherz gemeint ist. Wobei ich mir dessen nicht sicher sein kann.

»Seit wann haben wir denn Geheimnisse?«, frage ich und nehme einen Zug. »Waren wir nicht in Liebe und Verbundenheit vereint? Ich meine, du wolltest von mir deine letzte Ölung da oben. Das ist schon eine Ehre.«

Ich weiß nicht, warum ich es erwähne. Vielleicht habe ich einen abstrusen Lauf, was Ehrlichkeit und die Klärung der Dinge angeht. Es ist das erste Mal, dass einer von uns diese Sache anspricht. Und es fühlt sich seltsam an.

Von ihm kommt zunächst keine Antwort und ich überbrücke diese Lücke mit einem weiteren Zug.

»Ich sag dir was«, setzt Grey an, und das in einem Ton, der sachlich und gedankenverloren zugleich ist. »Ich habe danach eine ganze Weile darüber nachgedacht, was ich machen soll, wenn du weg bist. Du weißt, dass ich dich auch persönlich nach Manchester tragen würde, trotzdem ist es schon krass, dass der einzige Mensch, der das alles über mich weiß, einfach weg sein wird. Aber im Grunde bist du bereits eine ganze Weile weg.«

»Was soll das wieder heißen?«, frage ich etwas zu barsch.

»Na, komm. Soll ich dir alles zusammenfassen? Du bist erst voll auf dem England-Trip. Dann bist du von jetzt auf gleich völlig daneben, weil dein Lehrer stirbt. Und plötzlich bist du ganz von der Bildfläche verschwunden.«

»Ich war kein bisschen –«

»Leir«, unterbricht er mich in einem Ton, der irgendwie dem

meiner Mutter ähnelt. »Man bekommt dich nicht mal mehr ans Telefon. Wo steckst du denn? Oder in wem.«

»Bist du eifersüchtig?«, frage ich viel zu herablassend und weiß sofort, dass der Grund dafür mein mieses Gewissen ist. Mir ist nämlich klar, dass stimmt, was er sagt.

»Nein, ich bin nicht eifersüchtig«, gibt er zurück. »Aber wenn du dich mal nach links und rechts gedreht hättest, wären dir vielleicht ein paar Dinge aufgefallen.«

»Meine Güte, sag es schon!«, fordere ich ihn auf, schnipse die Kippe weg und drehe mich zu ihm.

»Ich denke nicht daran, das ist mein letzter Trumpf«, entgegnet er, lacht und deutet dann mit dem Kinn in die Ferne. »Damit kann ich dich wenigstens noch erpressen, bevor du in zwei Minuten wieder verschwindest.«

Ich folge seinem Hinweis, sehe nach vorn, und wie von einem Magnet angezogen, auf Joyce.

Es prallt alles gleichzeitig auf mich ein: Ich versuche, mich zusammenzureißen, ich scheitere, mein Herz schlägt viel schneller, ich will zu ihr, ich will nicht das Land verlassen, ich muss an all ihre Probleme denken, ich will sie in den Arm nehmen, ich bin völlig überfordert. Das ist kein Zustand, den ich mag.

Joyce spaziert neben ihrer Freundin Katie über den weiten Platz zwischen Geschäften und Cafés, und bleibt in diesem Augenblick stehen, als könne sie meinen Blick spüren. Ich denke, der wahre Grund kommt gerade von links, denn sowohl Joyce wie Katie heben die Hände und winken zwei anderen zu.

»Ich fasse es nicht, dass du dir wirklich Joy Evans geschnappt hast«, reißt mich Grey aus den Gedanken. »Ian glaubt noch immer nicht, dass du das ernst meinst. Aber wenn du mich fragst, geht das für deine Verhältnisse doch schon eine ziemlich lange Zeit.«

Er rutscht vom Brunnenrand und lässt sich neben mich auf

den Boden sinken. Meine Hände ruhen auf den angewinkelten Knien und es fehlt mir schlicht an Willenskraft, den Blick von Joyce abzuwenden. Sie wird umarmt und alle lachen. Unwillkürlich frage ich mich, wie die Statistik aussieht. Vier junge Frauen. Wie viele von ihnen haben Probleme mit dem Essen?

»Was sagt sie eigentlich dazu, dass du nächste Woche weg bist?«

Ich höre Greys Stimme und spüre den Stich im Bauch.

Nichts sagt sie.

»Sie weiß doch, dass du gehst, oder?«, hakt er nach und beäugt mich von der Seite, woraufhin ich ihm betont missmutig den Kopf zuwende. »Nur eine Frage!«, sagt er und lacht, wenn auch nur kurz. »Ich hoffe, dass du das ernst meinst, weil ich nämlich jeden Tag drauf und dran bin, dir die Freundschaft zu kündigen. Aber ich mache es nicht, für den unwahrscheinlichen Fall, dass dir das Mädchen da unten was bedeutet. Das täte dir nämlich mal gut, das hab ich dir immer gesagt.«

»Du bist also doch eifersüchtig«, erwidere ich. Der Versuch, das alles hier zu entschärfen, geht allerdings komplett nach hinten los.

»Nein, Leir, darum geht es nicht«, fährt er mich an und über seiner Nase hat sich eine Falte gebildet. »Du bist seit Monaten nur mit dir selbst beschäftigt. Das ist okay. Du musstest dich auf diese Prüfung vorbereiten, du musstest dich auf die Schule vorbereiten und ich habe wahrscheinlich besser als jeder andere verstanden, warum es dich so aus der Bahn geschleudert hat, als dein Lehrer starb. Es mag dir nicht aufgefallen sein, aber ich war sofort da. Du rufst mich an und ich gehe mit dir noch mal auf diesen beschissenen Berg.« Er bricht ab, lehnt den Kopf zurück und damit an den Brunnenrand. »Alle weiteren Informationen, dein Leben betreffend, habe ich mir danach im Stadtfunk zusammengesammelt. Und es gab Tage, da hätte ich dich vielleicht einmal brauchen können. Also sag mir in Gottes Namen, dass du es ernst meinst, mit dieser Influencer-Affäre.«

Wir sehen uns an. Und ich will etwas erwidern, weiß jedoch nicht, was das sein soll. Weil alles stimmt, was er mir vorwirft.

»Und zur Strafe, für dieses schändliche Verhalten deinen Freunden gegenüber, wirst du am Sonntag eine Abschiedsfeier am *St. Mary's* über dich ergehen lassen!«

»Bitte?« Ich stoße ein heiseres Lachen aus.

»Du hast mich schon verstanden. Weiß der Geier, wann wir uns wiedersehen. Du wirst ja wohl einen Abend –«

»Vielleicht gehe ich ja nicht«, unterbreche ich und achte auf die Gefühle in meiner Brust.

Aus dem Augenwinkel nehme ich wahr, wie Grey mir den Kopf zuwendet.

»Das meinst du nicht ernst«, sagt er undeutlich, doch ich antworte nicht. »Leir, ist das dein Ernst? So etwas entscheidest du und nicht mal *das* erzählst du?«

»Ich habe nichts entschieden«, gebe ich wahrheitsgemäß zurück.

Ich wende meinen Blick wieder nach vorn und es dauert einen Moment, bis ich Joyce und ihre Gruppe gefunden habe. Sie stehen jetzt bei den Cafés weiter links.

Ich könnte jetzt von der unausweichlichen Anziehungskraft faseln, die sie und mich in dieser Sekunde einander ansehen lässt. Die Realität ist aber ganz schlicht, dass Katie – den Kopf gesenkt – etwas sagt, wahrscheinlich sogar flüstert, als könne ich sie hier oben hören. Ich weiß, dass es um mich geht, weil im nächsten Augenblick alle – mit Ausnahme von Joyce – zu uns schauen. Joyce scheint eher einem Fluchtinstinkt nachgeben zu wollen und deutet zu einem der Cafés, um das Thema zu wechseln.

Mein Mund verzieht sich nach dieser kurzen und ziemlich erheiternden Szene zu einem winzigen Lächeln.

»Okay«, sagt Grey und sein Ton hat sich verändert. »Das meint deine Schwester damit, wenn sie von deinem befremdlichen Grinsen spricht. Du meinst das echt ernst.«

»Dass es wirklich jedem ein Bedürfnis ist, über diese Sache Bescheid zu wissen …«

»Erstens bin ich nicht *jeder*. Zweitens wäre es bei euch beiden vielleicht nicht verkehrt gewesen, eine Pressemitteilung rauszugeben. Weißt du eigentlich, wie viele Leute uns darauf angesprochen haben?«

»Ich hab das alles satt«, murmle ich. »Dass überhaupt darüber gesprochen wird. Hat diese Stadt nichts Besseres zu tun?«

In meinem Kopf kann ich all die Kommentare und herablassenden Phrasen hören. Über mich. Über sie. Über uns.

Ich stehe auf. »Ich beende das jetzt.«

Greys fassungslose Augen sehen zu mir herauf und eine Sekunde später steht er ebenfalls. Ich betrachte wieder die Gruppe, die sich noch immer nicht in Bewegung gesetzt hat.

»Ich habe dieses Gerede satt«, erkläre ich. »Es nervt. Das ist es mir nicht wert.«

»Ich dachte, du willst ihretwegen nicht nach Manchester gehen?«

»Ich sagte, dass ich mich nicht entschieden habe.«

»Also gehst du doch?«

»Hör zu, wir treffen uns Sonntag am *St. Mary's*, okay? Ich höre mir fünf Stunden alles an, was du mir sagen willst, und ich werde dich nicht verprügeln.«

Wir schlagen ein und einige Sekunden sehen wir uns an.

»Ich verlasse mich drauf«, sagt er und ich nicke.

Dann springe ich das erste von drei Podesten hinunter und

gehe auf Joyce zu. Innerlich mache ich einen Rückzieher, äußerlich gebe ich mein Bestes, um meinem Ruf gerecht zu werden.

JOYCE

Gabriel kommt auf mich zu und dieser Blick verheißt nichts Gutes. Seit er heute Morgen nach Hause gefahren ist, wechseln meine Gedanken von einem Extrem ins andere. In der einen Minute bereue ich es, ihm all diese Dinge gesagt zu haben. Eine Sekunde später kann ich nicht fassen, dass er mir zugehört hat. Ein naiver Teil von mir wollte glauben, dass er mich nicht von sich stößt.

Als er nun auf mich zukommt, wird es kalt in meinem Körper. Inzwischen hat er das Gehörte sicherlich verarbeitet. Vielleicht auch schon heute Morgen auf dem Heimweg, und nun ist die Gelegenheit einfach günstig. Ich werde auf diesem öffentlichen Platz nämlich keine Szene machen und ganz sicher nicht in Tränen ausbrechen. Das weiß er. Nach diesem Sommer weiß er *alles*.

Katie keucht neben mir und innerlich kann ich ihr nur beipflichten. Äußerlich bin ich wie erstarrt und völlig unfähig, meine Augen von seinen zu lösen.

Katie baut sich fast wie eine Leibwächterin neben mir auf. Haley und Lorena wirken eher sensationsgeil und gespannt auf das, was passieren wird. Ich bin mir sicher, dass auch sie Gabriels Blick deuten können und zu gern ihre Handys zücken würden.

»Hey«, sagt er, als er vor mir steht und mir ungerührt in die Augen sieht.

»Hey«, erwidere ich und Katie neben mir tritt nervös von einem Bein auf das andere. »Was gibt es denn?«, gebe ich mich herausfordernd und würde am liebsten fragen, warum er so was nicht wie andere Leute ganz modern per Handy erledigen kann.

»Eine ganze Menge«, antwortet er, und das nahezu im gleichen Ton.

»Und das muss hier sein?«

»Ja, weil ich will, dass dieses Gerede ein Ende hat. Das muss dir doch auch gegen den Strich gehen.«

Zu meinem Ärger verengt sich meine Kehle auf schmerzhafte Weise. Ich wende mich nun doch ab, weil ich immer nur ein bestimmtes Kontingent an Kraft habe und dieses in letzter Zeit einfach zu schnell aufgebraucht ist.

Gabriel hebt seine Hände und streicht meine Haare zurück. »Wenn sie schon reden, lass uns wenigstens bestimmen, über *was* sie sich das Maul zerreißen.«

Dann küsst er mich.

Mitten auf diesem Platz.

Und es ist kein flüchtiger Kuss.

Ich will nicht, dass es aufhört. Nicht jetzt und nicht in acht Tagen.

Ich will nicht, dass er geht.

Gabriel löst sich von mir, verharrt jedoch mit seiner Stirn an meiner und sein Mund verzieht sich zu einem Lächeln.

»*Jetzt* haben sie was zum Tratschen«, sagt er und ich stoße unwillkürlich ein Lachen aus. »Möchtest du ein Eis mit mir essen?«

»Sehr gern.«

»Welches Eis magst du denn?«

»Nuss. Und Zitrone.«

Er verzieht den Mund und bringt nun Abstand zwischen unsere Gesichter. »Was ist das denn für eine Mischung?«

»Wieso? Was magst du denn?«

»Vanille!«, gibt er zurück, als sei das überhaupt keine Diskussion wert, dann packt er mein Handgelenk und wendet sich den anderen zu. »Joyce wird sich später via TikTok bei euch melden!«

Damit zieht er mich mit sich, lässt mich los und verschränkt eine Sekunde später seine Finger mit meinen.

»Warum hast du das gemacht?«, frage ich nach einigen Schritten.

»Weil ich das Gerede satthabe, sagte ich doch.«

Als sei es wirklich eine adäquate Erklärung. Plötzlich dreht er den Kopf nach hinten, Richtung Brunnen. Sein Freund Greyson sitzt noch immer dort.

»Kommst du Sonntag zum *St. Mary's*?«, fragt Gabriel nun an mich gewandt. »Da warten offenbar ein paar Leute auf mein Erscheinen.« Auf meinen irritierten Blick hin lacht er. »Ja, ich frage dich, ob du mit mir zusammen dahin gehst.«

»Ich überlege es mir«, entgegne ich, ohne ihn anzusehen, kann ein Lächeln aber nicht unterdrücken.

»Vielleicht brauche ich Beistand. Grey will mir irgendetwas sagen.«

»Was denn?« Ich frage zu schnell. Es wird mir augenblicklich klar und Gabriels Blick sagt mir, dass er es ebenfalls bemerkt hat.

»Sag du es mir«, antwortet er.

»Woher soll ich das wissen?«, murmle ich und habe gleichzeitig Bilder im Kopf, nachdem ich die Sache längst vergessen hatte.

»Ist es was Schlimmes?«, hakt er ungerührt nach, als gäbe es keinen Zweifel, dass ich das Geheimnis kenne.

Ich stoße ein hoffentlich überzeugendes Lachen hervor. »Ich weiß es nicht. Ich habe nichts mit deinem Freund zu tun. Ich erinnere mich nicht mal, je mit ihm gesprochen zu haben.«

Wir sehen uns noch einen Moment an und er belässt es dabei, wenn er auch nicht überzeugt wirkt.

»Grey will eine Abschiedsparty veranstalten«, sagt er, als wir die Schlange vor dem Eiscafé erreichen.

Kurz sehen wir uns an, doch dann betrachten wir die verschiedenen Eissorten in der Theke.

Acht Tage bevor er das Land verlässt, passieren diese Sachen. Er küsst mich in der Öffentlichkeit, und er macht es, nachdem er die schlimmsten Dinge über mich erfahren hat. Er ist unsicher geworden, ob er gehen soll. Meinetwegen. Mit einem Mal wird das ganze Glück der letzten Minuten überschattet und meine Augen beginnen zu brennen, als mir all diese Gedanken klarmachen, was für eine furchtbare Situation das ist.

»Also, was willst du? Vanille?«, fragt er und reißt mich aus den Gedanken.

»Nuss!«, gebe ich zurück und werde mir auch bewusst, dass ich das Eis zwar essen werde, doch keine Chance habe, es wieder loszuwerden.

»Nuss«, wiederholt Gabriel verächtlich. »Ich hasse Nüsse. Wem schmeckt so was?«

Ich muss lachen und spüre, wie seine Finger meine etwas fester drücken. Während wir in der Schlange vorrücken und uns darüber einig werden, dass uns die modernen Eissorten zu hip sind, bemerke ich immer wieder Blicke von Leuten um uns herum. Ich frage mich, ob irgendjemand ein Foto von uns macht, und das ist der Moment, in dem ich zum ersten Mal denke, dass ich meinen Account löschen werde.

Gabriel hat mir nicht einmal die Chance gelassen, mein Eis zu bezahlen. Eigentlich wollte er diese Riesenwaffeln holen, diesen Traum von Eis und Sahne, mit Streuseln und Soße. Ich denke, dass in meinem Gesicht zu lesen war, wie hinter meinem Lächeln die Angst nach mir griff. Wie eine jäh auftauchende, pechschwarze Wolke muss ihm bewusst geworden sein, dass es nicht mal möglich ist, ohne Weiteres mit mir ein Eis zu essen. Gabriel registriert diesen Blick innerhalb eines Sekundenbruchteils und am Ende ist es nur eine Kugel für jeden.

Ich fragte ihn, ob er den Abend bei mir verbringen wird, deutete in den sich zuziehenden Himmel und wurde mit seiner Zustimmung eigenartig euphorisch.

Als wir jetzt im Auto sitzen, fühle ich mich gut. Irgendwie frei. Die Scheiben sind heruntergelassen, der Fahrtwind streicht mir über die Wangen und unwillkürlich erinnert mich das an meine erste Fahrt in diesem Wagen. Ich versuche zu erfassen, was sich seitdem alles verändert hat. Ich wende ein wenig den Kopf und betrachte Gabriel aus dem Augenwinkel. Mein Herz schlägt schneller. Das tut es immer, wenn ich ihn sehe.

Er bemerkt es offenbar, sieht mich kurz an und wendet sich grinsend wieder nach vorn. »Was ist denn?«

Alles, denke ich. Ich glaube, dieser Junge ist alles.

»Nichts«, sage ich und sehe mit einem Schmunzeln aus dem Fenster.

35

GABRIEL

Wenn man bedenkt, dass wir vor kaum einer Stunde noch mit einem Eis durch die Innenstadt geschlendert sind, ist es beinahe traurig, wie dunkel es geworden ist. Der Himmel ist wolkenverhangen, und es hat schon zu regnen angefangen, als wir noch im Auto saßen. Der Sommer neigt sich dem Ende zu, egal wie sehr man sich daran klammert.

Wir liegen auf dem Sofa. Ich auf dem Rücken, Joyce irgendwie zwischen Lehne und mir eingeklemmt. Ihr Kopf ruht auf meiner Brust und ihr Bein ist über meines geschoben.

Joyce, die mit mir streitet, ob man Milch in Tee schüttet – meine, ihrer Ansicht nach inakzeptabel unbritische Meinung ist: nein! – wirkt freier als in den vergangenen Tagen. Sie lacht mehr. Ich will gar nicht behaupten, dass ich die Ursache dafür wäre, aber ich kann auch nicht verhindern, zu überlegen, ob vielleicht *wir* der Grund sind. Ist das schon Kitsch? Wahrscheinlich. Als wir jetzt hier liegen, kann ich überhaupt nicht verstehen, was alle so schlimm daran finden.

Als hätte sie meine Gedanken gehört, stützt sie sich mit den Unterarmen auf meine Brust und mustert mich. Ihre Haare fallen zu beiden Seiten über ihre Schultern, und in diesem Moment beißt sich die Idee, dass es nicht vorbei sein *muss*, fest. Ich frage mich, ob sie gestern verstanden hat, dass ich vom Bleiben gesprochen habe.

»Wir sind fünf Jahre aneinander vorbeigelaufen«, sagt sie nachdenklich.

»Wie kommst du eigentlich auf fünf?«

»Ich hab dich zum ersten Mal zum Ende der Junior High bemerkt.«

»Und? Nicht dein Typ?«, hake ich amüsiert nach.

»Glaubst du, sonst wüsste ich noch, wann ich dich zum ersten Mal gesehen habe? Ich habe dich schon immer gesehen, falls du dich erinnerst.«

»Das Fenster, stimmt ja. Vielleicht hättest du einfach mal Hallo sagen sollen.«

»Klar«, sie stößt ein ziemlich zynisches Lachen hervor. »Du hättest herzlich gelacht und dich auf einen One-Night-Stand gefreut.«

»Ich habe dich noch nie ausgelacht. Und ich will dieses Fass nicht wieder aufmachen, aber ich habe bereits bewiesen, kein Interesse an einem One-Night-Stand mit dir zu haben.«

»Das war auch keine normale Situation, oder?«

Ich streiche mit einer Hand ihre Haare zurück, einfach weil ich sie berühren will.

»Ich habe dich auch vorher gesehen, Joyce. Lange vor diesem Tag, aber immer aus sicherer Entfernung.« Ein kaum merkliches Lächeln legt sich auf meine Lippen. »Ich habe dich anders eingeschätzt, wie du weißt.«

»Und, was denkst du jetzt über mich?«

»Ich weiß nicht, wie ich dir helfen kann.«

»Du musst mich nicht retten, Gabriel.«

»Ich weiß auch nicht wie«, entgegne ich. »Ich will, aber ich weiß nicht, was ich tun kann.«

»Du hast schon mehr für mich getan, als du je hättest tun müssen. Diese Sachen zu hören und mich trotzdem …«

»Dich trotzdem zu mögen?«, beende ich den Satz. »Wenn das alles ist, könnte ich dir noch ganz andere Dinge sagen.«

Meine Stimme klingt erstaunlich dünn, sobald Worte mir Angst einjagen.

Joyce schließt die Augen. »Mach das nicht. Nicht, wenn du in acht Tagen in ein Flugzeug steigst.«

Ich lasse meine Finger über ihre Wange streifen, dann ziehe ich Joyce zu mir und küsse sie. Tief im Inneren weiß man immer, was man wirklich will. Man kann eine Münze werfen und an der höchsten Stelle weiß man genau, welches Ergebnis man sich wünscht, davon bin ich überzeugt.

Als Joyce sich von mir löst und ihre Lippen nur ein Fingerbreit über meinen schweben, ziehe ich tief die Luft ein, was gleich mehrere Gründe hat. Ich will Körper und Geist beruhigen und diese Hitze in den Griff kriegen, die nicht nur durch die Schwüle kommt, die durch das geöffnete Fenster dringt. Und ich will mir diesen Duft einprägen, der sie umgibt.

»Wonach riechst du eigentlich im Winter?«

»Was?« Sie stößt ein irritiertes Lachen aus und zieht ihr Gesicht etwas zurück.

»Wonach du im Winter riechst. Jetzt duftest du nach Sonnencreme. Manchmal nach Melone.«

»Pfirsich.«

»Irgendwas Fruchtiges halt. Ich esse vielleicht nicht so viel Obst, wie ich sollte.«

»Und jetzt willst du –«

»Wissen, wonach du im Winter riechst, ja.« Ich grinse.

»Vanille«, behauptet sie, woraufhin ich skeptisch die Brauen hebe und sie lacht.

Dann lässt sie sich zurück auf meine Brust sinken, legt das Kinn jedoch auf ihre verschränkten Arme und starrt mich an.

»Wie viele Gitarren hast du?«

»Vier«, antworte ich vom rasanten Themenwechsel kurz aus dem Konzept gebracht.

»Spielst du die alle?«

»Nein.«

»Immer nur die eine?«

»Ja.«

»Nimmst du auch nur die mit?«

Das Schweigen hält unnatürlich lang an und ich verstehe, wie wir bei diesem Thema auskommen mussten: Ich werde im Winter nicht mehr da sein.

»Sollte ich gehen, nehme ich alle mit«, sage ich schließlich. »Ich will nicht, dass sie irgendwann verbrannt werden.«

»Wieso denn verbrannt?«

»Weil mein Vater sie auf jeden Fall verbrennen wird, sobald er die Gelegenheit dazu hat.«

Joyce Belustigung verebbt und ich kann ihre Gedanken hören, noch bevor sie ausgesprochen werden.

»Wie schlimm ist das mit deinem Vater?«, fragt sie leise und sicherlich in der Angst, dass ich die Frage zurückweise.

Doch ich ringe mir ein Lächeln ab und streiche mit dem Handrücken Schweiß von meiner Stirn. Vielleicht tue ich es, damit ich sie nicht ansehen muss.

»Ich weiß nicht, wie definierst du schlimm? Schlimmer geht immer.«

»Diese Verletzungen ...«, setzt sie an und ein flüchtiger Blick zeigt mir nicht nur ihre Erkenntnis, sondern auch das ganze Entsetzen. »Die kommen von zu Hause.«

»Es wäre besser gewesen, wenn meine Mutter nicht schwanger geworden wäre«, sage ich undeutlich. »Für ihn, für sie, wahrscheinlich für alle Beteiligten.«

»Es tut mir leid, dass du so was erleben musst«, sagt sie nach einer Weile. »Aber egoistisch gesehen, bin ich so unglaublich froh, dass sie schwanger wurde.«

Ich muss lachen. »Ich danke dir. Auch wenn es ziemlich merkwürdig klingt.«

»Wirst du deine Familie vermissen?«

»Ich weiß es nicht. Ich war noch nie weg.«

Einige Sekunden bleibt es still und wir sehen uns nur an. Ein unerträglicher Druck legt sich auf meine Brust. Ich hebe die rechte Hand und streiche die blonden Haare hinter ihr Ohr. Joyce' Blick ist nachdenklich, traurig, schmerzerfüllt.

»Wonach riechst du wirklich?«, frage ich leise.

»Ich habe eine Bodylotion, die nach Vanille riecht.«

Mein Gesicht verzieht sich in demonstrativem Unglauben, der mir auch helfen soll, diese Schwere zu vertreiben. »Bestimmt riecht die nach Nüssen, und du willst es nicht zugeben.«

Joyce drückt sich von meiner Brust ab. »Denkst du, ich behaupte das, um dich zu ködern?« Damit stößt sie einen verächtlichen Laut aus. »Ich habe dich längst am Haken!«

Ich lache wahrscheinlich zu laut, sodass die halbe Straße nun von meiner Anwesenheit Kenntnis genommen hat.

Joyce lässt sich nicht beirren. »Du hast in einer pressereifen Romantik der halben Stadt mitgeteilt, dass du der Schönheit und der Anmut von *Joy Evans* erlegen bist.«

»Vielleicht ist ja die Aussage, man sei nicht romantisch, reiner Selbstschutz, weil man es doch ist, aber nicht weiß, wohin damit.

Wie bitter ist denn ein Mensch, der von sich sagt, er sei romantisch, der dann aber keinen hat, an dem er es auslassen kann. Das nur mal, um meine neusten Theorien zu streuen. Des Weiteren, Joy Evans, hast du mich ohne mein Wissen an einem Fenster gestalkt. Ich kann mir richtig vorstellen, wie du zwei Finger in deine Jalousien schiebst und unauffällig die Lamellen auseinander drückst, damit ich nicht merke, wie du mich heimlich anhimmelst. Was man dir nicht verübeln kann.«

»Warst du nicht letztens noch der Meinung, ich hätte Besseres verdient?«

»Nein.«

Sie stößt ein nachdrücklich fassungsloses Lachen aus, daraufhin aber wird ihre Miene ernster und sie sieht mich mehrere Sekunden nur an.

»Was?«, frage ich und schmunzle.

Ihre Finger streichen die Haare aus meiner Stirn, und meinen ganzen Körper überzieht eine Gänsehaut. Ich bin mir nicht sicher, ob es nur an der Hitze in diesem Zimmer liegt, dass mir das Atmen schwerer fällt. Meine Hände legen sich auf ihren Rücken und Joyce' Lippen schweben über meinen.

»No quiero irme«, flüstere ich.

Kein *wenn*, kein *Vielleicht*.

Ich will nicht gehen.

Ganz langsam lässt sie den Atem durch ihre Lippen entweichen. Dann legen sie sich wieder auf meine.

Es ist immer mit all diesen Gefühlen verbunden, wenn sie mich küsst. Oft machen sie mir Angst, manchmal bin ich überfordert. Als sie die Finger ihrer rechten Hand unter mein Shirt gleiten lässt, überfordert mich der Moment auf vielen Ebenen. Mein Herz schlägt zu schnell, zu aufgeregt, unfähig zu begreifen, was es empfindet. Zum ersten Mal bedeutet mir das, was in diesen

Sekunden zwischen uns heranschleicht, etwas. Und genauso wie es ein Glücksgefühl auslöst, macht es mich unsicher.

Joyce trennt sich von mir und einen Augenblick verharren wir Stirn an Stirn. Wir sehen uns in die Augen, soweit das wenige zerstreute Licht im Übergang von Gewitterdunkel zur Nacht es erlaubt. Abermals küsst sie mich, ich setze mich auf und mit einer fließenden Bewegung ist sie auf meinem Schoß, die Beine zu beiden Seiten fest an mich gedrückt. Sie muss meine Erektion spüren, ich dagegen fühle ihren Atem an meinen Lippen, als ich meine Hände über ihren Rücken gleiten lasse und sie fester an mich heranziehe.

Joyce' Arme legen sich um meinen Nacken und wieder entsteht eine Pause. Abermals ist sie es, die mich küsst. Sie drückt sich in meinen Schoß und mein Kopf beginnt sich zu leeren. Ich ziehe scharf die Luft ein, als ich ihre Finger am Hosenbund spüre. In der einen Sekunde fahren ihre Lippen über meine, in der anderen streift sie mir das Shirt vom Körper. Sie lässt ihre Finger über meinen Bauch streichen, küsst mich. In einem Moment langsam, flüchtig, im nächsten nur noch fordernd. Dann legen sich Joyce' Finger an meine Hose. Öffnen sie. Meine eigenen Finger gleiten unter ihr Kleid. Ihre Haut ist von dieser Sommerluft ebenso feucht wie meine und ich ertaste die Spitze an ihrer Unterwäsche. Ich höre Joyce' tiefes Atmen. Ihr Gesicht so dicht, dass ich nicht weiß, wie ich je ohne diese Nähe auskommen konnte. Ich lasse die Finger über ihre Taille streichen. Joyce weicht diesen winzigen Zentimeter zurück, nur um dann ihre Hände an meinen Rücken zu pressen. Meine Fingerkuppen stoßen an ihren BH, dort verharren sie und nun sehen wir uns abermals in die Augen. Ihr Atem geht schnell. Dann, für einen Sekundenbruchteil, trennt der Stoff ihres Kleides unseren Blick voneinander, als ich es ihr über den Kopf streife. Sie presst ihren Körper an mich, umschlingt meinen Nacken und legt ihre Stirn an meine Schulter, als ich den Verschluss des BHs öffne. Ich vergrabe eine Hand in ihren Haaren, während die andere langsam die freiliegende Haut ihres Rückens hinunterfährt. Ich spüre ihre Fingernägel am Saum meiner Hose, umfasse ihren Körper, drehe uns herum und bin eine Sekunde später über ihr. Joyce' Hände ruhen an meiner Taille und ihre Augen haften fest an meinen. Nicht für einen einzigen Wimpernschlag trennen sie sich voneinander, als ich meine Finger unter den Träger ihres BHs schiebe und ihn abstreife. Sie zieht ihre Arme heraus und ich sinke hinunter, bis ich nichts als ihre warme Haut fühle. Joyce zieht die Knie an ihren Körper, macht Platz für mich, küsst mich und entlockt mir so viel mehr als nur dieses kurze Stöhnen. Meine Finger gleiten langsam ihren Hals herab und zum ersten Mal über ihre Brust, über die warme Haut, über die harte Spitze.

Joyce zieht tief die Luft ein, doch eine Sekunde später spüre ich, wie sie sich zurückzieht. Ihr Atem ist abgehackt. Ich lege meine Hand zurück an ihre Wange, während sich ihr ganzer Körper anspannt. Ihre Schenkel drücken gegen meine Hüfte, doch das hier hat nichts mehr mit Verlangen zu tun. Joyce' Augen sehen abermals direkt in meine, doch nun erkenne ich, wie sie darum kämpft, ihre Tränen zu unterdrücken.

In meinem Kopf wird es schlagartig so klar, dass ich das Gefühl habe, aus einer Nebelwand geworfen zu werden. Ich fahre mit den Fingern über ihre Stirn, streiche eine Strähne zur Seite, will sie beruhigen. Doch noch bevor ich irgendetwas sagen könnte, verzieht sich ihr Gesicht unter Tränen.

36

GABRIEL

»Es tut mir so leid«, presst sie hervor und zieht die Luft ein.

Ich setze mich auf, was sie mir sofort nachtut, und während ich ihr Kleid vom Boden aufhebe, schlingt sie die Arme um ihre Knie.

Meine Hände sind unsicher, oder zu unruhig. Es fällt mir schwer, das Kleid wieder auf die richtige Seite zu wenden. Als ich es endlich geschafft habe, streife ich es Joyce über den Kopf und ziehe auch ihre Arme hindurch, weil ich nicht sicher bin, ob sie dazu in der Lage ist.

»Es tut mir so leid«, wiederholt sie. Undeutlich. Abgehackt.

Ich rücke an sie heran und drücke ihren Körper an mich. Vielleicht zu fest in dem verzweifelten Versuch, sie zu halten.

»Es tut mir leid«, sagt sie zum dritten Mal, was mir erst bewusst macht, dass ich mich noch immer nicht geäußert habe. »Ich will«, presst sie hervor. »Ich will unbedingt ...« Schmerzhaft krallen sich Ihre Finger in meine Haut, in dieser Pause, die ihr dazu dient, Worte zu finden, um sich zu erklären.

»Es ist okay!«, sage ich endlich. »Du musst das nicht, okay? Du musst nicht mit mir schlafen!« Tränen brechen aus ihr heraus und ich weiß nicht, was ich tun kann, außer sie zu halten. »Ich finde dich wunderschön«, flüstere ich. »Auch wenn ich weiß, dass du das nicht annehmen wirst, solltest du das wissen.«

JOYCE

Seit Wochen lief es auf diese Nacht hinaus. Noch als er das Kleid von meinem Körper zog, war ich mir vollkommen sicher. Seine Haut zu fühlen, war seit Langem alles, was ich wollte.

Die Tränen verzehren meine letzte Kraft. Gabriel muss es ebenfalls spüren, denn er hält mich fester, als habe er Angst, ich könne fallen.

»Geh bitte«, presse ich hervor, löse mich aus seiner Umarmung und versuche, das jämmerliche Schluchzen zu unterdrücken.

Ich wünsche mir in diesem Augenblick nichts mehr, als dass er aufhört, mich anzusehen. Es kommt mir unendlich lang vor, bis er endlich reagiert.

Gabriel hebt sein Shirt vom Boden auf und ich würde es ihm am liebsten aus der Hand reißen, um es an mein Gesicht zu pressen, damit ich in seinem Geruch versinken kann. Ich möchte es ihm sagen. Ich will, dass er es weiß!

Ich kann nicht.

Es gibt keine Sprache, die es mir leichter macht. Alles in mir schreit nach diesem Jungen, während ich zusehen muss, wie er geht. Weil ich versage.

Gabriel zieht sich sein Shirt über und ich will nichts anderes als seine Haut an meiner spüren. Er bleibt neben mir sitzen und erneut ist nur Stille zwischen uns. Irgendwann lehnt er sich vor, stützt die Ellbogen auf die Beine und vergräbt sein Gesicht hinter den Händen. Wortlos.

Dann endlich steht er auf und meine Brust zieht sich zusammen, bis ich nicht mehr atmen kann.

»Schlaf gut, Joyce«, sagt er leise.

Er dreht sich noch einmal um, wartet vielleicht darauf, dass ich auch etwas sage, doch als nichts kommt, geht er. Ich höre, wie die Tür zum Anbau sich schließt, und sitze weiter vollkommen regungslos auf dem Sofa, bis ich auch sein Auto höre.

Mein Körper bebt beim Versuch, sich endlich wieder unter Kontrolle zu bekommen. Mir ist schlecht. Ich kann diesen Schmerz nicht aushalten.

Es ist zu viel.

Als ich aufstehe, kann ich unter diesem Druck nicht einmal richtig laufen. Es zwingt mich in die Knie, und das wörtlich.

Schreien ist leicht. Das Stumme ist es, was die Energie verschlingt!

Ich kämpfe mich aus dem Unterrichtsraum, muss eine Pause machen und stütze mich an der Wand ab, um aufrecht zu bleiben.

Im Wohnzimmer flackert der Fernseher.

Ich gehe die Treppe hinauf, leise, für den unwahrscheinlichen Fall, dass meine Mutter aufwacht.

Im Badezimmer verriegle ich die Tür, stolpere zum Waschbecken und umfasse den Rand der Keramik. Ich weiß nicht, wie lange ich die Tränen beobachte, die unaufhörlich ins Becken fallen. In mir ist nichts mehr übrig, als blanker Selbsthass.

Ich öffne den Spiegelschrank und lasse meinen Blick über die Etiketten gleiten, bis ich mich für eines der braunen Döschen entschieden habe. Vier gibt es und in diesem Moment frage ich mich, ob meine Mutter sie so ungeniert im gemeinsamen Bad platziert, um zu zeigen, dass es ihr nicht gut geht.

Ich lasse eine Tablette in meine Hand rollen, stelle das Döschen zurück und starre auf die rosa Pille. Eine. Ich will zwei oder drei. Zehn oder zwanzig. Ich will, dass dieser Schmerz aufhört.

Ich stecke mir die Tablette in den Mund und schmecke die

süße Zuckerschicht. In zehn Minuten wird der Schmerz aufhören, sage ich mir.

Es muss alles aufhören.

GABRIEL

Ich sitze auf dem Boden, den Rücken ans Bett gelehnt, die Knie angezogen und die Unterarme darauf abgelegt. Ich trage eine ausgeleierte Sporthose, sonst nichts. Es ist tropisch hier oben, doch durch das Fenster kommen anstatt Luft meistens nur Viecher, weshalb ich das Licht nicht eingeschaltet habe. Ich wollte doch einen Ventilator kaufen und frage mich, was aus diesem Vorhaben geworden ist. Ich lasse den Kopf nach hinten fallen und schließe die Augen. Es überrascht mich nicht mehr, dass ich in der gleichen Sekunde sofort wieder in den Film eintauche. Ich erlebe den vergangenen Abend in einer Endlosschleife. Jedes Detail. Jede Berührung, jeden Atemzug. Jede Träne. In meinem Magen herrscht ein permanentes, ruheloses Kribbeln. Wie zuvor die berühmten Schmetterlinge, nur absolut nicht mehr positiv. Meine Brust ist zu eng, und egal, ob das Fenster nun offen oder geschlossen ist, ich muss alle paar Minuten tief Luft holen.

Es ist nach Mitternacht. Samstag.

Mein letzter Arbeitstag.

Noch eine Woche.

Ich denke, Joyce ist krank.

Es hat jetzt über eine Stunde gedauert, bis ich diesen Satz in meinem Kopf formulieren konnte.

Zum ersten Mal wechsle ich die Position, hieve mich aufs Bett und taste nach dem Handy, das ich achtlos hierhin geschmissen habe. Ich finde es nicht, rutsche genervt herum, und als ich es endlich habe, sehe ich sofort nach, ob sie mir geschrieben hat.

Doch ich habe nur Nachrichten von Grey.

Okay. Das ist krass. Krass krass krass, schrieb er gestern Abend um kurz nach acht mit Der-Schrei-Smiley. Es muss noch auf dem Brunnen gewesen sein.

Neun Minuten später: *Vergiss Sonntag nicht!*

Es ist ein Uhr dreizehn, wie ich sehe. Sonntag ist damit morgen.

Ich lasse mich auf den Rücken fallen und öffne den Browser auf dem Handy und stelle der allwissenden Suchmaschine meine Frage.

Welche Essstörungen gibt es?

Im Wesentlichen werden folgende Hauptformen unterschieden:

Anorexie, Magersucht. Bulimie, Ess-brech-Sucht. Binge-Eating-Störung.

Ich tippe auf den Link.

Bulimia nervosa ist eine Essstörung, bei der wiederholte Episoden von Essanfällen auftreten, gefolgt von Verhaltensweisen zur Gewichtskontrolle, wie Erbrechen, übermäßige Bewegung, Missbrauch von Abführmitteln oder Diätpillen.

Ich setze mich wieder, als könne es helfen, den Text besser zu verstehen.

Menschen mit Bulimie erleiden nach einem Zeitraum verweigerter Nahrungsaufnahme Essanfälle, bei denen sie große Mengen kalorienreicher Nahrung in kürzester Zeit konsumieren. Dieses Verhalten wird von einem starken Gefühl des Kontrollverlusts begleitet. Selbstinduziertes Erbrechen ist die häufigste Methode, die Anzahl aufgenommener Kalorien zu reduzieren, um das Gewicht zu kontrollieren.

In diesen Zeilen steht exakt, was Joyce mir von sich preisgegeben hat. Und auch wenn sie sagte, sie sei so gut darin, das alles zu verstecken, frag ich mich jetzt, wie blind ich gewesen sein muss. Es gab unzählige Situationen, bei denen ich nur hätte hinsehen müssen. McDonald's. Sie hat ihre Pommes gegessen und ist danach sofort zur Toilette. Dasselbe, als wir Pizza im Anbau aßen. Jedes Mal.

Während ich weiterlese, breiten sich Schuldgefühle in mir aus.

Bulimie kann schwerwiegende körperliche Auswirkungen haben. Häufige Folgen sind aufgrund des wiederholten Erbrechens Zahn- und Speiseröhrenschäden. Elektrolytstörungen, Dehydrierung, Magen-Darm-Probleme, Hormonstörungen und Herzprobleme sind ebenfalls Folgen.

Ich starre auf die Zeilen, während Joyce' Stimme sich in meinen Kopf drängt.

Ich habe kein Untergewicht.

Es ist nichts, was lebensgefährlich ist.

Ich bin ja nicht magersüchtig.

Herzprobleme, steht da.

Probleme mit dem Herz sind nicht gut. Das ist das Teil, was einen scheiße noch mal, am Leben hält.

Ich habe plötzlich ein ganz absurdes Gefühl von Zeitdruck. Als wäre dieser Text eine einmalig ausgestrahlte Doku, und ich müsse alles in kürzester Zeit aufnehmen und verstehen. Ich lese weiter, starre jedes dieser Worte an, gelange ans Ende und entscheide mich für einen der anderen Links.

Bulimie ist oft mit starken negativen Emotionen wie Scham, Schuldgefühlen, Angstzuständen und Depressionen verbunden. Betroffene haben ein gestörtes Körperbild.

Ein weiterer Link.

Bei der Bulimie spielt ein gestörtes Körperbild eine bedeutende Rolle. Bulimische Menschen haben meist eine verzerrte Wahrneh-

mung. Unabhängig von tatsächlichem Gewicht oder Aussehen nehmen sie sich als übergewichtig und unattraktiv wahr.

Falls es bis zu diesem Punkt noch Zweifel gegeben hätte, wären sie damit ausgemerzt. Joyce hat auf jeden Fall und ohne irgendeinen Zweifel ein völlig falsches Bild von sich selbst.

Das gestörte bulimische Körperbild beruht nicht auf rationaler Beurteilung. Menschen mit dieser Krankheit sehen sich in einem stark negativen Licht und glauben, nur dann akzeptiert oder attraktiv sein zu können, wenn sie bestimmten – oft unrealistischen – Schönheitsstandards entsprechen. Es handelt sich um eine Wahrnehmungsverzerrung, die mit den psychischen Aspekten der Essstörung verbunden ist.

Die Psyche.

Ich fühle, wie ich in meiner eigenen unentwickelten Denkweise ertrinke. Ich habe mich die ganze Zeit auf das Greifbare fixiert. Auf Erbrechen und Herzprobleme.

Ich klicke zurück.

Ist Bulimie eine psychische Krankheit?, schreibe ich.

Bulimie ist eine schwerwiegende psychische Erkrankung, die unbedingt behandelt werden muss.

Ich lege mich wieder auf den Rücken.

Was für eine verfickte Scheiße.

Als ich am Morgen nach unten gehe, finde ich meine ganze Familie in der Küche vor. Und das Abstruseste daran ist, dass offenbar irgendetwas lustig zu sein scheint, denn als ich den Raum betrete, lachen Rafaela und meine Mutter. Mein Erzeuger sitzt zurückgelehnt auf dem Stuhl und lächerlicherweise ist er der Erste, der mich ansieht. Kurz hebt er die Augen von seinem Tablet, bevor er sie wieder senkt und mich ignoriert. Danach richten sich die Blicke der beiden anderen auf mich und offenkundig wird von mir erwartet, dass ich mich setze. Meine Mutter schiebt bereits eine Schüssel zum freien Platz und schraubt auch gleich den Deckel von der Milch. Ich setze mich lieber schnell, bevor sie mir die Cornflakes zubereitet.

Die keine Cornflakes sind. Mit gerunzelter Stirn nehme ich die neue Verpackung und betrachte das bunte Einhorn auf den *Froot Loops*. Wo sind meine Schoko-Flakes?

»Die habe ich mir ausgesucht«, gibt Rafaela zu Protokoll. Wobei sie wahrscheinlich meinen Blick bemerkt hat. Jedenfalls grinst sie. »Da du nächste Woche weg bist, kann ich jetzt hier bestimmen.«

»Haben sie da Cornflakes?«, fragt meine Mutter auf Spanisch.

»Natürlich gibt es Cornflakes«, antwortet Rafaela in der gleichen Sprache und verdreht die Augen.

»Schmeckt wahrscheinlich nach Müll wie alles, was die kochen«, mischt sich mein Vater ein.

»Schmeckt nach Lakritz«, überlegt Rafaela.

»Pfefferminz«, berichtige ich nuschelnd und schütte die bunten Einhorn-Kringel in meine Schüssel.

Meine Mutter beäugt mich, während ich Milch dazugebe. »Wann willst du anfangen, deine Sachen zu packen?«

»Wie viel darfst du überhaupt mitnehmen?« Rafaela legt den Kopf schräg. »Das kostet doch immer alles extra, oder? Nimmst du alle Gitarren mit?«

»Das glaube ich aber für euch mit«, nimmt mein Vater mir die Antwort ab und ich schließe die Augen.

Nicht einmal aus Wut. Es ist eher das Gefühl, zu müde zu sein, um das zu ertragen.

»Es ist auf jeden Fall Sondergepäck«, weiß Rafaela und ich schiebe mir den Löffel in den Mund.

»Und wie viel kostet das extra?« Meine Mutter sieht mich an, aber ich halte meinen Blick auf die Kringel gerichtet.

Mein Vater schnaubt. »Er wird schon genug haben, schließlich ist in den letzten Monaten hier nichts angekommen.«

Diese Kringel schmecken mir nicht. Ich mag dieses Fruchtige mit Milch nicht. Aber im Grunde hat er Recht mit seiner Aussage. Ich habe alles angespart. Es dürfte ausreichen, um etwa fünf Monate zu überleben. Den Job im Studio nicht mit eingerechnet. Was, wenn sie mich nehmen? Ich weiß, was sie verlangen, und das kann ich. Was, wenn sie mich danach noch einmal buchen?

Aber ich brauche trotzdem einen Job in Manchester. Das Studio ist in London.

»Du musst alles gut planen«, hatte Mali gesagt. »Am besten suchst du dir was mit Nachtschicht, weil du nämlich nachts arbeiten, aber nicht in der Wohnung üben kannst.« In unserem Video Call verdrehte sie die Augen. »Die Nachbarn sind echt tolerant, aber wenn wir anfangen, nachts zu spielen ...« Sie lachte. »Das Problem haben alle an der *Stretford*.«

Bis zu acht Stunden spielt sie täglich.

Harold Hewitt hat es mir prophezeit, und auch wenn man im Internet forscht, bekommt man es gesagt: Musiker üben etwa acht Stunden am Tag.

Meine Mutter steht auf und beginnt abzuräumen. »Wir werden schon alles in das Flugzeug bekommen.«

Ich esse einen weiteren Löffel.

Rafaela mustert mich. »Was ist eigentlich mit deiner Abschiedsparty? Hat Grey dir nicht –«

»Gibt es kein anderes Thema?«, bricht es aus mir heraus. »Mein Gott, es wird schon alles nach euren Wünschen ablaufen!« Ich stehe auf und zeige mit dem Finger reihum. »Ich werde nicht verhungern, ich werde mich schon verabschieden und keine Angst, du wirst ganz bestimmt keine Überbleibsel von mir finden!«

Die letzten Worte richte ich an meinen Vater und es juckt mich in den Fingern, diese verdammten Einhorndinger samt Schüssel vom Tisch und in seine Richtung zu fegen.

»Gabriel!«, stößt meine Mutter hervor, als wäre ich ein Zehnjähriger mit seinem ersten vorpubertären Ausbruch, und man wolle wenigstens noch versuchen, es in den Griff zu bekommen.

»Vielleicht bleibe ich auch hier. Schlicht und einfach, um euch allen weiter auf den Sack zu gehen!«

»Hör endlich auf mit der Scheiße!« Rafaela schlägt auf den Tisch, sodass sämtliche Schüsseln und Gläser gefährlich klirren.

Ich drehe mich um, verlasse erst die Küche und Sekunden später das Haus.

Wenn ich dachte, das Frühstück wäre anstrengend gewesen, werde ich nun eines Besseren belehrt.

Es beginnt schon damit, dass Miles mir diesen Blick zu wirft, kaum dass ich ankomme. Zuerst sagt er nichts, doch etwa in der Hälfte der Schicht – ich ändere gerade die elektronischen Preisschilder bei den Ventilatoren – steht er unvermittelt neben mir und verlangt, dass ich meine Pause nehme. Ich war eigentlich zufrieden und hatte mich in Trance gearbeitet, doch er lässt nicht mit sich verhandeln.

Kaum hab ich das Lochblech der Hinterhof-Treppe betreten, sehe ich auch schon das Päckchen in seiner Hand.

»Im Ernst?«, frage ich, und er lacht.

»Also ich will auf jeden Fall ein Autogramm!«, fordert er, und zu meiner Beunruhigung klingt es nicht mal nach einem Scherz. »Wer weiß, was das mal wert ist, wenn du ein Rockstar bist.«

»Nicht jeder, der Musik macht, will Rockstar werden!«

»Was macht man denn sonst?«

»Man sitzt in einem engen Raum mit Schaumstoff an der Wand und macht Musik für die Songs, die der Rockstar nachher singt.«

»Das ist aber mindestens genauso cool«, stellt er fest und grinst.

Ich lasse mein Feuerzeug klicken.

»Ich habe was für dich«, sagt er und reicht mir das Päckchen.

»Danke«, nuschle ich und bin, wie so oft in letzter Zeit, überfordert. »Ein Topf-Set?«, rate ich, weil es zweifellos und unschwer zu ertasten ein Buch ist.

Ich klemme die Kippe zwischen die Lippen, reiße das Papier ab und ein Lächeln stiehlt sich in mein Gesicht.

»Danke!« Ich lasse die Seiten durch meine Finger gleiten.

»Da reden zehn berühmte Leute über Gitarren-Kram«, erklärt Miles. »Ich dachte, das wäre was, um dir die Zeit beim Flug zu vertreiben. Wie lange ist man da eigentlich unterwegs?«

Ich schlage das Buch zu, um die Zigarette wieder zwischen die Finger nehmen zu können.

»Knapp acht Stunden«, antworte ich.

»Ich gebe dir das Buch heute, weil ich zu deinem Abschiedskonzert morgen nicht kommen kann. Es gibt ein freiwilliges Training am *Bayshore* und du weißt, wie freiwillig die sind …«

»Abschieds*konzert*?«, wiederhole ich und definitiv zu schnell.

»Ich glaube, alle andere können morgen«, übergeht er mich einfach und lacht beim nächsten Satz. »Ich habe in dieser Chat-Gruppe den Überblick verloren.«

»In der *was*?«

»Wenn ihr am späten Abend noch am *St. Mary's* seid, komme

ich nach«, sagt er, ohne auf mich einzugehen, und nun legt sich etwas Mitleidiges in seinem Gesicht nieder. »Ich kann mir vorstellen, dass das scheiße ist. Ihr seid dann ziemlich weit auseinander.«

»Danke für das Buch«, entgegne ich, ohne ihn anzusehen oder in der Lage zu sein, ein einziges Wort zu sagen.

Miles scheint zu überlegen, doch dann entscheidet er sich dafür, mich einfach ohne ein weiteres Wort im Hinterhof stehenzulassen.

Ich atme fast schon schmerzhaft ein, im Moment, als die Tür hinter ihm zufällt. Mein letzter Arbeitstag im *Best Buy Electronic Store* neigt sich dem Ende, und damit hat die Woche der Abschiede begonnen.

Selbst mein Chef, der immer nur in seinem Büro hockt, kommt und reicht mir um zwanzig Uhr die Hand. Um mich herum weiß jetzt jeder von England, was Miles ein durchaus schuldbewusstes Gesicht ziehen lässt. Es ist eigenartig, all diesen Leuten, mit denen man viele Male über den Laden geschimpft hat, nun *Auf Wiedersehen* zu sagen. Wie seltsam wäre es, wenn ich gar nicht gehe und jemandem in der Stadt begegne, dem ich erklären muss, warum ich noch hier bin.

Das hier ist genau die Situation, die ich immer vermeiden wollte.

Als ich kurz darauf mit Miles zusammen Richtung Parkplatz gehe und den *Best Buy* nach über einem Jahr zum letzten Mal verlasse, tauchen in mir Fragen auf, die ich bisher nie richtig zugelassen habe.

Wie soll es weitergehen, wenn ich nicht in das Flugzeug steige?

Ich schlage mit Miles ein und wir umarmen uns sogar.

»Also kommst du nicht nach Hause? Weihnachten, oder so?«

»Diese Flüge sind echt teuer«, nutze ich meine Standardausrede, und wir lösen uns voneinander.

»Ich versuche, ein wenig auf Joy aufzupassen, wenn wir am *Bayshore* sind, okay?« Er lächelt.

Ich nicke nur und beschließe zu gehen. Schlicht, weil ich das mit den Abschieden nicht kann.

»Und du, pass auf dich auf!«, ruft Miles mir hinterher.

Ich hebe die Hand zum Zeichen, ihn gehört zu haben, drehe mich jedoch nicht wieder herum. Abschiede sind also definitiv nicht mein Ding. Ich habe es mir gedacht, aber das alles ist noch viel schlimmer als man erwartet.

Und das war erst der Anfang.

Ich steige ins Auto, ziehe die Tür zu, die Luft ein, und atme ganz langsam aus. Miles fährt mit einem letzten Winken an mir vorbei, ich ringe mir ein Lächeln ab und zerre anschließend mein Handy aus der Tasche. Grey, Rafaela, Olivia Mason. Das sind die Menschen, die mir seit heute Mittag Nachrichten geschickt haben. Ich lese keine davon und werfe das Handy auf den Beifahrersitz, starte den Wagen und habe nicht vor, nach Hause zu fahren.

37

GABRIEL

Knapp fünfzehn Minuten später halte ich vor dem mit Efeu bewachsenen Haus mit seinem Anbau und der breiten Einfahrt. Mein Blick geht sofort zu dem Fenster, von dem Joyce immer behauptet, dahintergestanden und mich beobachtet zu haben. Ihr Auto steht vor der Garage. Sie ist also da.

Erst als ich schon fast die Tür erreicht habe, fällt mir auf, dass ich noch immer die *Best-Buy*-Klamotten trage. Das schreckliche weiße Polohemd mit seinen blauen Rändern und die schwarze Hose. Innerlich könnte ich lachen, weil mir diese Uniform wahrscheinlich zugutekommen wird, je nachdem, wer mir hier aufmacht. Fast gutbürgerlich.

Ich habe noch nie zuvor an dieser Tür geklingelt. Wie oft mag ich in den vergangenen Jahren hier gewesen sein? Dieser Teil des Hauses war für mich überhaupt nicht präsent. Er war zwar da, hatte jedoch keine Relevanz. Als ich jetzt hier stehe, hat eigentlich kaum etwas *mehr* Bedeutung.

Durch den Milchglas-Anteil der Tür erkenne ich eine Silhouette auf den Eingang zukommen. Die Tür wird aufgezogen und ich sehe in Mrs. Evans Gesicht.

»Gabriel«, begrüßt sie mich.

»Hallo«, sage ich als Einleitung und bin erst mal froh, eine Stimme zu haben. Das hier überfordert mich. Ich habe keine Vorstellung, was ich sagen soll.

»Du willst wahrscheinlich zu Joy.«

Mir steht einen kurzen Augenblick der Mund offen. Ich hatte mich gerade zu einem ähnlichen Satz in Frageform durchgerungen und war beinahe bereit, ihn auszusprechen, als Mrs. Evans mir diese Hürde abnimmt.

Sie lächelt sogar, während sie die Tür aufzieht. »Joy ist in ihrem Zimmer. Du weißt ja, wo das ist.«

Zwei Dinge sind ganz sicher. Sie ist über meine Starre amüsiert, und ich spüre vielleicht zum ersten Mal im Leben, wie mir Überforderung in Form einer Hitzewallung in den Kopf steigt.

»Aber Schuhe aus!« Mrs. Evans' Mundwinkel heben sich.

»Das brauchst du nicht«, meldet sich eine Stimme von der Treppe und schlagartig wird mein Mund trocken.

Joyce kommt herunter und sieht mich an. Ihre Haare sind zu einem Knoten auf dem Kopf zusammengebunden. Sie trägt ein weißes Top und eine schwarze, verwaschene Stoffhose, die ihr bis unter die Knie reicht. Sie ist ungeschminkt, und obwohl ich sie oft so gesehen habe, strahlt sie jetzt etwas beunruhigend Lethargisches aus. Sie lächelt, doch es macht diesen Eindruck nur schlimmer.

Mrs. Evans, die sicherlich merkt, dass etwas nicht stimmt, schenkt mir ebenfalls ein weiteres Lächeln. »Es war schön, dich zu sehen. Ach, und Gabriel«, fügt sie hinzu, gerade als Joyce in ihre weißen Ballerinas schlüpft. »Du fliegst in einer Woche, nicht wahr? Ich wünsche dir von Herzen alles Gute in England. Ich bin ganz sicher, dass du dort Erfolg haben wirst.«

Sie reicht mir ihre Hand in dem Moment, als Joyce an mir vorbeigeht und ich ihren Duft wahrnehme. Es kostet mich meine ganze Konzentration, zuzuhören, und nicht einfach die Augen zu schließen, um den Augenblick einzufangen.

»Viel Erfolg und hab eine gute Zeit dort.«

»Danke.« Meine Stimme klingt so erbärmlich, dass ich mich bremsen muss, nicht zu husten.

Als sie meine Hand loslässt, geht ihr Blick noch einmal kurz zu ihrer Tochter, dann lächelt sie ein letztes Mal und schließt die Tür.

Ich gehe die drei Stufen vom Eingang wieder nach unten und jetzt dreht sich Joyce zu mir herum.

Sie sieht traurig aus. Zerbrochen, unglücklich und müde.

Ich stehe ihr gegenüber, ohne in der Lage zu sein, auch etwas zu sagen.

»Komm, wir setzen uns«, sagt sie schließlich.

Das Ziel ist eine Gartenbank, fast versteckt von der riesigen Weide und der Hecke, die um das Grundstück führt. Der Himmel ist längst dunkel, doch es gibt hier durch die in den Boden eingelassenen Lampen genug Licht.

Joyce' Blick ist auf die Fenster im oberen Stock gerichtet, als ich mich setze.

Der Abstand zwischen uns fühlt sich unnatürlich an.

»Hör zu«, beginne ich, lehne mich vor, lege die Unterarme auf die Beine und falte die Hände, damit ich etwas zum Festhalten habe.

»Ich will mit dir reden, Joyce. Über gestern. Aber wenn du nicht reden willst, dann lassen wir es. Ich will nur, dass du weißt –«

»Ich will nicht reden, nein«, unterbricht sie mich leise.

»Das ist okay. Ich rede auch nicht gern über das, was mich bedrückt, wie du weißt. Du sollst nur wissen, dass du könntest. Bezogen auf alles. Aber eine Sache muss ich loswerden.« Kurz geht mein Blick zu ihr, ihre kraftlosen Augen bleiben jedoch weiterhin nach vorn gerichtet.

»Es tut mir so unglaublich leid«, sage ich und lehne mich auf der Bank zurück. »Joyce, ich hätte dich fragen müssen, ob du –«

»Du hättest fragen können, ich hätte zugestimmt. Ich wollte das.«

»Joyce, du wolltest offensichtlich nicht –«

»Das stimmt nicht«, fährt sie abermals dazwischen und schüttelt den Kopf. »Ich weiß, dass du das jetzt denkst, aber es ist nicht wahr. Ich wünschte, ich könnte einfach tun, was ich möchte. Du hast absolut keinen Grund, dir Vorwürfe zu machen, Gabriel.« Nun sieht sie mir in die Augen und ihre eigenen füllen sich mit Tränen. »Ich würde dir gern erklären, wie sehr ich das gestern wollte.«

»Du musst nicht mit mir schlafen, Joyce!«

Sie wendet sich nach vorn und lächelt schwach. »Ich bin so verliebt in dich, Gabriel. Wirklich. Ganz schlimm.« Nun holt sie tief Luft. »Und in sieben Tagen bist du weg. Du bist einfach weg. Glaubst du wirklich, dass das hier noch Sinn hat?«

Meine Finger werden kalt. Und dieses Gefühl zieht sich durch meinen gesamten Körper.

»Du musst Erledigungen machen«, sagt sie weiter »Du musst deine Sachen packen, du musst dich von deinen Freunden verabschieden. Die Woche wird so schnell vorbeigehen. Wir haben nie darüber gesprochen, was wir denn machen wollen, wenn die Zeit vorbei ist. Es war uns doch von Anfang an klar, dass nächste Woche das Ende ist.«

»Ich fliege nicht. Ich werde nicht gehen.«

Als Joyce mich nach diesen Worten nur stumm ansieht, kann ich nicht leugnen, darauf zu warten, dass sie ihre Arme um meinen Nacken legt und ich die Sicherheit bekomme, dass alles gut wird.

Doch nachdem die Sekunden verstrichen sind, stößt sie die Luft aus und wendet sich ab.

»Warum?«, fragt sie.

»Weil ich mich nicht von dir trennen will, Joyce!«

Stille tritt ein. Ich lasse mich gegen die Lehne sinken und streiche mir mit beiden Händen meine Haare zurück.

»Der Sommer mit dir war …« Sie lächelt und die Kälte lähmt mich. »Du bist ein so großartiger Mensch und du weißt das gar nicht.«

Ich schließe die Augen. »Joyce. Mach das nicht.«

»Du hast immer gekämpft und der Tod meines Großvaters hat dich vielleicht kurz aus der Bahn geworfen, aber du hast dich wieder gefangen. Du wirst dich immer wieder fangen. Und ich werde das auch, Gabriel, mach dir keine Sorgen. Ich bekomme das schon in den Griff. Dafür brauche ich vielleicht einfach Zeit für mich.« Sie richtet ihren Blick zurück auf mich. »Es tut mir leid«, flüstert sie. »Wirklich. Du hast keine Ahnung, wie sehr.«

Sie steht auf.

Ich ebenfalls.

Dann schenkt sie mir ein von Tränen verwischtes Lächeln, in dem so viel Abschied steckt, dass es mir die Kehle zuzieht.

»Hab eine gute Reise, Gabriel. Ich bin ganz sicher, dass du allen Erfolg haben wirst, den du verdient hast.«

»Joyce, nein.«

Wir sehen uns in die Augen, bis sie sich schließlich abwendet.

Mein Körper ist unfähig zu reagieren.

Dann aber mache ich endlich einen Schritt, greife ihr Handgelenk und zwinge sie, mir ins Gesicht zu sehen. Ich weiß nicht, ob es grob ist. Ich bin in einer ganz eigenartigen Panik.

»Bitte nicht, Joyce. Mach das nicht.«

Ich lege meine Hand an ihre Wange und streiche durch ihre Haare.

Wieder füllen sich ihre Augen mit Tränen, und diese rollen einen Wimpernschlag später über ihr Gesicht.

Ich lasse sie los.

Und sie geht.

JOYCE

Ohne mich umzudrehen.

Ich schließe die Tür, lehne mich gegen sie und atme so tief ein, dass es im Brustkorb schmerzt. Es soll wehtun, denn dieser greifbare Schmerz soll den anderen überdecken. Draußen höre ich den Volvo losfahren.

»Ist alles in Ordnung?«, ruft meine Mutter aus dem Wohnzimmer.

Das Sofa knarzt etwas. Sie steht auf. Sie wird in den Flur kommen, um nach mir zu sehen. Vielleicht, weil sie sich Sorgen macht, doch bestimmt auch, weil sie neugierig ist, nachdem Gabriel an dieser Tür geklingelt hat.

»Alles in Ordnung«, gebe ich hastig zurück, nehme meinen Schlüssel von der Kommode und reiße die Tür wieder auf. »Ich bin noch mal weg.«

Damit stürme ich hinaus und sitze kaum eine halbe Minute später in meinem Auto. Ich fahre los, und erst, als ich in der Innenstadt ankomme, weiß ich, wohin ich will.

Ich stehe mit dem Wagen im Parkverbot vor dem Ärztehaus, habe den Kopf angelehnt und starre aus dem Fenster. Die Stille in einem Auto ist eine ganz besondere. In diesem Moment schafft sie es, dass ich nicht die Nerven verliere. Im Gegenteil. Ich bin eigenartig ruhig, als ich mein Handy hervorziehe, ungerührt alle Benachrichtigungen über Kommentare, Verlinkungen und Likes zur Seite streiche, den Chat öffne und Rafaela schreibe.

Hast du Zeit?

Ich nehme mir vor, sie anzurufen, falls sie die Nachricht nicht lesen sollte, doch sie antwortet innerhalb von Sekunden.

Ja. Was ist passiert? Soll ich zu dir kommen?

Ich bin beim Ärztehaus.

Ich komme.

Ich lasse das Handy sinken und starre wieder nach vorn. Ob sie weiß, was passiert ist? Ob Gabriel nach Hause gefahren ist und sie ihn dort angetroffen hat?

Als ich gestern Vormittag Rafaelas Nachricht bei Instagram bekommen hatte, war ich im ersten Moment überzeugt, sie wolle unser Gespräch fortsetzen.

Doch in ihrer Nachricht stand etwas ganz anderes. Ich las es und spürte zeitgleich, wie die Beruhigungstablette zu wirken begann.

Weißt du, dass mein Bruder überlegt, nicht nach England zu gehen? Ich denke, es ist deinetwegen.

Dahinter stand ihre Handynummer.

Wenn ich reden wolle, solle ich mich melden.

Ich habe nicht geantwortet.

Mein Hals schmerzt plötzlich so entsetzlich, dass ich unwillkürlich die Hand daran lege. Ich ziehe den Schlüssel ab und steige nun aus, in der Hoffnung, besser atmen zu können. Sekunden später lasse ich mich an der verglasten Hauswand des längst geschlossenen Gebäudes heruntersinken, überkreuze die ausgestreckten Beine, lehne den Kopf an und beobachte, wie der wenige Verkehr durch die Dunkelheit rollt.

Es dauert nicht lange, bis ein Wagen hinter meinem hält. Ein schwaches Lächeln legt sich auf meine Lippen, weil *er* sie herbringt.

Rafaela lässt sich wortlos zu meiner Rechten in den Schneidersitz sinken. Grey setzt sich mir gegenüber, wirkt jedoch um einiges zögerlicher, als wisse er nicht so recht, ob er dabei sein darf. Ich lehne den Kopf an das Glas hinter mir, wende mich Rafaela zu und bemühe mich um ein Lächeln; auf das sie nicht hereinfällt.

»Was ist passiert?«, fragt sie direkt heraus.

»Ich habe ihm gesagt, dass es vorbei ist.«

Blicke werden getauscht und ich habe keinen Zweifel, dass Grey und Rafaela wortlos kommunizieren, wie froh sie sind, dass ich diese Entscheidung getroffen habe.

»Es tut mir wirklich leid für euch«, sagt sie leise. »Das ist …«

»Scheiße!«, beendet Grey den Satz und nun sehe ich ihn an. »Hör zu, es ist echt richtig scheiße, dass es so läuft. Aber wenn er hierbleibt, wird er das immer bereuen.«

»Ich weiß«, sage ich.

»Wie hat er denn reagiert?«, fragt Rafaela.

»Gar nicht. Oder nicht gut. Irgendwas dazwischen.«

»Joy«, setzt sie an und scheint nach Worten zu suchen. »Ich bin der letzte Mensch, der will, dass er so weit weg ist. Es gibt niemanden, der so für mich eintritt wie er.« Sie verdreht die Augen. »Auch wenn seine Art und Weise manchmal echt fragwürdig ist. Er steckt immer ein. Er hat das mit euch beiden so verdient, aber …«

»Es ist okay«, flüstere ich. »Nicht jetzt, aber das wird schon.«

Grey reibt sich über die Stirn und lacht bitter. »Er bekommt die volle Breitseite diese Woche. Jetzt wird er mir auf jeden Fall eine reinhauen.«

Tatsächlich muss ich schmunzeln. »Er sagte, du willst mit ihm reden. Vielleicht wartet ihr damit lieber ein paar Tage.«

»Du hast es ihm nicht gesagt, oder?«, fragt Rafaela und ihr sonst so ernstes Gesicht bekommt etwas Mädchenhaftes.

»Nein, ich habe ihm nichts gesagt, keine Angst.«

»Danke«, flüstert sie.

»*Ich* habe Angst«, murmelt Grey und ich muss lachen. »Du kennst ihn als romantischen Kavalier. Der kann auch ganz anders.«

»Wie geht es dir jetzt?«, fragt Rafaela, und mein Inneres zieht sich augenblicklich zusammen.

»Okay«, lüge ich und ernte auch von beiden einen skeptischen Blick.

Rafaela sieht kurz zu Grey, und irgendetwas scheint abgesprochen zu sein, denn er deutet diese Geste als sein Stichwort.

»Ich setze mich ins Auto.«

»Du brauchst nicht zu gehen«, sage ich leise. »Du weißt doch ohnehin alles, oder nicht?«

Er wirkt etwas unsicher, bleibt aber sitzen.

Rafaela dagegen sieht mich unverwandt an. »Joy, vielleicht solltest du doch darüber nachdenken …« Sie bricht ab und wissend, was kommt, meide ich ihren Blick. »Ich bin noch bis Januar hier. Ich kann mit dir zusammen einen Termin machen.«

»Ich bekomme das schon in den Griff«, gebe ich routiniert zurück und beobachte, wie sich in einiger Entfernung die Autos an der Kreuzung stauen.

»Das glaube ich nicht. Ich habe mir auch gewünscht, dass es einfach gut wird. Das tat es aber nicht. In Wahrheit wurde es immer schlimmer.«

Ich ringe mir ein beschwichtigendes Lächeln ab. »Was du erlebt hast, ist was ganz anderes. Du hast wirklich Schlimmes durchgemacht. Es ist schön, dass ihr euch jetzt gefunden habt.«

»Es geht aber nicht um *ihn*, es geht um mich! Du solltest für dich –«

Ich stehe auf. »Es ist schon okay. Ich werde mich einfach zusammenreißen und dann hat sich die Sache erledigt. Das College wird mich sicher ablenken.«

Grey und Rafaela stehen ebenfalls auf und sie schüttelt nun den Kopf. »Du weißt selbst, dass das nicht stimmt. Vor allem, wenn du jetzt auch noch die Trennung von Leir verkraften musst.«

»Ich bringe dir morgen ein Abschiedsgeschenk für ihn. Ich hoffe, er kann seine Abschiedsfeier trotzdem genießen.« Damit wende ich mich ab.

»Joy«, ruft Grey, als ich am Auto bin. »Ich kenne ihn jetzt schon sehr lange und niemand gönnt ihm diese Sache mit euch mehr als ich. Aber ich weiß, wie wichtig England für ihn ist. Ich rechne dir hoch an, dass du das gemacht hast.«

Ich nicke stumm, ziehe meine Tür auf und steige ein.

38

GABRIEL

Mittwoch.

Noch drei Tage.

Es klopft an meiner Tür. Nicht liebevoll oder vorsichtig. Es hämmert gegen das Holz. Ich drehe mich herum, als die Tür auch schon auffliegt.

»Gott«, stößt Rafaela hervor und geht direkt auf mein Fenster zu. »Wie bekommst du hier drin Luft?«

Ich kann nicht atmen. Seit Tagen nicht.

»Willst du dich nicht endlich mal aufraffen?«

Sie baut sich vor meinem Bett auf und sieht auf mich herab, während ich versuche, einfach unsichtbar zu werden. Ich habe das Gefühl, je mehr man es versucht, desto penetranter wird das Umfeld.

Dabei weiß ich überhaupt nicht, was Rafaela von mir will. In meinem Zimmer steht ein großer, nahezu komplett gepackter Koffer. Und ich habe vergangene Nacht zum letzten Mal vor der Abreise mit Mali gesprochen. Was gar nicht so einfach ist, bei sieben Stunden Zeitverschiebung. Nach Manchester-Zeit kommt sie um zwanzig Uhr nach Hause, was bedeutet, dass ich um drei Uhr nachts mit ihr sprechen kann. Das ist okay, weil ich ohnehin nicht gut schlafe. Was eine Untertreibung ist. Am Tag geht es etwas besser als in der Nacht, was mir auch wieder zugutekommt. So müsste ich einem Jetlag aus dem Weg gehen können.

Rafaela stößt ein gereiztes Brummen aus. »Es ist vier Uhr nachmittags!«

Das ist später als ich dachte. Vielleicht rede ich mir die ganze Sache doch irgendwie schön.

»Grey kommt jetzt«, sagt sie, und es klingt wie eine Drohung.

Den Arm über meine Stirn gelegt, starre ich an die Decke. Ich will genervt fragen, warum in Gottes Namen man mich nicht in Frieden lässt. Aber selbst dafür habe ich keine Kraft.

Sekunden später höre ich, wie meine Tür grob zugezogen wird.

Es sind jetzt vier Tage vergangen, in denen ich Joyce weder gesehen noch gesprochen habe. In einem schrecklichen Moment der Selbstaufgabe habe ich ihr Profil angeschaut. Es gibt einen neuen Post, der allerdings nur aus einem Bild besteht, auf dem das Wort *Pause* zu lesen ist. Keine Hashtags, kein weiterer Text. Der Beitrag ist von Sonntag.

Ich taste nach meinem Handy. Keine Nachricht von ihr, aber mittlerweile erwarte ich auch keine mehr. Auch keine von Grey, der mich die letzten Tage zugespamt hat. Ich habe nur sporadisch darauf reagiert. Und bis er am Montag erwähnte, er habe jetzt allen gesagt, ich sei krank und dass wir deshalb die Abschiedsfeier verschieben, hatte ich überhaupt nicht mehr an dieses Vorhaben gedacht. Es war eine der unzähligen Nachrichten, auf die ich nicht geantwortet habe.

Ich werfe das Handy auf die Bettdecke und schleppe mich unter die Dusche, wo ich in Gedanken versinke, die ich absolut nicht haben will. Es ist anstrengend.

Ich trockne mich ab und starre in meine Augen, die mich aus dem Spiegel schon beinahe mitleidig ansehen. Ich versuche zu erkennen, ob sich an ihnen irgendetwas geändert hat, denn ich habe nicht das Gefühl, noch der gleiche Mensch wie vor einigen Wochen zu sein. Aber, dass man so was an den Augen sehen kann, ist Quatsch. Da ist gar nichts. Alles sieht aus wie immer.

Nur in Boxershorts verlasse ich das Bad wieder und frage mich unwillkürlich, ob ich mir das langsam abgewöhnen sollte. Ich kann nicht halb nackt vor meiner Mitbewohnerin rumspringen. Oder doch? Wie wohnt man mit einer Mitbewohnerin?

Ich öffne meine Tür und schrecke zusammen.

Grey sitzt auf meinem Bett, eine der Gitarren auf dem Schoß und anerkennend nickend. »Ein Körper wie der Erzengel.«

Ich muss lachen.

Es fühlt sich seltsam an. Ungewohnt. Und ist auch ziemlich schnell wieder vorbei.

»Wie kann ich dir helfen?«, erkundige ich mich betont ungezwungen und setze mich dabei rittlings auf den Schreibtischstuhl.

Grey senkt den Kopf und lässt seine Finger über die Saiten gleiten. »Ich frage mich seit ein paar Tagen, ob ich *dir* helfen kann.«

»Ich brauche keine Hilfe, danke. Es ist alles fertig und ich sitze hier nur noch meine Zeit ab.« Ich greife nach der Wasserflasche, die hinter mir dem Schreibtisch steht, und sei es auch nur, damit meine Hände etwas zu tun haben.

Grey schweigt einige Sekunden. »Meinst du nicht, wir sollten darüber reden?«, fragt er schließlich, ohne aufzusehen.

»Nein«, antworte ich, die Flasche bereits am Mund.

»Und wenn nur ich rede?«

»Nein.« Ich trinke einen Schluck.

»Es tut mir echt leid, wie das gelaufen ist, Leir.«

»Hörst du mir eigentlich zu?« Meine Augen verengen sich und ich habe den extremen Drang, einfach zu gehen.

»Ich kann mir vorstellen, dass das scheiße ist.«

»Das wage ich zu bezweifeln«, nuschle ich und sehe mich nach Zigaretten um.

Ich habe in den letzten Tagen so viel geraucht, dass ich selbst darauf schon keinen Bock mehr habe. Ich kann auch keine finden. Ich glaube, das Päckchen liegt draußen auf der Treppe. Es wäre ein guter Vorwand, zu gehen.

»Wenn du –«

»Wenn ich erst mal weg bin, werde ich schon genug zu tun haben, sodass ich sie schnell vergesse. Ist gut, ich weiß es. Können wir es bitte lassen!«

Die Flasche drehe ich wieder zu, behalte sie aber zwischen den Fingern, wo sie hin- und herbaumeln kann.

»Und woher weißt du überhaupt davon?«, frage ich scharf, verdrehe im gleichen Moment die Augen und beantworte mir die Frage selbst. »Seit wann bist du eigentlich so eng mit meiner Schwester, dass ihr ständig über mich philosophieren müsst?«

»Seit März. Oder Februar. Kommt drauf an, ab wo du rechnen willst.«

Die Worte verlangsamen jede Reaktion meines Geistes, und Stille kehrt ein. Durchbrochen von seinem ungelenken Zupfen an den Saiten.

Kurz sieht er mich an, schnaubt resigniert und wendet sich ab. »Bevor du aufspringst ...« Er hebt den Zeigefinger, doch ich gehe dazwischen.

»Ein halbes Jahr?«, frage ich und starre ihn entgeistert an.

»Ja«, sagt er gedehnt. »Und jetzt geh mal in dich, wann ich mit dir hätte reden sollen. Das Thema hatten wir bereits!«

Ich stoße ein Lachen aus. »Irgendwann, Grey, aber doch nicht nach einem halben Jahr und drei Tage, bevor ich weg bin.«

»Wo warst du denn in den letzten Wochen?«

Der Satz trifft mich auf mehrere Arten, und das mit voller Wucht. Ich wende mich ab.

»Leir, können wir mal ganz von vorn anfangen, bevor du ausflippst? Ich wollte dir nichts sagen, solange nicht klar ist, was zwischen mir und deiner Schwester Sache ist.«

Ich schließe die Augen, unwissend, ob ich das überhaupt hören will. Jedoch beschließe ich, erwachsen zu sein und mir zumindest mal seine Seite anzuhören.

Bevor ich ausflippe.

»Kurz nach Weihnachten habe ich Rafaela draußen gefunden.«

»Wie, *gefunden*?«

»Ich sag dir lieber nicht, wo sie herkam. Es ging ihr echt nicht gut. Er hatte sie nicht einmal reingelassen. Sie ist ihm praktisch vor die Füße gefallen und er hat sie abblitzen lassen. Ich hatte eigentlich vor, sie hierherzufahren, aber sie wollte nicht. Daher habe ich sie mit zu mir genommen.«

»In die Wahlkabine deiner Mauerbauer«, sage ich verächtlich. »Wissen das deine Eltern?«

Ein bitteres Lächeln legt sich auf sein Gesicht. »Bis vor zwei Wochen wussten sie es tatsächlich nicht. Eines Morgens war mein Alter leider früher wach. Rafaela ist im Regen zu Fuß nach Hause gelaufen, während ich das, nennen wir es, ausdiskutiert habe. Kurz vorher hatte uns schon jemand zusammen gesehen und es meiner Mutter gesteckt, wenn du dich erinnerst.«

Mir dämmert es.

Ich erinnere mich, als ich meine Schwester morgens mit nach Hause genommen habe. Und ich erinnere mich an Greys fleckiges Gesicht.

»Du holst *meine* Schwester in dieses Haus? Ist das dein Ernst?«

Er nickt und betrachtet die Gitarre. »Kann sein, ich habe nicht erwartet, dass Menschen so sein könnten.«

»Du warst aber schon dabei, als deine Eltern mir ihre Meinung ins Gesicht gesagt haben?«

»Vielleicht dachte ich, dass ich ihnen wichtiger wäre als ihre Ansichten.«

Das Bittere in seiner Stimme trifft mich, denn ich kenne diese miesen Hoffnungen, man wäre jemandem doch irgendwie als Mensch etwas wert.

Trotzdem verdrehe ich die Augen und den Kopf schüttle ich auch noch, um Grey seine Naivität so deutlich wie möglich zu machen. Immerhin grinst er kurz. Allerdings kommt er recht schnell wieder zum Ernst der Lage.

»Rafaela und ich haben ziemlich viel geredet. In der ersten Nacht, in der nächsten und immer so weiter. Und wenn es dich tröstet, ich hatte von Anfang an Schiss vor dir.« Er lacht und, ob ich will oder nicht, ich steige darin ein. »Ich wollte mit dir reden. Aber dann kam die Vorbereitung für die Prüfung und ich wollte dich da nicht stören. Dann warst du so gut drauf, als du bestanden hattest. Dann ist dein Lehrer gestorben und du warst eher nicht mehr so gut drauf. Und danach warst du weg. Du siehst, ich hatte eine ganze Menge Ausreden, nicht mit dir zu sprechen.«

Meine Brauen haben sich zusammengezogen und lassen eine tiefe Falte entstehen.

»Bis vor fünf Minuten habe ich mir um dich Sorgen gemacht, Grey. Es mag für dich nicht so ausgesehen haben, aber ich habe schon darauf geachtet, dich regelmäßig zu sehen. Wahrscheinlich wäre ich sonst gar nicht mit zu diesen Partys gekommen. Und das ist bisher dein einziger Pluspunkt«, füge ich mit Absicht düster hinzu und deute zur Unterstützung mit dem Finger auf ihn. »Dass du am Arsch warst und das hier immerhin besser ist, als von einer Klippe zu springen!«

»Ich glaube nicht, dass du dir da noch Sorgen machen musst. Das war ein *Ausrutscher*.«

Mehrere Sekunden sehen wir uns an und es ist durchaus möglich, dass selten ein Lachen zynischer war als jenes, was daraufhin von uns folgt.

»Kein gutes Wort in dieser Sache«, nuschle ich mit geschlossenen Augen und reibe mir die Stirn, um wieder meinen Faden zu finden. »Wie kannst du mit Rafaela zusammen sein und Ash nicht … Hat sie dir die *ganze* Geschichte erzählt?«

»Glaubst du wirklich, völlig im Ernst, ich will ihm nicht die Eingeweide rausprügeln?«

»Und, woran scheitert es?«

»An der Vernunft, Leir! Du hast dir beinahe die Hände an dem kaputtgemacht. Deine Finger, die du unbedingt brauchst. Am College kommt es auch nicht so gut an, wenn ich eine Vorstrafe habe.«

»Der Typ kommt einfach durch«, entgegne ich wahrscheinlich zu laut. »Der vertickt weiter sein Zeug, kauft sich davon teure Sammler-Sneaker und setzt die nächste Minderjährige unter Drogen! Und wo du vom College redest: Du bist doch ebenfalls in ein paar Tagen weg.«

Grey schmunzelt, aber auf die seltsame Art, die einen sofort erkennen lässt, dass noch was folgt. »Gut, dass du das Thema ansprichst.«

»O Gott«, murre ich und stelle endlich diese Flasche weg, wenn auch eher, um seinem Blick auszuweichen.

»Sie kommt mit.«

»Wohin?« Es ist eine dieser Fragen, die einen sofort selbst merken lässt, wie bescheuert sie ist. »Nach Virginia?«, füge ich trotzdem noch hinzu, damit wir auch auf keinen Fall aneinander vorbeireden.

Er nickt und beobachtet jede meiner Regungen. Von denen es nicht viele gibt, denn ich sitze völlig starr auf meinem Stuhl. Nur der Mund schließt sich nicht mehr ganz.

»Rafaela geht mit dir nach Virginia?« Ich hake lieber noch einmal nach.

»Deine Mutter weiß es schon.«

»Das ist dein Ernst, ja?« Mit einem fassungslosen Lachen wende ich mich wieder ab.

Ein winziger, eher bedenklicher Teil in mir fragt sich, warum andere zusammenbleiben können. Ich will es nicht, aber es ist, als drücke Grey damit einen kleinen rostigen Nagel in die Wunde. Schon muss ich an Gott und seinen Spieleabend denken. Er ist die Art Gewinner, die immer noch mal nachtritt. Im nächsten Moment reiße ich mich zusammen und erinnere mich selbst daran, dass ich diese beiden Menschen mag und mir niemand was getan hat.

»Und wenn es nicht klappt?«, frage ich sachlicher. »Sitzt meine Schwester dann allein in Virginia?«

»Dann geht sie eben zurück, es gibt doch nichts zu verlieren. Wir haben auch schon darüber gesprochen. Du kannst im Grunde nichts sagen, was wir nicht selbst bedacht haben.«

»Wie erwachsen«, höhne ich, wie immer, wenn ich nichts Besseres zu sagen weiß.

Grey legt die Gitarre zur Seite. »So, das war die Geschichte. Ich habe eine ganze Weile überlegt, ob ich dir einfach eine E-Mail schicke, sobald du im Flugzeug sitzt, aber ich wollte mal couragiert an die Sache rangehen.«

»Mhm.«

»Also?«

»Was?«

»Was sagst du?«

Ich schnaube. »Was soll ich denn sagen? Rafaela wird in zwei Monaten volljährig. Und sie kann es offenkundig schlechter treffen als mit dir. Außerdem ist es beruhigend, zu wissen, dass sie nicht mehr in derselben Stadt wie dieser Flachwichser ist.«

Grey gibt sich skeptisch. »Sagst du das nur, um mir eine zu verpassen, sobald ich an dir vorbeigehe?«

»Ich wusste überhaupt nicht, dass du so einen Schiss vor mir hast.«

»Total! Ich kenn dich, wenn du sauer bist.« Damit wird er wieder ernster. »Ich weiß, dass Rafaela bei dir ein heikles Thema ist. Ich will dir mit meiner Rede eigentlich nur sagen, dass ich nicht vorhabe, sie schlecht zu behandeln.«

Ich stehe auf, was seinen Blick wachsamer werden lässt. »Ich nehme mir nur ein Shirt aus dem Schrank«, beteuere ich grinsend.

»Ich bleibe vorerst lieber eine Armlänge entfernt von dir!«, erklärt er, und während ich den Schrank öffne, entsteht eine Pause. »Da ich dir nun mein Herz offengelegt habe, willst du nicht wenigstens einen Satz zu dieser Sache mit Joy Evans sagen?«

»Nein«, antworte ich und nehme ein Shirt vom Stapel der nicht für Manchester auserkorenen Klamotten.

Ich will nicht mal mehr daran denken, geschweige denn darüber reden.

39

GABRIEL

Am *St. Mary's* ist es leerer als in den vergangenen Wochen, was einem das nahende Ende des Sommers mal vor Augen führt. Denn viele sind am letzten Wochenende abgereist. Alle, die jetzt noch hier sind, sind entweder gescheiterte Existenzen, die wie ich nicht aufs College gehen, oder Menschen, die Seaford nicht verlassen wollen und aufs *Bayshore* in der noch nichtssagenderen Nachbarstadt gehen. Es könnte sein, dass ich Bayside und sein beschissenes College jetzt hasse. Einfach aus Prinzip.

Mit drei Tagen Verspätung erscheine ich nun doch zu meiner mehr oder weniger im Geheimen geplanten Abschiedsfeier. Am Ende war es die Einsicht, dass es nicht gut für mich sein kann, tagelang allein im dunklen Zimmer zu liegen, ohne die Sonne zu sehen. Aktuell warte ich noch darauf, Lust auf Gesellschaft zu bekommen, denn auf dem Weg zum von Quinn und Rafaela organisierten Platz wird es mir schon wieder zu viel. Entweder muss ich mich zusammenreißen und wenigstens ab und an mal lächeln, oder ich lasse jeden, der sich hier angemeldet hat, sehen, was ich vom Ende meiner Sommeraffäre halte. Es wird auf jeden Fall anstrengend.

Ich frage mich, ob es jeder weiß. Ob es längst die Runde gemacht hat.

Rafaela hat einen äußerst schuldbewussten Ausdruck, als ich auf sie zugehe.

»Wehe, ich muss mir euer Geschmuse ansehen«, sage ich schlicht und setze mich.

Ihre Miene hellt sich schlagartig auf und ich schmunzle.

Grey setzt sich neben sie, doch mehr passiert nicht, was mich schon fast zum Lachen bringt. Ich bin eine wirklich furchteinflößende Person. Das finde ich gut.

Quinn, die ihr Handy in der Hand hat, eine große Sonnenbrille trägt und die rotbraunen Haare nun zurückwirft, lächelt mir in ihrer gewohnten Art zu.

»Schön, dich vor der Abreise doch noch einmal zu sehen.«

Ich lächle zurück und werde prompt von befremdlichen Gedanken überrannt, bei denen ich das Gefühl habe, sie werden mit jedem Mal absurder. Quinn ist unverkennbar, objektiv und unbestreitbar hübsch. Und sie lässt mich gerade völlig kalt. Wenn es nicht so traurig wäre, könnte ich darüber lachen, wie wenig Interesse ich an weiblichen Menschen habe, die nicht Joyce sind. Ich werde noch wahnsinnig. Ich denke, das ist langsam nicht zu leugnen.

»Morgen wird das Wetter schlechter«, flötet sie weiter. »Es ist deine letzte Chance, ins Wasser zu gehen.«

»Ich habe keine Badehose mit«, gebe ich zurück.

Damit landet eine Hose auf meinem Kopf. Meine Hose. Ich ziehe sie herunter und wende mich Grey zu.

Er grinst. »So ein Zufall!«

»Komm, wir schwimmen da hin«, meldet sich Rafaela unvermittelt. Und irgendwie kommt mir das alles abgesprochen vor.

»Wohin?«, frage ich, um Zeit zu schinden, denn ich weiß, was sie im Blick hat.

Sie deutet auf die aufblasbare Gummi-Insel, die jedes Jahr von der Stadt dort platziert wird. Das Ding ist hoch.

»Und warum?«, erkundige ich mich.

»Mein Gott, Leir, mach einfach!«, fährt Grey mich an, feixt dabei aber noch immer.

»Ich will mit dir reden, du Sauertopf.« Rafaela steht auf und zieht ihr Shirt aus.

Ich muss mich beherrschen, nicht Grey anzusehen, um zu kontrollieren, wie wollüstig sein Blick ist. Aus dem Augenwinkel meine ich jedoch zu erkennen, dass er woanders hinsieht.

Etwas umständlich ziehe ich mir, verdeckt von einem um die Hüfte gewickelten Handtuch, die Badehose an, was alle zum Lachen bringt, da Rafaela anmerkt, dass mich ohnehin schon jeder hier nackt gesehen hat. Quinn wird nicht einmal rot, was mich schmunzeln lässt.

Ich werfe die Cappy auf die Decke und folge Rafaela zum Wasser, worin sie, ohne zu zögern eintaucht. Unwillkürlich überlege ich, wann wir zuletzt so etwas gemeinsam getan haben. Nicht in diesem Jahr. Auch nicht im letzten. Die Wahrheit ist schlicht, dass wir einander vollkommen verloren haben.

Ich gehe so weit ins Wasser, bis es meine Hüften erreicht. Mein aufgeheizter Körper jammert, denn auch wenn ich es nie zugeben würde: Ich mag lieber warmes Wasser! Mit einem Sprung tauche ich unter und das Rauschen und die trübe Aussicht geben mir für einen Moment ein Gefühl von Frieden. Als könne mich hier unten nichts finden. Keine Gedanken, keine Menschen und nicht mal Gott mit seiner Spielesammlung. Ein bisschen bereue ich, den ganzen Sommer nicht im Wasser gewesen zu sein. Vielleicht hat es damit zu tun, dass ich in Kürze kein Wasser mehr haben werde, jedenfalls nicht direkt vor der Tür. Wann merkt man noch mal, was man hat? Ach, genau: wenn es weg ist. Ich tauche weiter runter, als ich an Joyce denken muss. Es ist eigentlich nicht sonderlich fair, denn ich habe schon vorher bemerkt, was ich an ihr habe. Trotzdem ist sie weg.

Kurz darauf ziehe ich mich die Leiter hoch. Rafaela, die völlig davon überzeugt ist, dass ich ihr folgen werde, geht einfach weiter und setzt sich an die gegenüberliegende Ecke. Außer uns sind nur drei andere hier oben, von denen einer gerade vom Rand springt. Das Gummi unter meinen Füßen ist wackelig, ich mache einen Schritt nach innen und frage mich, was mit den Leuten nicht stimmt, dass man das hier tun muss.

Schließlich setze ich mich dorthin, wo es von mir erwartet wird, und bin sogar mutig genug, die Beine über den Abgrund hängen zu lassen.

Den Blick auf unseren Platz in der Ferne gerichtet, muss ich lachen. »Falls du Angst hast, ich würde ihm eine reinhauen, hätte ich dir auch an Land sagen können, dass ich das nicht vorhabe.«

»Ich weiß«, erwidert sie und sieht mich an. »Hat er mir gleich geschrieben. Find ich gut. Ich will über Joy sprechen.«

Jedes Lachen verstummt. Augenblicklich. Meine Brust zieht sich zusammen und ich habe das Gefühl, es presst alle Luft aus mir heraus.

»Nein«, sage ich und will wieder aufstehen.

Rafaela, die vorbereitet ist, hält mich fest. »Komm schon, Leir. Das wäre nur fair.«

»Wieso denn fair?«, frage ich mit zusammengezogenen Brauen.

»Weil du mir monatelang gepredigt hast, dass ich mit dir reden soll und du: ›die Schnauze voll hast zu sehen, wie du alles in dich reinfrisst, mit dir selbst ausmachst und dabei scheiterst‹.«

Ein Original-Zitat von mir. Ich habe es exakt genauso gesagt, als mir der Kragen geplatzt ist. Rafaela sieht mich noch einen Moment an, dann lässt sie mich los.

»Ela, es gibt nicht viel zu sagen«, behaupte ich und lächle sogar. Ich komme im nächsten Moment darauf, es lieber zu lassen, denn selbst mir kommt es zu aufgesetzt vor.

»Gut, dann macht es dir sicher nichts aus, wenn wir reden.«

Ich verdrehe die Augen und sehe nach vorn, wo Grey gerade den Platz verlässt. »Was ist denn so wichtig?«

Die darauffolgende Stille dauert mir schon zu lang und mir schwant Böses. Solche Pausen sind immer ernst und besonders tiefgründig.

»Weißt du, wie man das nennt, wenn man nach einer Trennung tagelang im Bett liegt und glaubt, keine Luft zu bekommen?«

»Ach«, mache ich verächtlich, als sei es die bescheuertste Aussage des ganzen Tages. »So ein Quatsch«, füge ich noch hinzu.

»Wenn einer weiß, wie weh das tut, dann denke ich, bin ich das. Ich habe den Liebeskummer nämlich erfunden. Bei Wikipedia ist mein Bild neben der Überschrift.«

Leider finde ich diese Aussage ungewollt komisch. »Du bist da nicht das Maß der Dinge, Ela. Was dein Kopf dir erzählt, ist eine Nummer für sich.«

»Es geht vorbei, Leir. Das glaubst du jetzt nicht, aber das wird es.«

»Ich glaube das ziemlich sicher. In drei Tagen bin ich weg. Aus den Augen, aus dem Sinn.«

Sie lässt sich von meinem gleichmütigen Ton nicht beirren und ich spüre, wie sich jetzt auch noch meine Kehle zusammenzieht. Ich versuche, so unauffällig wie möglich einzuatmen.

»Die Gitarre ist deine große Liebe, Leir. Du hast mal gesagt, sie sei deine einzige Existenzberechtigung.«

Ich verziehe das Gesicht. »Du hörst ja doch zu.«

»Ich habe dir immer zugehört. Ich habe alles gehört, was du gesagt hast.«

»Hat nicht den Eindruck gemacht.«

»Weil es schwer ist, Dinge zuzugeben, wenn man so verletzt wurde und offenbar auch noch irgendwie selbst dafür verantwortlich ist. Es ist nicht so einfach, wenn du merkst, dass dein Kopf nicht dein Freund ist.«

Ich sehe in die Augen meiner siebzehnjährigen Schwester, die mir manchmal viel zu erwachsen vorkommt. Doch ich erwidere nichts und wende mich letztendlich stumm zurück nach vorn.

»Joyce ist ziemlich krank«, sage ich undeutlich.

»Ja, ich weiß«, erwidert sie und lässt ihre Füße abwechselnd gegen das Gummi prallen. »Du kannst ihr aber nicht helfen, das weißt du, oder?«

Ich antworte nicht, denn die Wahrheit ist, dass ich das weder glauben noch wahrhaben will.

»Man kann so was nicht mit Händchenhalten heilen, Leir. Du musst kein schlechtes Gewissen haben, weil du jetzt weggehst.«

»Ich habe ohnehin keine Chance bekommen, oder? Sie hat sich offensichtlich gegen mich entschieden.«

»Sie braucht ganz andere Hilfe. Du hast eine viel zu romantische Vorstellung davon.«

»Wovon?«

»Essstörungen, psychische Probleme, ein Trauma, wenn man auf der Schnellstraße ein paar Überschläge macht ...«

Mit einem Mal ist es ein wenig, als hätte sie mir mit diesen Worten einen Schleier vom Kopf gerissen. Bis zu diesem Moment habe ich überhaupt nicht verstanden, dass zu einer Therapie mehr nötig ist, als sich einfach einen Termin zu machen.

»Warum hast du der Therapie zugestimmt?«

»Weil einen so etwas immer weiter runterzieht, ohne dass man es merkt. Man hat mir zu der Therapie geraten, damit ich den Unfall verarbeite. Das war meine Gelegenheit, verstehst du? Alle denken, es ginge darum, aber es dreht sich fast nie um den Unfall. Mein Problem ist –«

»Ash.«

»Das Problem ist, dass ich aus irgendeinem Grund, den ich nicht in den Griff bekommen habe, nicht von ihm losgekommen bin.«

»Aber Grey hat dir geholfen!«

»Nein, Leir, eine Therapeutin!«, brummt sie genervt.

»Liebst du ihn?«

Jetzt habe ich sie mal kalt erwischt. Um den Moment auszukosten, hebe ich leicht eine Augenbraue.

»Ich glaub schon, ja.«

»Gut.«

»Gut?« Sie lacht.

»Ja, gut. Ich finde das gut. Nachdem ich in den letzten dreißig Minuten die fünf Phasen der Trauer durchgemacht habe, finde ich es jetzt gut.«

»Diese Phasen waren gut an dir zu beobachten.«

»Wie ich versuche, Grey in deinem Bett zu akzeptieren?«

»Wie du gekämpft hast, um den Tod deines Gitarren-Lehrers zu verarbeiten!«

Ich wende mich wieder nach vorn und schweige.

Und lasse meine Augen schmal werden, bei dem Versuch, besser erkennen zu können, was da an unserem Platz los ist.

»Ist das Miles?«, frage ich entgeistert.

»Ich weiß zwar nicht, wie du einen coolen Footballspieler dazu gebracht hast, dich so zu mögen, aber er war ganz geknickt, weil er Sonntag keine Zeit hatte. Als das Treffen dann wegen deiner ›Krankheit‹ verschoben wurde, war er echt glücklich.«

»Welche Krankheit hatte ich denn?«

Wieder eine zu lange Pause und ich ahne, was das bedeutet. Nun bin ich es, der resigniert brummt.

»Sonntag konnte ich noch sagen, du hättest den schlimmsten Durchfall deines Lebens, aber –« als ich in blankem Entsetzen den Kopf herumreiße, lacht sie. »Ich habe gesagt, du hast Fieber, keine Angst. Aber gestern wollten sie dich unbedingt besuchen, und wir haben uns echt die Finger wundgetippt, damit sie nicht alle in deinem Zimmer auftauchen. Olivia wollte dann Joy abfangen, um ihr etwas für dich mitzugeben, falls sie dich nicht mehr sieht, und irgendetwas musste ich sagen …«

»Fantastisch«, murre ich.

»Leir«, setzt sie leise an und zögert. »Es wäre ein Fehler gewesen, hierzubleiben.«

»Ist schon gut«, sage ich und ringe mir ein schwächliches Lächeln ab. »Es wird schon werden.«

»Komm, wir springen.«

»Was?« Ich stoße ein reflexartiges Lachen aus und vielleicht steckt auch ein wenig Schock darin.

Damit hält sie mir ihre Hand hin. Ich weiß nicht, wann ich zuletzt die Hand meiner Schwester gehalten habe. Im Krankenhaus glaube ich.

»Springen«, wiederholt sie. »Ich habe auch Angst vor dem, was kommt. Wenn du dich mit deiner Höhenangst traust, da runterzuspringen, kann dir für die nächsten Wochen doch erst mal nichts mehr Angst machen. Ist das nicht immer dein Spruch; oben auf deinem Berg?«

»Mein Spruch ist, dass ich irgendwo runterspringen will?«

»Ich habe es etwas abgewandelt.« Sie grinst.

Ich lache abermals und langsam wird es panischer. »Ich bin mir nicht sicher, ob sich das so übertragen lässt.«

»Dann kannst du anrufen und mich zur Schnecke machen.« Sie

zuckt ungeduldig mit den Fingern und ändert ihre Stimme zu einer nicht sonderlich guten Imitation von mir. »Ela, das war totaler Bullshit, was du mir erzählt hast. Sich überwinden und etwas tun, vor dem man Angst hat, bringt überhaupt nichts für das weitere Leben.«

Ich denke, langsam merkt sie, dass mein Lachen aus dem Fluchtinstinkt rührt, aber sie lässt ihre verflixte Hand nicht sinken. Mein Blick richtet sich nach unten und es kommt mir vor, als wäre alles im Stehen gleich drei Meter höher. Schließlich rolle ich ergeben mit den Augen und greife zu.

Ihre Finger fühlen sich warm und fremd an. Trotzdem lösen sie ein ganz eigenartiges Gefühl von Verbundenheit in mir aus.

Kaum hat sie meine Hand, wendet sie sich auch gleich dem Abgrund zu. Das Gummi wackelt und wabert unter mir, sodass ich automatisch einen Schritt zurücktrete.

Rafaela lacht und ich steige mit darin ein.

»Fertig?«

Nein!

»Moment.«

»Jetzt?«

»Nein!«, sage ich und sehe wieder nach unten.

Ich bekomme auf dem Weg da runter wahrscheinlich einen Infarkt. So was ist nichts für mich.

Es ist auch nichts für mich, den Kontinent zu verlassen.

Dieser ganze Sommer war nichts für mich.

Und ich wollte ihn nicht hergeben.

»Fertig?«, höre ich Rafaela.

Sekunden später springen wir.

Das Gefühl in meinem Magen ist beängstigend und berauschend. Der Aufprall kommt ziemlich schnell und danach geht es ein ganzes Stück nach unten, ohne dass ich atmen kann.

Dieser Sprung gibt die letzten Wochen erstaunlich gut wieder.

Als ich auftauche und die Luft einziehe, bade ich lachend in meinem eigenen Adrenalin.

40

GABRIEL

Wieder an Land sehe ich schon von Weitem Miles grinsendes Gesicht. Es kommt noch besser, denn selbst Ian ist hier. Und Olivia und Bethany. Die Zusammensetzung dieser Runde ist definitiv eigenartig. Als ich nass und tropfend bei ihnen ankomme, haben sich längst alle Augen erwartungsvoll auf mich gerichtet. Miles baut sich als Erster vor mir auf und fordert meine Hand zum Einschlagen. Ungeachtet der Nässe zieht er mich an sich und klopft mir zweimal auf den Rücken. Ich steige in sein Lachen ein, als er von Schicksal redet, das ihm möglich gemacht hat, mich doch noch mal zu sehen.

Dann wird er von Bethany zu Seite geschoben, die auch direkt ihre Arme um meinen Nacken schlingt. Ich bin kurz davon abgelenkt, wie Rafaela sich neben Grey fallen lässt und beide einen zufriedenen Blick tauschen. Vielleicht ist das hier tatsächlich keine so schlechte Idee. Es gibt Menschen, die ich zu mögen scheine. Und mit diesem recht warmen Gefühl in der Brust drücke ich Bethany kurz an mich.

»Das ist deine Abschiedsfeier«, sagt sie und tritt einen Schritt zurück. »Warum wusste davon niemand? Was stimmt nicht mit dir?« Damit stößt sie mir pöbelnd gegen die Schulter.

»Das ist eine Elite-Party«, meldet sich Olivia von der neu hinzugekommenen grünen Decke, wirft die Haare zurück und stützt sich auf die Ellbogen. »Man brauchte vier Passwörter und eine Sondergenehmigung, um hier teilnehmen zu dürfen. Keiner hat etwas gewusst.«

Ian taucht auf. »Jetzt weiß ich auch, was dieser ominöse Job war, zu dem du ständig hin bist.« Ich schlage ein und schmunzle. »Wie krass«, fügt er noch hinzu, und ich habe ein wenig das Gefühl, als sei ich in seinem Ansehen soeben aufgestiegen. Nicht, dass es mir etwas bedeuten würde, es ist nur interessant.

»Das wäre eine traurige Party geworden ohne mich«, meldet sich Olivia wieder. »Ich bin die mit dem meisten Stoff.«

»Du bist herzlich eingeladen«, sage ich grinsend, während ich mich zwischen ihr und Quinn auf die Decke sinken lasse.

»Um genau zu sein, ist das *mein* Stoff«, sagt Ian.

Er legt sich auf den Rücken, faltet die Hände unter dem Kopf.

»Eigentlich dachte ich, du bist angepisst –«, setze ich an, doch Grey unterbricht mich.

»Ist er nicht. Du bist es auch nicht. Niemand ist es!«

Alles klar. Ich muss lachen, Ian schmunzelt, sagt aber nichts weiter.

Damit werden die ersten Getränke herausgeholt, natürlich unter Handtüchern und Taschen versteckt. Ich sehe zu, wie Bethany mehrere Flaschen Bier öffnet und denke, eines ist recht offensichtlich: Hier wurde abgesprochen, kein Wort über Joyce zu verlieren. Kein Kommentar von Ian, keine Spitze von Bethany. Ich sehe zum Wasser und es kommt mir vor, als sei es ewig her, seit ich ihr hier hinterhergerannt bin.

Mir wird eine Flasche unter die Nase gehalten, und als ich den Kopf drehe, lächelt Quinn. Anschließend ist man sofort beim Thema England.

Bethany fragt, wo genau Manchester überhaupt liegt und ob es weit von London entfernt ist. Nachdem man über Google-Maps gebrütet hat, kam man zu dem Schluss, dass Manchester nah an Schottland ist. Nun wird Loch Ness gegoogelt. Als sie herausfinden, dass es doch nicht so nah ist, wie es auf einer kleinen Handykarte aussieht, ist die Enttäuschung groß. Man rät mir, trotzdem hinzufahren, um Nessie zu suchen.

»Und ich will ein Foto von dir mit Rock!«, fordert Olivia.

»Das ist ebenfalls Schottland!« Ian verdreht die Augen. »Aber ich fände es auch geil.«

Alle lachen und ich muss mir eingestehen, dass es mit Abstand der angenehmste Abend dieser Woche ist. Zum ersten Mal bin ich dem beklemmenden Gefühl in meiner Brust nicht vollkommen ausgeliefert. Es mag daran liegen, dass das erste Bier fast leer ist.

»Lernst du da Dudelsack?«, fragt Olivia.

»Schottland!«, rufen alle im Chor und sie wirft den Kopf in den Nacken.

»Das weiß ich! Aber die Teile sind megawitzig.«

»Ich finde, das ist die perfekte Überleitung«, sagt Grey, ohne dass ich eine Überleitung erkenne.

Mehrere Dinge passieren gleichzeitig.

Ausnahmslos alle bringen sich in eine andere Position. Olivia setzt sich, Quinn streicht sich aufgeregt die Haare hinters Ohr. Meine Schwester schmunzelt und Miles grinst. Ian nimmt mir das Bier aus der Hand, prostet mir zu und trinkt die Flasche aus.

»Wir haben Geschenke für dich«, verkündet Bethany, dreht sich um und wühlt bereits in ihrer Tasche.

»Meines hast du schon«, sagt Miles und hebt sein Getränk zum Gruß.

»Ich habe auch was für dich«, schiebt sich Olivia dazwischen. »Also, es ist schon ziemlich krass, dass du das alles vor uns geheim halten konntest. Deswegen habe ich nicht viel Zeit gehabt, etwas auszusuchen.«

Sie reicht mir ein kleines, mit blauem Papier eingewickeltes Päckchen.

»Hätte ich gewusst, dass ich Geschenke bekomme, hätte ich mehr Leute eingeladen«, sage ich grinsend und beginne mit dem Auspacken.

»*Du* hast gar keinen eingeladen!«, murrt Rafaela von der Seite.

»Nun mach schon auf«, drängt Olivia.

Sekunden später muss ich laut lachen. Ab diesem Moment bin ich stolzer Besitzer einer King-Charles-Tasse. Ich bedanke mich und versichere, meinen Kaffee nie wieder aus einer anderen zu trinken.

»Die trinken Tee!«, ruft Ian.

»Als wenn die keinen Kaffee hätten!«, wirft Olivia zurück.

»Jetzt ich!« Bethany rückt an meine Seite, reicht mir ein in schickes grünes Geschenkpapier eingehülltes Päckchen, und wie schon bei Miles ertaste ich, dass es ein Buch ist.

Es handelt von den musikalischsten Orten Großbritanniens und es überrascht mich nicht, dass auf dem Cover die Beatles auf ihrem Zebrastreifen zu sehen sind.

»Das ist sehr cool, danke.«

Ich schenke ihr ein Lächeln und bemerke mit leichter Überforderung, dass ihre Augen glitzern. Sie lacht verlegen, holt tief Luft und wendet sich ab.

Abschiedswoche.

»So«, höre ich Grey sagen, und Rafaela strahlt.

Wenn sie sich freut, hat sie ein beeindruckendes Leuchten in den Augen. »Das ist von uns«, sagt sie.

»Von uns«, wiederhole ich absichtlich spitz und lasse mir auch einen passenden warnenden Blick nicht nehmen.

»Von uns dreien!«, sagt Grey unbeirrt und deutet auf Quinn.

Rafaela reicht mir einen Briefumschlag.

Sekunden später starre ich auf zwei Tickets für The Who in London und Grey mustert mich mit erwartungsvollen Augen.

»Du stehst doch so auf den Gitarristen von denen.«

»Pete Townshend, ja«, murmle ich. »Wie teuer sind die gewesen?«

»Gott, Kerl!«, stößt Grey hervor, lacht dann allerdings. »Viel Spaß!«

Die ganze Runde grinst mich an. Ich glaube zwar nicht, dass hier jemand eine Ahnung hat, wer *The Who* sind, und noch weniger, wer deren Gitarrist ist. Aber alle freuen sich für mich.

»Danke«, murmle ich ungewohnt verlegen, was sogar mir auffällt.

Diese Karten sind extrem geil und zeigen gleichzeitig völlig ungeschönt die Realität. Ich werde nach England ziehen. In drei Tagen.

Offenbar hat Rafaela gerade denselben Gedanken, denn sie macht einen Satz nach vorn und schlingt ihre Arme um meinen Körper. Ich schließe die Augen und drücke sie an mich.

»Danke«, flüstere ich und meine damit vielleicht weit mehr als nur dieses Geschenk.

Sie löst sich von mir, zieht die Nase hoch und wischt sich über die Augen. Neben mir wischt Bethany ebenfalls und ich muss in einer seltsamen Verlegenheit schmunzeln. Vielleicht ist mir nicht bewusst gewesen, dass es Leuten wirklich etwas bedeuten könnte, ob ich da bin oder nicht.

»Kann ich jetzt ein Bier haben?«, frage ich, eigentlich zur Auflockerung, und habe vor, es aus meiner neuen Tasse zu trinken.

Doch es werden schon wieder Blicke ausgetauscht.

»Ein Geschenk gibt es noch«, setzt Grey an, greift hinter sich und holt ein weiteres Päckchen hervor. Kleiner als eine Zigarettenschachtel.

Es ist das Zusammenspiel aus betretenem Schweigen und künstlichem Lächeln um mich herum. Dann ist da der Blick von Miles, der mir die letzte Sicherheit gibt, im Ratespiel, von wem dieses Geschenk sein könnte.

Grey reicht es mir, und den mitleidigen Gesichtern nach zu urteilen, hat mittlerweile jeder hier begriffen, dass ich mit der Trennung meine Probleme habe.

Tief im Inneren will ich es nicht vor allen auspacken. Trotzdem reiße ich das Papier ab. Witzigerweise ist es das einzige Päckchen, das nicht in richtigem Geschenkpapier eingewickelt war. Es ist ein Notenblatt, und zwar eine Kopie von Brahms. Und es ist auch keine Zigarettenpackung, sondern eine unscheinbare schwarze Plastikdose, die ich, ohne zu zögern öffne.

»Was ist das?«, fragt Bethany, und die anderen lehnen sich ebenfalls weiter vor.

»Ein Plektrum«, sage ich tonlos.

Ein abgegriffenes, graues, mit Kratzern übersätes, altes Plektrum.

»Und was macht man damit«, fragt sie weiter, während sie das unscheinbare dreieckige Plättchen in seiner mit Schaumstoff ausgekleideten Kiste betrachtet, die wahrscheinlich mal zu einem Ring gehörte.

»Das braucht man zum Gitarre spielen«, erklärt Miles und trinkt einen Schluck.

In meinem Kopf werde ich mit Bildern geflutet, in denen Harold Hewitt mit diesem Stück Plastik vor meiner Nase wedelt und mir einen seiner tadelnden Vorträge hält. Ich schließe die Schachtel und schiebe sie in die Tasche meiner Badehose.

»Kann ich jetzt ein Bier haben?«, frage ich und ringe mir ein

Lächeln ab, während Grey sich erbarmt und mir eine Flasche reicht. »Wenn ihr mir einen Gefallen tun wollt«, setze ich an und versuche nicht mal, zu vertuschen, dass ich keinem in die Augen sehen will. Ich nippe an meiner Flasche und richte meinem Blick aufs Wasser. »Lasst sie bitte in Ruhe. Keine Kommentare, keine Blicke, kein Getuschel. Lasst sie einfach in Ruhe.«

Niemand sagt was. Wahrscheinlich kam mein Text zu unvermittelt. Ich löse die Situation auch wieder auf, genauso schnell wie ich sie erzeugt habe.

»Danke für den Krempel«, sage ich um einiges fröhlicher und grinse. Es ist egal, dass es aufgesetzt ist, jeder nimmt es dankbar an.

»Wir wünschen dir von Herzen viel Erfolg«, sagt Quinn.

Alle heben ihre Getränke und alle bemühen sich um ein stimmungshebendes Lachen.

Ich trinke einen großen Schluck, der mir eigentlich helfen soll, wieder auf ein besseres Level zu kommen, als Grey sich vorbeugt und mir die Flasche praktisch vom Mund wegzieht.

»Wir sind längst nicht fertig«, verkündet er. »Eine Sache fehlt noch. Vorher gibt es nichts mehr für dich.«

Alle Augen sind nun beängstigend euphorisch. Das ist nicht gut.

Ich hebe die Brauen und sehe zu, wie Miles und Olivia sich nach hinten drehen und den Haufen von Klamotten und Taschen zur Seite schieben. Olivia reicht mir daraufhin meine in ihrer Hülle steckende Gitarre.

Sofort richten sich meine entgeisterten Augen auf Grey, der jetzt meinen Autoschlüssel am Finger kreisen lässt.

»Du kannst auf keinen Fall abreisen, ohne dass wir etwas gehört haben«, erklärt Bethany und packt die Gitarre nun selbst aus, weil ich mich noch immer nicht gerührt habe.

»Vielleicht ist das nur ein Trick, um Weiber abzuschleppen«, meldet sich Ian, der sich eine Zigarette anzündet und grinst. »Die stehen auf Gitarristen. Da reicht schon, wenn du so ein Ding im Auto liegen hast.«

Ich muss tatsächlich lachen, lehne mich vor, doch statt zur Gitarre greife ich nach seiner Kippe. Olivia schiebt sie einfach auf meinen Schoß.

Nach einem Zug reiche ich ihr die Zigarette, die sie mit spitzen Fingern nimmt und an Ian zurückgibt.

»Darf ich mir etwas wünschen?«, fragt sie daraufhin.

»Also wenn, dann darf *ich* mir etwas wünschen, ich hab das Ding nämlich geholt.« Grey nickt zur eigenen Unterstützung.

»Was muss man denn an solchen Musikhochschulen können? So was solltest du uns vorspielen«, sagt Ian.

Allgemeine Zustimmung in Form von erwartungsvollem Schweigen.

Ich lasse den Blick über die Wiese gleiten. In wenigen Minuten wird sich wahrscheinlich jeder zu uns umgedreht haben.

Ich überlege relativ kurz und eigentlich auch nur, weil ich etwas suche, das sie kennen. Meine Finger beginnen automatisch, und die Entscheidung, die mein Kopf ohne mich getroffen hat, beendet auf beinahe unerträglich harte Weise den Sommer. *Hotel California* ist der Abspann. Eine Musik, die alles ausdrückt, was für ein paar Tage wichtig war. Ich spiele nicht die Original-Version, sondern jene spanische, die ich auch für Joyce gespielt habe.

Ich vermeide, in die ehrfürchtigen Gesichter zu sehen. Zu den faszinierten Augen, die sich auf meine Finger gerichtet haben, während sie nicht fassen können, dass ich zu so etwas fähig bin. Ich interessiere mich auch nicht für die unzähligen Blicke, die sich wie erwartet auf diesen Platz richten. In diesem Moment ist mein Herz so schwer, dass ich an die Grenze dessen, was ich aushalten kann, gerate. Ich sehne plötzlich der Abreise entgegen. Ich will das hier hinter mir lassen. Monate habe ich darüber gesprochen, nun ist es an der Zeit, es auch zu tun. Es ist okay. Ich bin bereit. Für alles. Für acht Stunden üben, für arbeiten in der Nacht. Ich werde nicht nach einem halben Jahr wieder nach Hause kommen, das wird nicht passieren. Harold Hewitt, der ein exzellenter Musiker gewesen ist, war überzeugt, dass ich es schaffe. Und ich glaube das auch.

Als die letzten Töne verklingen, stehen einige Münder offen. Grey und Rafaela scheinen zufrieden, Olivia wirkt ein wenig, als bereue sie, sich nicht eingehender mit mir beschäftigt zu haben, und Miles klatscht sogar. Ian – und das finde ich eigentlich am aussagekräftigsten –, bittet um eine Zugabe. Und vielleicht bin ich dieses winzige bisschen berauscht vom Augenblick und hole eines der *richtigen* Stücke hervor. Wie nannte er es? Was man an einer Hochschule für Musik können muss.

Eine Stunde später bin ich wieder angezogen, die Gitarre ist eingepackt und mein Kopf liegt direkt neben Bethanys auf der Hülle. Unserer Arme berühren sich, ich ziehe an der Zigarette und betrachte durch die getönten Gläser meiner Sonnenbrille die letzten Schrammen auf meiner Hand.

»Und wann kommst du nach Hause?«, fragt sie leise und ich denke eine Weile über den Ausdruck *zu Hause* nach.

»Ich weiß nicht«, antworte ich und mache halb wahrheitsgemäß weiter. »Der Flug ist extrem teuer.«

Grey, der sich mit Ian unterhält und gerade an seinem Bier getrunken hat, hebt den Blick. Ian wendet den Kopf und im nächsten Moment dreht er sich ganz um, setzt sich zu mir und zerrt mich in eine aufrechte Haltung. Kurz hält er meine Schultern und richtet meine Cappy.

»Jetzt bin ich dran«, verkündet er fröhlich und neben mir setzt sich Bethany ebenfalls. »Wie ist das mit dem König? Musst du da an irgendwelchen Feiern teilnehmen?« Ich muss lachen und immerhin lässt er mich nun los. »Na, die fahren doch immer mit Kutschen durch das Land.«

»Durch London«, erkläre ich mit einem Augenrollen.

Rafaela hat das Handy in ihre Tasche gesteckt, steht auf, geht an mir vorbei und verschwindet aus meinem Blickfeld. Dafür rutscht Olivia an meine Seite.

»Ich finde, wir sollten uns selbst einladen und dich besuchen. Warte mal ab, in einem Jahr um diese Zeit sind wir alle da und fahren zusammen zu Loch Ness.«

Greys Miene gefällt mir nicht. Ich treffe seinen Blick, was von ihm definitiv nicht beabsichtigt war, so schnell, wie er ihn wieder nach unten richtet.

Es dauert noch einige Sekunden, dann steht er auf und verlässt ebenfalls den Platz.

»Komm, nein!«, sagt Ian mit unverkennbarer Resignation in der Stimme.

Miles drängt Olivia zur Seite und legt einen Arm um meine Schultern.

»Komm, wir gehen«, schlägt er betont locker vor, und ich frage mich, ob um mich herum wirklich alle der Meinung sind, ich würde das hier nicht checken.

»Bitte«, flüstert Olivia, die diesen Gedanken offenbar sehen kann. »Können wir bitte einfach gehen?«

Ich halte einen kurzen Moment ihrem Blick stand, dann drehe ich mich um.

In einiger Entfernung steht Ash mit zwei seiner kleinkriminellen Gefolgsleute und grinst selbstgefällig auf meine Schwester herab. Alles, was ich im rauschenden Tunnel noch wahrnehme, ist, dass er eine Haarsträhne aus ihrem Gesicht streicht.

»Bitte«, fleht Bethany neben mir. »Gehen wir! Rafaela will ihn nur von dir fernhalten.«

»Lass ihn einfach«, fordert selbst Ian und schließt in böser Erwartung die Augen.

Grey hat derweil die Runde erreicht. Ash, immer dieses selbstgefällige Grinsen im Gesicht, macht abermals Anstalten, Rafaela anzufassen, was Grey nach seiner Hand greifen lässt und Rafaela wiederum nach Greys Arm.

Ich stehe auf und parallel zu der Szene dort hinten, packen mich Ian und Miles, während Olivia sich vor mir aufbaut und versucht, mir den Blick zu versperren. Da ich größer bin, kann ich trotzdem sehen, wie es Ashs Aufmerksamkeit auf sich gezogen hat. Er sieht mir direkt in die Augen und ich weiß nicht, ob es das Bier oder Magensäure ist, aber in mir fühlt sich alles nur noch sauer an.

41

GABRIEL

Sie halten mich noch fester, während er auf uns zukommt.

Rafaela versucht, sich ihm in den Weg zu stellen, und langsam scheint Bethany in Panik zu geraten. Sie zerrt an meinem Arm, Ian stellt sich wie ein Bodyguard vor uns und Olivia und Quinn haben bereits begonnen, sämtliche Klamotten und Flaschen in die Taschen zu stopfen. Miles tritt neben mich und nur einen Moment später tönt Ashton Clarks herablassende Stimme über die Wiese.

»Was ist los, Álvarez, hast du Angst vor mir?«

Paradoxerweise bin ich ruhiger, als man um mich herum annimmt. Diese Provokation kommt mir so lächerlich vor, dass ich tatsächlich in Betracht ziehe, einfach zu gehen. Rafaela hat einen neuen Freund, wird bald diese Stadt verlassen und ich werde ebenfalls weg sein. Ashton Clark hat für unser Leben schlicht keine Relevanz mehr. Ich treffe Rafaelas Blick, der so flehend auf mir liegt, dass ich mir wirklich inständig wünsche, einen Weg aus dieser Situation zu finden.

»Verpiss dich, Clark!«, höre ich Ian.

Neben Ash bauen sich seine Kumpel auf und Grey tritt an meine Seite.

»Jetzt vögelt dein bester Freund deine Schwester. Lass dir das mal auf der Zunge zergehen.« Er grinst und Grey wendet sich kurz ab, beim Versuch, ruhig zu bleiben.

»Verschwinde einfach!«, meldet sich Bethany und ihre Finger schließen sich fester um mein Handgelenk.

Ashs Grinsen wird höhnischer. »Hast du Angst, dass ich ihm was tue?«

»Was ist dein beschissenes Problem?«, frage ich, und auf irgendeine Art ist es wirklich eine ernst gemeinte Frage.

»Es ist einfach deine Existenz, Álvarez.«

»Ich bin so gut wie weg, dann hast du deinen Seelenfrieden.«

Er legt den Kopf leicht schräg. »Wenn du weg bist, ist die kleine Evans wieder frei, oder?«

Bethany gibt einen panischen Ton von sich.

Meine Brust zieht sich zusammen und gleichzeitig habe ich so viele Worte im Ohr, die mich beschwören, meine Finger nicht für solche Nichtigkeiten in Gefahr zu bringen.

»Du bist doch auch schon über die drüber gerutscht«, wendet er sich an Miles und deutet abwechselnd von ihm zu mir. »Tauscht ihr euch darüber aus? Muss ich irgendetwas wissen?«

»Halt die Fresse«, zischt Miles, betont Wort für Wort, und geht mit jedem davon einen Schritt auf ihn zu.

Ash wendet sich ungerührt Rafaela zu. »Schauen wir mal, ob die es besser kann als du.«

Ich habe keinen Zweifel, dass jeder weiß, dass es der Punkt der Eskalation ist.

Grey schlägt zu und anscheinend überraschend genug, sodass er mitten ins Gesicht trifft. Ash presst die Hände auf seine Nase und beugt sich vor. Damit hat Grey diese beiden Laufburschen an der Backe, die wie blutriechende Haie auf ihn losgehen. Anstatt ihm zu helfen, versucht Rafaela, mich zu packen, doch ich bin längst von allen gelöst und befördere Ash zu Boden. Leider scheint seine Nase nicht gebrochen zu sein, denn ich glaube, dafür ist es zu wenig Blut.

Vielleicht lenkt mich dieser Gedanke zu sehr ab und ich bin deshalb unvorbereitet, als er sofort wieder auf die Beine springt und mir dermaßen in den Magen boxt, dass ich auf die Knie sinke und auf den Boden spucke. Ein Tritt in die gleiche Stelle nimmt mir die Luft.

In meinem Kopf spielen sich schlagartig dieselben Sätze ab.

Es gibt Musiker, die ihre Hände für eine Million versichern lassen.

Ich hoffe, der Junge lernt, seine Finger besser zu behandeln.

Ich stehe auf, brauche noch einen Moment, um meinen Geist klar zu bekommen, und reibe mir übers Gesicht.

»Verpiss dich, Clark.« Das ist alles, was ich sage.

Grey blutet an der Stirn, aber ist immerhin von den beiden Typen befreit.

»Komm, Álvarez, wer bremst, hat Schiss.« Damit ist er wieder bei mir und stößt mit ziemlicher Kraft gegen meine Schulter.

Ich lege einen Moment resigniert den Kopf in den Nacken und denke noch, dass er mich auf keinen Fall im Gesicht treffen darf, weil ich nicht mit Flecken am Flughafen erscheinen sollte. Ich denke auch, dass Grey einen Fehler macht, als er sich wieder einmischt.

Alles passiert innerhalb einer halben Minute. Ich bin gut darin, so was einzuschätzen.

Grey geht mit den schlimmsten Worten auf ihn los.

Rafaela schreit, andere auf der Wiese sind nun ebenfalls auf den Beinen. Sei es, um besser gaffen zu können oder aus Sorge um die eigene Sicherheit. Ich reiße Grey zurück, trete gegen Ashs Beine, stehe über ihm und schaffe es sogar noch ein drittes Mal, nicht zuzuschlagen, obwohl ich nicht glaube, mit dieser Entscheidung jemals meinen Frieden machen zu können.

Ich sage nicht mal mehr was. Er ist mir keine Worte mehr wert. Also lasse ich ihn los.

Ich richte mich auf und werde unerwartet von einem seiner Freunde gepackt.

Alles noch immer in dieser halben Minute. Vielleicht ist es Sekunde fünfundzwanzig.

Ash springt auf die Füße, rammt mir sein Knie in die Flanke und stößt mich zurück. Ich falle, lande schmerzhaft mit den Rippen auf der Gitarre und unter mir bricht das Holz.

Das Geräusch ist so markdurchdringend, dass einen Moment lang alles andere still wird. Als hielte jeder um mich herum die Luft an.

Während sich dieses Geräusch wie eine hängen gebliebene Platte in meinem Kopf wiederholt, werde ich auf die Füße gezogen und von Miles, Quinn und Bethany Richtung Gebüsch am Rand gedrängt. Mein schwummeriger Kopf versucht zu erfassen, was hier passiert ist. Es wird kühler, die Sonne wird von Bäumen verdeckt und Gestrüpp zerkratzt mir die Haut an den Beinen. Ich lehne mich an einen Stamm, presse eine Hand gegen den Kopf und warte, dass darin alles an seinen Platz rückt.

Dann endlich öffne ich die Augen und sehe zurück zur Wiese.

Rafaela, die sich gerade ihr Shirt überzieht, nickt und antwortet damit auf etwas, das die Polizistin neben ihr gesagt hat. Ash wird von einem Cop am Arm festgehalten, insgesamt sehe ich vier davon, denen nun alle folgen. Auch Grey, Ian und Olivia. Sie ist es, die meine zerstörte Gitarre trägt.

Ich wäre lieber allein weitergefahren. Quinn und Bethany haben sich widerwillig zu Hause absetzen lassen. Miles ließ sich jedoch nicht abwimmeln. So sitze ich mit ihm im Wagen vor der Polizeiwache. Während der gesamten Fahrt redete er beschwörend auf mich ein, dass ich auf keinen Fall da reingehen sollte, wenn ich vorhätte, in ein paar Tagen das Land zu verlassen.

Nun stehen wir also schweigend auf der gegenüberliegenden Straßenseite, Miles, ich und mein beschissenes Gewissen, das den meisten Platz im Auto einnimmt.

Ich habe den Ellbogen am offenen Fenster aufgestützt, den schmerzenden Kopf wiederum auf der Hand abgelegt, und warte, dass sich die Türen am Gebäude auf der anderen Straßenseite öffnen.

Miles tippt die ganze Zeit auf dem Handy herum, hantiert hin und wieder am Radio, steckt einen USB-Stick ein, zieht ihn ziemlich schnell wieder raus, tippt wieder auf seinem Handy. Ich zünde meine vorletzte Zigarette an. Das Feuerzeug klickt und mein eigenes Handy vibriert. Als hätte ich mit dem einen das andere ausgelöst.

Es ist ein kurzes Gespräch, das ich mit meiner Mutter führe.

Und erst jetzt lässt sich Miles von mir zu Hause absetzen, auch wenn er verlangt, dass ich mich sofort melden soll, sobald das hier überstanden ist.

Jetzt halte ich vor unserem Haus und muss nicht einmal den Motor abstellen, denn meine Mutter öffnet im selben Moment die Tür.

Man kennt seine Mutter, weshalb man die verschiedensten Stimmungen ganz gut einschätzen kann. Als Ramona Álvarez jetzt schweigend in den Wagen steigt, kann ich nicht deuten, was sie empfindet. Reine Wut, blanke Enttäuschung, tiefe Traurigkeit, ich weiß es nicht. Und ich traue mich auch nicht zu fragen.

Ich fahre zurück zur Polizei, wo ich an derselben Stelle parke wie zuvor.

So wortlos, wie sie eingestiegen ist, so verlässt sie das Auto auch wieder.

Ich stütze meinen Kopf erneut auf meine Hand und den Ellbogen abermals ans Fenster, während ich ein weiteres Mal warte und mit aller Kraft versuche, die schlechten Gedanken von mir fernzuhalten. Man kann nur tief fallen, wenn man vorher oben war. Ein netter Nachmittag endet auf dem Polizeirevier. Noch schlimmer: Er endet meinetwegen für andere auf dem Polizeirevier. Nein, endet für meine minderjährige Schwester, die hier absolut nichts zu suchen hat, auf dem Polizeirevier, während ich im Auto bleibe, vor lauter Schiss, dass man mir keinen Stempel aufs Visum setzt. Krönender Abschluss eines Sommers. Damit ist endlich alles weg: die Frau, das Instrument, mein letzter Rest Selbstachtung. Es hing wahrscheinlich alles zusammen, weshalb es sich notgedrungen bedingt.

Die Tür auf der anderen Straßenseite öffnet sich, doch es ist nicht meine Schwester, sondern Ash, der von seinem Vater flankiert herausspaziert. Er sieht mich sogar und sein Mund verzieht sich zu einem kaum merklichen Lächeln. Selbst aus der Entfernung kann ich es erkennen, und es schafft, die Wut in meiner Brust so hochkochen zu lassen, dass ich einen Moment lang sicher bin, sie ausspucken zu können. Dann wendet er sich ab und sie ziehen schnellen Schrittes davon, um in ihren SUV zu steigen.

Ich habe nicht einmal Gelegenheit, über Ash nachzudenken, denn die Tür öffnet sich erneut und diesmal sind es Ian und Olivia, die herauskommen. Ian sieht mich zuerst nicht, wohl aber

Olivia, die vielleicht einfach dieses Auto besser kennt. Schließlich bleiben beide stehen und warten auf eine Lücke im Verkehr, um zu mir kommen zu können. Grey verlässt das Gebäude und ruft ihnen etwas zu. Sie reden kurz und mit Blick zu mir, einem Lächeln von Olivia, einem Okay-Zeichen von Ian und einer *Ich-rufe-dich-an*-Geste von Grey, gehen sie.

Ganz langsam fährt mein Inneres runter, ohne wirklich zu wissen, was diese Zeichen zu bedeuten haben. In mir ist ein Funken Hoffnung, dass das hier gut ausgeht.

Ich erwarte ab diesem Moment, dass sich die Tür jede Sekunde wieder öffnet und die Letzten dieser Runde herauskommen. Doch nichts passiert. Fünf Minuten nachdem Grey und die Masons raus sind, ziehe ich so unruhig wie vorher mein Handy hervor.

Miles fragt, ob ich was Neues weiß.

Bethany fragt, ob wir schon zu Hause sind und wie es mir geht.

Ian fragt, ob Rafaela noch drin ist.

Quinn fragt, ob wir zu Hause sind und ob man die Gitarre reparieren kann.

Ich antworte niemandem.

In einem Anfall reiner Destruktivität öffne ich Instagram und suche nach Joyce.

Nichts.

Joy Evans ist nicht da.

Meine Brauen ziehen sich zusammen und ich rücke hinter meinem Lenkrad in eine aufrechtere Position.

Dann überprüfe ich, ob ich einen Tippfehler habe.

Ich überprüfe auch, ob meine Version ein Update braucht.

Die Tür der Polizeistation öffnet sich und ich stecke das Handy wieder weg.

Rafaela, die meine Gitarre auf dem Rücken trägt, und meine

Mutter, die ihren scharfen Blick direkt auf mich gerichtet hat, kommen über die Straße.

Etwa fünf Minuten später stehen wir auf dem zu dieser Zeit nahezu leeren *Best-Buy*-Parkplatz. Andere säßen jetzt vielleicht am Küchentisch, doch bei denen gibt es wahrscheinlich keine Familienmitglieder, die alles noch schlimmer machen würden.

Rafaela auf der Rückbank hat die Hände um den Gurt geklammert. Bisher hatte sie nicht mal Gelegenheit, mir zu berichten, was hinter den Mauern passiert ist.

Das Spanisch meiner Mutter ist so schnell, dass ich mich wirklich konzentrieren muss, um sie zu verstehen. Sie benutzt sogar Worte, die ich nicht kenne.

»Wie«, beginnt sie den nächsten Satz gedehnt, macht eine Pause und schnauft. »Wie, bei der heiligen Maria, kann das passieren?«

»Das hab ich doch erklärt«, meldet sich Rafaela und meine Mutter reißt den Finger in die Höhe.

»Ich will aber nicht deine Erklärung, ich will seine!« Ihr Blick ist mit Abstand das Schlimmste am ganzen Abend. Sie betrachtet mich mit einer dermaßen vorwurfsvollen Miene, dass es mir Brust und Kehle gleichermaßen zusammenzieht. Ihre Stimme klingt ab diesem Moment so resigniert und unglücklich, dass mir schlecht wird. »Ich habe deine Schwester bei der Polizei abholen müssen, Gabriel. Für etwas, das du getan hast. Und die Gitarre ist auch kaputt.«

»Mom, es war nicht seine Schuld.«

»Es tut mir leid«, erwidere ich kleinlaut, doch meine Mutter sieht kopfschüttelnd nach vorn. »Fahr nach Hause, Gabriel. Lass uns einfach nach Hause fahren.«

Niemand spricht mehr ein Wort. Auch nicht, als wir ins Haus gehen und aus dem Wohnzimmer die Frage tönt, wo wir waren. Meine Mutter nickt Richtung Treppe. Ich zögere, doch Rafaela stößt mich grob vorwärts. Oben drückt sie mir die schwarze Gitarrentasche in die Hand.

»Die haben sie aufgemacht und fotografiert.«

Ich nicke nur und lehne sie an die Wand. »Kann ich mit dir reden?«

Sie schiebt schräg gegenüber ihre Zimmertür auf, was ich mal als Zustimmung deute, also trotte ich hinterher.

Rafaelas Zimmer ist etwas größer als meines, wenn auch nicht nennenswert. Ich weiß es nur, weil wir in einer pubertären Eifersuchtsphase mit dem Zollstock alles nachgemessen haben. Im Gegensatz zu meinem ist es auf jeden Fall ordentlicher. Rafaela hat ein Händchen für Inneneinrichtung und selbst mit unseren nicht sonderlich neuen Möbeln schafft sie es irgendwie, dass es gemütlich ist.

Sie mustert mich, als ich die Tür schließe und mich dagegen lehne. »Es tut mir leid, Ela. Ich wolle das nicht, Ela. Halt dich fern von dem, Ela. Habe ich etwas vergessen?«

»Es tut mir ehrlich leid«, sage ich. »Ela, im Ernst! Ich wollte ganz sicher nicht, dass du heute auf einem Polizeirevier landest.«

»Ich finde es gut, dass du so ein schlechtes Gewissen hast, und eigentlich würde ich dich gern ein paar Stunden darin zappeln lassen, aber du kannst aufhören, dir Vorwürfe zu machen. Leir, du hast nichts getan.« Ich stoße ein ungläubiges Schnauben aus, doch sie spricht sofort weiter. »Er hat dich ohne Ende provoziert und ich habe gesehen, wie du dich zusammengerissen hast. Im Grunde kannst du stolz auf dich sein.«

»Ich bin ganz sicher nicht stolz, und es ändert auch nichts an der Tatsache, dass ich dich nicht hätte abführen lassen sollen!«

»Ich wurde nicht abgeführt, ich wurde zur Vernehmung mitgenommen. Ash haben sie abgeführt! Weil deine Freunde allesamt beteuert haben, dass er uns angegriffen hat. Und dasselbe haben sie auch offiziell zu Protokoll gegeben.«

»Wurdet ihr nicht getrennt befragt? «

Rafaela lächelt. »Ach Leir, ich hab doch schon als die ankamen, gejammert, dass Ash mir ständig nachstellt, uns aufgelauert und meine Gitarre zerstört hat. Was denkst du denn? Alle haben das mitbekommen, und wenn dich keiner von denen auf dem Kieker hat, werden sie das dort genau so erzählt haben. Du hast gute Freunde, ich hoffe, das weißt du.« Sie hebt eine Augenbraue. »Leir, ich würde alles dafür tun, damit du am Samstag nach England fliegst. Wirklich alles.«

Wir sehen uns lange an und ich bin zu überfordert, als dass ich mit diesem Satz umgehen könnte. Schließlich spricht sie weiter.

»Das ist nicht dein Kleinkrieg; es ist meiner! Und ich hab ihn heute Abend gern beendet. Denn ich glaube, dass Ash eine ganze Reihe Probleme bekommen wird.«

»Basierend auf einer Unwahrheit.«.

»Unwahrheit?«, stößt sie hervor und schüttelt den Kopf. »Meinst du wirklich, er verdient es, in dieser Sache fair behandelt zu werden?«

Ich halte ihrem Blick stand, und obwohl die Angst, in der Hölle zu schmoren, immer mal wieder nach mir greift, schüttle ich ebenfalls den Kopf. Denn die Antwort ist: nein.

Ihn endlich dranzukriegen, egal wie, ist gerecht.

»Danke«, murmle ich und sie lächelt.

»Du musst nur noch zwei Tage durchhalten, Leir. Das schaffst du.«

Auf dem Weg in mein Zimmer bleibe ich kurz an der Tür stehen, um zu hören, was meine Eltern im Wohnzimmer miteinander bereden. Nichts, was ich aus der Entfernung verstehen kann. Das ist eigentlich gut. Wenn nicht geschrien wird, ist es gut.

Ich nehme die Gitarre, setze mich mit ihr aufs Bett. Schon dabei höre ich das unverkennbare Geräusch, der kleinen, im Korpus hin- und herrollenden Teilchen.

Ich ziehe die Gitarre aus ihrer Hülle.

Direkt am Schallloch ist ein Riss. Ein großes Stück ist eingedrückt, wenn auch noch nicht gänzlich abgesplittert. Ein irreparabler Schaden.

42

GABRIEL

Als ich irgendwann aufwache, sehe ich auf mein Handy, wische die ganze Chat-Vorschau achtlos zur Seite und drehe mich wieder um, ohne eine einzige Nachricht zu beantworten. Mein letzter Kontakt war Rafaela, die mir die in ihrer Handtasche gesammelten Geschenke ins Zimmer gebracht hat. Das war etwa gegen elf.

Ich denke, ich habe begriffen, warum ich Joyce' Profil nicht sehen kann.

Zwischen dem ganzen schlechten Gewissen, mit dem ich mir schon selbst auf den Zeiger gehe, hat mich das auch immer wieder eingeholt.

Grey hat sich angemeldet, was ich weiß, weil er mich heute Morgen angerufen hat. Das ist ein Trick, den er gerne nutzt, weil er weiß, dass ich im Halbschlaf nicht rational reagiere und sogar Telefonate annehme. Als es nun unten an der Tür klingelt, was ich in meinem Zimmer nur gedämpft wahrnehme, drehe ich mich auf den Rücken und presse die Hände auf die Stirn, bevor ich wach und genervt aufstehe. Mein Handy lasse ich lieblos liegen. Es bringt nichts, trotzig nach anderen Möglichkeiten zu suchen, Joyce' Bilder anzuschauen. Mich ausloggen und so ihre Blockierung umgehen, zum Beispiel. Ich nehme mir vor, das Ding erst wieder zu nutzen, wenn ich später mit Mali telefoniere, die mir noch einiges über den Flughafen erklären und mir sagen will, wo sie mich abholen wird. Denn das hat sie vor, obwohl ich gesagt habe, dass ich schon irgendwie ankommen werde. Ich bin allerdings mehr als dankbar, dass alles nicht allein durchstehen zu müssen.

Schwerfällig drücke ich das Fenster auf und nehme mir vom kläglichen Reste-Stapel frische Sachen aus dem Schrank. Als ich durch den Flur zum Bad schlurfe, begegne ich Rafaela, die wie immer ihre Augen verdreht.

»Dann brauche ich dich ja nicht zu wecken«, blafft sie mich an. »Um zwei Uhr nachmittags!«

»Es war schon mal später«, erinnere ich zu meiner Verteidigung und grinse sogar, als ich an ihr vorbeigehe.

»Ich fahre mit Grey zum See nach Bayside. Falls du nachher irgendwie nicht allein sein willst und Lust hast, nachzukommen ...«

Ich öffne die Badtür, hebe die Brauen und möchte bewusst ganz und gar desinteressiert wirken.

Sie schnaubt nur, ich grinse künstlich, sie dreht sich um und geht. Ich steige kurz darauf unter die Dusche.

JOYCE

Wie erstarrt bleibt er in der Tür stehen und streicht in einer hilflosen Handlung seine nassen Haare nach hinten, die augenblicklich zurück in seine Stirn fallen.

Rafaela hat mich reingelassen, mich in sein Zimmer geführt und mir zuletzt ein Lächeln geschenkt.

»Danke«, sagte sie.

Ich weiß nicht, ob darauf bezogen, dass ich jeden Kontakt zu ihrem Bruder abgebrochen habe, oder weil ich jetzt hier bin.

Gabriel warf mir einmal vor, dass ich wie ein störender Magnet sei, der einem Kompass vorgehalten wird. Ich habe es damals weder verstanden noch so annehmen wollen, aber am Ende ist es die Wahrheit.

Als ich ihn jetzt zum ersten Mal nach fünf Tagen sehe, reißt es mir den Boden unter den Füßen weg.

»Hey«, sage ich, weil es alles ist, was ich herausbekomme.

Selbst wenn es nach einem Sommer und fünf Tagen unzweifelhaft zu wenig ist.

Ein Schmunzeln legt sich auf meine Lippen, da Gabriel natürlich nicht erwartet hat, dass ich auf seinem Bett sitze. Was ich im ersten Augenblick lustig finde, ist im nächsten nur noch erschreckend, denn mir wird erneut bewusst, dass ich wahrscheinlich unerwünscht bin. Ein Gedanke, der mich verfolgt, seit Miles mir noch aus dem Auto vor der Wache schrieb, was vorgefallen ist.

Die Entscheidung, ob und was ich tun will, traf ich innerhalb von Sekundenbruchteilen.

Gabriel jetzt zu sehen, bricht mein Herz. Weil ich nichts mehr will als ihn berühren. Und weil seine Augen so unfassbar schmerzerfüllt sind. Der mir so bekannte Geruch seines Duschgels dringt mir in die Nase und wirft all meine Gefühle durcheinander. Er trägt eine verwaschene schwarze Stoffhose, deren Löcher nicht unbedingt gewollt wirken. Und ein ebenso verwaschenes schwarzes Shirt, bei dem man den Aufdruck nicht mal mehr lesen kann.

Als er sich gefangen hat, schließt er die Tür, setzt sich rittlings auf seinen Schreibtischstuhl und mustert mich, während ich an die Bettkante rutsche.

»Wie geht es dir?«, frage ich vorsichtig.

»Gut. Danke der Nachfrage, Joyce.«

Einen Augenblick halte ich seinem Blick stand, dann senke ich meinen auf die Knie und ein resigniertes Lächeln legt sich auf meine Lippen.

»Was willst du hier?«, fragt er mit harter Stimme.

»Miles hat mir geschrieben, dass –«

»Alles klar, verstehe«, unterbricht er mich. »Es ist alles gut, okay? Niemand muss sich Gedanken machen.«

Ich sehe in diese unglaublich dunklen Augen, doch dann wende ich mich ab und betrachte den großen Koffer.

»Hast du schon alles gepackt, oder –«

»Joyce«, unterbricht er abermals, nun jedoch um einiges schärfer. Dann stößt er ein entgeistertes Lachen aus. »Was willst du hier?«

»Das fragst du mich ständig, ist dir das mal aufgefallen?«

Er sieht mich an, ohne auch nur den kleinsten Anhaltspunkt dafür zu liefern, dass er sich auf diese weniger angespannte Ebene einlassen wird.

Ich wende mich ein weiteres Mal ab und ziehe nun hörbar die Luft ein.

»Ich bin eigentlich nur hier, um dir etwas zu geben. Aber jetzt, wo ich hier sitze, glaube ich, ich hätte es besser vor deine Tür legen sollen.«

»Du hast mir schon was geschenkt«, erwidert er kühl. »Danke übrigens.«

Ich klemme die Finger zwischen die Beine und denke nicht, dass ich in meinem Leben jemals etwas so bereut habe, wie Gabriel zu sagen, dass ich ihn nicht mehr sehen möchte.

Er wendet sich ab und ich höre ihn tief atmen. Der Ausdruck in seinem Gesicht ändert sich.

»Im Ernst, Joyce, was willst du hier? Es ist nicht sonderlich gut, wenn du hier sitzt. Oder wie war das? Ich kann nicht jeden Abend im Bett liegen und mich fragen, warum du mich abgelehnt hast?«

»Ich hab dich nicht abgelehnt. Ich habe gesagt, dass ich wahrscheinlich besser erst mal allein mit mir ins Reine kommen sollte.«

»Ich fliege in zwei Tagen ans andere Ende der Welt. Wie viel mehr *allein* brauchst du denn?« Er zieht erneut die Luft ein. Dann stützt er den Ellbogen auf die Lehne seines Drehstuhls und reibt sich die Nasenwurzel. »Es tut mir leid, das war scheiße.«, murmelt er. »Aber ich verstehe es immer noch nicht.«

»Gabriel! Das andere Ende der Welt, genau! Was hat es denn für einen Sinn, sich aneinanderzuklammern?«

»Dann lieber gar nicht?«, entgegnet er zynisch. »Ich habe dir gesagt, dass ich bleiben würde!«

Ich nicke resigniert und wende mich ab.

»Das willst du aber auch nicht«, fährt er im gleichen Ton fort. »Du trennst dich von mir, weil wir uns ohnehin trennen. Aber hierbleiben soll ich auch nicht. Eine kluge junge Frau hat mir erklärt, dass es nicht meine Aufgabe ist, dich gesund zu machen. Dass ich das nicht kann. Das ist okay, das verstehe ich. Aber ich kann da sein, wenn andere dir helfen. Es gibt einfach keinen logischen Grund, mich wegzuschicken!«

»Du musst dir keine Sorgen machen«, beteuere ich Richtung Schrank. »Ich muss mich nur zusammenreißen ...«

»Jetzt hör doch auf mit dem Schwachsinn! Willst du mir erzählen, dass es dir gut geht? Dass dich diese Krankheit nicht einschränkt?«

»Weil ich nicht mit dir geschlafen habe?«

»Nein, Joyce, nicht weil du nicht mit mir geschlafen hast!«

»Entschuldige«, murmle ich und er streicht sich mit beiden Händen die Haare zurück.

»Joyce.« Sein Ton hat sich erneut geändert. »Ich muss nicht gehen. Ich kann auch hier –«

»Doch, Gabriel. Du *musst* gehen. Jeder weiß es. Du selbst auch. Und wenn du es meinetwegen vergessen hast …«

Als ich den Ausdruck in seinem Gesicht sehe, breche ich ab.

»Das ist es, oder? Du willst nicht, dass ich deinetwegen hierbleibe.«

Einen Moment überlege ich fieberhaft, was ich sagen kann, wo er den Kern so unmissverständlich getroffen hat. Dann erkenne ich, dass es an der Sache nichts mehr ändern wird.

»Ich will nicht, dass du aus *irgendeinem* Grund hierbleibst, ganz egal welcher. Du musst auf diese Schule gehen.«

»Für deinen Großvater?«, wirft er mir entgegen.

»Für dich! Nicht für jemand anderen. Für dich!«

Nun stützt er beide Ellbogen auf die Lehne und faltet die Hände vor dem Gesicht zu einem Dreieck, hinter dem er mit geschlossenen Augen nach Kraft sucht.

»Ich bin nur irgendein Mädchen«, sage ich leise und höre, wie meine Stimme versagt. »Davon gibt es so unglaublich viele. Die meisten hier kennst du schon, und du wirst auch dort genug kennenlernen.«

Er steht auf. So ruckartig, dass ich zusammenzucke. Mit wenigen Schritten ist er bei mir, setzt sich neben mich und umschließt mein Gesicht mit beiden Händen.

»Die will ich aber nicht! Du bist nicht irgendein Mädchen. Ich bin so unglaublich froh, dich auf diesem Parkplatz gefunden zu haben. Mit Rotz an der Nase und Weinflasche in der Hand. Ich will keine andere!«

Ich stoße ein heiseres Lachen aus und die Tränen laufen über meine Wangen und seine Finger. Gabriels Lippen legen sich auf meine. Er küsst mich und ich schließe die Augen.

In den vergangenen Tagen habe ich versucht, Frieden mit der Tatsache zu schließen, dass es nichts als eine Erinnerung sein wird. Manchmal begleiten uns Menschen eben nur einen Sommer lang. Ich habe mich schon einmal gefragt, ob er eine Ahnung davon hat, dass es jemanden geben könnte, der ihm derartig verfällt. Das bin ich nämlich. Der Gedanke, dass ich ihn vielleicht nie wiedersehen werde, löst realen körperlichen Schmerz aus. Er war ein wichtiges Teil in einem Puzzle, um mich überhaupt ein Bild erkennen zu lassen.

Gabriel lehnt seine Stirn an meine und seine Augen sind schwermütig.

»Formulierst du gerade etwas auf Spanisch, weil du es sonst nicht sagen kannst?«,

Ganz langsam geht seine ernste Miene in ein Schmunzeln über.

Ich muss lachen, und obwohl sein Lächeln breiter wird, erreicht es seine Augen nicht. Ich frage mich nun, ob ich wirklich ertragen könnte, etwas dieser Art aus seinem Mund zu hören. Mit dem Wissen, dass es Abschiedsworte sind.

»Ich habe was für dich«, sage ich. Betont fröhlich, wirklich euphorisch, das Ende sehend.

»Hör zu«, sagt er leise. »Es klang vorhin nicht sonderlich dankbar, aber das bin ich. Das Plektrum deines Großvaters ist ein großartiges Geschenk, Joyce. Vielen Dank.«

Das hier ist richtig. Ich fühle, wie der Frieden sich in mir ausbreitet. Es wird noch lange wehtun, wann immer ich an meinen Großvater denke, doch ich glaube in diesem Moment zum ersten Mal, dass es Zusammenhänge und Vorsehung gibt.

»Augen zu«, fordere ich und spüre die Nervosität.

Gabriel schließt die Augen natürlich nicht. Immerhin verengt er sie, wenn auch aus anderen Gründen. Ich lege den Kopf schräg und verziehe den Mund. Er schmunzelt und schließt seine Lider.

Hektisch greife ich nach der schwarzen Gitarrenhülle, lege sie auf seinen Schoß und er öffnet die Augen wieder.

»Ich habe gehört, dass die *Gibson* kaputt ist«, sage ich leise. »Miles hat mich darüber informiert.«

»Die ist kaputt, ja.« Sein Blick gleitet über die Hülle auf seinem Schoß. Dann sieht er mich an.

Ich lächle. »Mach auf.«

Er macht gar nichts.

Er starrt mir stur in die Augen, weil er mit Sicherheit weiß, was auf seinem Schoß liegt.

Dann aber zieht er die *Taylor Custom* hervor und lässt die Hülle auf den Boden fallen. Mit der linken Hand streicht er über das von mir polierte Holz.

»Das kann ich nicht annehmen, Joyce, und das weißt du auch.«

»Mein Großvater hat mir den ganzen Anbau vererbt. Das Gebäude mit allem, was sich darin befindet. Ich dachte, ich wäre niemals in der Lage, nur das kleinste Detail darin zu ändern. Als würde ich ihn mit jeder Veränderung noch schneller vergessen. Auf der Beerdigung habe ich mich darüber geärgert, dass nichts so war, wie er es gern gehabt hätte. Und auch diese Gitarre in einen Ständer zu stellen, wo sich eine dicke Staubschicht darauf bildet und sich irgendwann das Holz verzieht, wäre absolut nicht in seinem Sinn gewesen.« Ich lege meine Hand auf seine. »Die war alles für ihn. Diese hier, keine der anderen. Nichts fühlt sich für mich richtiger an, als sie dir zu geben, damit du mit ihr noch besser wirst und eines Tages für die ganz Großen spielst.«

»Ich kann das nicht annehmen«, wiederholt er und schüttelt kaum merklich den Kopf.

»*Taylor Custom*, Mahagoni und Ebenholz.« Ich nehme seine Finger und lasse sie über die Saiten gleiten. »Die gehört zum Plektrum, ich konnte nur nicht alles auf einmal tragen.«

»Joyce«, sagt er bestimmt. »Ich weiß das wirklich – wirklich – zu schätzen, aber das ist aus mehreren Gründen einfach nichts, was ich annehmen kann.«

»Spiel mal!«

»Nein!«

»Weil du sie dann nicht mehr hergeben wirst!«

»Absolut!« Er schmunzelt.

»Ich würde mich wirklich freuen, wenn du die Gitarre mit nach England nimmst und manchmal an mich denkst, wenn du sie spielst.«

Er schnaubt, überkreuzt seine Arme auf dem Holz und fixiert mich.

»Was ist, wenn ich nicht an dich denken will?«

»Dann verstehe ich das. Ich will sie trotzdem nicht zurückhaben.«

Einen Moment sehen wir uns schweigend in die Augen.

»Ich werde noch lange an dich denken, Joyce.«

Es klingt traurig. Nach Abschied. Vielleicht deute ich Letzteres auch hinein, weil ich ahne, wie wenig Sinn es hat, es weiter hinauszuzögern. Meine Brust zieht sich so eng zusammen, dass ich unfähig werde, zu atmen. Gabriel legt die Gitarre aufs Bett und streicht mit den Fingern über meine Wangen.

»Danke«, flüstert er.

»Sie passt zu niemandem besser als zu dir«, versuche ich mit gebrochener Stimme zu sagen.

»Für alles.«

Es ist vollkommen egal, ob ich die Tränen vermeiden will, um uns das hier nicht noch schwerer zu machen, ich schaffe es nicht.

»Ich muss *dir* danken, Gabriel. Du hast mich in diesem Sommer auf den Beinen gehalten. Ohne dich wäre ich im Schmerz ertrunken.«

»Du hast *mich* auf den Beinen gehalten, Joyce. Ohne dich würde ich niemals in dieses Flugzeug steigen.«

»Ich werde nicht zum Flughafen mitkommen.«

»Ich weiß«, flüstert er.

Es ist so weit und wir wissen es.

»Aber vielleicht kannst du die Blockierung bei Instagram wieder aufheben.«

Ich muss lachen. Beschämt und ertappt.

»Das mache ich.«

Er streicht eine Strähne meiner Haare zurück und seine Berührung verursacht eine Gänsehaut an meinem ganzen Körper.

»Pass auf dich auf, Joyce.«

Die Tränen laufen mir unaufhaltsam übers Gesicht, als er mich ein letztes Mal küsst.

Schmerz, Angst, Sorge und Ungewissheit liegen darin.

Alles, was Abschied ausmacht.

43

GABRIEL

Meine Mutter, die kurz davor war, mir mit einem spuckegetränkten Taschentuch die Wange zu säubern, ruft zum vierten Mal an, seit wir zu Hause abgefahren sind. Diesmal fragt sie, ob sie sich einen Wecker stellen soll.

»Ich kann dich auch morgen früh anrufen, Mom.«

Oh, ganz falsch.

Während Rafaela mich nach links schiebt, halte ich das Handy ein Stück von meinem Ohr weg.

»Ja«, versuche ich dazwischenzukommen. »Mom, ich rufe an, sobald … ja, egal wie spät!«

Dann tritt ein Moment der Stille ein und ein Blick auf die riesige Flughafen-Uhr sagt mir, dass dies hier ihr letzter Anruf vor Abflug sein wird.

»Ich muss wieder reingehen«, bestätigt sie meine Vermutung im selben Augenblick.

Es ist kurz vor neun Uhr und ihre Pause ist vorbei.

Grey packt meinen Arm und zieht mich in die andere Richtung.

»Ich ruf dich an, Mom.« Mit einem Mal wird meine Stimme um einiges leiser.

»Okay«, sagt sie. Pause. »Bis bald, mein Schatz.« Und dann legt sie auf.

Alle drei Gespräche vorher endeten damit, dass sie beteuerte, wie stolz sie auf mich ist und wie sehr sie mich liebt. Dieses witzigerweise nicht.

Ich finde diesen Morgen der Abschiede grauenhaft.

Ich bin schon mit einem komischen Gefühl in der Brust aufgewacht, mit dieser Enge in eigentlich allem: Brust, Bauch, Kehle, Gehirn. Im Grunde bin ich wirklich froh, wenn ich das hier alles hinter mir habe.

»Ihr macht mich nur noch nervöser, wisst ihr das?«, richte ich mich an die Runde und stecke das Handy in die Hosentasche.

»Da musst du durch«, erklärt Rafaela, was ich natürlich weiß und was auch nicht die Frage beantwortet.

Sie hat den Kopf nach oben gerichtet, um alle Schilder überblicken zu können.

»Ja«, sage ich gedehnt. »Die Frage ist, ob wir lieber in diese Richtung gehen.« Ich deute auf ein Schild mit Erste-Hilfe-Symbol. »Euer Gezappel macht mich noch wahnsinnig.«

»Du bist das, mit deinen blöden Witzen«, giftet Rafaela Grey entgegen.

Einen Moment stehen wir etwas verloren mitten in der riesigen Halle des *Washington Dulles International Airport.*

»Die sollen auflockernd wirken«, beharrt Grey gereizt.

Ich muss lachen, weil ich beide jetzt schon eine ganze Zeit kenne und mir vorstellen kann, wie es aussieht, wenn sie eine Meinungsverschiedenheit haben.

»Da lang«, bestimme ich und gehe direkt los.

Dafür, dass ich erst zum dritten Mal an einem Flughafen bin, finde ich mich erstaunlich gut zurecht. Rafaela kontrolliert gefühlt alle drei Minuten das Ticket, die Uhrzeit oder eine

Anzeigetafel. Dabei stehen wir schon vor der Security-Schlange.

»Da drin rauchen wir jetzt unsere letzte Kippe zusammen«, sage ich, und Grey lächelt zwar, doch es wirkt aufgesetzt.

»Kannst du dir vorstellen, dass wir in vier Monaten unsere letzte Kippe zusammen rauchen?«, hatte er gemurmelt, als wir auf dem *Carrey* saßen.

»Kannst du dir vorstellen, dass wir in drei Monaten unsere letzte Kippe zusammen rauchen?«, fragte er aus dem Nichts heraus, als wir am Brunnen herumhingen.

Wir ignorieren Rafaela, die findet, dass die Zeit zu knapp dafür wäre, und begeben uns Richtung des kleinen Raumes, an dem wir vorhin schon vorbeigekommen sind. Meine Finger haben den Gurt der Gitarrentasche fest umschlossen und auch wenn es mit dem Rucksack etwas unbequem ist, habe ich lieber draufgezahlt und kann sie dafür als Handgepäck mit in den Flieger nehmen. Die drei anderen Gitarren werden wahrscheinlich gerade in den Frachtraum geladen. Die *Gibson* steht in Rafaelas Zimmer.

Die gläsernen Schiebetüren gleiten auf und wir platzieren uns an einem der fünf Stehtische neben den Fenstern, vor denen gerade zwei Maschinen betankt werden. Ich nutze die letzte Chance und schließe mein Handy an eines der aus dem Tisch hängenden Ladekabel.

Grey, der nicht einmal nach seinen eigenen Zigaretten sucht, schüttelt nur den Kopf. »Du wirst mir eine von dir geben, mein britisch-royaler Freund. Ich weiß nämlich genau, dass du hinter der Security sofort in den *Duty Free* rennst und dir da eine Stange für gefühlt drei Dollar holst!«

»Ich bin nicht sicher, ob das der tagesaktuelle Preis ist«, entgegne ich lachend und lasse ihn eine Zigarette aus meiner Box fischen.

Neben ihm ist Rafaela in ihr Handy vertieft. Ich habe auf der Fahrt hierher lange darüber nachgedacht, ob ich vor ein paar Wochen davon ausgegangen wäre, von jemandem zum Flughafen begleitet zu werden. Eine gewisse Zeit war ich ohne Zweifel, dass Harold Hewitt mich herbringt.

»Ich habe jetzt eine eigene Wohnung«, sagt Grey, als mein Feuerzeug aufflammt. Dabei sieht er durch das Panoramafenster auf das Flughafengelände und zieht erst an seiner Kippe, bevor er weiterredet. »Wenn was schiefläuft, kommst du zurück, okay?«

Ich nicke nur, unfähig, etwas zu sagen. Er wendet den Kopf und sieht auf Rafaelas Handy. Eine beiläufige Handlung, die ich nicht einmal beachten würde, wenn Rafaela nicht den Blick heben und Grey ansehen würde. Es ist dieser eigenartige Moment stummer Kommunikation. Es ist dieser Bruchteil einer Sekunde, in der Rafaelas Augen zu mir wandern, in der Hoffnung, ich würde nichts bemerken. Es sind die Sekunden, bevor Grey sich wieder zu mir dreht und eine solch unbekümmerte Miene aufgesetzt hat, dass ich tief atme und an meiner Zigarette ziehe.

»Was hat sie denn?«, frage ich, den Blick auf das Rollfeld in der Ferne gerichtet.

Rafaela meidet es eisern, in mein Gesicht zu sehen, während sie das Handy einsteckt.

»Quinn wünscht dir einen guten Flug«, sagt sie schließlich.

Grey nimmt einen Zug und streicht anschließend die Asche ab. Ich gebe mich betont ruhig, den Blick weiter nach vorn gerichtet.

»Und das kann sie mir nicht selbst schreiben?«

»Wir sollten gehen«, mischt sich Grey ein. »Dein Gate öffnet in dreißig Minuten und du willst doch noch in den *Duty-Free*.«

Meine Finger sind unruhig, als ich die Zigarette sinken lasse.

»Sollte ich etwas wissen?«, frage ich.

»Nein«, fährt Rafaela mich an. Viel zu aufbrausend. Und endlich sehe ich ihr ins Gesicht.

»Ich sag dir was«, beginne ich, mache eine Pause und ziehe ein weiteres Mal. »Rückst du nicht mit der Sprache raus, fahre ich zurück nach Seaford und finde es selbst raus.« Ich drücke die Zigarette in den Aschenbecher und sehe nun in die betretenen und durchaus überforderten Gesichter. »Was ist mit ihr?«

Jetzt tauschen Rafaela und Grey einen Blick, und mir platzt jeden Moment der Kragen.

»Sag es ihm«, drängt Grey.

»Nein«, entgegnet sie und das definitiv zu laut. »Es ist nichts. Jemand hat Joy gesehen, das ist alles.«

Meine Stimme wird um einiges schärfer. »Wo?«

»Das bringt doch nichts«, mahnt Grey wieder. »Sie wird ihm die gleiche Nachricht geschickt haben.«

»Halt dich raus!«, fordert Rafaela in einem Ton, der unmissverständlich macht, dass hier etwas Ungeplantes passiert.

Meine Hand schlägt auf die Tischplatte und mehrere Augenpaare richten sich auf uns. Ohne den Blick vom Gesicht meiner Schwester zu nehmen, greife ich nach meinem Handy und schalte den Flugmodus aus, den ich nur aktiviert hatte, um den Akku schneller laden zu können.

Ich warte, ob eine erklärende Nachricht eintrifft.

»Mom hat sie gesehen«, beichtet Rafaela schließlich und sieht mir stur in die Augen.

»Wo?«, frage ich unnötigerweise, öffne den Chat mit meiner Mutter und sehe, dass sie mir wirklich eine Nachricht geschickt hatte, diese aber wieder gelöscht wurde. Ich drehe das Display in Rafaelas Richtung. »Ist das euer Ernst?«

»Ich habe gesagt, sie soll es dir nicht sagen, weil –«

»Weil was?«, fahre ich sie an. »Ich sonst *was* tue?«

Grey schnaubt. »Ela, er wird keine Ruhe geben, wenn er nicht Bescheid weiß!«

»Warum ist sie im Krankenhaus?«, frage ich nun direkt heraus.

»Ich weiß es nicht«, blafft Rafaela. »Sie sagt –«

»Sie?«

Joyce blockiert mich, ist aber mit meiner Schwester in Kontakt. Wieder eine neue Information.

Rafaela schließt die Augen und holt tief Luft. »Sie wird untersucht, weil sie letzte Nacht Probleme hatte. Mom hat sie gesehen und macht sich Sorgen. Ich habe nachgefragt und Joy hat mir geschrieben, dass sie wahrscheinlich nur eine Panikattacke hatte. Was besser ist, als hätte sie wirklich –«

»Das ist *nicht* besser, Rafaela.« Ich schüttle kaum merklich den Kopf. »Es ist nicht besser«, wiederhole ich noch einmal Wort für Wort.

Ich nehme die Gitarre, hänge sie mir zusammen mit meinem Rucksack über die Schulter und verlasse durch die sich automatisch öffnende Glastür den Raucherraum.

Natürlich komme ich nicht weit, bis Rafaela mir den Weg versperrt.

»Bitte stell dich jetzt in diese Schlange! Wir haben keine Zeit.«

»Wir? Ich, Ela. Das ist meine Sache! Und ich steige nicht dort ein, wenn Joyce im Krankenhaus ist, weil einfach niemand da ist, der sich bei diesem beschissenen Thema um sie kümmert!«

Mit jedem Wort werde ich lauter, erinnere mich, wo wir sind, und dass die Security und Polizei an solchen Orten sehr empfindlich reagieren kann.

»Das ist aber auch nicht deine Aufgabe«, sagt Grey und sofort richte ich meinen Blick auf ihn. »Was willst du denn machen? Zurück nach Seaford fahren und dein Ticket verfallen lassen? Weil du genug Geld hast, einfach mal eben *last minute* ein neues zu kaufen? Hast du nicht, Leir! Wenn du da heute nicht einsteigst, war es das!«

»Dann ist es so«, murmle ich, obwohl der Gedanke hart ist.

Ich gehe an ihnen vorbei und denke ganz rational, dass meine Koffer aus dem Flugzeug geholt werden muss. Das wird ebenfalls mit Kosten verbunden sein. Von meinem Ersparten muss ich Miete zahlen. Grey hat also recht: Ich könnte mir nicht mal ein neues Ticket leisten.

»Verdammt!« Rafaela, einen halben Kopf kleiner als ich, stößt mir mit voller Wucht gegen die Brust, und während mir kurz die Luft wegbleibt, muss ich wieder an die sensible Security denken. Instinktiv rüste ich mich für einen Streit, habe jedoch nicht damit gerechnet, dass meine Schwester in Tränen ausbricht. Sie lässt die Schultern hängen und ihre Stimme bricht.

»Geh jetzt da rein. Bitte, Leir.«

»Sie wurde ins Krankenhaus gebracht«, sage ich tonlos. »Ein Mensch, der mir extrem viel bedeutet, ist schon wieder im Krankenhaus.«

»*Du* bist ein Mensch, der *mir* extrem viel bedeutet«, entgegnet sie und stößt ein erbärmliches Geräusch aus, als ein neuer Schwall Tränen über ihre Wangen läuft. »Bitte! Bitte stell dich in diese Schlange.«

Greys Hände greifen jetzt mein Gesicht und damit zwingt er mich, ihm in die Augen zu sehen.

»Im Ernst«, sagt er und lächelt bitter. »Du bist so kurz davor entfernt, deinen Traum wahr zu machen. Es ist nicht mal mehr ein Traum. Es ist Realität! Geh bitte, um Himmels Willen, durch die Security!«

Ich weiß nicht, wie lange wir so dort stehen, während alle anderen hektisch an uns vorbeigehen. Wahrscheinlich sind es nur Sekunden, aber es kommt mir unendlich lang vor.

Vielleicht, weil der letzte Abschied gekommen ist.

»Mach's gut«, sage ich kaum hörbar, hebe meine Hand, damit Grey einschlagen kann, und lasse mich von ihm in eine Umarmung ziehen.

Ich schließe die Augen, als sein Griff fester wird.

»Mach's gut«, flüstert er.

Wir sehen uns nicht mehr an, auch nicht, nachdem wir uns losgelassen haben.

Ich umarme Rafaela. Lange und wortlos.

Ich kann nicht reden.

Danach gehe ich, ohne mich noch einmal umzudrehen.

Ich stelle mich in die nicht mehr allzu lange Schlange der Security, lege mein Handy, meinen Gürtel und auch meine Stiefel in die Kisten für den Scanner. Ebenso die Gitarre und meinen Rucksack.

Ich werde abgetastet und durchgewunken.

Ich stecke mein Handy in die Hosentasche, ziehe alles wieder an und gehe einige Schritte in die Halle hinein.

Ich kann den *Duty-Free-Shop* sehen, als ich mein Handy wieder hervorhole und den Chat mit Joyce öffne.

Geht es dir gut?, frage ich.

Die Nachricht wird nicht zugestellt.

Ich war tatsächlich noch im *Duty-Free*. Eine Stange Zigaretten kostet auch hier nicht drei Dollar. Ich habe keine gekauft und halte an meinem Vorhaben fest, hier die letzte Kippe geraucht zu haben.

Jetzt, als ich mit dem Kopf an das Fenster gelehnt auf den Flügel der Maschine sehe, hole ich mein Handy wieder hervor. Der Mann neben mir schaut auf sein eigenes. Die Frau auf dem äußeren Platz hat bereits eine Schlafmaske aufgesetzt.

Ich schreibe meiner Mutter mit einem Foto vom Flügel:

Estoy sentado en el avión.

Ich sitze im Flugzeug.

Sie liest die Nachricht natürlich nicht, weil sie bei der Arbeit ist.

Gestern gab sie mir ihre Röstzwiebeldose und fragte, ob sie es lieber auf mein Konto einzahlen soll. Ich antwortete, dass ich es in Bar besser fände, habe die Dose genommen und in der Nacht zurück in den Schrank gestellt, was ich ihr nachher sagen werde.

Mein Vater hat sich nicht verabschiedet. Er hielt sich nicht mal zu Hause auf. Meine Mutter meinte ein wenig kryptisch, dass sich zeigen würde, wie das Leben ohne Kinder im Haus weitergeht. Das war die aufmunternste Aussage, was diese Ehe betrifft, die ich bisher gehört habe.

Ich schicke das gleiche Foto an Rafaela, ohne Worte.

Dann öffne ich den Chat mit Joyce. Nur ein Häkchen. Ich denke, sie hat meine Nummer blockiert, so wie sie mich auch auf anderen Kanälen aus ihrem Leben gestrichen hat.

Es gibt einen Ruck, das Flugzeug setzt sich in Bewegung und rollt vom Parkplatz gemächlich Richtung Startbahn. Nach einer großen Kurve reihen wir uns in die Warteschlange ein. Ein anderes Flugzeug startet und wir fahren vor.

Ich schalte in den Flugmodus und lehne den Kopf wieder an.

Ich frage mich, wie mein nächster Sommer werden wird.

Ich wünschte, dieser hätte noch viele Monate angehalten.

Die Turbinen werden laut. Und während wir immer schneller werden, schlucke ich gegen den Schmerz in meiner Kehle an und schließe die brennenden Augen.

Dann hebt das Flugzeug ab.

44

GABRIEL

Ich werfe die Tür hinter mir zu, lehne die Gitarrentasche an die Heizung und nehme sie im nächsten Moment wieder weg, weil die Hitze dem Holz sicher nicht guttut. Dann streife ich die Stiefel von meinen Füßen, ziehe die Jacke aus und suche nach einem Platz dafür. Malis Mantel-Sammlung beansprucht schlicht jeden Haken. Sie ist ein wirklich eigenartiger Mensch, und ich finde das klasse. Sie schimpft mich Grufti, ich sie Hippie. Wir haben uns vom ersten Moment an großartig verstanden. Ich denke nicht, dass ich es hätte besser treffen können, selbst wenn meine Jacke immer an der Heizung hängen muss. Das ist heute vielleicht sogar gut, da sie etwas nass ist, weil es keine Gerüchte sind, dass es hier ständig regnet. Jetzt ist es dazu auch noch bitterkalt.

Ich komme nicht vom Unterricht an diesem Sonntag.

Ich war mit anderen aus meinem Jahrgang im *The Queen's Arms.* Dem Pub unweit der Musikhochschule.

Wir sind oft dort, machen Musik und trinken etwas. Die drei Besitzer sind auffallend spendabel, weil die Musikschüler natürlich auch ein Publikumsmagnet sind. Viele kommen in der Hoffnung, dass wir da sind. Es gibt zwei Klaviere und ein Schlagzeug, die extra deshalb angeschafft wurden.

Wir anderen haben die Instrumente dabei, die Pianisten tun sich verständlicherweise eher schwer. Mali gehört auch zu ihnen und spielt immer, wenn sie dort ist. Jetzt ist sie im Studio. Ich muss Dienstag wieder hin.

In der Küche schiebe ich den Teller mit den Pizza-Resten in die Mikrowelle. Mali fragt häufiger, wie ein Mensch nur von Pizza leben kann. Ich verstehe das Problem dabei gar nicht. Meiner Mutter erzähle ich davon allerdings nichts. Sie kontrolliert wirklich meine Obstschale. Also haben wir immer Äpfel hier, weil die am längsten halten. Manchmal esse ich sogar einen. Sind eigentlich ganz lecker.

Während meine Reste aufgewärmt werden, vibriert mein Handy. Ich lehne mich an den hohen Tisch, stelle einen Fuß auf die Stange des hölzernen Barhockers und hole es aus meiner Tasche.

Sofort, ohne jede Verzögerung, fällt mein Blick auf das Instagram-Symbol in der linken oberen Ecke.

Ich habe in der ersten Woche noch getestet, ob sie mich entsperrt hat. Dann habe ich mir ihren Account angesehen, indem ich mich einfach ausgeloggt habe. Nach dieser Woche ist mir klar geworden, dass es nicht gesund ist, was ich mache, also habe ich es gelassen und es wurde ein wenig besser, wenn auch nicht richtig gut.

Auf meine Nachricht habe ich nie eine Antwort bekommen. Sie wurde nie zugestellt. Aber ich weiß von Rafaela, dass es Joyce so weit gut geht. Das ist zumindest das, was man mir erzählt. Von ihr habe ich auch erfahren, dass Joyce' Mutter sich offenbar eingestanden hat, dass ihr die letzten Monate zu viel waren, und daraufhin hat sie sich Hilfe gesucht. Joyce ist, laut Miles, nicht dem Team der Cheerleader beigetreten, was ein gutes oder schlechtes Zeichen sein kann. Ich weiß es nicht. Auf meine Nachfragen hörte ich nur, ich solle mir keine Sorgen machen und mich auf mich konzentrieren. Grey stellt sich völlig ahnungslos, was ich ihm nicht abnehme, und Miles erzählt mir auch nichts weiter, außer dass es ihr *gut geht*. Ich habe sogar kurz darüber nachgedacht, Bethany zu fragen, aber das war dann wieder so ein Moment, in dem ich beschloss, dass ich damit aufhören muss. Ich kann nichts tun und es tut mir nicht gut, noch immer an sie zu denken.

Ich habe mir eingeredet, auf einem passablen Weg zu sein, und jetzt, als ich die App öffne und auf den Post sehe, bei dem sie mich markiert hat, erkenne ich, dass es absolut gelogen war.

Mein Herz schlägt augenblicklich so schnell, dass mir davon schwindlig wird. Ich setze mich auf den Barhocker und starre auf ihr Foto. Sie ist ungeschminkt, hat ein schwarzes T-Shirt an und lächelt schwach. Sie ist auf dem *Carrey*, ich erkenne die Aussicht im Hintergrund. Ich atme durch den offenen Mund, weil ich das Gefühl bekomme, in meinen Körper gelangt zu wenig Sauerstoff. Die Mikrowelle klingelt, ich wische mit dem Zeigefinger auf das zweite Bild und stoße ein heiseres Lachen aus. Es ist das Selfie von uns, das ich am Tag der Beerdigung gemacht habe. Ich wische noch ein letztes Mal und ohne einen einzigen klaren Gedanken fassen zu können, starre ich auf das Foto eines Flugzeugflügels.

Ich denke, dies ist für eine Weile der letzte Post.

Ich bin müde davon, immer dafür zu kämpfen, einem Bild zu entsprechen, das andere von mir haben. Vielleicht sollte es auch nicht mein Ziel sein, aber das war es für eine sehr lange Zeit.

Ich glaube, viele wissen, dass ich Probleme habe, meinen Körper so anzunehmen, wie er ist, und das ist zuletzt schlimmer geworden. Es macht mir Angst, viele Dinge nicht mehr unter Kontrolle zu haben und auch dieses ständige schwermütige

Gefühl in meiner Brust macht mir Angst. Ich habe in diesem Sommer einen Menschen verloren, aber auch einen gefunden, von dem ich nicht erwartet hätte, dass es ihn gibt. Es tat weh, diesen Menschen gehen zu lassen, doch manchmal droht jemand seine Träume aus den Augen zu verlieren und dann muss man ein Stück zur Seite treten. Manchmal kann man aber versuchen, ein Teil davon zu werden.

Das hier ist ein geplanter Post, der online geht, wenn ich bereits im Flugzeug sitze. Ich reise zu Verwandten. Die Klinik, in der ich zu lernen versuche, mich selbst zu mögen, ist nicht weit entfernt von einer Musikhochschule.

Der Flughafen ist groß, aber vielleicht werde ich um neunzehn Uhr dort abgeholt.

XOXO
JOY

Meine Arme und Hände werden von einem eigenartigen Taubheitsgefühl erfasst. Meine Beine fühlen sich zu schwer an. Nur mein Herz rast noch immer erbarmungslos und löst in meinem Kopf ein Rauschen aus.

Ganz langsam richte ich meine Augen auf die Uhr über der Küchentür. Es ist siebzehn Uhr drei.

Ich habe das Gefühl, mein Geist arbeitet zu langsam. Ich senke den Blick wieder, weil ich sichergehen will, nichts falsch verstanden zu haben, aber mein Display ist schon wieder schwarz geworden. Trotzdem bin ich unfähig, etwas anderes zu tun, als das leicht zitternde Handy zu betrachten.

Joyce landet in zwei Stunden hier in Manchester.

Das Handy vibriert in meiner Hand und ein Pop-up zeigt mir Rafaelas Namen. Ich öffne den Chat.

Zuerst ein Smiley mit Sonnenbrille. Dann:

Überraschung. Bist du unterwegs?

Ich lese den Satz viele Male hintereinander, lasse die Finger durch meine Haare fahren und schließlich dort ruhen.

Dann schrecke ich hoch, richte meinen Blick erneut auf die Uhr und endlich funktioniere ich wieder.

Ich springe vom Hocker. Er wackelt, kippt und ich fange ihn im letzten Moment auf. Während ich hektisch die Stiefel anziehe, sehe ich noch mal auf mein Handy. Nachrichten von Grey und Miles. Ich lese sie nicht, sondern reiße die Jacke von der Heizung.

Ich habe nur sechs Minuten, wenn ich die *Line 2* bekommen will, die mich in die Innenstadt bringt, wo ich in die *Manchester Airport Line 6* umsteigen muss.

Ich grinse, als ich die Tür zuziehe.

Aber ich sollte jetzt wirklich rennen.

ENDE

DANKSAGUNG

Liebe Britta, für einfach alles, was diese Geschichte betrifft.

Liebe Christina, für jedes spanische Wort aus Gabriels Mund.

Liebe Franci, Vanessa und Sophie, für eure Zeit, als diese Geschichte noch ganz roh und ungeschliffen war.

Und von ganzem Herzen Danke, all den wunderbaren Blogger:innen, die mich erneut so unglaublich unterstützen, mir Mut machen und mich mit ihren Worten auch manchmal auffangen. Ich hoffe, wir sehen uns ganz bald wieder. Ich danke euch so sehr!

Und zum Schluss danke ich meinem Mann, weil er sich immer beschwert, dass er nie in den Credits erwähnt wird. Er ist wirklich ein ziemlich toller Mann, der mich auch lieb hat, wenn ich eigenartig bin. Was hier und da vorkommen kann.

Danke, mein Hase! (Haha, ich hab dich öffentlich Hase genannt. Jeder kann das jetzt lesen.)